말 탄 자는 지나가다

말 탄 자는 지나가다

● 한수산 소설

●
민음사

차례

말 탄 자는 지나가다　7

맑고 때때로 흐림　137

작가후기　193

말 탄 자는 지나가다

> 기사(騎士)여 지나가 버리라.
> 그러나 너 여기 누가 누워 있는지 알거든,
> 말에서 내려,
> 잠시 생각하라, 그의 생애를.
> ——아일랜드의 어느 묘비명에서

1

 비는 사흘째 내리고 있었다. 연병장을 가로질러 오던 중위는 말 위에서 몸을 돌려 등뒤의 어둠을 바라보았다. 비가 이렇게 내린다면 초원은 푸르를 것이다. 검은 천이 몸을 휘감듯이 어둠이 다가섰다. 건너편에 펼쳐져 있을 초원은 그 광활한 넓이도 색깔도 보여주지 않았다. 이마를 타고 흘러내리는 빗물을 손바닥으로 닦아내면서 중위는 입술을 굳게 다물었다. 비가 내리면 된다. 풀은 독을 품듯 검푸르게 자라고 말들은 살이 오를 테지. 올해의 모든 것은 순조로우리라. 태어나는 망아지들은 아직도 희끗희끗 몸에 뒤엉킨 양수를 털면서 일어서리라.

고개를 돌리면서 중위는 빗물에 젖어 달라붙어 있는 말갈기를 손바닥으로 어루만졌다. 돌아올 수 있을지, 그건 나도 모른다. 그러나 누구도 예정된 실패를 도모하지는 않는다. 민들레는 할 수 있는 한 홀씨가 멀리 날아가기를 바란다. 같은 심정이다. 너라도 돌아올 수 있다면, 바라거니와 저 풀밭의 변경에 자리잡도록 해야 한다. 가운데서 우왕좌왕하지 마라. 춥고 외롭더라도 변경을 지키며 제일 먼저 다가오는 것을 맞도록 해라. 예봉을 꺾기 위한 적의 공격은 어디보다도 먼저 그곳을 쳤다는 건 변방사(邊方史)가 가르치지만, 그건 소나기처럼 다가오지. 그리고 그때는 물론 여름이다. 그러나 다들 몸을 사리는 그 변경에서 늦가을 그 화평의 때에도 언제나 제일 탐스럽게 풀이 자란다. 그걸 기억해라. 어려운 때에 몸을 낮추는 건 처세의 논리지 화살이 가야 할 길이 아니다. 화살은 높이 날아야 멀리 간다.
  몸을 바로하며 그는 소리없이 중얼거렸다. 고사리를 조심하도록 일러둬야겠어.
  고사리 새순은 봄에 돋아나는 것이었다. 그것이 순리였다. 그러나 이 세죽(細竹)평야를 마주하고 있는 기름진 평원에는 가을에도 고사리 새순이 돋았다. 이곳에 말 탄 자들이 자리잡은 이유도 그것이었다. 가을에도 마른 풀이 아닌 새순을 먹일 수 있다는 건 놀라움이었고 그렇게 해서 중위가 소속된 기병대는 말 탄 자들 사이에서도 최강을 자랑할 수 있었다. 다만 은혜의 땅은 언제나 그곳을 넘보는 자들의 위험과 싸워야 했다. 그것 또한 순리였다. 젖과 꿀이 흐르는 곳은 그렇게 해서 언제나 전쟁과 평화의 고장으로 뒷박질을 계속했다. 당연히 모든 역사의 고도(古都)는 번영과 폐허를 반복하면서 피폐해져 갔다. 그러곤 바빌론이 그 영화를 흙 속에 묻고 땅 밑으로 잊혀져 갔듯이 모든 도시들은 그렇게 변해 갔다.

고사리를 조심하도록 일러둬야 해. 모든 말이 떠나는 건 아니니까. 남겨두고 가는 종마들은 이 땅을 지켜가야 할 테니까.

비가 그치고 나면 마치 소리를 치듯이 벌판에서는 고사리들이 솟아날 것이다. 그때 말을 풀어놓았다가는, 고사리의 독성에 취한 말들이 여기저기서 쓰러진다. 무엇 때문인지 그런 일을 치른 말들은 무릎이 약했다. 그건 끝이지. 무릎이 약한 말은 지혜가 없는 용맹이야. 뛰어오르거나 건너야 할 때도 다만 앞으로 달려나가기만 하니까.

말의 흔들림에 몸을 맡긴 채 그는 연병장을 가로질러 갔다.

지난해에도 고사리 때문에 몇 마리 종마의 실패가 있었다. 그의 마을에서 일어난 일이었다. 출산을 앞둔 말이 하혈을 시작했다는 갑작스런 보고를 받고 그가 중앙 축사로 달려갔을 때는 이미 암말은 서 있지를 못했다. 누구나 순산할 것으로 믿고 있었기에 충격은 한결 더했다. 그 말은 세번째의 주인을 섬나라와의 전쟁에서 잃은 후 너무나 깊은 슬픔으로 힘겨워했기 때문에 그후로는 거의 모든 훈련에는 제외시켰고, 새해가 되면 언제나 그에게 안식년을 주어 쉬게 했던 말이었다. 다만 그의 풍요한 자궁만은 여전했다. 쉬임없는 종마와의 교접을 통해 번식을 하면서 그는 평원을 달리고 산악을 넘던 그때와는 또 다르게 자신의 자리를 지켜왔었다. 열병식에서는 언제나 전과로 빛나는 화려한 장식을 목에 두르고 늠름했던 말이었다. 끊임없이 하혈이 이어지면서 무릎을 꿇었던 그 말은 이제는 옆으로 몸을 누인 채 쓰러져 있었다. 태반 속의 새끼가 거꾸로 나오다가 다리 하나가 접히면서 하혈을 시작했다는 것이었다. 시간이 흘러가면서 수의관이 절망적임을 알려주었다. 일어설 수 없는 말을 어떻게 할 것인가를 결정해야 하는 장교로서 책임을 느끼며 중위는 고개를 저었다. 그것을 어떻게 처리해야 하는지를 중위는 생도시절의 교육을 통해 잘 알고 있었다. 그러나 그는 말을 향해 총을 겨누는 일을 중사에게 맡기고 축사 밖으로 나왔다.

  그때도 그는 어머니가 하곤 했던 말을 떠올리고 있었다.

  제일 약한 것이 사람이지. 사람은 제 어미의 뱃속을 나와서도 돌이 되도록 일어서지도 못하잖니. 어미가 물려주지 않으면 제가 먹어야 할 젖도 찾아오지 못하는 게 사람이란다. 그러면서도 제 얼굴은 부끄러워하지를 않아. 자만은 사람에게만 있는 거란다. 어떤 들짐승도 자만이라는 말을 모르지.

왼쪽에서 젖은 땅을 차고 달려오는 말발굽 소리가 들렸다.

「중위님. 중위님이십니까?」

그가 말을 멈추었다.

「누구냐? 누가 이 시간에 말을 달리라고 했나!」

「접니다. 중위님」

어둠 속으로 다가와 서는 사람은 비옷을 입은 부관이었다. 부관이 몸을 숙이자 급조된 막사의 호롱불빛이 그가 어깨에 붙인 다섯 개의 갈매기를 번쩍 빛나게 했다. 중위는 문득 떠올렸다. 이 사람은 바닷가에서 왔다고 했었다. 그는 자신의 고향을 생각하며 다섯 마리의 갈매기를 스스로 어깨에 그려붙이고 자신의 부관이 되었었다.

「무슨 일이냐?」

「전령이 도착했습니다. H아워가 결정되었습니다」

비는 여전히 내렸다. 그날 0시, 혁명군 기병대는 연병장을 빠져나왔다. 전국의 말 탄 자들이 손을 잡은 출동이었다. 이름은 서로 달랐다. 누구는 자신들을 마상인(馬上人)이라고 불렀고 누군가는 호스맨 HORSEMAN이라고 자신들을 이름지었다. 마상인들이 원산지를 몽골로 하는 말의 혈통을 지켜왔다면 호스맨들의 말은 유럽에서 흘러들어온 것들이 후계를 잇고 있었다.

중위는 거사 계획에 따라 말에 오르며 손을 들어 이마를 닦았다. 말의 편자를 박으면서 그는 생각하지 않았던가. 이것은 행복한 혁명이라고.

 군인은 평생 전쟁을 하는 것이 아니다. 많은 군인은 한평생 전장을 겪지 않고도 군인으로 산다. 그래서 그들은 끊임없이 무언가를 도모하지. 노래할 자리를 잃은 광대처럼 말이다. 날이 잘 선 칼은 무언가를 베고 싶어서 밤이면 우니까.

 무르익은 가을을 적시며 비가 내리고 있었다. 밤비가 차가웠다. 출동 기병대의 젊은 장교들은 그 가을비가 자신들의 뜨겁게 들뜬 이마를 식혀주기를 바랐다.

 그렇게 하여 그 조용하고 행복한 혁명은 시작되었다. 왕정(王政)이 시민들의 봉기로 무너지고, 이어서 들어선 민주연립정부가 출범한 지 십칠 개월이 되던 날이었다.

 중위는 거사계획의 초기단계에서부터 이 계획에 참여했었다. 그는 일찍이 유복자로 태어나며 스스로의 생사관(生死觀)을 세웠고, 그 위에 명창의 득음(得音)에 비유될 국가에 대한 우수어린 사랑을 담았었다. 그는 장래가 촉망되는 수려한 청년으로서 상사로부터 신임을 받았고, 부하들은 그에게 존경과 복종을 함께 바쳤었다. 거사계획의 D데이가 결정되었음을 알리던 참모(參謀)는 이마에 푸른 별을 하나 달고 있었다. 그는 자신이 두고 온 고향에서는 언제나 별이 푸르게 빛난다고 사막 출신답게 말하곤 했었다. 그는 중위에게 두 가지의 임무를 부여했다. 출동 후 도강(渡江) 작전에서 돌파조의 지휘를 맡아 최선봉에 설 것, 그리고 시내에 진입함과 동시에 군기창(軍器廠)을 접수하고 기마군(騎馬軍)의 거사(擧事)를 내외에 알려 혁명의 당위성을 밝힐 것, 그 두 가지가 중위에게 부과된 임무였다.

D데이를 시월 여드레로 정한 혁명군의 수뇌부가 내린 기본지침은 0시를 기해 출동, 새벽 3시에 모든 출동부대가 점령 목표로 배정된 정위치를 장악, 확보한다는 것이었다. 이 지침에 따라 중위의 부대는 출동했다. 혁명의 모의는 순조롭게 진행되었고, 표면상 아무것도 노출됨이 없이 혁명군의 진군(進軍)은 시작되었다.

〈말 위의 질서를 되찾자〉, 〈더 높이, 더 빨리〉, 〈말 탄 자의 존엄성을 위하여〉, 그렇게 표현되는 민간(民間) 기병대의 혁명은 깊고 오랜 역사적 소외와 울분 속에서 준비되었다. 그것이 크면 클수록, 어떤 개혁이든 그것을 이룩하려는 사람들에게는 가장 정직한 정신에 있어서도 음모는 깃들여 있게 마련이었다.

그리고 그때마다 사람들은 피의 순수성을 외쳐왔다.

말의 선조(先祖)는 제3기 지질층 안에서 발견된 〈패나코두스〉라고 하는 것으로서, 다섯 개의 발가락이 불완전하게 남아 있어서 결과적으로 앞다리에는 네 개, 뒷다리에 세 개의 발가락을 갖춘 〈에오히푸스〉와 다를 것이 없었다. 그것은 머리뼈의 크기, 목의 길이와 그 구부러짐, 그리고 다리의 길이가 말의 모양을 갖추었으나 키는 겨우 여우만했다. 그후 〈플리오히푸스〉에 와서 셋째발가락이 특히 발달되면서 다리가 눈부신 진화를 거듭했고 치아의 구조도 초식동물의 특성을 띠며 길고 완강한 턱뼈를 가지게 되었다. 단 하나의 발가락을 가진 〈에쿠우스 카발루스〉는 제4기 지질층에서 발견되었다. 다섯 개의 발가락을 가졌던 것이 진화를 거듭하여 선신세(先新世)와 홍적세(洪積世)를 거치면서 몸의 높이도 일 미터 정도로 자라나 〈에쿠우스〉의 형상을 갖추기에 이른 것이다. 말이 가축으로 쓰여진 것은 석기시대, 그러나 그때는 단지 식용(食用) 동물일 뿐이었다. 인류의 역사보다도 더 오랜 중생대(中生代)에 출현하였지만 말과 인류는 오랜 세월 서로 무관한 질서 속에 살았다. 습한 땅 속을 헤집으며 기어다니는 지렁이와 하늘을 나는 종달새의 질서였다. 시인은 지렁이를 노래하지 않았고 종달새는 왜 시인에게 자신이 노래되는지를 알지 못했다. 말은 오천 년 전부터 겨우 인간과 관계가 시작되었다. 말은 점차 인간생활에서나 전쟁에서나 그 쓰임새를 넓혀갔다. 그것은 때로는 인간에게 지위의 상징으로, 없어서는 안 되는 전쟁의 도구로서 이용되었다. 말을 노래하는 시(詩)가 늘어나고, 명예와 긍지를 사랑하는 동물로서 언제나 비유(比喩)의 중심이 되었으며, 파리에게조차 은혜를 베풀어 〈말꼬리에 붙어 천리(千里)를 간다〉는 속담을 만들어내기도 했다.

성질이 활달하고 영리한 말은 승마용으로 쓰여졌다. 그들은 몸이 날렵하고 빨리 달릴 수 있어야 했다. 상당한 속력과 속보(速步)로 달릴 수 있는 힘이 있으면서 지구력을 갖춘 말은 가벼운 짐을 끄는 데 사용되었다. 그들은 승마용보다 체중도 무거웠고 성질은 온순했다. 몸의 폭이 넓고 강대한 것들은 무거운 짐을 끌었다. 그들은 뒷덜미가 잘 발달하였으며 걸음걸이도 정확했다. 연구하고 분류하고 계획하는 것을 즐겼던 인간들은 말의 품종에도 손을 대 그들을 복잡하게 나누어놓고 즐거워했으니, 동양종과 서양종으로, 털빛과 머리 모양에 의해서 귀종(貴種)과 용종(庸種)으로, 뛰는 질주마(疾走馬)와 걷는 상보마(常步馬)로 그들을 나누었다. 그러고는 이름을 붙여나갔다. 앵글로 노르만, 그는 다리가 굵고 잘 뛰며 지구력도 강한 놀만디의 말과 사라브레드의 교배에서 태어난 말이었다. 핵니는 노포크의 재래종과 드루브레드를 교배해서 만들어졌다. 코위치 호스, 아메리칸 트로터, 노니우스…… 그들은 가벼운 짐을 끌었다. 아랍, 드루브레드, 앵글로아랍, 올로 로즈 톱틴, 기드란, 트라케어네 새들호스……는 승마용이었다. 클리브랜드 베이, 브라망송, 패르셰론, 샤이어 호스, 클라이데스델, 서폴크 펀치…… 그들은 무거운 짐을 끌었다. 거기에 동양종으로 몽고말, 일본산 재래종, 제주 조랑말…… 들이 있었다. 너무 많은 이름과 품종에 지쳐서 사람들은 이따금 말들의 통폐합을 구상하기도 했고, 그들이 등뼈동물문과 포유강(哺乳綱)과 유제목(有蹄目), 기제아목(奇蹄亞目)에 속한다는 것을 놓고 하릴없이 논쟁을 벌이는 것을 직업으로 삼아 밥을 먹는 사람들도 있었다. 그러나 그 모든 것이 무슨 소용이었으랴. 말은 나이가 들면 아래턱 앞니의 마찰면이 삼각형으로 변하면서 열여덟 살이 넘으면 타원형으로 변해 갔고, 앞니의 방향은 나이가 많아질수록 앞쪽으로 뻗어나왔다. 수컷은 서너 살에서 스무 살 가까이까지 번식능력을 가지며 어떤 만숙(晚熟)한 수컷은 스물다섯 살까지 번식능력을 가지기도 했다. 암컷은 두세 살이면 발정을 했다. 그들도 계절을 타서, 암컷은 봄철이면 대개 발정을 하고 수태율도 높았다. 수태 후 삼백사십 일이 지나면 분만을 했는데 언제나 뛰는 것을 존재의 바탕으로 삼았기 때문에 골반의 심한 자극으로 유산(流産)을 하는 경우 또한 심했다. 그러나 새끼를 낳고 일주일이면 다시 또 발정을 했다.

무엇보다도 그들 수컷의 길고 굵고 검은 성기는 찬사의 한가운데 있었다. 빠른 것을 뽐내며 치타가 초원을 누비면, 큰 키를 자랑하며 기린은 풀을 뜯어도 높은 곳의 새순만을 먹었고, 용맹을 내세우며 사자는 늘 잠을 잤다. 그러나 그 누구도 자신의 성기를 자랑스러워하지는 못했다. 빠르면서 크며 용맹스러웠던 말은 그 누구도 가지지 못한 아름답고 강대한 성기로써 으뜸의 자리에 있었다. 말의 성기는 크기와 굵기에서만이 아니라 그 색깔과 오랜 시간을 유지하는 발기력에 있어 고고한 품격을 잃지 않으면서 누구도 범접할 수 없는 부러움 속에 있었다. 크기의 왜소함을 부끄러워하면서 풀잎으로라도 자신의 성기를 가리기 시작한 인류는 처음부터 논외였지만 나머지 그 어떤 동물도 성기로써 찬탄의 대상이 되기로는 말이 유일했다.

〈줄기찬〉이라는 말로밖에 달리 표현하기 어려운 그들의 성욕 또한 다른 동물과는 달리 인간에게는 선망의 하나였다. 그의 긴 길이는 사람들의 팔과 같아서 남자들은 자신의 아랫도리를 내려다보면서 결코 이룰 수 없는 그 길이를 흠모했으며, 그 탐스러운 굵기는 아녀자들로 하여금 가늘게 한숨을 내쉬게 만들었다. 검게 윤기가 흐르는 색깔은 아직 혼례를 올리지 않은 여자는 보아서는 안 되는 부정(不淨)한 것이었다. 말은 성기마저도 아름다웠다. 암컷의 그것도 마찬가지였다.

암컷은 그 자궁의 깊이에 있어 끝을 알 수 없이 음흉했으며 수컷을 받아들일 때의 조임이란 귀두와 중간부분과 끝이 파도치듯 서로 달라서 수컷의 그것 부분을 불로 지지는 듯 떨리게 했다. 수컷을 빨아들이며 검게 너덜거리는 소음순은 보는 이를 탄식하게 하기에 충분한 것이었다.

그들은 사람들을 태웠고 짐을 운반했으며 우편물 배달에도 쓰여졌지만 전쟁에서는 죄없이 죽어갔다. 살아서는 그의 배설물까지 비료로 사용되거나, 연료가 되어 죽을 끓였고 구들장을 따스하게 만들었다. 그리고 죽어서는 피혁산업을 일으키며 가방으로 구두로 만들어졌다. 으뜸의 소리

를 내는 바는 아니었으나 가죽은 때때로 북을 만드는 데도
쓰여져 선두에 서서 행렬을 이끌었다. 꼬리와 목털은 악기
의 현(弦)으로 쓰여져 사람들의 귀를 즐겁게 했고 뼈마저
빗과 젓가락으로 만들어져 죽어서도 그의 기상을 드높였
다. 말을 가지고 인간사(人間事)를 논하며 한탄하는 자도 있
었으니, 한퇴지(韓退之)는 그의 잡설(雜說)에서 말하였다.

〈말을 부릴 때는 거기에 맞는 방법을 써야 할 텐데 그렇
지 못하고, 말을 기르는 데는 충분한 먹이를 주어 그 재능
을 남김없이 드러내도록 해야 할 터인데도 그렇지 못하
고, 말이 자기의 고통을 울음으로 호소해도 그 뜻을 알아
주지 못하면서도 채찍을 손에 들고 말 앞에 다가서서 말하
기를 천하에 좋은 말이 없다 한다. 아, 정말 말이 없는 것
인가, 아니면 정말로 말을 몰라보는 것인가.〉 서양에서
는, 〈풀이 자라는 동안을 기다리다가 말은 굶어죽는다〉고
잠언집(箴言集)에서 말한 사람도 있었다.

승마는 문명의 발상지인 티그리스, 유프라테스 강 유역
에서부터 시작되었다. 고대(古代)에는 교육의 하나로 말타
기를 훈련시켜, 말에 타고 오르는 것은 목마(木馬)를 이용
하여 그 기초를 닦았다. 기병(騎兵)에 있어 승마는 예절과
위용 그리고 투쟁의 필수 기능으로서 연수되었고 승마술은
화려하게 발달했다. 중세기의 기사도도 그 꽃이었다. 시월
에는 〈말의 날〉이 있어 붉은 팥떡을 만들어 마구간에 놓고
고사(告祀)를 지냈으니 이것은 말의 무병장수를 빌기 위함

이었다. 그러나 병오일(丙午日)에는 마제(馬祭)를 지내지 않았다. 그것은 병(丙) 자가 병(病)과 음이 같아서였다. 무오일(戊午日)을 말날 중에서 제일로 쳤으니 이는 무(戊) 자와 무(茂) 자가 음이 같을 뿐 아니라 무성함의 뜻이 있어서였다. 마(馬)씨 또한 최고의 성(性)으로 추앙받기도 하였으니, 그 발음이 같다 하여 마(麻)씨나 마(磨)씨마저 진골로 대접받았다. 다만 마(魔)씨만은 제외되었다.

그러나 시대의 변화는 말을 예외로 하지 않았다. 말에게도 소외와 불명예의 역사는 시작되었다. 그것은 땅 위에 평등(平等)이라는 말이 지배하기 시작하면서부터였다. 땅에는 상하의 구별이 없어지고, 왕족은 몰락하고 추방되었으며, 피의 순수성은 지켜지지 못하고, 백성이 주인이라는 미명(美名) 아래 몽매한 뭇사람들의 통치가 계속되는 시대가 다가왔던 것이다. 평등의 역사는 말에게 있어서도 오욕의 나날이었다.

평등의 세파(世波)를 타고 온 어제의 머슴이 오늘의 주인이 되어 그의 안방에 예서(隷書) 횡액을 써 걸었으되 〈자수성가치국평천하(自手成家治國平天下)〉라 하였고, 어느 시러베아들놈은 종이를 더럽히며 책을 써서 남녀의 유별(有別)이 없이 아래위로 앞으로뒤로 구별도 없이 뒤섞이게 해놓고 이름을 붙였으니 〈성(性)에 관한 모든 것——체위론(體位論)〉이라 하였고, 농사꾼은 장사꾼이 되어 그 질서 또한 혼란스러우니 천하의 본(本)이었고 인륜(人倫)의 규범이었던 농민이 저 먹을 것은 농약 하나 비료 하나 안 뿌리면서도 상인에게 팔아먹을 것에는 독약 치듯 농약을 쏟아부으며 장사될 것만 골라가며 심고 앉았으니 이 또한 다 말의 존엄성이 땅에 떨어지며 시작된 일이었다. 무릇 개 자(字)나 잡(雜) 자가 붙는 것이 저급한 것의 상징이었거늘, 오도된 평등이 저마다를 높고 귀한 것으로 알아 개 자나 잡 자가 붙는 것이 오히려 생명력 있고 순수하고 아름다운 것으로 인식되기에 이르러 개복숭아 개살구가 귀하게 여겨지는 시대가 열렸던 것이다.

사람들이 점차 말을 타지 않게 되면서 거리의 마방(馬房)이 모습을 감추었고, 소가죽 신발이 사람들의 마음을 사로잡아 발에 흙을 묻히며 걷는 역사가 계속되더니 끝내는 타고 다니던 말을 잡아 그 가죽으로 신발을 만들어 땅을 밟기에까지 이르렀다. 말에게 이보다 더한 치욕이 어디 있으랴. 암컷을 향해 나아갈 때의 그 찬란한 윤기와 길고 탱탱한 몸체를 감싸는 충일감 그리고 버섯처럼 솟아오른 귀두로 언제나 찬탄의 대상이 되었던 말의 성기조차 점차 웃음거리가 되어갔다. 말은 사랑법마저 빼앗겨 번식용을 제외하고는 열세 살이 넘으면 모두 거세(去勢)를 당하고 인공수정이 범람하는 고절(苦節)의 삶을 연명하기에 이르렀다.

그랬다. 어떤 개혁이든 그것을 이룩하려는 사람들에게는 음모가 필요했다. 말 탄 자들의 음모는 그렇게 하여 시작되었다. 땅 위의 질서를 되찾기 위한 혁명의 준비였다. 역사에는 말〔言語〕이 모여 힘이 되고 힘이 모여 다스림이 있어왔다. 기마인(騎馬人)들은 생각에 생각을 깊이하고 모임에 모임을 거듭했다. 말〔言語〕은 모의(謀議)였고, 힘은 권력이었으며 다스림은 때로 폭력과 독재였다. 그들은 뜻을 모았다. 그리하여, 말(馬)은 말〔言語〕이 되고 힘이 되었고, 힘은 혁명으로 이어졌다.

　수도를 중심으로 동군(東軍)과 서군(西軍)으로 나뉘어 그들은 혁명의 모의를 진행시켜 가며 나라를 근심했다. 그러나 그들이 원하는 질서와 존엄성이 땅 위에서 되찾아진다면 혁명은 정당성이 없어질 것이므로 그들은 마음 깊이에서 서울이 쑥밭이 되기를 바랐다. 드디어 거사(擧事)의 날이 결정되자, 그들은 먹을 갈아 각자 계급장을 만들어 가슴과 어깨에 붙였다. 눈이 나빠 평생 별을 바라보지 못했던 마상인(馬上人)은 가슴에 맺힌 그리움 때문에 스스로 별을 달고 장군이 되었으며 꽃을 지극히도 사랑했던 사람은 무궁화를 그려붙이며 영관급 사령관이 되었다. 청년장교를 지망한 젊은이들은 신부에게 해줄 다이아몬드 반지를 생각하며 어깨에 다이아몬드를 붙였다. 바닷가에서 태어나 거기서 살면서도 머나먼 수평선 저쪽을 결코 그리워한 적이 없던 어부는 물결 무늬를 그려붙이고 스스로 사병이 되었다. 그리고 스스로 선택한 그것이 질서가 되었다. 다만 깊은 산골에서 약초를 캐며 살던 마상인만이 문제가 되었다. 그는 산과 개울의 모양을 본따서 꺾쇠 모양과 개울 모양을 합친 계급을 만들어 이마에 붙였기 때문이었다. 위원회는 그에게 사병과 장교의 사이에 있도록 하고 특무상사라고 이름을 지어 내려보냈다.

중위가 사랑했던 여인은 한번도 그에게서 무엇을 받고 싶다고 말한 적이 없었다. 다만 여인이 떠난 지금도 그는 그녀를 사랑하고 있었기에, 이 세상에서 가장 변하지 않는 견고한 돌이라는 다이아몬드를 그녀의 것과 자신의 것으로 두 개를 그려 이마와 어깨에 붙였다. 그렇게 해서 그는 스스로 중위가 되었다.

D데이 H아워가 결정되고 그들은 어금니를 힘주어 물고 말에 올랐다. 모든 지휘와 통솔은 스스로 선택한 계급에 따라 지켜진다. 그것이 민간(民間) 혁명 기병대의 유일한 군률(軍律)이었다.

2

말에 오르기에 앞서, 중위는 휘하의 사병들에게 명령했다.

「바르고, 빠르게 하라. 이것이 작전의 생명이다. 신속과 정확. 그리고, 시내 진입이 끝날 때까지는 할 수 있는 한 말발굽 소리를 줄여라」

그의 어조는 비통했으나 표정에는 흔들림이 없었다. 작전을 수행함에 있어, 최소한이나…… 가능한 한…… 할 수 있는 한…… 이라는 수사(修辭)는 불필요한 것임을 중위는 잘 알았다. 그러나, 말발굽 소리를 일체 내지 말아라, 라고 명령할 수는 없었다. 말굽이 없이 말은 달릴 수 없고, 말굽은 소리를 내게 되어 있었다.

 밤은 깊고 어두웠다. 비가 내리고 있었기에 먼지는 없었다. 말발굽이 흙을 차고 내달리는 소리가 땅의 저 끝 어딘가가 무너져 내리고 있는 듯이 둔중하게 대지를 메우고 있었다. 빗발은 더 거세어지지도, 그치지도 않았다.

 중위는 어금니를 힘주어 굳게 다물고 있었기에 그의 턱은 디귿(ㄷ)자로 생긴 무쇠 꺾쇠를 견고하게 박아놓은 것 같았다. 기마 자세로 몸을 긴장시킨 채 그는 이 출동에서 예기치 않았던 것은 비밖에 없다고 생각했다. 가을비는 예상 밖이었다. 그러나 D데이 H아워를 정하면서 그 누구도 지난 십 년 간의 기상통계를 뒤적여 시월 여드레에 비가 많았다거나, 칠월 칠석과 겹치는 날이 있었다든가 하는 것을 살펴보려고 한 사람은 없었다. 이것은 혁명이었다. 계꾼들의 야유회가 아니었다.

 예상치 못했던 악천후가 그들의 이동을 느리게 하고 있었다. 선두의 기마병에게는 별로 문제가 되지 않았지만 뒤따라가는 사람들에게 무엇보다도 고통이 되고 있는 것은 진흙덩이였다. 앞선 말의 발굽에 짓이겨진 젖은 흙이 허공으로 튀어올라 뒤따라가는 병사들의 얼굴을 때렸고, 비에 젖은 어깨에 털썩털썩 떨어졌다. 중위는 턱에 더욱 힘을 주어가면서, 이 출동이 밝은 한낮의 상황이었다면 어땠을까를 상상해 보았다. 연기처럼 피어오를 흙먼지와 지평선 저 끝에 소실점을 이루며 사라져가고 있을 선두 부대의 모습은 얼마나 비장할 것인가. 그것은 한 시대를 마감하는 데 동참했던 병사들의 가슴에 영원히 지워지지 않을 화인(火印)으로 남을 모습일 것 같았다.

얼굴을 적신 빗물이 턱을 타고 흘러 제복 앞자락에 떨어졌다. 제복은 쥐어짜면 물이 흐르게 젖어 있었다. 그것은 말도 마찬가지였다. 바람을 가르며 휘날릴 말갈기는 빗물에 젖어서 목덜미에 들러붙었고, 몸이 튀어오를 때마다 흔들리는 꼬리에서는 물이 허공에 뿌려졌다. 눈썹을 타고 흘러내리는 빗물을 닦아내면서 중위는 출동에서 제외한 일곱 명의 병사들을 문득 떠올렸다. 그들은 갓 결혼을 했거나 아직 일년을 넘지 않은 신혼의 민병(民兵) 마상인들이었다. 그들 일곱 명을 작전에서 제외시키며 중위는 물었다.

「너희들 중 최근에 후방의 처에게서 편지를 받은 사람은 누군가?」

열중쉬어에서 다섯 명의 사병이 부동자세를 취하며 대답했다.

「넷, 접니다」

「혹시 편지에 아내가 임신을 했다는 소식은 없었는가?」

사병들은 아무 말이 없었다.

「대답하라」

「넷, 있었습니다」

부동자세 그대로, 얼굴의 긴장을 풀면서 두 명이 대답했다. 중위는 그들 둘에게 말했다.

「너희 둘은 전령이다. 후방으로 간다. 즉시 말에 안장을 얹고 대기하도록. 일 보 앞으로! 뛰어갓!」

나머지 다섯 병사에게 중위는 목소리를 높였다.

「나미지는 사료창(飼料倉)의 보초다. 순번대로 야간근무를 하도록」

「혁명에는 참가하지 않습니까?」

「너희들은 남는다. 사료창을 지키는 그것도 혁명이다」

죽음을 뚫고 나아가야 할지도 모를 이 작전에서 신혼의 그들을 제외시킨 것은 잘한 일이라고 그는 어금니를 물며 생각했다. 그들에게서 필사의 용기를 바란다는 것은 가혹한 일이었다. 무엇보다도 싱싱하게 물이 올라 있을 그들의 꽃 같은 아내나 혹시 이제 마악 태반(胎盤)에 뿌려진 씨앗이 자신처럼 유복자(遺腹子)가 될지도 모른다는 생각을 했을 때 그의 마음은 쓰라렸었다. 잘한 결정이라고 흡족해하며 그는 입술을 타고 흐르는 빗물을 침을 뱉듯 뿌려댔다. 그리고 고개를 들었을 때였다. 그는 저 멀리 들판에서 희미하게 쏘아올리고 있는 세 개의 불빛을 보았다.

그것은 약속된 불빛이었다. 흘러내리는 빗물을 닦아가며

불빛의 숫자를 확인한 중위는 팔을 높이 쳐들며 소리쳤다.
「선두, 서행(徐行)하라」

 행렬의 속도가 느려졌다. 말들은 앞발을 들며 캄캄한 허공을 향해 울부짖었다. 부대는 대나무 가득한 세죽벌을 지나고 있었다. 혁명의 주역인 동군(東軍)의 장군은 세죽벌의 끝에서 네 필의 말이 끄는 수레를 타고 그들 선두부대의 출동을 확인하기로 되어 있었다. 세 개의 불빛이 암호였다.

 기마부대의 행렬은 속도를 늦추며 빗속의 세죽벌을 가로질러 갔다.

 불빛이 점점 가까워졌다. 그는 말을 돌려 부대의 후미에서 뒤따르고 있는 지휘본부로 달려갔다. 부관참모는 마차의 포장을 젖히며 그를 맞았다. 그는 노오란 민들레 꽃 두 개를 모자에 붙이고 있었다. 민들레는 비에 젖어 있지 않았다. 그는 마차와 나란히 말을 달렸다.

「불빛이 보입니다」
「확실한가? 불빛은 세 개여야 해」
「셋이 확실합니다」
「그렇다면 장군의 수레다」

 그는 가쁜 숨을 들이마시며 부관참모에게 물었다.
「어떻게 할까요? 선두부대는 지금 서행중입니다」
「부대는 빠르게 행군을 계속해야 해. 시간이 없다. 나는 장군을 만난 후 뒤따르겠다」

 도강(渡江)을 위해서는 장군의 불빛이 있는 길로 직진해서는 안 되었다. 강안(江岸)으로 향하는 길은 불빛을 바라보며 우회(迂廻)하게 되어 있었다. 그가 대답했다.

「알았습니다. 오실 때까지는 다리를 건너지 않겠습니다」

중위는 말을 달려 원위치로 돌아갔다. 그는 선두부대의 행렬에 다가서며 큰소리로 외쳤다. 확신에 찬 목소리였다.

「부대원은 들어라. 지금부터 강안(江岸)까지 전속력으로 질주한다. 채찍을 들고 박차를 가해라. 말굽소리가 울려도 좋다」

불빛을 향해 다가가는 지휘본부의 수레를 남겨두고 선두 병력은 빠른 속도로 전진해 갔다. 잠시 속도를 줄이면서 꿈틀거리던 4열종대의 민간 혁명 기병대는 행렬의 구배를 폈다. 대숲이 끝나고 빗발 속에 캄캄하게 엎드린 추수 끝난 들판을 지나 기마 병력은 질주하기 시작했다.

강은 언제나와 다름없이 어둡게 번들거리고 있었다. 계획보다 삼십 분이 늦은 시각, 부대는 강을 사이에 하고 수도(首都)의 서쪽에 도착했다. 멀리 시가지가 빗발에 가려서 한 무더기의 불빛으로 어른거리며 바라보일 뿐, 모든 것은 조용했다. 수도로 진입하는 유일한 다리 위에 밝혀진 수은등 불빛이 두 줄의 행렬을 이루고 있는 것이 선명하게 바라보였다.

서울이었다. 가난했기에 그는 자신의 조랑말조차 없이 마차에 포개지듯 태워져서 처음 이 서울에 닿았었다. 새벽이었고 몹시 추웠다. 서리가 내리는 추위 속에서 그가 처음 본 서울은 사람의 모습은 보이지 않은 채 차갑게 빛나고 있는 거리의 불빛들이었다. 어머니에게 편지를 쓰면, 서울에는 불빛만이 사는 것 같았습니다 하는 말로 시작하리라 하고 그는 그때 차가운 손을 불면서 생각했었다. 그러나 그것이 얼마나 잘못된 생각이었는가를 아는 데는 긴 시간이 필요하지 않았다. 서울은 불빛이 아니라 환한 대낮에도 어둠이 웅크리고 사는 도시였다. 그리고 그는 그 어둠 속에서 혁명에 있어서는 그 사회의 구성원을 등급별로 구분할 때 개인의 부패나 비리에 따라 분류할 것이 아니라 혁명의 목적에 얼마나 해가 되는가 하는 영향력에 따라 분류해야 한다는 것을 배웠다.

오직 자신의 목적에 도움이 될 사람에게만 우정을 가져야 한다는 것도 배웠다. 혁명을 위해서는 두 가지의 힘을 길러야 할 필요가 있었다. 고문을 이겨내는 힘과 자신의 감정을 철저하게 죽여버릴 수 있는 힘이었다. 우리는 모두가 가난하다는 명제는 위안이 되지 않았다. 모든 평등이란 그것이 가난이라고 해도 혁명에 반하는 것이었다. 계급이 없이 혁명은 없었다. 그러므로 혁명가는 기존의 어떤 법률이나 윤리와도 절연하지 않으면 안 되었다. 저들이 믿는 법률이나 윤리는 그것을 더욱 처절하게 쳐부수기 위해서 알고 몸에 익혀야 하는 기초 조항에 불과했다.

지나간 젊은 날의 슬픔과 열정이 소용돌이치고 있는 가슴을 짓누르며 그는 어둡게 번들거리고 있는 강물과 다리와 그 건너편의 도시를 지켜보며 오른손을 들었다.

「이제부터 평상속도를 유지한다. 전 대원은 기마자세를 흐트리지 말라」

장군을 만나기 위해 뒤처졌던 본부에서 방금 합류했다는 보고가 선두에 전해졌다. 그는 속삭이듯 명령했다.

「성호(聖呼)를 그어라」

다리를 향하여 곧바로 나아가며 그는 이마와 양쪽 가슴을 연결하는 십자를 그었다. 주저한다는 것은 마음의 형평을 잃는다는 것이다. 이제 필요한 것은 결연한 용기뿐이었다. 혁명의 아들이 되어 말(言語)의 갑옷을 입고 유격군에 가담했을 때에도 그는 용기라는 것에 대해 곰곰이 생각했었다. 영혼을 고무하고 격려하여 위험에 대처해 나가는 힘이 되는 용기를 전장(戰場)이 아닌 어디에서 그 터를 찾을 수 있겠는가. 용기는 생활에서도 혁명에서도 필수의 미덕이었다.

그것은 행진의 선두에서 북을 치는 고수(鼓手)로부터 말의 먹이를 운반하는 보급사병이나 자신과 같은 야전 장교에 이르기까지 누구에게나 마찬가지일 것이다. 용사의 심신이 한 자루의 칼이라면 용기야말로 그 칼날에 예리함과 섬광을 부여하는 정제된 강철이 아니겠는가. 용기야말로 일종의 창조된 힘이라고 믿었었다. 이제 그것이 필요한 시간이었다.

부대는 다리 서쪽의 진입로에서 잠시 멈춰 섰다. 열두

명의 대원을 이끌고 그는 다리로 다가갔다. 발굽소리가 멎으며 말들은 허공을 차며 울부짖었다. 다리를 지키는 수비대는 환한 불빛 속에서 차단기를 내리고 있었다. 그들의 군화가 땅에 부딪치는 소리가 어지럽게 울려퍼졌다.
「누구냐?」
수비대의 사병들이 사격자세를 취하며 물었다. 중위는 말 위에서 권총을 뽑아들었다. 수비대의 장교 하나가 뛰어나왔다. 쏟아지는 빗발을 어깨에 맞으며 중위는 말 위에서 소리쳤다.
「장애물을 치워라. 우리는 기마부대다」
수비대의 장교가 다가섰다.
「말에서 내리시오」
「수고하오. 시내에는 아무 이상 없소?」
「없소」
수비대의 장교는 엄격했다.
「말에서 내리시오」
그는 말에서 내리지 않았다. 그것은 기마인의 긍지였다. 존엄성은 스스로 지키지 않으면 안 되었다.
「우리는 기마부대 사령관의 명령으로만 움직이는 기병대다. 장애물을 치우시오」
「우리는 특명을 받은 바 없소. 어떤 부대도 강을 건너게 할 수는 없소. 말에서 내리시오」
돌파하는 것밖에 다른 작전은 없었다. 명예를 지키며 돌파해야 했다. 그는 반복했다.
「우리는 야간 특수훈련중이다. 길을 틔워라」
「돌아가시오. 아무도 다리를 건널 수 없소」
 얼굴을 때리고 있는 빗발을 손바닥으로 막기 위해 수비장교가 손을 쳐들었다. 그때 그의 말이 놀라며 앞발을 들어 허공을 찼다. 그것이 신호였다. 뒤에서 대기중이던 열두 명의 대원이 일제히 사격을 시작했다. 그의 말이 허공을 차는 것이 사격의 신호였지만, 그 신호는 그가 아닌 수비대의 장교가 내린 셈이었다. 일단의 총성이 멎었다. 말 아래를 내려다보았다. 서 있는 것은 아무것도 없었다.
 수비대의 저지선은 쉽게 무너졌다. 제3선이 무너지며 수비대는 퇴각했다. 그는 말을 달려 강을 건넜다. 캄캄한 어둠 저편의 도시가 한덩어리의 불빛이 되어 기우뚱거리며 다가오고 있었다. 무릎을 꺾으며 쓰러져 가던 수비대의 병사들. 비와 어둠 때문에 그들의 피를 보지 않아서 다행이었다고 그는 말 위에서 생각했다. 기병대는 다리를 건너갔다.

 시내는 너무나 조용했다. 예정대로라면 강서(江西)에서 시내로 진입하는 또 다른 기병대인 서군(西軍)이 있어야 했다. 그러나 어디에서도 동진(東進)하는 말발굽 소리는 들려오지 않았다.
 어쩌면 시내는 무방비 상태인지도 모른다는 안도와 희열이 언뜻언뜻 중위의 가슴을 채찍처럼 때리고 지나갔다. 적어도 진압군의 움직임은 찾아볼 수 없었다. 너무나 조용하다는 수도의 평화가, 그 진공상태가 또한 공포로서 다가와 가슴 밑에서 철썩거리며 지나가기도 했다. 다른 혁명군은 모두 출동단계에서 진압된 것은 아닐까. 이것은 우리들만의 고립 출동은 아닐까 하는 불안도 있었다. 창으로 새어 나오는 민가의 불빛들. 외등을 켜둔 채 잠이 든 집의 대문들. 가로등에 비쳐 번들거리는 포도 위의 빗물 위를 말을 달리며 그는 하사를 불렀다. 그는 상인(商人)으로서 무엇이든지 양이 많은 것을 좋아해 기호가 많은 하사 계급을 택한 사람이었다.

「이봐! 하사」

빗물에 젖어서 하사가 다가왔다.

「목이 타는군」

입이 메말라버린 것은 벌써였다. 아무리 침을 삼키고, 건조한 입을 적시느라 혀를 굴려보았지만 목이 타기는 마찬가지였다.

「여기 술이 있습니다」

하사가 술병을 그에게 건넸다.

「고맙군」

그는 고개를 젖히고 병째 술을 마셨다. 그러나 목구멍이 타고 있는 듯한 단내는 사라지지 않았다. 술병을 하사에게 돌려주던 그가 말고삐를 낚아챘다.

「하사. 작전중에 술을 가지고 나오다니?」

「제가 아닙니다」

「아니라고?」

「네, 술을 가지고 오라고 저에게 명령하신 건……」

「내가?」

「넷. 비가 오거든 술을 준비하라고 하셨습니다. 목이 탈 때는 술로 그 타는 목을 태워야 한다고도 하셨습니다」

그는 발을 굴러 말을 차고 나가며 중얼거렸다.

「목이 타는군」

무서웠다. 시내의 정적이 더욱 그를 괴롭혔다. 공포와 용기의 차이를 가늠할 수 없이 그는 목이 말랐다. 코끝으로 훅훅 단내를 내뿜으며 그는 말을 달렸다. 시내로 진입한 후 첫번째 초소가 나타났다. 야간 경비원은 까맣게 길을 덮고 달려오는 기마부대를 바라보며 그에게 경례를 했다.

「무슨 부대입니까?」

「기마부대. 야간작전이다」

「상부의 연락이 없었습니다」

「근무태만이군. 연락해라」

뒤에서 따라오던 사병이 총을 들어, 마악 초소로 들어가기 위해 돌아서는 경비원의 머리를 향해 방아쇠를 당겼다. 생고무가 튀어오르듯 경비원은 땅바닥으로 몸을 뒤틀며 거꾸러졌다. 거대한 행렬은 초소를 통과했다. 행렬은 시내로 진입하고 있었다.

아무런 저지도 받고 있지 않다는 의문과 초조감을 억누

르며 그는 후미의 참모에게로 달려갔다.

「뭔가 잘못된 것 같습니다」

「왜?」

참모는 눈을 번득였다.

「너무나 조용합니다」

「조용하다고? 발굽소리가 수도를 뒤흔들고 있는 것이 그대의 귀에는 들리지도 않나」

「참모님, 서군(西軍)도 보이지 않고 저지병력도 없습니다」

「수도장악이 눈앞에 있어. 우리의 최선의 목표는 무혈입성(無血入城)이야. 알겠어?」

참모는 속삭이고 있었다. 그는 다시 말을 달려 선두로 돌아갔다. 행렬은 이제 완벽하게 수도의 한복판에 진입하고 있었다. 말발굽 소리에 놀란 개 한 마리가 꼬리를 감으며 길을 가로질러 달아났다. 그 눈에서 퍼렇게 불이 흐르고 있었다. 그는 시계를 보았다. 거의 아무런 저지도 받지 않았지만 시간은 예정보다 한 시간이 늦어 있었다. 비 때문이다. 그는 중얼거렸다. 뒤쪽에서 갑자기 난사하는 총소리가 들렸다. 행렬이 멈칫했다. 그가 달려갔다.

「뭔가?」

「오발입니다」

병졸 하나가 말 위에서 턱을 떨며 대답했다.

「이것은 혁명이다. 명령에 따르지 않는 자는 사살한다」

고삐를 쥔 손을 당기며 옆의 사병이 말했다.
「저걸 좀 보십시오」
병졸이 가리키는 곳으로 눈이 간 순간 그의 손이 옆구리에서 권총을 빼들었다. 어둠과 빗발이 에워싼 허공에서 칼을 들고 달려오는 적이 있었다. 그러나 총을 빼든 채 그는 얼어붙었다. 표적은 더 이상 움직이지 않았다. 그것은 기마부대를 향한 저지군이 아니었다. 그가 늘 민족의 명예와 긍지로 여겼던 성인(聖人), 역사 속의 성인의 모습을 청동으로 세워놓은, 그것은 동상이었다.
「저것을 쏘았단 말인가?」
「네」
그는 다시 총을 허리에 찼다. 병졸이 말했다.
「작전이 잘못된 것은 아닙니까?」
「너무 조용해선가?」
「네. 작전대로라면, 서군이 보여야 하지 않습니까. 그림자 하나 얼씬거리는 것이 없습니다」
「우리는 명령에 따를 뿐이다」
그가 소리쳤다. 그는 다시 말을 돌려 참모의 마차를 찾아갔다. 참모는 휘장을 벗기며 그의 말을 맞았다.
「총성은, 무슨 일인가?」
「길에 세워놓은 동상을 적으로 오인했습니다」
「동상을 쏘았단 말인가?」
「네. 너무 조용해서 병사들이 지나치게 긴장한 것 같습니다」

「전 대원에게 하달하라. 이제는 움직이는 것만 쏘아라. 동상은 시내 중심가에 수없이 많다」

그는 침을 삼켰다.

「참모님, 목이 탑니다」

참모도 목이 타기는 마찬가지였다. 그는 내처 말했다.

「조용합니다. 너무나 조용합니다」

「나도 알고 있어」

중위는 입 속에서 짓씹고 있던 말을 참을 수 없어하며 내뱉었다.

「참모님, 오늘이 시월 여드레는 확실합니까」

「아니지. 오늘은 시월 아흐레지. 어제가 시월 여드레였어」

「아무래도, 아무래도 뭔가 잘못된 것 같습니다. 서군의, 서군의 백마(白馬)가 보이지 않습니다」

그는 거의 울부짖고 있었다.

「아무래도 우리가…… 속은 것 같습니다. 오늘은 시월 여드레일지도 모릅니다」

참모는 마차를 세웠다. 휘장을 걷어올린 그는 중령의 휘장이 그려진 비옷을 입으며 말발굽에 짓이겨진 진흙 위로 내려섰다. 물 묻은 진흙이 그의 군화 잔등을 덮으며 기어올랐다. 그도 말에서 뛰어내렸다. 그가 말에서 내리느라 튀어오른 흙탕물이 중령의 무릎에 가 얼룩을 만들었다. 그는 중령 앞에서 부동자세를 취했다. 중령은 천천히 아주 천천히 그의 어깨에 손을 얹었다.

「자네는 지휘관이야. 알겠나? 그걸 잊어선 안 돼」

중령은 빗물이 흐르고 있는 그의 얼굴을 내려다보았다.

「내 말은, 단순하고 맹목적인 열정은 버려야 한다는 거야. 그건 용감한 것이 아냐. 자기 자신을 희생시키려고 하지 마」

그의 얼굴을 바라보며 중령은 빗물이 스며드는 눈을 가늘게 떴다.

이 땅에는 너무 오래 전쟁이 없었다. 그 때문에 민간(民間) 혁명군은 군인의 덕목 중에서 무덕(武德)이라는 것이 단순한 용기와 얼마나 엄격하게 구별되는지를 모른다. 신명(身命)을 바치려는 열정만으로는 부족하다. 물론 그것은 필수적이지만, 군인이 여타의 사람들과 구별되는 것은 그 용기에 있어서도 마찬가지다. 군인의 용기는 심성에 의해서가 아니라 습관이나 훈련에 의해서 생성되는 것이다. 개인적인 충동을 억제한 복종과 질서 그리고 규칙에 의한 용기만이 군인의 것이다. 열정이 아니다. 중령은 목소리를 높였다.

「이제 자네도 알게 될 걸세. 계급이 올라간다는 것은 자기 자신을 희생하게 될 기회가 줄어든다는 것이네. 우린 지금 혁명을 하고 있어. 알겠나?」

「네, 참모님」

그는 중령의 어깨 너머로 비를 맞고 있는 마차를 바라보고 있었다. 참모가 몸을 돌려 마차에 올랐다.

「혁명은 자네의 희생을 요구하는 게 아닐세. 부하대원을 보존 유지하고 전 혁명군의 안전을 도모하는 것, 그것이 자네가 해야 할 열정이다. 알겠나? 말에 오르게!」

그는 부동자세를 풀었다. 말에 뛰어오르는 그를 보며 얼굴의 빗물을 씻어내는 참모의 입가에 웃음이 떠올랐다.

「자네는 진압군이 나타나길 기다리며 입성(入城)을 안할 사람 같군」

「죄송합니다」

「다시 한번 말하네. 이것은 혁명이야. 각자가 각자의 임무를 마쳤을 때 혁명이라는 거대한 벽화가 모자이크되는 거야. 돌아가서 자네의 임무에 충실해라」

말을 돌리는 그에게 참모가 소리쳤다.

「수도의 밤이 조용하다고 해서 우리가 비겁자가 되는 것은 아닐세」

그를 돌려보내고 나서 중령은 마차의 등받이에 기대어 앉았다. 비에 젖은 군복이 척척하게 등을 적시고 있었다. 그는 눈을 부릅뜨며 어둡게 비 내리는 거리를 쏘아보았다. 중령은 무관학교 동기생 중에서 가장 출세가 늦은 사람이었다. 더러는 이미 고급관리가 되었고, 나머지도 대개 관계의 요직을 맡고 있었다. 오늘의 이 거사가 중위의 공포와 닮아 있는 것은 아닐까 그는 잠깐 생각했다. 너무 조용해서 오히려 공포를 느낀 중위의 무저항 속의 진주(進駐)와 혁명을 모의했던 자신의 결단과는 얼마쯤 닮아 있는 것이 분명했다. 둘 다를 관통하고 있는 것…… 그것은 혁명의 정신이 가지는 덕목이 아닌 개인적 열정이었다.

혁명은 상식이 아니었다. 의사는 환자에게 자신이 투여한 약의 효능이나 처방에 대하여 알고 있다. 정확하게 알고 있다는 것이 치료의 시작일지도 모른다. 환자의 반응과 수용 정도에 따라 다음 조치가 시작되기 때문일 것이다. 건축가도 도면 위의 설계만으로도 실제의 건축물을 떠올릴 수 있다. 도편수라는 자리에 올랐던 목공들은 실내에서 모든 목재를 마름질했다. 맞춰본다거나 끼워서 세워본다는 일은 있을 수 없었다. 그들은 다 마름질된 목재를 밖으로 가지고 나왔고 그것을 짜맞추는 일로 작업을 끝냈다. 그러나 혁명은 다르다. 혁명을 맞아 지휘관은 도편수일 수가 없다. 혁명은 목재가 아닌 살아 있는 상황이기 때문이다. 진위(眞僞)를 구별하기 힘든 온갖 정보, 공포와 나태, 부하들의 과실, 우연한 사건들의 소용돌이 속에서 지휘관은 언제나 올바른 결단을 내려야 하는 희생자적 존재일 뿐이었다. 어떤 결정도 불안을 수반하는 것이었고, 마음을 달래줄 것은 아무것도 없었다. 오랜 혁명 경험만이 그때그때의 상황을 판단해 내는 숙련도를 길러줄 뿐이다. 그러나 어찌 그 숙련을 위해 매일매일 혁명을 하겠는가. 그는 중얼거렸다. 여보게, 봄이 올 때를 기다리며 꽃이 저 혼자 피어보고 나서 다시 피든가. 예상이 있을 수 있을 뿐 혁명에는 연습도 편의(便宜)도 없다네. 그리고 오늘은 분명히 시월 아흐레야.

 이건 목을 따는 일이야. 단칼에 목줄을 끊어야 해. 알았나? 단칼에 목줄을 따주는 건 서로 좋은 거야. 저쪽을 위해서도 그렇고 우리한테도 말일세. 기왕에 죽일 걸 왜 고통을 주나.

 작전지시를 받던 날, 마지막 전술 회의가 끝났을 때 전방위 책임을 맡은 사령관은 그와 차를 나누면서 그렇게 중얼거렸다. 독한 술이 아니라 레몬이 띄워진 홍차를 마시고 있기 때문이 아니었을까 하고 후에 중위는 생각하긴 했지만, 그때 어쩐지 중위는 이 사령관은 차라리 저쪽에서 단숨에 혁명군을 저지하기를 바라는 것이 아닌가 하는 느낌을 받았었다.

 중위는 몸을 구부리며 상사가 펼쳐놓는 약도를 들여다보았다. 손전등의 불빛이 건물의 입구와 통로 그리고 방의 위치를 표시한 약도를 하얗게 떠올라보이게 했다. 빗발이 조금씩 약해져 가고 있었다.

 시내로 완전히 진입하면서 혁명군 부대는 각자의 임무를 위해 흩어졌다. 요인(要人) 체포조가 제일 먼저 어둠 속으로 사라져갔다. 그들은 시 외곽의 고급 주택지까지 말을 달릴 것이다. 연정(聯政)의 총리 공관을 장악할 특수조는 대부대로 편성되었다. 그들은 정문조, 정원조, 계단조, 통로조 그리고 침실조로 짜여졌다. 그들은 특히 빠르고 날렵한 말인 드루브레드를 탔다. 형무소와 탄약고를 장악할 제2조는 앵글로 드루브레드의 암컷을 교배시켜 만든 키가 큰 말들이었다. 그 말들의 몸은 살이 져 있었다. 수도경비대를 장악할 제3조와 의회 및 수도청을 점령할 제5조는 아라비아 원산의 아랍종 말을 탄 사람들로 편성되었다. 그의 군기창(軍器廠) 점령조는 제6조였다.

약도를 들여다보는 그는 약해진 빗발만큼이나 많이 침착해져 있었다. 그는 작전 순서와 대원들의 배치에 대하여 최종결정을 내리고 나서 고개를 들었다.

「예행연습 때와 한 치의 오차도 없게 하라, 이상 없나?」
「없습니다」

그들은 속삭이면서 대답했다. 군기창의 불빛이 저만큼 바라보였다. 대원들은 각자 고삐를 당겨 말의 속도를 줄였다.

용기와 의연함, 그것만이 지금의 나에게 필요하다. 그는 메말라오는 입 안을 적시기 위해 입을 벌리고 고개를 젖혔다. 빗발이 혀를 간지르며 입 속으로 떨어졌다. 용기와 의연함, 그것을 가지고 나는 이 일을 인내해야 한다. 이것은 우리의 명예와 우월성을 지키기 위한 혁명이다. 이 세상의 어떤 명예도 무한한 고통과 곤란에 의하지 않고 얻어지는 것은 없다. 권총을 뽑기 위해 옆구리로 내려가던 그의 손이 멈칫했다. 비에 젖은 총의 감촉은 너무나도 차가웠다.

권총을 손아귀에 틀어쥐면서 그는 군기창 정문의 불빛을 향해 곧바로 다가갔다.
 다시 또, 다시 또 이렇게 혁명에 나설 때가 온다면 자신은 좀더 의연하게 이 일을 해낼 수 있을 것 같았다. 기습작전의 요체는 무엇인가. 비밀 유지와 신속성이다. 우유부단하거나 이완된 군기(軍紀)를 가지고는 기습작전에 성공할 수 없다. 그러나…… 아무리 의연해진다 해도 다시 또 혁명에 나서는 그날이 자신의 생애에 와서는 안 된다는 생각을 하는 순간, 그는 말에서 뛰어내렸다. 그의 총이 불빛 가득한 정문의 대형유리를 깨뜨리며 작전 개시의 신호를 알렸다. 유리는 부서져 눈가루처럼 날렸다. 대원들이 차갑게 반짝이는 유리를 밟으며 안으로 뛰어들었다. 위협 사격이 가해졌다. 텅 빈 대리석 복도에 섰을 때 그는 잠깐 자신이 어느 왕조(王朝)의 유적지에 찾아와 거대한 왕릉에 들어서 있는 것 같은 한기를 느꼈다. 야근자들이 계단을 뛰어 달아나는 소리가 전실(前室)과 현실(玄室)이 있는 고분(古墳)의 벽화 저편에서 물 떨어지는 소리처럼 들려왔다. 순간 그는 몸을 날려 이층으로 달려 올라갔다. 아무도 없는 텅 빈 사무실을 책상만이 지키고 있었다. 그는 몸을 돌려 왼쪽으로 꺾인 복도를 뛰어갔다. 총소리가 산발적으로 들려왔다. 총소리는 복도를 타고 공명(共鳴)이 되어 울려퍼졌다. 약도에 그려졌던 위치를 따라 그가 다시 오른쪽으로 돌아서려는 순간이었다. 그는 옆방에서 새어 나오는 다급한 목소리를 들었다.

아직 끊기지 않고 남아 있는 전화선이 있었다. 목소리는 상황이 위급함을 알리는 전화소리였다.

「네, 맞습니다. 말을 타고 있어서, 처음에는 무슨 가장행렬을 하다가 오는가 했는데…… 네, 숫자가 너무 많습니다. 수십 필의 말을 탄 병사들이 술에 취해 총을 쏘며 쳐들어왔습니다. 네, 뭐라구요? 술 냄새를 맡았느냐구요? 술이 취하지 않았으면 병사들이 왜 총을 쏘며 들어오겠습니까? 거기다가 그들은 말을 타고 있습니다. 말을」

진흙투성이의 발길이 문을 걷어찼다. 그는 문을 부수며 안으로 뛰어들어갔다. 캄캄한 어둠뿐이었다. 바닥을 향해 두 발의 총을 쏘는 사이 그는 한 손으로 전등 스위치를 올렸다. 전화 옆에 웅크리고 있던 병사가 두 손을 들며 엉거주춤 일어서고 있었다. 그는 총을 겨누고 뒷걸음질치는 그를 벽까지 밀고 갔다. 중위는 돌아서서, 책상 밑으로 목이 매달려 디룽거리는 수화기를 들었다. 총은 병사에게 겨눈 채였다.

「아, 통화중」

소리치며 그는 귀를 기울였다. 수화기 저쪽에서 말하고 있었다.

「말을 탔다는 거 보니까, 별거 아닐 겁니다. 어제가 무관학교 창설기념일이거든요. 기념 회식에서 술이 좀 지나쳤나 보죠. 별일 아닐 겁니다」

그는 수화기를 책상 위에 내려놓고 나서 거기다 총을 갈겼다. 당직 병사에게 다가서며 물었다.

「저쪽은 누구냐?」

「수도 치안 담당관입니다」

「뭐라고 하든가?」

「술 마신 사람들을 붙잡아서 구류를 시키겠답니다. 염려 말라면서, 당분간 아무에게도 말하지 말라고 했습니다」

말이 끝나는 것과 동시에 뒤따라 들어온 하사의 총알이 그의 왼쪽 가슴을 뚫고 나갔다. 이것이 첫 검열이다. 혁명을 위해서도 보도관제가 필요하지. 잘라내야 하는 것은 우리에게 반하는 기사만은 아니다. 중위는 거칠게 방을 나갔다.

어디를 뒤져보아도 이제 건물 안에는 기마부대뿐이었다. 빗물을 뒤집어쓴 적갈색 제복의 혁명군만이 여기저기서 총을 철거덕거리며 뛰어다니고 있었다.

얼굴이 익은 하사관 하나를 찾아낸 것은 얼마 뒤였다. 병사 하나가 책상 밑에 몸을 숨기고 있던 하사관을 잡아 일으켰다. 총 끝에 등을 찔려가면서 하사관은 두 손을 머리 위로 얹었다. 그의 입술은 흙빛이었다. 중위는 권총에 총알을 재우며 말했다.

「우리는 기마 혁명군이다. 이제 알겠나?」

하사관은 말을 더듬거렸다.

「아. 알겠습니다」

앞에 놓인 무기 반출 대장을 내려다보면서 중위가 물었다.

「네가 작성했나? 48시간 이내에 반출된 무기가 하나도 없다고 되어 있는데……」
「네. 그렇습니다」
「왜지?」
「반출되었던 무기도 회수상태에 있었습니다. 수도안전기획부 승격 기념일과 무관학교 기념일이 겹쳐서, 오히려 무기를 반납받은 상태입니다」

그는 하사관에게 앉기를 권했다. 자리에 앉는 하사관에게 총을 겨눈 채 부관이 뒷주머니에서 술병을 뽑아 그에게 건넸다. 그는 병을 받아 한 모금 목을 축였다. 술은 바닥에서 찰랑거리고 있었다.

혁명, 그는 입 속으로 소리없이 중얼거렸다. 전쟁은 부차적인 목적을 달성시키기 위한 투쟁이 아니다. 목적을 이루기가 어렵다고 해서 포기해도 되는 투쟁은 더 더욱 아니다. 다만 오늘밤…… 저쪽은 총이 없다. 너무 조용할 뿐이다. 그럴지도 모른다. 이것은 전쟁이 아닌 혁명이니까. 혁명은 태어나는 것이니까, 한순간의 정적도 필요하다.

연병장에서는 불길이 치솟고 있었다. 군기창 장악의 신호였다. 중위는 중화기 창고 옥상에서 시내를 내려다보며 서 있었다. 어둠을 바라본 채 그는 부관에게 물었다.
「배치는 끝났나?」
「네. 완벽합니다. 요소요소를 지키고 있습니다」

「말은?」

「휴식중입니다」

「잘 닦아주었겠지……」

말은 이미 깨끗이 손질되어 있었다. 그들은 비어 있던 군기창의 마방(馬房)을 열어 말을 몰아넣고 짚묶음으로 비에 젖은 털을 닦아주었다. 다리의 흙도 털어내고 쇠끝으로 말굽 속에 끼인 더러운 것들을 파낸 후 물로 씻어주었다.

「지금쯤 쇠빗으로 털을 긁어주고 있을 겁니다」

「발굽에 기름을 발라주면 좋을 텐데……. 끝나는 대로 안장을 얹어두도록 하게」

그는 여전히 어둠 가득한 시가지를 내려다보고 있었다. 말에게 멍에를 씌우는 것은 마차를 끌게 하기 위해서다. 안장을 얹는 것은 말을 타고 달리기 위해서다. 어떤 행위도 목적과 결부되어 있는 것이라면 한 방울의 마지막 힘까지 소진해 가며 이룩해야 하는 이 혁명은 무엇으로 정당화시킬 수 있을까. 만일 혁명이 오직 구시대인에게 우리가 겪은 만큼의 불명예와 압제의 짐을 짊어지게 해주기 위해서라면, 혁명이란 얼마나 허무한 힘의 놀이터인가.

허리에 손을 올리고 서서, 그는 이번 거사에 몸을 던지기로 하고 어머니를 찾아갔던 일을 떠올렸다. 시골의 양계장에서 어머니는 레그호온 닭들보다도 더 흰 머리칼을 곱게 빗어서 쪽을 지고 모이를 뿌려주고 있었다. 닭장의 쇠망을 잡고 서서 그는 어머니에게 작별인사를 했었다.

「어머니, 오래 사셔야 합니다」

「이미 오래 살았다. 너무 오래 살아서…… 이젠 혼자가 아니냐」

그는 어머니 앞에 몸을 구부리며 모이를 든 손을 잡았다.

「어머니, 저는 떠납니다. 말을 타고 혁명을 하러 갑니다. 다시는 어머니를 못 뵙는 불효를 저지를지도 모릅니다」

「혁명이라구?」

어머니가 고개를 들었다. 그는 눈에 물기가 서려서 닭장이 온통 흰 빛의 벽으로 바라보였다. 어머니의 목소리가 먼 바람소리처럼 들려오고 있었다.

「혁명이 전쟁보다는 낫겠지. 전쟁은 사람을 너무 많이 죽이고 이별도 너무 많이 만들더구나. 그렇지만 혁명은…… 사람들을 너무 외롭게 해. 그리고 너무 길더구나. 언젠가 어떤 농부의 아들이 일으킨 혁명은 이십여 년이나 계속된 적이 있었단다」

어머니의 손이 고개를 숙이고 있는 그의 목덜미를 어루만졌다.

「그 농부의 아들은 어려서 너무 배고팠기에 버들피리를 불 힘조차 없었단다. 자기가 겪었던 그 배고픔을 면하게 하려고 혁명을 한 거야. 사람들에게 배고픔을 면하게 해주었으면 고향으로 돌아가서 늙은 몸으로 버들피리나 만들면서 살아야 했을 텐데 그랬으면 그것으로 혁명은 끝난 것이 아니었겠니. 그런데 배고픔을 면하게 되었는데도 그는 돌아가지 않았어. 결국 사람들은 쌀밥과 고깃국이 넘치니까 양귀비꽃을 찾더구나. 마약을 하기 시작한 거 아니겠니. 자기 아들부터 그렇게 폐인이 되어갔지」

어머니는 아들의 손을 잡고 몸을 일으켰다. 그녀는 천천히 고개를 저었다. 은빛 머리칼이 우수수 이마로 쏟아져 내릴 것 같았다.

「네가 혁명을 하겠다구? 넌 약한 아이란다. 난 그걸 알아. 넌 어려서 밤에는 혼자 오줌을 누러가지도 못했어. 넌 그렇게 어둠을 무서워했지」

갑자기 어머니가 낄낄낄 웃었다.

「녀석, 문 밖에 에미를 세워놓고도 겁을 내더니만. 엄마, 별이 보여? 넌 그렇게 물었었지. 그래 보인다. 몇 개나 보여? 많이 보이지. 한번 세어봐. 넌 그러면서 오줌을 누었어. 넌 그렇게 어둠을 무서워할 정도로 겁이 많았어」

「어머니, 맞아요. 저는 그래서 더욱 혁명을 해야 해요. 질서가 사라진 이 어둠이 무섭기 때문이에요」

「넌 병아리 울음소리에도 놀라곤 했단다. 그런 네가 혁명을 한다니」

「그래요 어머니. 전 병아리 소리에도 놀랐죠. 그래서 혁명을 해야 해요. 나라 안팎에서 나오는 목소리들이 너무 커요」

어머니는 천천히 닭장을 등지고 대문가로 걸어나갔다.
「얘야, 넌 어째서 모든 사람이 다 말을 타야만 한다고 생각하니. 말을 타도록 하는 것만이 혁명이라고 생각하니. 나는 네가 그렇지 않기를 바랐었다. 내가 산 생애에서 제일 큰 혁명이 무엇이었는지 아니? 그건 나일론 양말이었어. 그 양말이 생긴 후 난 다시는 양말을 깁는 바느질을 하지 않아도 되었단다. 혁명이란 그런 것이어야 한단다. 아무리 청렴하고 금욕적인 이상(理想)이 있다 해도 권력이라고 하는 불개미는 그걸 먹어치운단다. 사람들은 그것을 부패라고들 말하더구나. 누구랑 헤어지지 않아도 되고, 아무도 죽지 않아도 되는…… 나는 네가 그런 혁명을 하길 바랐었지」

「어머니, 우리는 우리가 살고 있는 세계에 대해서 저마다 책임이 있습니다. 저는 방관할 수가 없었어요」

「그랬겠지. 너는 너대로의 방식이 있었을 테니까. 그렇지만…… 에미의 생각엔 네가 그냥 기도만 하고 있는 게 나았을 걸 그랬다」

어머니는 검버섯이 피어난 손으로 아들의 볼을 매만졌다. 아들의 상기된 얼굴을 어루만지며 어머니는 천천히 고개를 끄덕였다. 너는 개입하고 싶었겠지. 어머니의 눈은 말하는 것 같았다. 적극적으로 개입하지 않는 것은 모두가 방조하는 게 되고 그것은 불의에 대한 동조라고 너는 생각했겠지. 그도 고개를 끄덕였다. 그래요, 어머니. 세계는 끊임없이 개선되어야 하니까요.
「그렇지만……」
어머니가 조글조글한 입술을 오물거리며 말했다.
「기도하고 있는 게 더 나은지도 모른다는 이 에미의 생각까지도 네가 혁명하려 들진 말거라. 난 네가」
「알아요, 어머니. 나일론 양말」
그는 어머니와 함께 문가에 와 섰다. 그가 타고 온 말이 갈기를 날리며 울고 있었다. 멀리 구릉을 이루며 뻗어나간 벌판과 그 위의 희디흰 구름을 배경으로 서서 안장에 금빛 술을 달고 말은 머리를 쳐들고 있었다. 어머니는 아들의 손에 들린 채찍을 바라보았다.
「네가 결혼을 하지 않아서 다행이구나」
「죄송합니다. 어머니」
「네가 아내를 죽이지 않고도 떠날 수 있어서 얼마나 다행인지 모르겠다. 전쟁엘 나가거나 혁명을 하려는 남자는 제일 먼저 아내를 죽이니까. 여자는 못 믿을 거거든」
「어머니, 전…… 손주 하나도 낳아드리지 못한 자신이, 항상 죄송했습니다」
「아니란다. 남자는 다들 그렇지, 떠나지 않으면 잡혀가니까. 너도 그렇지 않니. 이제 가거라. 하루에 알을 몇 개씩 낳는 닭을 만들어낸다면 그것도 혁명이라는 걸 가르치려고 했었는데…… 너무 늦었나보구나. 말에 오르렴. 이미 화살은 시위를 떠난 것 같구나」

「어머니」

그는 손을 놓고 무릎을 꿇었다. 일어서며 어머니를 껴안았다. 작고 쇠잔한 어머니의 몸은 피가 튀는 그의 억센 팔 안에 조그맣게 안겨졌다. 그녀의 희디흰 머리칼은 십일월의 석양을 받고 있는 갈대꽃 같았다. 거사에서 실패할 때 그녀는 아들이 자결할 것을 알았다. 어머니를 껴안았던 팔을 풀며 그는 훌쩍 말에 뛰어올랐다. 사립문을 잡고 서서 어머니는 드높이 말에 오른 아들을 쳐다보았다.

「길 조심하거라」

「네, 어머니」

「밤에 잘 때 이불 걷어차지 말고」

「저는 혁명을 하러 떠나는 거예요. 어머니」

「혁명보다 더한 것을 한다 해도 그렇지. 밤에 잘 때는 이불을 걷어차선 안 돼. 이불을 덮어주러 에미가 거기까지 갈 수는 없잖니」

「알았습니다. 어머니」

「너는 언제나 아들일 뿐이지」

중얼거리고 난 어머니가 손을 내저었다.

「어서 가렴. 말을 탄 널 보고 있자니 고개가 아프구나」

앞발을 들며 한번 울부짖고 나서 그를 태운 말은 산비탈을 돌아서 사라져갔다. 철늦게 피어난 싸리꽃이 산허리를 하얗게 뒤덮고 있어서 백마를 탄 중위의 모습은 마치 허공에 떠 있는 것 같았다. 말을 달리며 그는, 젊은 시절 어디선가 읽었던 말을 그때 어머니가 중얼거리는 것을 들었다. 영혼의 구원을 얻으려는 사람은 그것이 자기 영혼의 구제든 다른 영혼의 구제든, 정치의 길에서 그것을 추구해서는 안 된다.

중위는 손을 허리의 탄띠에 올린 채 어둠뿐인 시가지를 내려다보고 있었다. 그는 입술을 일그러뜨리며 구슬프게 웃었다. 모든 정의(定義)는 죽어 있는 것이야. 그것이 결코 규정될 수 없는 삶을 규정해. 모든 정의란 언제나 삶을 한정할 뿐이지. 끊임없이 태어나고 또 죽어가는 이 삶을 제약할 뿐이야. 하나의 질량이 공간과 시간 속에서 일정한 방향으로 움직이는 것이 운동이라는 역학이다. 어떤 혁명도 늙은이에 대한 젊은이의 운동으로 시작되는 거다. 노인은 혁명을 하지 않아. 그들은 자신들이 만들어낸 정의를 하나의 법으로 지키려 할 뿐이야. 정의라니. 종교는 ……이다. 의미는 ……이다. 아름다움은 ……이다. 생명은 ……이다. 역사는 ……이다, 라고 말할 때 결국 모든 세계는 아무것도 아니다, 가 되는 거야. 이것은, 우리들의 이 혁명은 정의를 가져선 안 돼. 말 탄 자의 힘, 그 존엄성을 위해서일 뿐이야.

부관이 한 걸음 다가서며 소리쳤다.

「저 불빛을 보십시오」

최초의 불빛은 서쪽 광장에서 솟아올랐다. 그곳은 시민광장이 있는 곳이었다.

「서군(西軍)이 분명합니다」

「이제 겨우 장악했나 보군」

시민광장에 환하게 밝혀진 불빛을 내려다보며 그는 눈을 깜박였다. 목표물이 장악될 때 불을 밝히기로 된 것은 혁명군의 약속이었다.

「저기도, 저쪽에도 불이 켜졌습니다. 보십시오」

그곳은 정부청사였다. 높은 원통형 건물이 일시에 불이 켜지며 수만 개의 형광등을 묶어놓은 듯 빛나고 있었다.

십 분씩 오 분씩 사이를 두어가면서 시내의 요소요소에는 불이 켜졌다. 수도권 방위본부 쪽에서 지루하게 들려오던 총소리가 멎으며 불이 켜지는 것을 마지막으로 거의 모든 공공기관이 접수된 것이다. 그것은 어느 늙은 성(城)시기가 힘들게 계단을 오르며 거대한 성의 방마다에 촛불을 켜고 있는 것 같았다.

「수도는 완전 장악되었다」

그는 목이 메어서 소리쳤다. 대원들이 지르는 함성이 들려오고, 그 사이사이에 확성기로 반복하고 있는 〈혁명의 소리〉가 이제 막 잠에서 깨어나려 하는 미명(未明)의 하늘에 울려퍼지고 있었다.

——혁명의 방송 〈말의 소리〉에서 말씀드리겠습니다. 일찍이 광해군(光海君) 십일년 국왕의 친림(親臨) 아래 살꽂이 벌에서 그 무예를 선보인 이후 우리 마상인(馬上人)은 선인을 받들고 후세를 기르며 그 찬연한 삶을 이어왔던

바, 전쟁중에는 적의 칼과 창이 임립(林立)한 사이로 말에 몸을 숨기고 적진에 뛰어들어 적장(敵將)의 머리를 베어왔었고, 평화시에는 생산활동의 동력(動力)으로 교통의 요체로 인간의 삶에 그 빛을 더해 왔으니, 보라! 말의 출현은 인류의 역사보다도 더 오랜 중생대(中生代)까지 거슬러 올라가며 가축으로 길러진 지도 어언 수천 년, B.C. 이천사백 년 이후 인류의 생활에서는 가축 중에 으뜸이었고 전시(戰時)에는 승리의 혈로(血路)를 열어온 바로 그것이었으니, 그 본분을 면면히 지켜 인간은 땅에 발을 붙이지 않고 살아가도록 함으로써, 유일한 직립동물이면서도 퇴화된 두 다리 때문에 먼 거리를 달릴 때면 다른 치유(稚幼)한 동물로부터 조소와 경멸의 대상이 되는 것을 면하게 하고, 은인자중(隱忍自重) 인간과 민족의 존엄성을 드높이고 지켜왔거늘, 이제 나라의 타락과 존망을 눈앞에 두고 어찌 채찍을 높이 들어 말의 요선골(腰仙骨)을 치고 다리에 힘을 모아 그의 늑골(肋骨)을 압박하지 않을 수 있겠는가. 보라, 지상에 길은 나날이 드넓어지고 말 위의 전통은 무너져, 인간은 지하도와 지하철로 그 오욕의 역사를 이 땅에 융성케 하고 있지 아니한가. 우리는 이에 분연히 일어서서 말 위의 삶을 제창하거니와 혁명의 방송 〈말의 소리〉로 모든 사가(史家)에게 알리노니, 지하(地下)에로의 개발정책을 끊임없이 밀고 나온 지난 일 년 오 개월의 부패 연정(聯政)의 허상은 철저하게 민족의 역사에서 파헤치고 지워갈 일이로다.

혁명의 방송은 계속되고 있었다. 시내의 곳곳에는 새벽보다 더 빨리 점령군의 불이 밝혀지고 있었다. 그렇게 해서 말 탄 자의 통치가 시작되는 첫날이 밝고 있었다. 이제 비는 그쳐 있었다.

3

 봉황이 뒤엉킨 문장이 금빛으로 빛나는 왕조의 상징(象徵)으로써 가문을 이어가고 있던 국왕은 기마(騎馬) 혁명군의 장군을 맞아 그의 손을 잡으며 중얼거렸다.
「드디어 올 것이 왔군. 내각은 너무 지하(地下) 정책에 힘을 쏟았어……」
 권력의 틀을 버린 이후 왕조는 면면히 평화를 이어왔었다. 혁명군 지휘본부는 왕의 재가를 받아가며 속속 포고령을 내렸다.
「저희들은 지상(地上)의 순수성을 되찾을 것입니다. 그리하여 말 위에서 시작된 평화가 모든 인민에게 고루 이루어지도록 할 것입니다」
「나는 추인할 뿐이라네」
「폐하, 저희들은 그것만으로 망극하옵니다. 혁명군의 업무는 일정대로 차질없이 진행될 것입니다. 믿어주십시오」
 황혼이 와서 새들이 날아오르고 서편 하늘에 핏빛 노을

이 물었을 때 혁명은 하나의 기정사실로서 받아들여지고 있었다. 연정의 요인(要人)들은 속속 체포되었다. 도피하여 아직 은신중인 각료들의 연행도 시간문제로 알려졌다. 출동 다섯 시간 만에 수도로 진입한 마상인들의 혁명군은 세 시간 만에 권력의 심장을 장악하는 데 성공했다. 국가를 장악하는 혈맥의 흐름은 한순간에 기병대에서부터 흘러가기 시작했고 전국적으로 그 힘을 뻗어 나아가고 있었다. 혁명군이 진입하는 새벽 수도방위본부에 들어와 있던 마지막 전문은 다음과 같았다. 〈총알이 날아오고 있다. 모두 도망쳤다. 나는 책상 밑에 엎드려 있는데, 도망가려 하나 말이 없다. 걸어서라도 가려고 전화를 끊겠다. 말을 없앤 자들에게 저주 있으라.〉

내각의 총사(總師)가 잠을 깬 것은 새벽 네시였다. 우방국 대사의 전화소리에 잠을 깬 그는 나이트가운을 걸치며 수화기를 들었다.

말발굽 소리가 요란한데 무슨 일이냐는 대사의 전화였다. 그는 아무것도 모르겠다고 대답했다.

「말이라고요? 지금 호스라고 말씀하셨습니까?」

「네, 이건 사람이 아니라 말이 달리는 소리입니다」

「귀하의 주재국에서 승마가 사라진 건 왕조가 끝나면서부터입니다」

그가 그렇게 말한 것은 완곡한 외교적인 수사(修辭)가 아니라 어젯밤 파티의 술기운이 아직 남아 있어서였다.

그때 대사가 말했다.

「창문을 열어보십시오. 말발굽 소리가 들릴 것입니다」

하품을 하며 창문을 연 그가 들은 것은 말발굽 소리가 아닌 총소리였다. 일단의 혁명군이 그의 등뒤에서 문을 박차고 들어오며 위협사격을 가했던 것이다.

모든 지하실 근무자의 구금과 함께 지상도로의 확충이 우선 사업으로 발표되었고, 뒷골목 정비, 산책로 개설, 거리질서 확립 같은 국민의 피부에 가 닿을 정책들이 혁명군의 손에 의해 시작되었다.

「물론 나도 야심은 있습니다」

혁명 동군(東軍)의 장군은 기자와의 회견에서 그렇게 말했다.

「나는 힘을 필요로 합니다. 힘 그 자체를 말입니다. 나는 이 땅의 무질서를 정리해 보겠다는 것입니다. 인간은 두 다리로 걷게 되어 있습니다. 이것은 원초적으로 그리고 생리적으로 인간은 땅 위에서 직립(直立)해서 살게 되어 있다는 것을 의미합니다. 물론 배설을 하는 시간만큼만 인간은 땅 위에 무릎을 꺾고 쭈그립니다. 그러나 그것도 국가에 따라 다릅니다. 저 아프리카의 중앙에 위치한 나이지리아에 가보셨습니까. 그 나라에서는 여자들도 서서 소변을 봅니다. 오줌줄기가 앞으로 뻗느냐고요? 아닙니다. 수직으로 떨어지지요. 엉거주춤 길가에 서 있는 여자가 소변을 보고 있는 것은 확실합니다. 여자가 자리를 옮기고 나면 거기 오줌이 고여 있으니까요. 인류가 양변기를 고안한 것이 불의 발견 이래 가장 지혜로운 발견이라는 건 이미 검증이 끝난 일이 아닙니까. 그런 거나 검증하고 있는 영국 사람들도 양변기만큼이나 한심하긴 하지만 말입니다. 인간은 이토록 고아(高雅)한 피조물인 것입니다. 나는 지상의 순수성을 되찾기 위해서 뜻을 세운 사람입니다. 인간은 이제부터 영원히 땅 위에서 살아야 합니다. 그리고 말 위에 올라타야 합니다. 그것을 위해서, 나는 땅 밑으로 내려가거나 하늘을 날아다니는 이 무질서를 바로잡겠다는 것입니다. 이것은 용서 못할 부패이며 인류에 반하는 패륜입니다. 인간은 존엄한 존재입니다. 나의 아버지는 나를 땅 위에서 살게 하기 위해 이 세상에 보냈습니다. 끝내, 나는 땅 위의 질서를 지지합니다」

어젯밤 파티에서 헤어진 이후, 만 하루 만에 다시 같은 감방에 수용된 연정의 치안 책임자와 수많은 노동자를 거느린 어느 거상(巨商)은 서로의 얼굴을 마주 보지 못하고 씁쓸하게 외면을 했다. 그들은 어제 파티를 끝내며 말했었다.

「이봐, 백작」

노동귀족도 어쨌든 귀족이야. 그러자면 작위가 있어야지. 국왕이 그에게 백작으로 봉한다는 칙서를 내각에 내려보내던 날 저녁, 시장은 그게 다 자신의 공이라면서 그렇게 낄낄거렸었다. 어느새 그 칭호에 익숙해진 치안 책임자였지만 그러나 거상들과의 노사교섭에서 언제나 어용노조

원으로 지목되곤 했던 전력을 숨길 수 없어 그는 허리를 굽히며 대답했다.

「예, 영감님」

「자네는 결코 술을 마시지 않는군」

「그렇습니다. 노동귀족이라는 오해를 받아서 백작 칭호를 받기는 했습니다만, 저는 술을 마시는 체질을 가져선 안 됩니다」

「체질이란 타고 나는 걸세. 가지고 싶고 말고가 아냐」

「하여튼 저는 그런 체질을 만들어선 안 됩니다」

「왜, 어째서 그런가?」

「감옥에는 술이 없습니다. 노동운동은 투쟁의 나날입니다. 말이 없어진 다음부터는 춘투(春鬪)만이 아니라 추투(秋鬪)와 동투(冬鬪)까지 있는 요즈음이니까요. 우리는 언제든 투옥될 각오를 하고 있어야 합니다. 그런데 감옥에서 술 생각이 난다는 건 이중(二重)의 고통이 아니겠습니까」

「그건 백작다운 말은 아니군 그래. 누구도, 아무도 이제 백작을 감옥에 처넣지는 않네. 자, 마시게」

「사양하겠습니다, 영감님」

「이보게, 날 믿으라니까. 백작이 감옥엘 가면 그땐 내가 특별히 술을 넣어줄 테니까 안심하라구」

그것이 어제였다. 전 백작에게서 얼굴을 돌리며 거상은 중얼거렸다.

「저 친구 말이 맞았군 그래. 알코올에 길들여지는 게 아니었어. 이럴 때 한잔 생각이 나다니…… 역시 이건 이중의 고통이군 그래」

서진(西進)한 기병사단을 처절한 외로움 속에 몰아넣었던 그 새벽에 있었던 적막함의 진상이 밝혀진 것은 다음날이었다. 그가 몸담았던 사단이 말발굽 소리도 드높이 평야를 가로질러 온 것과는 달리 수도를 향해 서진한 혁명군은 모든 말의 말굽 소리를 죽였다. 그들은 말발굽에 한 줌씩의 솜을 대고 동여맴으로써 소리없이 수도에 가까워질 수 있었다. 말들은 모두 희고 묵중한 등산용 방한화를 신은 것 같았다. 수도권 외곽의 첫 초소에 다다랐을 때 서군(西軍)의 지휘자는 경비병에게 소리쳤다.

「우리는 소음(消音) 훈련중인 기마부대다. 길을 열어라」

줄지어 밀려오고 있는 말들마다 한결같이 발굽을 흰 솜덩어리로 감고 있는 것을 본 경비병은 지체없이 차단기를 올렸다. 그는 기나긴 행렬이 소리없이 사라질 때까지 부동자세를 취하고 차단기 옆에 서 있었다. 그렇게 하여 그들은 무혈입성(無血入城)에 성공했고, 새벽잠이 든 시민들을 그 누구도 깨우지 않고 시내에 진입할 수 있었다. 다만 작전은 예정보다 두 시간이 늦었다. 발굽의 솜 때문에 말이 속도를 낼 수가 없었기 때문이었다.

마지막까지 혁명군에 저항한 것은 야전사령부의 장군이었다. 그가 혁명 후 사흘이 지나도록 투항하지 않았을 때 혁명군의 장군은 격분했다. 그는 말똥이 깨끗이 닦여진 장화를 신고 나서 권총을 차며 말했다.
「들판의 생쥐는 겨울이 와도 죽지를 않아. 쥐를 잡아오도록 해야겠다」

 건초 냄새가 풍기는 마구간에서 말에게 소금을 먹이고 있다가 중위는 그 명령을 받았다. 혁명 사흘째가 되던 날이었다. 그에게 부과된 임무는 너무나 간결해서, 그것은 마치 장기 쪽을 세 번 옮겨놓으라는 것 같았다. 야전군 사령부의 장군을 무장해제시켜…… 수도로 압송하여…… 그리고 처형한다. 그것이 전부였다.
 막사로 돌아온 그는 사령관을 체포하러 가기 위해 군복을 차려입었다. 철모를 눌러쓰고 나서 가죽 허리띠를 매던 그는 가슴에 무엇인가가 딱딱하게 만져지는 것을 느꼈다. 그랬었군. 그는 안주머니에서 마분지처럼 딱딱해진 종이를 꺼내들었다. 그것은 혁명을 위해 떠나오면서 사랑하는 여인에게 보내기 위해 썼던 편지였다. 만약 이 혁명에서 살아 돌아가게 된다면 그때는 재회를 위해 찾아가는 나를 물리치지 말아달라는 내용이었다. 그는 그 편지를 쓰면서, 저 서양의 어느 사내처럼 그녀가 아직도 자신을 받아들일 수 없다면 당신의 집 앞에 노란 손수건을 걸어놓아도 좋소, 그러면 나는 당신이 나를 받아들이지 않는 것으로 알고 조용히 돌아갈 것이오라고 쓰려다가 그만두었다. 그는 그건 땅 위의 사내들이 했던 짓거리였기 때문이었다. 할 수 있다면 그녀의 집 앞에서 자신의 말이 앞발을 들며 세 번 크게 울부짖을 때 그녀가 말없이 집을 나와 자신의 말에 올라탔으면 싶었다. 그러나 그는 그런 내용도 적지 않았다. 그러나 혁명전야에 있었던 빗속의 행군이 종이를 적시면서 네모로 접은 편지지는 서로 들러붙은 채 이제는 가죽처럼 말라 있었다. 편지를 펴려고 하자 퍼렇게 잉크가 번진 종이가 꺼풀을 내며 떨어졌다. 그는 무언가 불길한 느낌 속에서 그 달라붙은 종이 덩어리를 다시 가슴에 품었다.

그는 팔짱을 낀 채 병기창 밖을 바라보았다. 부관이 그가 타고 떠날 말에 안장을 매고 있었다. 그 뒤편에서는 연병장에 풀어놓은 말들이 한가로웠다. 다이아몬드 두 개가 빛나는 철모를 한번 더 깊이 눌러쓰면서 중위는 여인의 모습을 머릿속에서 털어내듯이 장화발을 크게 굴러 마룻바닥을 차면서 소리쳤다.

「출발이다. 부관은 어디 있나?」

부관이 옆방에서 뛰어들어왔다.

「대원들은?」

「전원 대기중입니다」

장군을 무장해제시켜, 수도로 압송하여, 처형한다. 임무를 입 속으로 되뇌이면서 그가 낮고 차갑게 말했다.

「자, 떠나자」

그의 목소리에서는 쇳소리가 났다.

「모든 것을 낮추라고 전해라. 소리도 낮추고 몸도 낮춘다」

휘하 대원을 이끌고 밤새워 말을 달린 그가 장군의 숙소에 도착했을 때 장군은 아침 식사를 하고 있었다. 소리를 내지 않기 위해서 그는 숙소를 지키던 사병들을 무장해제 시키는 데 칼을 사용했다. 부상자가 두 명 나왔지만 상처는 경미했다. 장군이 아침 식사를 가볍게 한다는 걸 알고 있었기에 그는 십오 분을 밖에서 기다렸다. 숙소를 완벽하게 포위한 채 그는 대원들을 이 개 조로 나누어 교대로 담배를 한 대씩 피우게 했다. 결박당한 경비병이 설명하는 대로 그가 식당으로 들어섰을 때 장군은 냅킨으로 입술을 닦고 있었다. 눈처럼 흰 냅킨이었다.

「누군가?」

장군은 검은 빛이 은은히 물든 안경 너머로 그를 바라보며 물었다. 그는 허리에 손을 가져가며 대답했다.

「혁명위원회에서 나왔습니다. 동행해 주셔야겠습니다」

「알았네」

장군은 얼굴 표정 하나 바뀌지 않았다. 다만 손가락을 뻗어 안경을 조금 밀어올렸을 뿐이었다.

「먼 길인데…… 마침 아침을 끝내서 다행이군」

중얼거리며 장군이 의자에서 일어섰다. 그가 옆구리의 권총을 잡았다.

「무기를 버리십시오. 저는 장군을 무장해제하도록 명령받고 왔습니다」

장군은 총을 풀지도 않았고, 걸음을 멈추지도 않았다. 그는 식당 옆의 작은 거실로 들어가며 등뒤의 그에게 말했다.
「내 산하에는 자네들 혁명군의 스물한 배가 되는 병력이 있어」

따라 들어간 그에게 장군은 의자를 가리키며 앉기를 권했다. 그러나 그는 서 있었다. 끽연의자에 앉아 담배에 불을 붙인 장군은 깊게 연기를 뱉어내고 나서 낮은 목소리로 중얼거렸다.

「영국의 한 사상가는 만년이 되면 은퇴를 해서 세인트버나드 개를 기르며 살고 싶다고 했었지. 왜 하필 세인트버나드냐고 물었더니 그의 말이, 세인트버나드는 늙은 철학자처럼 생겼다는 거야. 그는 몇 마리의 늙은 철학자를 옆에 거느리며 살고 싶었던 거지. 그러나 난 시베리안하스키를 기르고 싶었다네. 조상이 눈썰매를 끌었던 그 개는 어깨 힘이 좋고 추위와 벌판에 강하거든. 밖에서 강한 게 나와 닮았단 말일세」

장군이 담배 연기를 천천히 뱉어냈다.
「자네는 무관학교에서 무엇을 전공했나?」
「저는 말의 먹이와 생식(生殖)과의 관계를 전공한 생물학도입니다」
「그렇다면 그 계급은?」
「혁명위원회의 군율에 의해 스스로 선택했습니다」
「자의로 중위가 되었다?」
장군이 중위 쪽으로 몸을 기울였다.

「자네는 나를 어디선가 만났던 것 같은 얼굴을 하고 있군」

「그렇습니다. 학부 특강 시간에 장군님의 〈군과 노동〉 강의를 들은 적이 있습니다」

장군이 유쾌하게 웃었다. 그는 창 쪽으로 난 선반에 놓여 있는 가족사진을 담배를 든 손으로 가리켰다. 사진 속에서 장군은 훈장이 가득한 제복을 입고 옆에 앉은 아내의 손을 잡고 있었고, 뒤에 서 있는 딸은 아버지의 견장 옆에 손을 얹고 있었다. 불경스럽게도 장군의 어깨에 손을 얹다니. 중위는 그렇게 생각하고는 이내 마음을 바꿨다. 딸에게 있어 그는 장군이 아니라 아버지일 것이다.

「저 사람이 살아 있을 때 이야기지. 변증법과 노동가치설, 그거 말이군. 아내는 평생 내가 야전군으로 지내는 걸 싫어했지. 물론 그렇다고 본부의 군수참모쯤을 하면서 폐사되는 말을 푸줏간에 팔아먹는 짓이나 하길 바랐던 건 아니지만. 그래서 그런 외도를 하게 되었다네. 그래 어떻든가?」

「마르크스가 먼저 죽음으로 해서 변증법과 노동가치설이라는 마르크스 학설의 기본전제가 되는 이론을 결국 엥겔스가 책임지고 해설하게 되었다는 입문서 정도의 이야기를 하셨던 거로 기억합니다」

「그건 특강이었으니까」

중위는 초조하게 창 밖을 내다보았다. 말을 탄 그의 대원들이 숙소를 한 사람씩 엇갈려가며 둘러싸고 있었다. 홀수 번호인 대원은 숙소 쪽으로 말을 향하게 하고 있었고 짝수 번호인 대원은 밖을 향해 장총을 겨누고 말에 올라 있었다. 장군은 지금 자신을 체포해서 수도로 압송하려는 특수부대를 만난 것이 아니라 마치 옛 무관학교의 제자를 만난 듯이 눈을 가늘게 뜨며 말했다.

「엥겔스는 말이지, 죽을 때까지 마르크스가 남겨놓고 간 이론을 해명하고 변호하느라 노년을 보냈다네. 그가 죽은 게 8월 5일이니까, 반론의 마지막 장은 마치지도 못했어」

「그렇습니다. 1895년이었습니다」

장군이 고개를 끄덕였다.

「그는 만년에 식도암에 걸려서 말을 못하게 되었지. 그래서 석판에다 백묵으로 쓰면서 친구들과 이야기를 나눴다네. 훗날 친구들은 말했지. 그는, 고통에 꺾이지 않고 오히려 즐겁게, 그 고통을 이겨냈다고 말일세」

중위가 한 걸음 앞으로 나서면서 다시 한번 부동자세를 취했다.

「시간이 없습니다. 가셔야 합니다」

장군이 담배 연기를 뱉어냈다.

「모든 것이 운명이군. 피로 피를 씻을 수는 없겠지」

장군의 목소리는 아주 낮았고 비통해서, 그는 장군의 말 마디마디가 잘라져서 한 음절씩이 자신의 장화 앞으로 굴러오는 것 같았다.

장군이 고개를 들어 그를 건너다보았다.

「나도 질서를 지지한다. 혁명군도 질서를 지지한다고 했더군. 그러나 나는 자네들이 싫었다. 자네들의 질서 때문이야. 내가 싫어한 것은 우리는 다 걷고 있는데 너희들은 말을 타고 있다는 거야. 혁명군의 질서는 어느 것인가? 말 위의 질서인가 땅 위의 질서인가. 나는 차라리 자네들이 스스로 말 위에서 내려오는 혁명을 하기를 바랐다」

그때, 중위는 잠깐 자신의 임무를 잊고 물었다.

「그렇지만 장군은 적극적인 진압을 하지도 않았습니다」

「땅 위와 말 위의 거리(距離)는 그렇게 먼 것도 아니네. 그 짧은 간격을 줄이기 위해 피를 흘려도 좋은 것인가. 그 거리가 피를 흘릴 만큼 중요한 것인가, 우리는 결국 땅 위에 있는 것인데도」

「그렇지만, 아무것도 하지 않는다는 것은 함께 저지르고 있는 것과 같습니다. 타도냐 옹호냐의 문제는 S극과 N극입니다. 거기에는 이스트나 웨스트가 있을 수 없습니다」

「당신들이 저지르지만 않았다면 나도 아무것도 저지르지 않은 게 되었을 것 아닌가. 말하지 않았나, 나도 질서를 지지하네. 기존의 모든 형태를」

「우리는 혁명을 하고 있는 것입니다. 장군께서는 지금 기존의 형태를 질서라고 말씀하십니다. 극복해야 할 대상이며 파기해야 할 구태를 질서라고 말씀하고 계십니다. 낡은 건물은 보수만으로는 부족합니다. 헐고 새로 지어야 합니다. 장군님은 지금 혼란을 질서라고 지극히 중대한 오판(誤判)을 하고 계십니다」

장군은 갑자기 중위에 대한 호칭을 바꿨다. 그는 당신들이라는 대명사로 중위를 불렀다.

「당신들이 생각하는 잘못도 그거야. 인간은 유기체지. 인간의 삶은 건물이 아니라네. 그리고 그런 일은 한번 시작되면 잘 끝나주질 않아. 반복돼. 누구도 자신의 생애에 혁명을 완결한 자는 없어. 나는 혁명이 아니라 매일매일 자정(自淨)하면서 앞으로 나아가는 개혁을 원했을 뿐이지. 정당성의 문제를 떠나서라도 그런 의미에서 당신들의 행위가 바람직하지가 않아」

잠시 두 사람은 말이 없었다. 장군의 손 끝에서 담배 연기가 피어올라 흔들림 없이 하나의 근을 이루며 허공으로 올라갔다. 그가 한 걸음 다가섰다.

「서두르십시오, 시간이 없습니다」

장군은 담배를 끄고 자리에서 일어섰다.

「모든 것이 운명이군. 지난 사흘이…… 나는 삼십 년보다 더 길었어. 내 머리가 하얗게 세지나 않았는지 모르겠군. 여보게. 거울을 좀 가져다주겠나」

그가 가져다준 거울에 얼굴을 비춰보고 난 장군은 앞장서서 입구로 걸어갔다. 중위가 뛰어가 문을 등지며 장군의 가슴을 가로막았다. 그가 총을 빼들었다.

「장군님, 문을 나가기 전에 먼저 무기를 버리십시오. 혁명위원회의 명령입니다」

장군의 군화가 마룻바닥을 찼다.

「당신들은 말 탄 자의 존엄성을 지키기 위해 일어섰다고 했어. 스스로의 존엄성을 지키려거든 먼저 상대방의 존엄성을 지켜주는 것부터 시작하게. 이것은」

장군의 손이 자신의 권총 케이스를 잡았다. 잘 닦여진 장군의 권총 케이스에는 두 마리의 사자가 마주 보며 일어서는 문장이 새겨져 있었다.

「이것은, 나의 존엄성이네」

그들이 문을 나서는 순간, 대기하고 있던 두 명의 병사가 달려들어 장군의 양쪽 겨드랑이를 힘있게 꼈다. 그들은 장군의 권총을 풀고 지휘봉을 빼앗으려 했다. 중위가 소리쳤다.

「물러서라. 장군 스스로가 총을 버리지 않는 한 그것은 아무 의미도 없다. 수도까지는 이 상태로 동행한다. 무장해제는 혁명위원회의 다음 지시에 따르겠다」

장군은 두 필의 말이 끄는 수레에 태워졌다. 쏟아지고 있는 아침 햇살은 손에 쥐면 부서져 소리가 날 듯싶었다. 숙소 앞에 심어진 오동나무에 가을이 깊어서, 전방(前方)의 이른 서리에 떨어져버린 오동잎은 햇빛을 받아 부끄러운 듯이 메마른 몸을 구부리고 있었다. 정결한 햇살을 받은 말갈기가 은빛으로 빛나고 말발굽 위쪽에 난 털, 구절(球節)과 거모(距毛)는 누군가가 매어준 한 움큼의 은실처럼 하늘거렸다.
 천천히 말을 돌려 햇빛을 등지면서 중위는 손을 높이 들었다.
 「출발!」
 그의 말이 선두에서 숙소를 빠져나갔다. 장군이 탄 수레를 가운데 두고 대원들은 앞뒤에서 장군을 호위했다. 표표히 정원을 떠돌던 한 무더기의 먼지마저 사라져버리고 숙소에는 짙은 가을빛만이 남았다. 수도에서는 아직 은행나무가 푸른 빛을 띠고 있었는데, 어느새 깊어 있는 전방의 가을은 자작나무 잎을 노오랗게 물들여서 마치 떠나가는 장군을 위해 늘어선 깃발처럼 흔들렸다.
 한 대의 마차를 호위하며 그가 이끄는 열두 명의 혁명군은 야산을 넘었고 들판을 가로질러 갔고 물살을 차며 강을 건넜다. 그들의 뒤를 뿌옇게 먼지가 뒤따랐다. 추수 끝난 들판은 잿빛으로 삭아가고 있었다. 떠날 준비를 하는 제비들이 이따금 그들의 머리 위를 날았다. 아직 밭에 쌓여 있는 낟가리에서는 고추잠자리가 떼지어 떠돌고, 허수아비들은 팔을 벌리고 서서 그들을 지켜보았다. 농가의 지붕마다에는 핏빛 고추들이 널려서 집 뒤편의 소나무숲과 극채색(極彩色)의 대비를 이루고 있었다. 고추가 널린…… 여름내 장마를 견디며 버섯이 피어나기도 했던 초가지붕들도 이제 추수가 끝나면 새로 이엉을 해 얹어 금빛으로 빛나리라.
 강물은 차갑고 투명했다. 말이 차고 건너는 물살 저편으로 비늘을 반짝이며 달아나는 고기들이 보였다. 강물에 비쳐 있던 산 그림자는 그들이 지나가면서 깨어졌다간 수면의 흔들림이 멎으며 앙금이 가라앉듯이 제 모습을 되찾았다. 침엽수가 가득한 산에 어쩌다 한두 그루씩 꽂혀 있는 단풍나무는 색깔이 묻어나게 붉어 있었다. 해가 기울기 시작하면서 새털구름이 하늘을 덮었다. 그것은 하나의 거대한 날개와 같았다. 알을 품듯이, 저무는 태양을 그 날개가 품어주고 있었다. 서쪽 하늘에서부터 서서히 붉은 빛이 번지면서 새들이 우짖기 시작했다. 붉은 빛은 점점 더해져서 하늘을 덮고 있는 깃털의 결 마디마디에 진홍빛 물을 들이고, 구름에 가려진 햇살이 빛의 기둥을 만들며 뻗어올랐다. 붙타는 황혼 밑을 딜러가는 그와 수레와 혁명군의 말은 줄지어 뿌려진 작고 까아만 점이 되었다가 지평선 저편으로 잦아들었다.

새들은 이미 둥지를 찾아든 시간, 거리에는 안개 저편에 바라보이듯 하나둘 불이 켜지고 있었다. 그는 땀과 흙먼지에 뒤덮여서 혁명위원회에 닿았다. 장군이 수레를 내리며 어깨를 털었을 때, 그의 몸에서도 풀석풀석 흙가루가 날았다. 오래 지하실에 버려두었던 액자의 먼지를 털어 걸레질을 하고 벽에 걸듯이 사병들은 장군에게서 흙을 털어내고 물수건으로 얼굴을 닦게 한 뒤 혁명위원회의 사무실로 그를 데려갔다. 좌우에서 그의 팔을 끼었고 뒤에서는 한 병사가 그의 혁대를 움켜쥐고 있었다. 정문 초소를 지나며 장군의 눈에는 검은 안대가 씌워졌다.

혁명군 수뇌부와의 면담이 있기 직전, 검은 안대에 눈을 가리운 채 양쪽 겨드랑이와 뒤쪽의 혁대를 잡은 사병들에게 달랑 들리워져서 장군은 무장해제를 당했다. 그는 끝내 자기 손으로 권총의 탄창을 빼는 것은 물론 혁대조차 풀려 하지 않았다. 심문 절차는 생략되었고, 진술 과정도 없이 작성된 조서는 그의 지문이 날조된 채 이미 결재가 끝나 있었다. 밤이었으므로 장군의 처형은 다음날로 미루어졌다.

그는 출입문이 하나뿐 사면이 벽인 방에 감금되었다.

장군은 한눈에 자신이 갇힌 방이 영창이 아닌 취조실이라는 것을 알 수 있었다. 방에는 책상 하나를 사이에 두고 두 개의 의자가 마주 보게 놓여 있었다. 밤이 깊어갔다. 이제 죽음을 맞이할 준비를 해야겠다고 장군은 생각했다. 수많은 전쟁을 치러온 야전군 사령관으로서, 〈혁명의 소리〉가 들려온 이후 지난 사흘 동안 그는 수없이 자신을 죽음의 칼날 위에 세웠었다. 이제 죽음을 바라보는 영혼에는 굳은 살이 박혀 있었다. 소년시절에 잃어버린 아버지와 여든셋의 나이에도 바늘귀를 꿰는 시력(視力)을 가지고 사시다가 어느 날 잠든 채 돌아가신 어머니를 장군은 단순하게 떠올렸다. 형제들과 가족들…… 장성한 아들은 의연할 것이다. 그때, 아빠 안아줘어…… 하는 여리디여린 목소리 하나가 들려왔다. 이제 스물셋이 된 딸의 세 살 때 목소리였다.

군복을 입으면 언제나 헤어지는 것으로 알았던 딸아이는 장군이 옷을 입을 때마다 그에게 매달리며 아빠 안아줘어 하고 속삭였었다. 피와 규율과 땀에 얼룩진 사십 년 가까운 세월을 거슬러와서 솜털을 간지럽히던 딸아이의 입김과 온기를 아직도 선연히 느끼게 하며 들려오는 그 목소리, 혀가 안으로 말리는 듯한 안아줘어 하는 딸아이의 세 살 때 목소리가 잠시 그의 가슴을 서늘하게 했다.

이제 순서가 되었다. 죽음의 차례가 다가왔다. 그는 눈을 감았다. 죽음은 우편배달부가 아니다. 주소와 이름을 들고 찾아오지 않는다. 죽음은 어느 때 누구에게든 순서없이 찾아든다. 이제 차례가 된 것이다. 이제, 죽지 않는다면 무엇이 되겠는가. 장군은 지금 이 죽음을 피하기엔 자신이 너무 젊다는 것을 알았다. 이제 죽지 않고 치욕스런 퇴역을 당한다면…… 자신에게는 가까웠던 사람들의 관혼상제 때나 외출을 하는 나날이 남아 있을 것이었다. 생명이 빠져나간 박제된 시간들. 결혼식에 축의금을 들고 찾아가고, 상가(喪家)에 조의금을 들고 가 분향을 하며, 이따금 주례를 맡기도 하겠지.

야전군으로서 일관된 생애를 마치고 명예로운 퇴역을 하고 나면 찾아올 은둔생활, 손녀와 함께 앵두를 따 집 앞 연못에서 씻고 있다가 새로 임명된 군의 총사(總師)가 취임식을 끝내고 찾아오는 것을 맞고, 하얗게 팔을 벌린 자작나무 수피에 칼집을 내서 이른 봄이면 그 물을 받아 먹다가 부관 아들의 청첩장을 받고, 정권이 바뀔 때마다 최고 권력자가 대문을 두드려 나라의 앞날을 함께 근심하는 야인(野人)으로 마감하고 싶었던 자신의 생애와 꿈을 한 장씩 뜯어내어 그는 천천히 손으로 찢었다. 문 밖에서 자신을 지키는 사병들의 기침소리가 들려왔다.

고통 때문에 비명을 질러서는 안 된다는 것, 그것만이 자신의 존엄성을 지키는 일이며 이 안에서 스스로를 저들과 차별화할 수 있는 단 하나의 도구라고 어금니를 악물면서 장군은 고문을 이겨냈다. 지하 삼층의 고문실에서 그는 군복이 벗겨지고 알몸이 되었다. 천장에서 일직선으로 그에게만 백열등 불빛이 내려오고 있었기 때문에 그는 주위에서 웅얼웅얼 떠드는 그들의 모습을 볼 수가 없었다. 어깨 넓이로 발을 벌리고 그는 주먹을 쥔 채 서 있었다. 위에서부터 쏟아지는 불빛이 나이를 숨길 수 없이 그의 갈비뼈를 드러나게 했다. 그의 벌거벗은 몸에 환의(患衣) 모양의 넝마 같은 옷이 던져졌다. 옷은 그의 발등 위에 떨어졌다.

어둠 속에서 목소리가 들렸다.

「갈아입어. 이 새끼야」

발가벗겨진 채 그가 몸을 구부리려 했을 때였다. 어둠 속에서 지휘봉 같은 막대기가 나와 그의 구부린 옆구리를 찔렀다.

「기다려 이 새끼야」

장군이 몸을 일으켰다. 막대기가 앞으로 나오며 그것을

쥔 자의 팔이 불빛 속으로 드러났다. 막대기가 조그맣게 졸아들어서 밑을 향하고 있는 그의 성기를 들어올렸다.

「장군은 좆에다가도 별을 단 줄 알았지」

「어허, 이게 아직 포경이잖아. 여편네 속 좀 썩였겠군」

킬킬거리는 소리가 들려왔다. 그는 쉰 살이 넘어서도 필요할 때면 언제나 당당하게 일어서 주었던 자신의 성기에 대하여 그것이 몸의 한 부분이 아니라 다른 개체인 것처럼 미안함을 느꼈다.

「코스 돌릴 거 없이, 이 새끼 이걸 그냥 짤라버려」

「까지지도 않은 좆을 잘라 뭘 하냐」

막대기가 그의 불알을 쿡쿡 찌르면서 말했다.

「이자가 제일 좋아하는 남자가 누군지 아냐? 서 있는 남자야」

그 순간 어둠 속에서 무엇인가가 튀어나오며 그의 배를 내질렀다. 장군의 몸이 헉 하는 소리를 내며 앞으로 꺾여지는 것과 함께 야구방망이가 그의 몸을 내리쳤다. 의식의 저 깊은 곳에서 어머니가 말하고 있었다. 소리를 내선 안 된다. 너는 내 아들이다. 전기 고문에서 한 동이의 물을 뒤집어쓰고 세번째로 깨어났을 때, 발가벗긴 몸으로 물이 홍건한 시멘트 바닥에 널브러져 있던 장군은 고문 기술관이 손전등으로 자신의 눈알을 까뒤집어 보면서 중얼거리는 소리를 들었다.

「이 새끼 아직 누깔이 말짱한데 그래. 안 되겠다. 매달아라」

 비명을 지르지 않기 위해 악물어야 했던 이빨이 모두 빠져버린 것 같았다. 아래 윗니가 서로 닿는 것마저도 견디기 힘들어서 장군은 입을 벌린 채 몸을 일으켰다. 그는 나사가 빠져버린 자동인형처럼 관절마다가 삐걱거리는 몸을 끌며 천천히 몸을 일으켜 좁은 방 안을 거닐었다. 다섯 발짝이면 벽에서 벽까지였다. 발걸음을 세듯이 똑같은 행위를 반복하고 있던 장군의 눈에 벽에 그어진 금 하나가 바라보였다. 그 금은 취조관과 마주 앉는 피의자용 의자 뒤편에 그어져 있었다. 장군은 의자 가까이로 다가가 그 금에 가만히 손을 대보았다. 그것은 그어진 금이 아니었다. 무엇인가가 수없이 같은 자리에 부딪히며 그 부딪힌 자죽이 벽을 조금씩 파고들어 가면서 생겨난 홈이었다. 깊이는 손가락 하나가 들어갈 만했다. 장군은 가만히 의자를 뒤로 넘어뜨려 보았다. 벽에서 두 뼘쯤 떨어져서 놓여 있는 의자를 뒤로 넘어뜨리면 정확하게 등받이의 모서리가 벽에 파여진 홈에 가 닿았다. 그것은 바로 의자에 앉혀진 피의자가 어떤 힘에 못 이겨 뒤로 자빠지며 파여진 홈이었던 것이다. 어떤 폭력에 의해 수없이 많은 사람들이 수없이 많이 뒤로 넘어지면서 벽에 파여진 홈을 매만지는 장군의 손끝이 떨리고 있었다. 그 어떤 형태의 공포 때문이 아니었다. 인간의 역사가 있어온 이래 통치술(統治術)에는 아무 변화가 없었고 앞으로도 그러하리라는 가혹한 절망 때문이었다. 누가 있어 인간의 존엄성을 말하는가. 말은 차라리 그것이 있음으로 해서 권력으로 하여금 인권이니 자유니 자긍심이니 하는 것들이 어떤 형태로건 그것이 존재한다는 착시현상을 불러일으킨다. 국민을 얼마나 자폐증으로 몰아넣느냐는 권력을 유지하는 가장 손쉬운 방법이다. 말은 이때 이 착시와 자폐를 옹호하는 가장 나쁜 최면이다.

고문은 단순하다. 인간이 인간이기를 포기하고 단순한 동물이게 만든다. 살아가기 위해서 필요했던 추상명사를 걷어내는 행위인 것이다. 명예라거나 희생이라거나 사념이 그렇게 해서 널브러진 육체처럼 한낱 넝마가 되어 구겨진다.

어떤 형태의 힘이든 그것을 있게 하고 계속되게 하는 핵심에는 결코 인간에 대한 존임성이 존재하지 않는다는 믿음에서 기병대의 혁명도 한 발짝도 비켜 서 있지 않았다.

다음날 아침 장군은 한 장의 종이를 받았다. 아무것도 씌어지지 않은 백지였다. 혁명위원회의 푸른 말발굽 표지를 팔에 두른 장교가 말했다.

「쓰시오. 당신은 예편하는 게 좋겠소」

어떤 처형에도 절차와 서류와 순서가 있다는 데 대하여 장군은 그 와중에서도 우스웠다.

「예편원을 쓰란 말인가?」

「알 만한 사람이 묻는군. 길게 쓸 것 없소. 아무도 읽지 않을 테니까」

장군은 조금도 지체함이 없이 예편원을 썼고 말미에 서명을 했다. 본인은 일신상 사정으로 인하여 그 직을 사임코자 하오니, 에서 볼펜의 잉크가 잘 나오지 않아 한번 멈추었을 뿐이었다. 예편원을 든 장교가 나가고 나자 장군은 두번째 단추가 떨어져 나간 옷의 나머지 단추를 다시 채우고 구겨진 옷자락을 폈다. 그는 죽음의 시간을 기다리며 단정하게 앉아 있었다.

그러나 오후가 되도록 처형은 미루어졌다. 어디에도 창문이 없는 네 개의 벽에 둘러싸인 방은 천장에 매달린 긴 형광등 불빛으로 하여 수조(水槽)처럼 느껴졌다. 어디선가 비둘기가 우는 소리가 들려오기 시작했을 때 이제 아침이 왔나보다 생각했듯이, 비둘기가 울기를 그쳤을 때 장군은 밤이 와 있는 것을 알았다. 죽음은 연기되고 하루가 갔다.

혁명군 내부에서는 반목(反目)이 표면화되면서 사태는 점차 권력투쟁의 양상을 띠어갔다. 그 첫 고비가 요인(要人) 처리 문제였다. 처형을 원하는 젊은 장교들과 그들을 등에 업은 수뇌부의 일부가 혁명 중추 세력에 눈에 띄는 반발을 하고 나섰던 것이다. 권력의 공백이 문제였다. 사태의 흐름을 지켜보던 국민들이 거리로 나서기 시작했다. 그들은 소리치고 있었다. 누가 되어도 좋다. 우리는 그 사람을 지지할 것이다. 그것이 민중이었다. 권력 또한 유기물이었다. 선도(鮮度)는 시간과 함께 떨어지고 마침내는 썩는다. 이익집단이 종균(種菌)처럼 그들을 둘러싸며 부패의

곰팡이는 피어나고 파리는 어느새 그 냄새를 쫓아 모여든다. 부패는 은밀하고 빠르게 퍼져 나가서 하룻밤의 뒷거래에서도 배양이 되었고, 말 위의 삶을 살아온 그들에게는 부패의 안개가 기어들지 못하게 대문에 발라놓을 양의 피를 가지고 있지 못했다.

상황은 계속 유동적이었다. 정책의 기조가 문제였지 개인은 문제될 것이 없으므로 지난 시대의 인물들에 대한 개별적인 단죄는 하지 않겠으며, 후속조처가 있을 때까지 일단 가택연금은 계속될 것이라던 동군(東軍) 사령관의 반전(反轉)에 반전이 거듭되었다. 그러나 결국 처형이 결정되고 승리는 강경파에게 돌아갔다. 첫판에서의 승리를 자축하며 서로이 결속을 다지기 위해 술잔을 높이 들어올리던 혁명위원회 강경파의 사무실 창 밑으로는 밤이슬을 맞으며 마차가 들어오고 있었다. 요인들의 처형에 사용될 눈가리개와 그들을 비틀어맬 말뚝을 실어나르는 마차였다.

밖으로 끌려나왔을 때, 장군은 눈이 부셔서 고개를 숙이며 눈을 깜박였다. 햇살은 잠자리의 날개처럼 투명했다. 어머니가 즐겨 입던 한산 세모시의 한복 자락이 보여주던 희고 그윽하면서도 어딘가 서글픔이 배어 있던 그런 빛을 띠면서 가을은 혁명위원회의 뒤뜰에 가득히 일렁이고 있었다. 햇빛을 등지고 돌아서며 장군은 감시병에게 부탁했다.

「내 눈가를 좀 닦아주게」

사병이 푸른 완장을 두른 팔을 들며 긴장하여 그를 지켜보았다.
「젊어서 백내장(白內障)을 앓았다네. 그후론 이상하게 햇빛만 보면 눈물이 나와」
 죽음 때문에 울고 있다는 오해는 받고 싶지 않아서 장군은 거듭 말했다.
「난 지금 안경이 없지 않나. 내 눈가를 좀 닦아주기 바라네」
 사병이 조심스레 다가와 총을 뒤로 한 채 옷소매로 그의 눈가를 닦았다. 장군의 손은 등뒤로 묶여 있었다.
「고맙네」
 중얼거리고 나서 장군은 눈을 들어 뒤뜰을 바라보았다. 다섯 개의 말뚝이 담을 따라 박혀져 있었다. 십여 미터 떨어져서 말발굽이 찍혀진 푸른 완장을 두른 사병들이 도열해 있는 뒤쪽에 작은 단이 있었고 단 위에는 혁명군의 대령이 칼을 차고 서 있었다. 그 옆에 부동자세로 서서 다섯 개의 말뚝을 바라보고 서 있는 젊은 사관이 자신을 숙소에서부터 압송한 청년 장교임을 장군은 알 수 있었다.
「끌고 가라」
 단 위의 대령이 소리쳤다. 장군은 두 명의 사병에 이끌려 말뚝 앞에 세워졌다. 사병들은 그의 손을 풀어 말뚝 뒤로 몸과 함께 붙들어매었다. 이제는 햇빛이 등뒤에서 비치고 있어 다행이라고 장군은 생각했다. 아직 눈은 가려지지 않은 채였다. 다른 장교 하나가 다가와 그의 묶인 몸을 확인했다.

자신을 향해 총구를 겨누고 늘어서 있는 사병들을 바라보면서 장군은 한순간 야전사령부 막사에서 바라보던 산을 떠올렸다. 막사의 창문 저편에 드높이 솟아 있던 산은 창틀에 의해서 표구(表具)가 된 한 폭의 유화(油畵)였다. 이백 호는 되었을 것이다. 황홀한 색채와 강한 질감으로 짓이겨진 이백 호의 풍경화. 그것은 얼마나 큰 즐거움이었던가. 거기에는 계절이 있었고, 공간과 시간이 있었다. 그리고 아름다웠다. 규율과 명령으로 짜여진 전투복 차림의 일상에 그것은 언제나 커다란 위안이었다. 산은 계절에 따라 변했고, 아침과 한낮과 저녁이 또한 날랐다. 한 자락의 구름이 산을 덮고 있는 아침이면 장군은 그 구름을 보며 그것이 하느님이 면도를 하다가 집어던진 한 덩어리의 비누거품이라고 생각했었다. 안개가 가득해서 산이 보이지 않는 날은, 먼곳을 보지 말고 가까이 네 주변을 돌아보라는 말씀으로 알고 지휘관회의를 열었었다. 봄이 깊어가며 산이 푸르러지면 전 장병들에게 새 군복을 지급하기도 했고, 비가 지나가고 난 후 씻긴 듯 푸르른 산이 위용을 드러낼 때면 휘하의 장병들을 유격훈련장으로 보냈다. 그리고 그들이 돌아올 때에 맞춰 서둘러서 사병들의 목욕탕 시설을 개수했다. 가을이 와서 산이 단풍으로 물들면 하느님이 요즈음 잔치를 베푸시나보다 생각하면서, 부대 대항 체육대회 안(案)에 서명을 했었다. 창으로 구획지어진 그 한 폭의 유화는 그에게 시간의 의미를 가르쳤고 삶의 질을 생각하게 했었다. 그리고 그 산을 바라보며 무엇을 깨달았던가. 그것은 혁명의 조물주는 인간이며 역사는 보수(保守)의 수호신이라는 깨달음이었다.

「준비」

단 위의 대령이 칼을 높이 쳐들고 있었다. 옆에 서 있던 중위가 장군을 향해 똑바로 걸어 내려왔다. 그는 장군 앞에 와 섰다.

「할 말이 있는가?」

장군은 눈을 깜박였다. 철늦게 하루살이 하나가 부질없이 그의 이마 위에서 날고 있었다.

「나의 계급장을, 그릇을 굽고 있는 내 아들에게 전해 달라」

중위는 종이를 꺼내 장군의 말을 적었다.

「말의 힘에 기대어 삶을 도모하지 말라고도 전해 다오. 늘 그렇게 가르쳤지만 마지막으로 일깨운다고. 말의 힘에 기대어 삶을 도모한다는 건 대왕과의 하룻밤 잠자리를 기다리며 평생 몸을 닦고 있는 궁비(宮婢)의 그것과 다를 것이 없다」

말의 힘에 기대어 삶을 도모하지 말라. 중위는 그렇게만 적었다.

「그리고 누구든, 그것이 희생과 봉사의 길일지라도, 영혼의 구원을 얻으려는 사람은, 그것이 자기 영혼의 구제든 타자(他者)의 영혼의 구제든, 정치의 길에서 그것을 추구해서는 안 된다, 결코」

중위가 고개를 들었다.

「마지막으로 남기고 싶은 말은?」

장군의 눈이 가늘게 좁혀들어 갔다. 그는 메마른 입술을 움직여서 짧고 단호하게 말했다.

「다 이해한다. 당신들도 나도. 누가 옳은가는 훗날이 말하리라」

중위가 쓰기를 마쳤다. 그는 한 걸음 물러섰다.

「계급장은 아들에게 전해질 것이다」

「아직 하나가 끝나지 않았네」

「말하라, 무엇인가?」

「여기 요 내 눈앞의 하루살이를 좀 잡아주게나」

중위는 장군의 말을 받아적은 종이를 뒷주머니에 찌르고 나서 손바닥을 넓게 펴서 장군의 얼굴 가까이 가져갔다. 그는 손바닥으로 두 번 허공을 때린 끝에 하루살이를 잡았다. 장군이 말했다.

「고맙네」

중위는 돌아서서 자기 자리로 갔다. 쨰앵 하는 소리를 내며 귀가 멍해지는 더위와 햇빛이 뒤엉킨 정적이 혁명위원회 뒤뜰에 퍼부어지고 있었다. 장군의 두 눈이 검은 띠로 가려졌다. 짧은 순간이 지나고, 단 위에서 드높이 쳐들어졌던 대령의 칼이 허공을 가르며 내려왔다.

　총성이 울렸다.

　혁명위원회 건물 지붕에서 놀란 비둘기들이 날아올랐다. 비둘기가 떨어뜨린 깃털이 하나 정적뿐인 허공을 두 번 맴돌며 천천히 내려왔다. 총알은 장군의 이마를 꿰뚫고 있었다.

　피가 장군의 이마에서 쏟아져 나와 검은 눈가리개를 물들이고 코 밑으로 흘러내렸다. 그의 입 양편으로 깊게 진 주름을 타고 내리던 피가 촛농처럼 방울을 만들며 굳어졌다. 대령도 중위도 또 다른 사관도 사병들도…… 그들은 숨을 죽이고 기다렸다. 장군의 몸이 뒤틀리며 목이 꺾여질 순간을 그들은 기다렸다. 그러나, 저격수들의 헐떡거리는 숨소리가 자갈 위를 달리는 마차바퀴처럼 덜커덩거리는 고요 속에서 시간이 흘러가고 있었지만 장군의 목은 꺾여지지가 않았다. 혁명위원회 담장을 따라 심어진 향나무 그림자가 조금 더 길어졌다. 여전히 흘러내린 피가 장군의 코 밑을 지나 구레나룻 자국 위에서 촛농처럼 굳어갈 뿐, 그는 피를 흘리며 묶여 있을 뿐이었다.

「전원 거총!」

대령이 소리쳤다.

「조준! 표적은 심장이다. 사격 개시」

　사병들의 총구가 다시 불을 뿜었다. 장군의 몸이 물결처럼 흔들렸다. 그뿐, 그의 목은 꺾여지지 않았다. 꿰뚫린 가슴에서 흘러나온 피가 떨어져 나간 두번째 단추로 해서 벌어진 앞가슴을 검게 물들이다가 멎었다. 대령의 칼이 허공을 그어대고 있었다. 그의 목소리는 신음에 가까웠다.

「계속 쏴라, 계속!」

준비된 총알이 다 끝났을 때, 총을 든 사병들은 멍한 얼굴로 단 위의 대령을 쳐다보았다. 중위가 앞으로 뛰어나갔다. 건물의 벽을 칠하고 마악 하루의 일을 끝낸 페인트공처럼 온몸에 핏자국이 얼룩진 채 말뚝에 묶여 있는 장군의 검은 눈가리개를 중위가 풀어헤쳤다. 띠가 벗겨지자 장군은 푸른 기가 도는 맑은 눈을 몇 번 깜박였다. 놀란 중위가 얼결에 다시 그의 눈을 가렸다.

「대령님, 장군이 죽지를 않습니다」

염분(鹽分) 가득한 땀과 피가 뒤섞인 액체가 입술에 와 멎었을 때 입술을 움직여 찝찔한 그 맛을 맛보면서 장군은 눈이 가려진 캄캄한 어둠 속에서 중위가 절망적으로 소리치는 목소리를 듣고 있었다.

「장군이 죽지를 않습니다」

4

죽음은 두 가지의 발전 과정을 거쳤다. 그것은 썩어간다는 부패와 죽어간다는 소멸에 의한 사라짐으로 나뉘어서 나타났다. 부패는 생성이었다. 거름이 되는 것이다. 죽음을 단순한 이별로 받아들이는 사람들에게 있어서도 그것은 소멸이었다. 쓰임새가 다한 물건의 용도폐기 또한 그와 같았다. 혁명위원회가 원한 것은 장군의 소멸이었고 그 소멸이 가져올 공포라는 부수효과였다. 그러나 장군은 소멸되지 않았다.

그렇다고 장군이 썩어간 것도 아니었다. 부패는 일종의 환생(還生)일 수 있었다. 많은 것들은 흙으로 돌아간다는 그 변이를 통해서 다른 것들의 목숨에 거름이 되었다. 부패라고 하는 유기물의 조직변화를 통해서 자연은 그 순환의 고리를 유지하고 있었다. 장군은 부패함으로써 야전사의 한 페이지에 올곧았던 별들의 표본으로 잠들 수도 있었다. 아니면 그 썩음을 통해서 현실의 흐름을 받아들일 줄 몰랐던 시대의 낙후자로서 안타까움과 함께 조소의 대상이 될 수도 있었다. 그러나 장군은 죽지 못했다. 사라지지도 썩지도 못했다.

그렇게…… 죽음이 사라졌다. 땅 위의 질서와 말 위의 질서가 혼미를 거듭하던 사흘이 지나고, 이미 있어왔던 질서 위에 혁명의 질서가 물결치던 며칠이 지나고…… 땅 위에서는 죽음이 사라졌다. 그것은 완벽한 질서였다. 죽음이 사라져버린 이후의 혼란은 무질서란 이름의 질서였다.

처음에 그들은 의심했다. 오랜 전쟁과 야전군 생활에서 단련된 장군이 총알에서도 견디어내는 특이한 내공 체질을 만들어낸 것으로 생각했다. 혁명위원회는 즉각 회의를 소집했고, 전직 각료 한 사람을 말뚝 앞으로 끌어낼 것을 결의했다. 그는 선병질적인 사람이었다. 어려서 홍역을 앓은 것을 시작으로 백일해, 수두, 소아마비를 거쳐 결핵을 앓았으며 성장해서는 만성 위궤양으로부터 류마티스, 간염, 축농증, 편도선을 앓았고 난시(亂視)성 두통에 시달렸으며 아직도 고혈압과 당뇨병의 치료를 받고 있으면서 신장염, 척추 디스크, 방광염에다 국립 스키장 개장 행사에 참여했다가 다친 늑골의 골절은 완치가 안 된 상태였고 만성 두통과 수전증(手顫症)으로 시달리고 있는 병의 덩어리였다. 혁명위원회의 결정에 따라 그가 처형의 대상으로 확정되었을 때 젊은 장교들은 군수품의 절약에 무딘 수뇌부에 분통을 터뜨렸다. 그 각료라면 총알을 쏠 필요도 없이 햇빛 속에 몇 시간 세워놓는 것으로 충분하다고 그들이 정세분석문을 작성하고 있을 때 그의 처형 시간이 통보되어 왔다.

화가 난 청년장교들은 그를 말뚝에 비끄러매지도 않았고 눈을 가리지도 않은 채 위원회 뒤뜰로 끌고 나오자마자 총으로 갈겨버렸다. 그러나 마찬가지였다. 촛불이 꺼지며 촛농이 굳어지듯 그의 가슴에서 번져나오던 피가 멎었고, 잠시 기절을 했다 깨어난 그는 땅에 떨어진 안경을 찾기 위해 더듬거렸다.

그렇다면 이번에는 그와 체질적으로 다른 전직 고위간부를 찾아내기로 했다. 즉각 연정에서 내각 수반의 경호비서를 했던 사령관이 적임자로 선택되었다. 그는 독실한 신자로서 매일 아침과 저녁 잠이 들 때면 상사가 사는 곳을 향해 절을 올리고 기도를 쉬지 않았다. 물론 체력의 단련에도 게으름이 없어서 그는 공수도와 태극권 대림무술에 능통했으며 사격술 또한 신기에 가까워서 비둘기를 날아올리고 그 머리와 발목을 두 발의 총알로 쏘아 맞힐 수 있었다. 일찍이 딸을 왕조에 시집보낸 대군(大君)으로서 막강한 권력을 휘두르며 나라의 이권을 손아귀에 틀어쥐면서 그가 지나간 자리에는 풀이 돋지 않는다던 재무담당 곳간지기 장상(藏相)의 휘하에 들어가 그를 경호했으면서도 새로운 민정 연립에서 또다시 수반의 경호를 맡아왔던 자였다. 기마인(騎馬人)들에 대한 박해에 언제나 초강경책을 은밀히 건의했던 음지의 큰 손이었던 그에게 혁명위의 청년 장교들은 칼을 사용해 보기로 했다. 형기(刑器)로 쓰여지기 위해 군사박물관에 보관되어 있던 신검(神劍)이 도공(刀工)들에 의해 소리가 날 듯이 푸르게 갈려졌다. 그러나 혁명위의 장교들은 이 왕조의 명도(名刀) 이외에 나이트클럽의 경영권을 위해 목숨을 건 싸움을 벌이고 있던 김상사파 행동대원으로부터 일본도 몇 자루를 얻어 준비해 두는 것도 잊지 않았다. 포박당한 채 혁명위원회 뒤뜰로 끌려나온 경호비서는 등받이가 없는 의자에 앉혀졌다. 신검이 허공에서 세 번 울더니 날을 번득이며 그의 목을 내리쳤다. 칼이 지나가자 울컥울컥 피를 쏟아내며 가죽만이 겨우 달라붙은 채 한 뼘이나 벌어졌던 상처에서는 한순간에 새 살이 돋아났고 목은 이내 들러붙었다. 상처가 아물어붙자 전직 경호비서는 피로 얼룩진 바지를 갈아입기 위해 영치금에서 양복 한 벌을 사다줄 것을 요구했을 뿐이었다. 그는 다시 깊고 습기찬 감옥 속으로 처넣어졌다. 오히려 총이나 칼이 뚫고 들어갔던 그들의 몸에서 새 살이 돋아나오느라 몹시 가려웠으므로, 그들은 밤에 잠을 자지 않고 긁적거리느라 새벽까지 수런거렸고 그들을 잠재우느라 간수들은 벌겋게 눈이 충혈된 채 아침을 맞아야 했다. 처형이 미수에 그친 자들이 밤이면 저마다 잠을 자지 않고 수런거린다는 보고를 받은 혁명위원회는 한때 그것이 어떤 반(反)혁명의 모의를 위한 조짐은 아닌가 여겨서 긴장하기끼지 했다.

죽음이 사라졌지만 고통만은 남아 있었다. 첫 증후는 양로병원에서 시작되었다. 죽음의 자리에서 가래가 끓는 목소리로 시작한 노인의 유언(遺言)은 하루가 지나고 이틀이 되어도 끝나지를 않았다. 노인은 죽을 수가 없었다. 병원 중환자실에서는 죽지 못하고 살아 있는 환자들이 내지르는 단말마의 비명소리가 끊이지 않았다. 그들은 창문만 덜컹거려도 의사가 들어오는 것으로 착각하고, 죽여달라고 소리쳤다. 갈비뼈를 부여안은 채 부러진 다리를 질질 끌면서 교통사고 환자는 길을 오갔다. 도살장에서는 이마에 도끼를 맞은 소가 눈을 허옇게 까뒤집은 채 거품을 품으며 새벽부터 밤까지 울어댔다. 재래시장 어귀의 닭집에서 목이 잘린 닭은 한쪽 발로 자신의 잘려나간 머리를 잡고 피를 튀기며 외다리로 시장 안을 껑충거리며 뛰어다녔다.

혁명위원회에서는 끊임없이 회의가 계속되었다. 회의를 열기 위한 회의가 열리고, 회의를 끝내기 위한 회의가 열렸다. 그러나 죽음이 사라진 이 새로운 질서에 대처할 방안은 떠오르지 않았다. 의안은 소위원회에서 대책회의로 넘겨져서 다시 상임위원회로 옮겨갔다가 전체회의에 부쳐졌고 다시 본회의를 거쳐 운영위원회로 전전했다. 그리하여 겨우 얻어진 결의사항은 〈회의를 중지하자〉는 것이었다.

혁명위원회의 분과회의에도 나가지 않은 채 중위는 마구간의 건초더미에서 나날을 보냈다. 말굽에 낀 오물을 긁어내고 물로 씻어준 후 쇠빗과 털빗으로 번갈아가며 털을 긁어주고 털이 없는 곳은 해면으로 닦아주면서 같은 일을 반복했다. 갈기는 빛났고 털에서는 윤기가 돌았다. 말만이 혁명의 가장 큰 은혜를 받고 있었다. 말을 운동시켜 주는 일을 끝내고 나면 그는 오래오래 건초더미에 쭈그리고 앉아 있었다. 그러노라면, 불현듯 장군이 죽음의 자리에서 했던 말이 떠올라왔다.

……다 이해한다.

장군은 무엇을 이해했을까. 어떻게 무엇으로 이해했을까. 어제의 진리와 오늘의 진리가 다르고, 그날의 질서와 내일의 질서가 또한 다른데…… 장군은 무엇을 이해한다고 했을까. 무엇을 다 이해했을까.

죽음을 이해한다는 뜻은 아니었을까. 떠나간 죽음은 돌아오지 않고, 노인들은 마냥 늙어갔다. 질병과 고통과 시련은 끊임없이 지속되었지만 땅 위의 어디에서도 종말이라는 것을 찾아볼 수 없었다. 화살을 맞은 새들은 화살을 꽂은 채 끝없이 날아야 했다. 시들기 시작한 풀은 시든 채로 찬 서리를 맞았지만 쓰러질 수가 없었다. 짐승들은 사냥꾼에 의해 등에 창이 꽂힌 채 피를 흘리며 동굴로 기어들어 갔다. 도살장은 문을 닫았다. 가축을 잡아먹으려 해도 죽어가는 가축이 없었다. 꼬끼오, 꼬끼오. 닭은 남김없이 털이 뽑혀서도 푸줏간에 매달려 새벽을 알렸다. 소금에 절이고 젓갈에 버무려진 파김치는 아무리 기다려도 뚜껑을 열어보면 여전히 푸릇푸릇 살아 있었다. 죽음이⋯⋯ 종말이 없어지자 사람들은 먹을 것이 없었다. 그 누구도 이제는 굶을 수밖에 없다는 평등(平等)이, 기아(饑餓)라는 새로운 질서가 다가오고 있었다. 전국의 유통업자는 파산을 눈앞에 두고 있었다. 죽지 않는 물건이 실린 트럭을 몰고 그들은 악취를 풍기며 아직 빈 터가 남아 있는 농축산물 폐기처리장을 찾아 종일 헤매었다. 결국 파산(破産)을 하고 나서 가족과 함께 다리 난간을 치고 나가는 승용차 투신 동반 자살을 꾀했던 축산물 집하장 사장은 죽지 않는 아들 딸과 마누라를 데리고 울며 고수부지를 헤맸다. 종합병원의 산실(産室)에서 들려오는 단말마에 사람들은 귀를 막고도 온몸을 떨었다. 사산(死産)되는 아이를 아랫도리에 매단 채 여인들은 길고 긴 밤과 낮을 끝없이 비명을 질러대고 있었다.

 장군은 벽을 등지고 앉아 있었다. 지하감방의 습기 때문에 중위는 목이 아팠다. 장군의 맞은편 벽에 기대 앉으면서 중위는 감옥 통로에 켜진 불빛에 어른거리고 있는 장군의 모습을 바라보았다. 불빛이 너무 흐린 데다가 수염이 많이 자라 있어서 그는 장군의 얼굴에서 그의 마음을 읽을 수가 없었다.
 경비병에게서 받아든 감방 열쇠를 만지작거리며 그는 말없이 장군을 바라보았다. 얼마 후, 장군은 그제야 그를 알아보겠다는 듯이 낮게 중얼거렸다.
「자네가 날 숙소로 데리러 왔었지?」
「네. 맞습니다. 그러나 그건 체포였습니다」
 장군이 입가에 미소를 띠었지만 길게 자란 수염 때문에 중위는 그 웃음을 보지 못했다.
「죽음은 아직도 돌아오지 않았나?」
「네. 그렇습니다」
「그것 또한 혁명이로군, 이 세상에서 종말을 없애다니. 한때는 죽음도 역시 혁명이었지⋯⋯ 모든 살아 있는 것들을 영원히 계속되게 하지는 않았으니까. 질병도, 삶도. 어떤 시대까지도 말일세」
 장군의 목소리는 낮았다. 목이 쉰 것 같았다. 습기찬 지하에 너무 오래 있었기 때문이며 이런 기후에 적응하기에 장군은 너무 오래 공기 좋은 전선에서만 복무했다고 중위는 자신도 그 까닭을 알 수 없는 비애를 느끼며 생각했다. 그가 대답을 기다리지도 않는 목소리로 물었다.

「장군께서는 왜 혁명을 반대하셨습니까. 우리에게는, 이 시대의 삶을 고양(高揚)시키자는 뜻이 있었습니다. 말 위의 삶이라는 구체적인 변혁의 설계도 있었습니다」

「나는 국가나 시대가 어떤 이론적인 작업에 의해서 하루 아침에 이루어진다고 생각하질 않네. 내가 겪은 전쟁도 마찬가지였어. 종전(終戰) 문서에 서명을 하는 것은 잠깐 동안의 일이지만 그것이 이루어지기에는 차마 생각할 수조차 없이 많은 고통과 근신 그리고 깨이져 버린 꿈과 잃어버린 사랑까지 그 많은 것들의 희생이 있은 후에야 가능했다네. 수많은 개인의 미래와 파멸된 가족의 통한이 거기 함께 매장되어 있는 거라네. 시대란 오랫동안 거기에 참여하는 개인들의 작은 희원(希願)을 통해서 이루어지는 것이고 그래야만 하는 거네. 몇 사람이 써붙인 정의나 구호가 시대정신이 될 수 있다고 믿는 자네들, 그래서 나는 혁명에 반대였네」

「그렇지만, 오염된 역사나 오염된 시대는 점진적인 방법으로는 치유가 되지 않습니다. 썩은 생선은 냉동실에 넣는다 해도 썩어 있을 뿐입니다. 영혼도 마찬가집니다」

「인류의 영혼은 생선이 아니네」

장군은 잠시 침묵했다.

「역사는 신(神)이 이 세상을 다스린 자취일 뿐이다. 나는 그것을 믿네. 우리를 빚어준 신의 법칙에 따라 자유라든가 사랑이라든가 율법이라는 말을 믿으며 우리는 살고 있네. 자네들의 혁명이란 뭔가, 그것이야말로 신과 인간의 질서에 대한 용납할 수 없는 침해가 아니고 무엇인가」

그때, 어두운 감방 바닥으로 무엇인가 끈같이 생긴 것이 기어나왔다. 중위가 발을 움츠렸다. 그것은 지네였다. 그가 일어서며 장화발로 지네를 밟아 죽이려고 했을 때 장군이 가만히 손을 내저었다.

「내버려두게. 밟아도 죽지 않으니까」

「우릴 물 거 아닙니까」

「지네가 문다 해도 우리가 죽지를 않아」

중위는 다시 자리에 앉았다. 지네는 불빛이 어른거리는 바닥을 기어 벽을 타고 올라갔다.

「자네 나와 함께 이 세상에서 긍정적인 게 무엇인가 살펴보세. 그건 무엇이겠나. 역사적인 것, 확고한 것, 전통적인 것, 진실이나 평화라는 말로 표현될 수 있는 모든 것들…… 그것이 우리에게 긍정적인 것이겠지. 그렇다면 자네들의 혁명이란 어떤가. 그것은 파괴적이며 자의(恣意)성이 있고 평화보다는 대립에 의해서 시작된 것이 아닌가. 그리고 무엇보다도 분명하게 자네들 집단의 이익을 추구하네. 말 위의 삶이라는 자네들의 그 공동선이 바로 그거야」

「납득할 수 없는 것이 장군의 말에는 있습니다. 혁명을 새로운 날의 시작이라고 본다면 혁명은 결코 진실이 아니라 위장된 평화였던 한 시대를 회복하고 결코 정통적일 수 없이 역사에 부정적이었던 시대를 마감하는 것으로 이해할 수도 있습니다」

장군이 씁쓸하게 웃었다.

「작대기의 두 끝을 놓고 서로 어느 쪽이 끝이냐는 식의 싸움은 그만두세. 나는 다만 자네들의 혁명이라는 것이 질서를 허문 행위가 아니었던가를 묻고 싶었을 뿐이네」

천장에서 모인 물방울이 바닥에 떨어지는 소리가 들려왔다. 장군이 말을 이었다.

「이런 잠언을 알고 있나? 〈훈장은 요정(妖精)이고, 별똥이다. 군인은 국가의 꽃가루이기 때문에 색색가지의 옷을 입는다. 금과 은은 국가의 피다. 왕(王)은 별자리에서 태양이다.〉 누군가에게 있어 이것은 질서일 테고, 누군가에겐 이것은 정치와 예술의 야합일 뿐이겠지」

「장군. 비유는 결코 개념을 명백히하지는 못합니다」

「아, 우리는 왜 각자가 이 세계에 대하여 저마다의 책임이 있는데도 각자가 이해하는 시대가 다른 것인가!」

경비원이 순찰을 돌고 가며 아직도 중위가 거기 앉아 있는가를 확인하려고 얼굴을 디밀었다. 그는 중위가 갑자기 머리가 하얗게 세어 있는 것을 보았다. 그는 혹시 장군을 취조하기 위해서 다른 사람이 들어온 것은 아닌가 생각했다. 그러나 분명 중위의 얼굴이었다. 경비원이 열쇠를 덜그럭거리는 소리가 멀어져 갔다. 중위는 천천히 바닥에서 일어섰다.

「하나 묻고 싶은 게 있었습니다」

「뭔가?」

「그날, 마지막으로 한 말이 무엇인지 기억하십니까. 〈다 이해한다〉 그랬습니다. 장군은, 무엇을 이해했습니까?」

잠시 장군은 말이 없었다. 그가 중위의 발 밑으로 손을 뻗었다.

「지네가 기어가는군. 발을 비켜주게나」

중위는 한 걸음 물러섰다. 지네는 작은 끈이 되어 바닥을 기어나갔다.

「삶이 아름다운 것은, 죽음이 순서 없이 찾아온다는 것 때문에 아름다운 것이네. 그 죽음의 무질서 때문에 삶은 더욱 살아볼 만한 가치가 있다네. 먼저 태어난 자가 결코 먼저 죽지만은 않는다는 진실, 이것이 죽음의 진실이네. 내가 무엇을 이해했는지 자네는 알겠지?」

중위는 아무 대답도 하지 않았다.

「저 갈릴리의 그리스도라는 사람 말일세. 하도 오래전 일이긴 하지만 만약 그때 정말로 그가 살아 있었다면 자네들같이 영웅성이란 전연 없는 그러나 아주 아름다운 품성을 가진 사람이었을 거네. 그는 혁명을 하지 않았어」

감방을 나온 중위는 마구간에 들러 사료통에 귀리를 부

어주고 밖으로 나왔다. 숙소로 돌아가며 문득 생각하니, 말에게 먹이를 준다는 게 스스로도 우스웠다. 말은 아무리 굶긴다 해도 죽지는 않을 테니까, 그렇다면 말에게 사료를 준다는 행위는 얼마나 무모한 것인가. 그는 이상한 혼란을 느끼며 고개를 흔들었다. 무모한 행위 그리고 그 행위의 반복이 인생인지도 모르지.

숙소로 돌아와 그는 창문을 열었다. 깊게 숨을 들이마시며 바라보니 카시오페이아 성(星) 저편으로 이름을 알 수 없는 별 하나가 반짝이며 떠 있었다. 창문 왼쪽이었다. 그는 가만히 서서 하늘을 쳐다보았다. 어둡고 소리없고 깊은 망각의 집, 죽음은 그곳 밤하늘에 있었다. 누구였던가, 철학자의 삶이란 죽음에 관한 끊임없는 성찰(省察)이라고 말한 사람이 있었다. 죽음이 바로 질서는 아니었을까. 황혼은 하루의 죽음이었고, 겨울은 한 해의 죽음이었다. 노년(老年)은 또한 죽음을 향해 걸어가는 긴 그림자였다. 그러나 늘 잊고 있던 죽음이 있기에, 살아 있다는 것은 그렇게 황홀했다. 옛 왕조에서 문치를 드높였던 7세 목소리가 들려오는 것 같았다. 〈나보다 먼저 죽은 그대들, 헤아릴 수 없이 많은 자들이여, 나를 도와다오. 죽음을 어떻게 치러냈는지 나에게 말해 다오. 어떻게 죽음을 납득했는지 나에게 가르쳐다오. 그대들의 전례(前例)가 나를 위로해 줄 것이다. 지팡이에 의지하듯이, 형제의 팔에 의지하듯이 내 그대들에게 의지할 테다…… 나를 돕기 위해 잠깐만 되돌아와 다오.〉 중위는 소리없이 부르짖었다. 그대들 혁명의 용사들아, 말해 다오. 너희들은 아는가. 지팡이에 의지하듯…… 너희들에게 의지할 테다. 말해 다오, 누구인가를, 우리와 우리들의 고매한 뜻을 우롱하는 운명의 신(神), 그는 누구인가. 우리를 줄도 없는 꼭두각시로 만들어 이리 끌고 저리 끌어가는 그들은 누구인가. 멀고먼 길을 밤을 벗하여 말을 달려온 혁명의 용사들아, 말해 다오. 중위는 고개를 저었다. 끝이 있음으로써 모든 것은 완성된다. 노래도, 춤도, 사랑도, 그리고 혁명까지도 끝이 있어야 완성되고 이룩된다. 몽매한 시인은 읊고 있다. 가장 아름다운 사랑 그 절대의 사랑을 끝없는 사랑이라고 노래한다. 아니다. 끝없는 노래, 끝없는 춤, 끝없는 사랑…… 끝이 없는 완성을 생각할 수 있겠는가. 그래서 죽음이 필요했던 것을! 그래서 삶은 죽음의 질서 위에서 피어나고 자랐던 것을! 말 탄 자에게는 말 탄 자들이 살아가야 할 틀과 몫이 있었고, 그것이 질서였거늘! 죽음이 없이 무엇이 영원한가. 종말과 완성이 있고 미구에 끝나는 목숨이 있었기에 영원함 또한 있었던 것을.

창문을 닫던 중위는 깜짝 놀라며 다시 한번 하늘을 쳐다보았다. 카시오페이아 옆에서 빛나고 있던 이름 모를 별 하나, 그것이 창문의 오른쪽에 떠 있었다. 그것은 분명히 왼쪽에 떠 있던 별이었다. 그는 절망적으로 문을 닫았다. 이제 다시 시간마저 그 운행(運行)의 틀을 떠나버리는 것은 아닌가. 아니면…… 별이 자리를 옮길 정도로 시간이 흘러 갔단 말인가. 중위는 갑자기 자신이 몹시 늙어버렸을지도 모른다는 착각에 빠지며 손바닥으로 얼굴을 매만져보았다. 그러나, 주름살은 만져지지 않았다.

처형(處刑)이 사라진 혁명은 많은 곳에서 더욱 아름답게 돋보였다. 행복한 나날이었다. 무혈(無血)혁명의 나날이 그렇게 흘러갔다. 혁명재판소의 선고문에는 사형이란 말 앞에 유예라는 두 단어가 삽입되었다. 사형을 유예한다. 모든 것이 귀찮아진 어느 재판관은 자신에게 돌아온 사건의 모든 피의자에게 무기징역을 때렸다. 그러나 죽음이 떠나버린 자리에서 혁명군이 할 수 있는 것은 아무것도 없었다. 그리고 사람들은 비로소 저마다 진정한 용기를 되찾았다. 죽음을 두려워하지 않는 용기를.

죽음이 사라진 것을 깨달은 사람들은 이제 저마다 진리의 횃불을 드높이 쳐들었다. 스스로의 손이 타들어가는 것을 그들은 결코 두려워하지 않으면서 횃불을 들고 있었다. 초인적인 인내와 용기가 아니고서는 그들이 참아내기 어려웠을 고통을 그들은 즐겁게 치러냈다. 죽음이 없는 투쟁은 어느 날 아침 출근시간을 늦춘 채 로터리에 모여 어깨띠를 두르고 가두 캠페인을 벌일 때처럼 가벼운 행사가 되었다. 민중은 그것이 혁명에 거역하는 행위라는 것조차 모른 채 모든 것에 지루해하기 시작했다. 그 지루함이란 사람들은 이제 진실만을 말하려 한다는 견디기 힘든 한가로움 때문이었다. 또한 어떤 고문과 악형(惡刑)이 가해져도 사람들은 자신의 죄악을 수긍하려 하지 않았다. 시대의 찬이슬에 떨며 진실을 추구해 온 고결한 영혼을 가진 사람들은 자신의 믿음을 말함으로써 혁명에 항거했고, 부패에 물들고 탐욕의 고름이 흐르던 자들도 나름대로의 변명을 끝없이 늘어놓으며 자신의 행위를 정당화하려고 했을 뿐이었다. 그러나 그 둘은 하나의 뿌리를 가지고 있을 뿐 아무것도 다르지 않았다. 어느 쪽도 다만 시간이 흐르기를 기다리고 있었다. 그렇게 해서 언젠가는 죽음이 돌아와 살 자와 죽을 자를 가려주기를 또한 기다렸다. 이미 죽어가고 있었지만 죽지 못했던 모든 것들이 일시에 죽음을 맞을 때 그 심판의 날에 자신이 어느 편 깃발 아래 있을 것인가를 그들은 알 수가 없었다. 그 깃발에 어떤 말이 씌어져 있을지를 모르기도 마찬가지였다.

하루하루 혁명위원회는 결국 아무도 다스릴 수가 없어졌다. 땅 위에서 통치(統治)가 사라지고 있었다. 행복한 혁명은 그렇게 아무것도 바꾸어놓지 못한 채 계속되고 있었다. 중위가 다시 장군을 찾아왔던 날 그는 머리가 더 새하얗게 변해 있어서 장군조차 그를 알아보지 못할 뻔했다.

중위가 한평생을 다 살아버린 것처럼 지친 목소리로 말했다.

「저는 이제 말에게 귀리를 먹이지 않습니다」

「그럼 말들이 말라서 다리가 꼬여 비틀어질 텐데」
「그렇다고 죽지는 않으니까요」
「아닐세. 지금이야 어렵겠지만 이제 돌아가거든 더 많은 귀리와 잘 마른 건초들을 주도록 하게. 우린 그래야 해. 그게 역사의 연속성이라는 거라네」

중위가 갑자기 고개를 숙이더니 무엇이 부끄러운 사람처럼 소리없이 웃었다.

「자네는 왜 웃나?」
「복무가 끝나면 그래도 해볼 만한 행복한 일이 하나 생겼으니까요. 연로하신 어머니 때문에 걱정을 했는데 어쨌든 어머니는 돌아가시지 않을 대고 그러면 저는 손주를 안겨드릴 수도 있을 테니까요」
「저런, 아직 여자가 없었던가」
「있었습니다. 그 여자를 만난 건 스물을 마악 넘겼을 때였습니다. 여자는 과부였는데 왕조의 궁지기를 하던 남편이 민중봉기 때 그만 궁으로 쳐들어가던 사람들의 횃불에 불이 붙어서 죽었습니다. 여자도 나를 사랑하게 되었을 때 여자가 말하더군요. 장갑을 끼라고 말입니다. 결혼이란 건 인류가 만든 가장 탐욕적인 제도라고 말입니다. 얼마쯤의 시간이 지나면, 이제는 아무것도 새로울 게 없이 매일매일 발을 닦거나 머리를 감듯이 두 남녀는 살아간다. 자기가 살아봐서 안다는 거였습니다. 그러니까 장갑을 끼라고 말했습니다. 더 이상 자기를 사랑하지 않거든 언제라도 좋으니 장갑을 끼라는 겁니다. 그러면 내가 이제는 더 이상 자기를 사랑하지 않는 것으로 알고 떠날 거라고 말입니다. 마을 종마장(種馬場)에 자원봉사를 나갔던 날은 몹시 추워서 비닐장갑을 끼고 어미 말의 출산을 도와야 했는데 일이 끝나고 나자 비닐장갑이 손에 얼어붙어서 떨어지지가 않았습니다. 하는 수 없이 우리들은 장갑이 녹게 하기 위해 털장갑을 그 위에 끼고 집으로 돌아갔습니다. 나는 그날 욕실 더운물에 장갑을 낀 채 들어가 앉아서야 장갑을 녹여서 벗길 수가 있었는데, 다음날 아침에 여자는 떠나고 없더군요」

「아」

장군이 짧게 고개를 끄덕이면서 소리쳤다.

「그 영화가 바로 자네의 이야기를 영화화한 거였군. 나는 슬픈 영화를 좋아해서 이따금 울기 위해 영화관엘 간다네. 야전사령관은 울 일이 좀처럼 없거든」

중위가 부끄러운 듯이 얼굴을 두 손으로 비볐다.

「여자가 자살한 건 사실이 아닙니다. 영화업자가 그렇게 해야 손님이 든다면서 만들어낸 겁니다」

「그럼 여인은 어떻게 되었나?」

「다른 남자를 만나서, 이번에는 자기가 싫어지거든 모자를 쓰라고 하면서 살고 있다고 들었습니다」

두 사람은 얼마 동안 말이 없었다. 장군이 이런 것도 어른노릇이라 생각하며 물었다.

「그래, 모친은 연세가 어떻게 되시나?」

「너무 오래되어서 이제는 저도 나이를 잊었습니다」

「손주를 기다리시느라 오래 사시는 모양이군」

「어머니는 이 혁명에 반대하셨습니다. 어머니는 아주 키가 작은 분인데 내가 언제나 말을 타고 있으니까 저를 쳐다보자면 고개가 아파서 싫다고 하십니다. 그렇지만 손주를 안겨드릴 수만 있다면 어머니가 반대한 이 혁명에 나서기를 잘했다고 생각하고 있습니다」

장군이 긴 수염 위에 잔주름을 잡으면서 웃었다.

「손주란 이상하지. 아들과 달리 그건 절대야. 그래서 노인이 되어도 살아볼 만한 거라네. 나는 요즘도 생각한다네, 내 나이 일흔이 되면 또 무슨 황홀한 일이 찾아오려나 하고 말일세」

「장군님은 너무 많은 것을 믿고 계십니다」

「아니지. 나는 다만 끊임없이 꿈꿀 뿐이라네. 세계 대전이 마악 끝났을 때 오직 사막을 횡단하며 산 프랑스 사내가 있었다네. 모래를 날려서 사구(砂丘)를 이리저리 움직여가는 바람이나 사막 위에 뜬 별을 보는 것이 그의 모든 것이었지. 그가 어느 날 지루함 때문에 책을 썼는데 그 책에서 말했지. 이 세상에는 네 가지 부류의 인간이 산다고 말일세. 아마 사막에 살다보면 그렇게 인류를 단순화시킬 수도 있을 거네」

「지금 넷이라고 말씀하셨습니까?」

「그렇지. 먼저 무언가를 보면 줄을 세우고 싶어하는 부류가 있다고 했어. 말하자면 그들은 자신은 열외(列外)에 서서 다른 사람들을 다스리고 싶어하는 인간들이지. 그걸 우리는 아마 정치라고 부르지 않던가. 말로 밥을 먹는 언론도 비슷해. 그리고 또 한 부류는, 늘 무엇인가를 의심하지. 의심을 품고 연구하지. 그러고는 자신이 만들어낸 그것에 이름을 붙여. 그렇게 해서 때로는 발명을 하기도 해. 그들을 우리는 학자라고 불렀다네」

중위가 소리없이 웃었다. 그는 흰 머리칼을 쓸어넘기고 나서 손가락으로 장군을 가리켰다.

「그냥 아무것도 안하고 살아가기만 하는 사람들도 있습니다」

장군이 손을 내저었다. 마치 그의 손가락질을 걷어내기라도 하듯이.

「그리고 이상스럽게도 이 세상에는 또 한 부류가 있다네. 그들은 아무리 더러운 환경을 개선해 주어도 다시 옛날의 그 열악한 환경으로 돌아가려고 해. 결코 포기하지 않고 앞서의 그 더러운 환경을 그리워해. 광대가 그들이라네. 안 그런가. 은퇴를 했던 가수는 끊임없이 다시 나와 노래를 부르고 싶어한다네. 배우라는 자들도 그렇지. 천성의 광대들이라네. 그런 사람들 속에는 거지도 있다네. 거지에게 아무리 일자리를 만들어주고 매일 목욕을 하게 해보게나. 아닐세. 그는 출근길에 다시 지하도로 가 신문지를 깔고 눕는다네. 그들은 다시 옛날의 그 비럭질로 돌아

가. 오묘하지 않은가. 인간이란?」

장군이 돋보기 위로 누군가를 볼 때처럼 고개를 숙여 눈을 치뜨면서 중위를 마주 보았다. 그는 뜻없이 고개를 저으면서 물었다.

「자네는 그 가운데 어디에 있다고 생각하나?」

잠시 중위는 생각에 빠져들었다. 바다를 건너 따뜻한 나라로 날아갈 준비를 하는 검정머리 갈마새가 창 밖에서 울며 날고 있는 소리가 들려왔다. 중위가 고개를 들며 몸을 바로한 것은 오랜 시간이 지나서였다.

「말이군요」

그가 소리치듯 말했다.

「말입니다. 장군님도 지금 말에 타고 계십니다. 장군님의 말에서도 지금 말굽 소리가 들립니다」

「말(言語)도 또한 군집(群集)하면 힘이 된다네. 힘은, 힘없는 사람들의 작고 작은 목소리를 듣지 못해. 눈먼 권력이 되지. 그러고는 자신들의 말에 함께 올라타지 않고 여전히 걷고 있는 사람들을 이해하지 못한다네」

장군은 턱을 매만지면서 가만히 중위를 내려다보았다. 그 생각의 시작이 얼마쯤 잘못되어 있었다 해도 이상으로 불타고 있는 청년들의 겉모습에는 무어라 형언(形言)할 수 없는 힘이 있었다. 그들은 자신의 목적을 믿고 있었다. 그런 청년장교들이 배속되어 올 때마다 그는 말하곤 했었다. 조금 쉬게나. 자네에게는 시간이 많아. 무르익기 위해서는 기다릴 줄을 알아야 하는 거라네. 처음 만났을 때 이 청년도 그랬었다고 장군은 그날을 떠올렸다. 그러나 지금 중위의 모습을 내려다보면서 장군은 그 말을 해줄 수가 없다고 생각했다. 조금 쉬는 게 어떻겠나. 시간은 많아. 무르익기 위해서는 기다릴 줄을 알아야 하네.

장군은 그렇게 말하는 대신 고개를 끄덕이며 중얼거렸다.

「내가 말을 타고 싶을 때쯤에는 자네도 이따금 걷고 싶어졌으면 좋겠네. 우린 그럴 수 있을지도 모르지 않나」

혁명위원회의 대회의실에서 동군(東軍)의 사령관은 손바닥으로 책상을 쳤다. 여섯 시간이나 계속된 회의였다.

「이것이야말로 존엄성의 유린이다」

「맞습니다. 누구든 죽음을 찾아와야 합니다. 저들에게 끝없는 고통만을 줄 수는 없습니다」

청년장교 하나가 몸을 떨며 일어섰다.

「동감입니다. 끝이 없는 정권(政權), 영원히 계속되는 정부가 국가를 타락시키고 민족을 명예롭지 못하게 했기 때문에 우리가 봉기했던 것입니다. 죽음을 찾아와야 합니다. 종말을 데려와야 우리의 혁명도 완성됩니다」

「이봐」

이마에 세 줄의 깊은 주름을 가진 장교가 손가락을 펴 그를 가리키며 말했다.

「오해하지들 말라구. 죽음? 종말? 벌써 잊었나? 우리가 바로 그 죽음이고 종말이었어. 한 시대를 끝내기 위해서 우리가 일어섰던 거야」

「당신은 그럼 이런 상태가 계속되어도 좋단 말인가?」

「이게 바로 혁명 아닌가. 인류의 역사에는 혼란이 없는 혁명은 없었네. 혼란은 혁명의 한 과정일 뿐이야. 우리에게는 지금보다 더한 혼란이 필요할 뿐이네」

「지금 우리는 방법론을 토의하는 중입니다」

「이봐, 자네는 교양학부에서 혁명 이론조차 수강하지 않았는가. 우리는 우선 자유주의자들에게 그들이 목표로 하는 짓과 우리가 하려고 하는 일이 같은 것이라는 걸 주입시켜야 하네. 혁명의 일반이론이야. 그렇게 해서 그들을 끌어들여 이용해 먹다가 저들 스스로의 무능으로 완전히 지리멸렬하게 만들면 돼. 다른 부류는 그들 자신이 스스로를 파멸시킬 일만 시키면 되네. 범국민운동추진본부나 뭐 그런 것들이지. 애초부터 실현가능할 일이 아닌 강령을 주면서 명함에 적을 직함은 되도록 아주 긴 걸로 만들어주는 거야. 물론 그러다가 진정으로 우리의 혁명대열에 몸을 바치는 자들도 없지는 않을 거야. 마상(馬上) 민중의 혁명으로만이 달성되는 우리의 유일한 목표는 무엇인가. 그것은 마상인들의 자유와 행복 그것뿐이다. 그러므로 우리는 온 힘을 다해 지상(地上)인들의 악폐를 조장해서 더 이상 마상민중이 참을 길 없어 스스로 들고 일어나게끔 하면 되는 거다. 이것이 혁명의 완성이야. 하나의 공화국이 쓰러지고 다른 공화국이 서는 따위의 서구 혁명은 사유재산제도나 도덕이나 문명에 아무런 변화가 없었어. 우리는 민중의 다리를 절단해서라도 모두가 말 위에 올라타도록 하지 않으면 안 된단 말이다」

이제까지 눈을 감고 있던 자금담당 특보가 입맛을 다시면서 중얼거렸다.

「그건 예산이 엄청 드는 일일걸. 새로운 위원회를 구성해서 타당성 여부부터 검토해야 할 걸세」

이마를 가로지르고 있는 세 줄의 주름살을 꿈틀거리면서 장교는 얼굴이 벌겋게 달아올라서 벌떡 일어섰다. 그에게 앉으라고 손짓을 하며 특보가 중얼거렸다.

「기다리면 되네. 기다리는 것도 살아가는 한 방법이라네. 모스크바를 불태우면서 러시아는 나폴레옹의 동진(冬進)에 살아남았어」

「뭘 기다립니까. 죽음이 돌아오길 기다립니까?」

사령관은 다시 책상을 쳤다.

「되풀이하지 말아. 이건 존엄성의 유린이다」

「맞습니다. 누구든 죽음을 찾아와야 합니다. 그들에게 끝없는 고통만을 줄 수는 없습니다」

「동감입니다. 끝이 없는 정권, 영원히 계속되는 정부가 국가를 타락시키고 민족을 명예롭지 못하게 했기 때문에 우리가 봉기했던 것입니다. 죽음을 찾아와야 합니다. 종말을 찾아와야 우리의 혁명도 완성됩니다」

「이봐, 오해하지 말라구. 죽음? 종말? 벌써 잊었나」

사령관은 주먹으로 책상을 내리쳤다. 열 번 스무 번. 그의 이마에서 땀이 배어나고 있었다. 사령관은 이마에 세 개의 주름을 가진 장교를 손가락으로 가리켰다.

「자네는 지금, 〈우리가 바로 그 죽음이고 종말이었어〉라고 말하려고 했지?」

「네. 맞습니다. 사령관」

사령관은 두 주먹을 책상 위에 올려놓으며 그 위에 이마를 처박았다. 그는 신음처럼 내뱉었다.

「어떻게 된 거야. 왜 이 회의에마저 죽음이 없어. 왜 이 회의마저 끝나지를 않냐구」

그때 서군(西軍)의 사령관이 몸을 엉거주춤 일으켰다. 그는 의자를 뒤로 밀고 책상 앞을 지나 출입구로 다가갔다. 동군 사령관이 고개를 쳐들며 소리쳤다.

「도대체 당신은 지금 이 마당에 어디를 가겠다는 거요?」

엉거주춤 허리를 굽힌 자세로 서군 사령관은 돌아섰다.

「이 회의가 도대체 몇 시간째 계속되는 줄 아쇼? 화장실엘 다녀와야지 더 이상 못 참겠소」

「자리에 와 앉으시오」

「나도 급하단 말이오. 아시겠소?」

「오줌통이 터진들 어떻겠소. 죽지도 않을 텐데 오줌은 누어서 뭘 하겠단 말이오」

「그렇군. 허긴…… 그렇군」

서군 사령관은 방광 가득한 오줌을 출렁거리며 자기 자리로 돌아가 엉거주춤 앉았다. 그는 초점 잃은 눈길로 멍하니 앞을 바라보며 중얼거렸다.
「우리가 왜 혁명을 했던가 모르겠어. 차라리 죽고 싶군」
　동군 사령관은 손바닥으로 책상을 쳤다.
「이것이야말로 존엄성의 유린이다」
「맞습니다. 누구든 죽음을 찾아와야 합니다. 그들에게 끝없는 고통만을 줄 수는 없습니다」
「동감입니다. 야합에 야합으로 이어지는 끝이 없는 정권(政權), 교체 없이 계속되는 정부가 국가를 타락시키고 민족을 명예롭지 못하게 했기 때문에 우리가 봉기했던 것입니다. 정권의 교체도 또 다른 죽음과 탄생의 자리입니다. 죽음을 찾아와야 합니다. 종말을 데려와야 우리의 혁명도 완성이 됩니다」

5

　겨울이 지나갔다. 아무것도 죽지 않은 채 소생의 봄이 찾아왔다. 겨울이 와도 죽지 못한 풀들이 강가에는 검게 메말라가면서 가득했다.
　그해 겨울에는 깊이깊이 눈이 쌓였다. 자신이 믿고 있는 말(馬)과 장군이 믿고 있는 말(言語)이 어떻게 다른지를 알지 못한 채 중위는 깊은 눈에 갇힌 채 겨울을 보냈다. 중위의 머리카락은 더욱 희게 변했고 수염까지도 더러 흰빛을 띠었다. 그의 말은 더 기름이 흐르지도 않았지만 더 야위지도 않은 채 늘 모자라는 사료 때문에 변비에 시달리면서 겨울을 났다.

 중위가 오랜만에 그의 말을 타고 장군을 찾아갔던 날은 갯가의 버들강아지가 뽀얗게 털을 내밀기 시작할 때였다. 그는 장군이 그즈음 멈추지 않는 딸꾹질에 몹시 시달리고 있다는 소식을 듣고 있었다. 오랜만에 말에 안장을 얹으면서 그는 그날 아침에 자신에게 하달된 명령을 생각하며, 어느새 자신에게도 선택의 때가 왔다는 것을 알았다. 이제까지는 명령에 따르기만 하면 되었다. 그러나 그에게 전해진 임명장은 선택을 재촉하고 있었다. 〈우리는 서로에게 희생이 필요할 때다. 귀관을 장군의 처형을 위한 특별집행위원회 의장에 임명한다. 서로 희생을 맞바꾸도록 하라.〉

 장군은 겨우내 아무것도 변해 있지 않았다. 겨울을 보내며 잘 보양된 그의 피부는 발그스름하게 붉었고 입술은 핏기가 돌았다. 장군의 임시 숙소는 그가 늘 그리워하는 야전사령부가 떠오르게 들판을 향한 언덕에 마련되어 있었다. 언덕 밑을 향해 난 창으로 밖을 내려다보면서 두 사람은 눈길을 피하며 날씨 이야기로 인사를 나눴다. 그러곤 의자에 앉아서 눈 속에 갇혀 겨울을 난 잿빛 잡초들 사이로 새 풀들이 돋아나려 하는 것을 바라보고 있었다. 둘은 서로의 병을 이야기했다.
「자네는 요즘 잠이 잘 오는가?」
「토막잠을 자며 시달리기는 여전합니다」

그러고 나서 중위는 장군님의 딸꾹질이 그렇게 심하신 줄은 몰랐다는 인사를 건넸다. 그는 대학 학부과정에서, 소화가 잘 안 되거나 체온이 갑작스럽게 변하거나 과음을 했거나 감정의 기복이 심할 때 딸꾹질이 일어난다고 배웠던 것을 떠올리며 걱정스레 덧붙였다.

「딸꾹질이 이렇게 오래 계속되면 제일 걱정되는 것이 에너지 소모입니다. 신체의 에너지 소모가 너무 많아져서 안 좋습니다」

「이 사람아. 자네는 아직도 좋고 안 좋고를 생각하나」

장군이 아직도 뭘 모르는구나 하고 중위는 생각했다. 장군은 그의 죽음을 책임질 특별위원회 의장으로 내가 결정되었다는 걸 모르고 있다. 그리고 장군은, 모든 안건에 대해 사실이냐 아니냐 혹은 진실이냐 아니냐를 가리는 것이 아니라, 신민들에게 끼칠 영향이 좋은 것이냐 나쁜 것이냐 하는 통념에 따라 모든 것을 결정할 수밖에 없는 그런 자리가 의장(議長)이라는 이름의 명패가 놓여진 자리라는 것을 또한 모르고 있다.

「딸꾹질은 말입니다, 콧구멍에 냉수를 몇 방울 떨어뜨리면 멈추는데요」
「다 해보았다네」

「목 뒷부분을 두드리거나, 어깨에 찬 것을 올려놓아도 보셨습니까」

「내 부관이 별 걸 다 해보았지만 멈추지를 않아」

「그럼 이 방법밖에 없습니다」

중위는 자신이 만들어가지고 온 처방전을 내밀었다. 감 꼭지 달인 물을 마실 것. 감 꼭지 열 개를 200cc의 물에 넣고 끓여서 물의 양이 반으로 줄 때까지 달일 것. 100cc가 되었을 때 그 물을 마실 것.

그 처방전의 중요성을 알지 못한 채 장군은 고맙다고 고개를 끄덕였다. 죽지 못함으로 해서 끊임없이 여러 고통에 시달리고 있는 장군을 생각하면서 중위가 물었다.

「전립선 비대증은 어떻습니까」

「나이 탓이려니 하고 있네」

장군이 앓고 있는 그것은 남성 배뇨 장애 가운데서 가장 빈도가 높은 질환이었다. 나이가 들면 테스토스테론이라는 남성 호르몬이 DHT라는 물질로 바뀌면서 전립선이 비대해지며, 이것이 요도를 눌러서 배뇨를 어렵게 하는 증상이었다. 전립선이 비대해진 사람들 가운데 반 정도가 이런 증상을 나타내고 있었다. 오줌을 제대로 누지 못하고, 오줌을 누고 나서도 5분만 지나면 다시 화장실을 찾게 되는 병이었다.

「과민성 대장 증후군은 어떠십니까?」

「자네는 그 와중에서도 임무에 성실하구먼. 철저하게 나를 감별하고 있으니 말일세」

 늘 복부가 더부룩하고 팽만하면서 변의 모든 것이 원활하지 않은 증상이었다. 변이 되다가는 갑자기 묽어지고, 배변이 급하다가는 갑자기 힘들어지면서 종잡을 수가 없고, 누고 나도 영 시원치가 않은 것도 다 그 증상의 하나였다. 장군이 과민성 대장 증후군에 시달린다는 보고를 받던 날 그는 생식(生食) 연구의 예과(豫科)시절을 떠올리며 몰래 웃었다.

 Irritable Bowel Syndrome, 과민성 대장 증후군이라구. 그렇게 중얼거리면서 그는 옛 시조시인 한 사람이 만년에 남긴 대변일기(大便日記)를 떠올렸기 때문이었다. 그 시인은 처절하게도 매일매일 겪게 되는 똥에 관한 일기를 남기고 있었다. 오늘 변 많이 보다. 오늘 변 색깔이 검다. 오늘 변 못 보다. 오늘 변 물기가 많다. 오늘 변 어제와 다름없다.

「아무래도」

 중위가 벌떡 일어섰다.

「장군께서 죽어주셔야겠습니다. 장군께서 죽지 않으면 죽음은 돌아오지 않습니다」

 장군이 망연히 고개를 들었다.

「나는 이미 허락하지 않았나, 내 죽음을」

 두 사람은 다 말이 없었다. 성질 급한 목부(牧夫) 하나가 멀리 경사진 밭에 풀씨를 뿌리기 위해 땅을 갈고 있는 것이 바라보였다. 장군이 무겁게 입을 열었다.

「내가 제의를 하자면…… 자네의 말은 어떻겠나? 저기 매어져 있는 저 자네의 말을 죽여보면 어떻겠나? 혹시 죽을지도 모르지……」

「제 말을요? 그건 안 됩니다. 제 말만이 어머니를 알아봅니다. 어머니도 제 말만은 알아보니까요. 저 말이 아니면 어머니는 저와 만날 수가 없습니다」

장군이 탄식했다.

「우리는 어쩌다 누군가의 죽음을 통해서야만이 겨우 내 죽음을 되찾게 되었단 말인가」

가늘고 긴 연기처럼 먼지를 하늘로 피워올리면서 마차 한 대가 강을 건너왔다. 병사들은 그 먼지의 기둥을 바라보면서 또 누군가가 죽어 고향으로 돌아가는구나 생각했다. 혁명 전야의 출병과 진입의 와중에서 죽어간 혁명군 기병대 전우들의 유골이 그렇게 돌아가고 있었다. 죽음의 신이 사라지지 않았다면 성대한 추도의 밤과 함께 고향으로 돌아가는 장중한 행렬이 이어졌겠지만 지금은 죽어간 동지들에게 있어서도 비상시국이었다. 그들은 더러 마차에 실린 채 고향집으로 운송되어 갔고 더러는 고향에서 찾아온 신병이 확인된 보호자에게 넘겨졌다. 눈물을 감추면서 친지들은 시신을 수습했고, 말채찍을 높이 들며 세죽평야를 가로질러 서둘러 죽음이 살아 있는 고향으로 돌아갔다. 그럴 때마다 담배 연기처럼 흔들리며 하늘로 올라가는 가늘고 긴 먼지의 기둥을 바라보면서 기병대의 병사들은 소문대로 세죽평야 쪽에 지난 가을부터 오랜 가뭄이 들었다는 것을 알았다.

마방(馬房)에서 안장을 손질하고 있다가 중위는 위병소로부터 면회를 온 사람이 있다는 전갈을 받았다. 어머니가? 하고 불쑥 생각했지만 그는 이내 고개를 저었다. 어머니가 이 먼길을 올 수는 없으리라. 그는 전령에게 누가 찾아왔는지를 알아오게 했다. 잠시 후 그에게로 온 전령은 놀라운 소식을 전했다. 이제는 남의 사람이 된 아내, 집을 나갔던 옛 아내가 찾아왔다는 것이었다. 그날의 먼지 기둥을 피워올린 것은 중위의 옛 여인이 탄 마차였다.

전령은 서둘러 건초더미가 있는 사료창고를 치우고 거기 등불을 마련했다. 중위와 여인을 위해서였다. 사료창고의 난로 위에서는 그가 올려놓은 찻물이 끓으면서 주전자에서 피어난 김이 건초더미 사이로 눅눅하게 퍼져 올라갔다.

「어쩐 일이오?」

중위의 목소리가 떨렸다.

「제가 혼자가 되었다는 걸 알리고 돌아가려고요」

여인의 목소리는 함께 살고 있었을 때나 다름없이 약간 쉰 소리를 냈다.

「혼자라니? 그렇다면 이번에는 그 남자가 모자를 썼단 말이오?」

「그도 혁명에 나섰으니까 물론 모자를 썼답니다. 그러나 그것 때문에 헤어지진 않았습니다. 그건 내가 싫어서가 아니라 혁명을 위해서 쓴 모자니까요. 그는 수도탈환 축하 퍼레이드가 있던 날 오발 사고가 있었고, 끝내 그것 때문에 세상을 떠났다고 합니다」

남자의 형이 동생의 시신을 인도하기 위해 왔었다고 했다. 그러나 그녀의 남자가 자신의 사체 인수자로 여인을 지정해 놓았기 때문에 형의 부름을 받고 그녀가 다시 오지 않을 수 없었다는 말을 들으면서, 중위는 전령이 꾸며준 건초더미 방에서 여인과 차를 마셨다.

「저만 하루 더 남았답니다. 당신을 만나고 가야겠다고 생각했기 때문입니다」

여인이 고개를 숙였다가 들었다.

「어머님의 전갈이 있으셨습니다. 돌아오시랍니다. 양계장에서는 병아리가 깨어나고 폐계(廢鷄)는 죽어가고 있었습니다. 당신께서 돌아오시면 이쪽에도 죽음이 회복되고 질서가 다시 오리라고 하셨습니다」

「우린 완성해야 해. 그것이 실패라 해도…… 완성할 때만 죽음은 돌아와」

중얼거리면서 중위는 여인을 말없이 바라보았다. 비에 젖어 딱딱하게 굳어졌던 편지를 그는 생각했다. 그것은 펼 수 없이 굳어진 채 아직 그의 말안장에 매단 가방에 들어 있었다.

내가 돌아간다면 이 여인은 나를 다시 받아줄까. 그녀의 입술을 바라보면서 중위는 처음 여인을 안았던 밤을 떠올렸다. 그때 품안에 안긴 채 그를 쳐다보던 여인의 입술이 어찌나 작았던지 그는 이 작은 입술로 할 수 있는 것이 무엇일까 하고 입맞춤과는 전연 다른 생각을 했었다. 그때 여인이 꽃잎이 떨어지듯 그 입술을 오물거리며 말했었다. 입의 크기는 아무래도 좋답니다. 입이 작다고 해서 못할 건 아무것도 없답니다. 더군다나 말을 하는 데 입의 크기는 아무 문제가 되지 않아요. 말을 하는 데 있어서 말입니다, 말이란 어떤 의미소를 가졌느냐 하는 게 중요하지, 그것의 높고 낮음이나 성량의 크기는 문제가 아니라고 저는 믿는답니다. 그 소리가 아무리 크고 거칠다고 해도 그것이 진정한 말의 힘은 아닙니다.

그는 여인과의 첫 입맞춤과 그녀의 입술만큼이나 작던 젖가슴을 떠올리며 메말라오는 입술을 가만히 핥았다. 그때 여인이 그녀의 입술을 그에게 가만히 포개었다. 촉촉했다. 그녀의 입술은 너무나도 부드러워서 그는 무엇인가가 스치고 지나가버렸다고 생각했다. 그리고 갑자기 쇳물같이 뜨거운 것이 그의 입안에 들어부어졌다. 그녀의 혀였다. 그들은 오래오래 입을 맞추었다.

그의 귓가를 깨물고 있는 그녀의 숨소리가 조금씩 거칠어지면서, 가을날 바람에 억새가 스치듯 서걱거리며 점점 크게 들려왔다. 희디흰 억새 능선 위를 까마귀가 날았다. 까마귀는 떨어질 듯 떨어질 듯 그녀의 목소리가 되어 날아가고 있었다. 그녀가 말하고 있었다.

「돌아오겠다는 생각을 하지는 마세요. 그냥 다하세요. 맡은 일에 다하세요. 다만 이것 하나는 말씀드리고 싶어요. 언제나 기다리고 있는 여자가 있다고만 생각하세요. 그리고 돌아갈 집이 있다고도 생각하세요. 당신이 돌아오면 그곳이 어디이건 당신의 집이 될 거예요. 돌아갈 집이 있고 기다리는 여자가 있다. 그거면 돼요. 나는 그거면 돼요」

이 여자는 이제 장갑을 끼라고 말하지 않을지도 모른다. 모자를 쓰라고 말하지도 않을 것이다. 그렇게 해서 늘 남자를 잃었으니까. 그렇다면 이제 그녀는 무엇이라고 말할까. 그의 손길이 여자의 옷을 벗겨내리고 있었다. 남자가 신음처럼 중얼거렸다.

「나는 죽을지도 모르오」

「그런 말이 무슨 의미가 있다는 거예요. 당신이 이제 못 돌아오신다 해도 내게는 언제나 젊은 사람으로, 싱싱했던 당신으로 남아 있을 텐데요. 당신의 그림자는 세월이 가도 바래지도 않을 테고 그냥 그대로 지금의 모습처럼 남아 있을 텐데, 나 또한 세월이 가도 그냥 누군가와 혼약을 한 사람일 뿐일 텐데」

여인의 몸이 드러났다. 검은 젖꼭지는 잊혀질 수 없는 약속 같았다. 그 밑으로 가만히 오르내리고 있는 아랫배는 부드럽고 처연(凄然)했다. 만선의 배를 기다리는 새벽 포구에 서려 있던 목마름이 이런 것은 아니었던가 그는 생각했다. 풍만한 두 개의 허벅지 위로, 까아맣게 불타며 일어서고 있는 역삼각형의 털은 선사 왕조의 상형문자처럼 아름다웠다. 남자의 벗은 몸이 가까이 내려갔다. 여인은 누워서 남자를 올려다 보았다. 두 사람 사이에 놓여지는 다리처럼 자신을 향해서 힘차게 뻗어 있는 그의 성기를 그녀는 무슨 부호처럼 바라보았다.

여자는 생각했다. 저 또한 그럴 겁니다. 죽음이란 그런 거 아닐까요. 당신이 돌아오지 못한다면 나 또한 당신을 보낸 적이 없게 되니까요. 나 또한 죽은 거지요. 당신을 보낸 여자는 죽고 당신을 보내지 않았던 여자만이 살아서 이 세상을 건너가겠지요.

여자가 남자의 가슴에 붙은 마른 풀을 떼어냈다. 그러곤 몸을 숙여서 건초더미에 놓아두었던 소쿠리를 집어들었다. 그녀는 안에서 조그만 칼을 하나 꺼내들었다. 중위의 눈빛이 흔들렸다. 여인이 몸을 돌리더니 머리를 한번 흔들었다. 길고 긴 머리카락이 물결처럼 넘실거렸다. 여인의 흰 손이 목 뒤로 돌려지면서 그 머리카락 사이로 숨어들었다가 앞으로 옮겨졌다. 중위의 눈빛이 잠시 흔들렸다. 여인이 몸을 돌렸을 때 그녀의 손에는 잘라낸 자신의 검고 긴 머리카락이 들려 있었다.

「이걸 품어주시지 않겠어요?」

중위가 목이 메이면서 말했다.

「말안장에 매어두겠오」

여인이 고개를 저었다.

「몸 어딘가에 품어주세요. 안쪽, 깊이, 어딘가에」

머리카락을 받아드는 중위의 손이 나아가 여인의 몸을 휩싸 안았다. 그들 사이에는 아무것도 남아 있지 않았다. 땀을 흘리며 희디흰 몸둥이를 뒤채며, 서로의 몸에서 수없이 많은 벌레들이 기어나와 서로의 몸으로 건너가 뒤섞였다.

다음날 새벽 중위가 눈을 떴을 때 여인은 없었다. 그녀가 돌아갔으리라고 그는 생각했다. 그녀가 누웠던 자리를 중위는 손으로 더듬었다. 눈을 감은 채였다. 그녀의 엉덩이를 감쌌을 풀더미의 움푹 들어간 자리에는 아직도 온기가 남아 있었기 때문에 그녀가 멀리 가지 못했으리라는 것을 그는 알았다. 그러나 그는 그녀를 뒤쫓을 생각을 하지 않았다. 더듬거리는 그의 손끝에 그녀가 남기고 간 종이가 잡혔다.

〈땅이 누구의 것이든가요. 그것은 끝내 갈고 뒤엎으며 가꾸는 자의 것입니다. 여자도 누구의 것도 아닙니다. 여자는 땅일 뿐입니다. 가을이면 무서리를 맞으며 남자들은 여자 위에서 스러져갑니다. 풀이지요. 그러나 다음 해에도 풀은 또 자랍니다. 대지가 영원하다는 걸 믿으니까요. 일년초는 일년에 스러지기에 다른 어떤 풀보다도 더욱 많은 씨앗을 남긴답니다. 당신은 장군에 대해서 저에게 많은 이야기를 들려주었습니다. 당신은 어쩌면 장군을 꽃이라고 생각하는 듯싶었습니다. 장군이라는 이름의 성공한 삶, 그건 꽃이겠지요. 그러나 풀이 자라는 것은 꽃을 피우기 위해서가 아니랍니다. 꽃은 하나의 과정, 또 하나의 매듭일 뿐입니다. 꽃이 피는 것은 열매를 맺기 위해서랍니다. 아, 당신이…… 사람들이 흔히 그렇게 알듯이 꽃을 피우기 위해서 살아가는 것이 아니라는 걸, 열매라는 씨앗을 얻기 위해서라는 걸 알고 이 혁명에서 돌아오기를 기다립니다.〉

 최후의 대토론장에서 언제나 강경노선을 잃지 않았던 대령은 자신의 어깨 위에서 세 개의 하얀 무궁화꽃을 떼어내면서 상대방을 향해 소리쳤다.
「너는 이제 우리의 형제가 아니다」
「우린 처음부터 형제가 아니었소. 당신이 타고 있는 말은 처음부터 야생마를 길들인 게 아니었냐 말이오」
「짐을 나르는 부역마(負役馬)를 끌고 혁명에 참여한 너는 그럼 형제였냐!」
 흰 무궁화를 짓씹으며 대령이 문을 박차고 나갔지만 아무도 그를 제지하는 사람은 없었다. 동군 사령관의 부관을 지냈던 소령은 자신의 모자 위에 그려진 노오란 개나리꽃 한 송이를 매만지면서 말했다.
「언제나 새로운 질서에는 고통이 따르지. 낯선 것에 익숙해지기 위해서는 그것이 무엇이든 편안했던 손잡이를 빨리 버리는 게 좋아. 인생은 참을 만한 거라네」
「그렇지만 사람들은 말만으로는 살 수가 없습니다요. 이

건 빵에 대한 모욕이에요. 그 동안 정치위원회는 더 좋은 식탁을 준비하기 위해 특용작물 증강책을 내놓은 것이 아니라 혁명어 사전의 편찬에만 날을 보내지 않았습니까요」

모두들 울먹거리는 그에게로 눈길을 돌렸다. 가장 복잡한 계급장을 그려붙여서 스스로 선임하사가 되었던, 산(山) 모양의 꺾쇠와 개울(川) 모양의 곡선을 세 개씩이나 달고 묵묵히 근무를 했던 그는 깊은 산에서 약초를 캐는 것을 전직으로 가졌던 사내였다.

그리고, 죽음이 돌아오기 시작했다. 그 난상대토론이 며칠이 가도 좋게 계속되고 있던 다음날…… 최초의 죽음은 혁명군에게서 찾아왔다. 비로소 찾아온 죽음이었다. 혁명이 완성되었다는 최고위원회 정세분석실의 발표, 그것이 최초로 찾아온 죽음이었다. 혁명군이 철수(撤收)를 결정하며 낸 성명은 단 한 줄이었다. 〈우리는 말 위의 질서로 돌아간다.〉

중위는 대토론장을 나와 위원회 건물을 뒤로 하고 말을 달렸다. 장군을 모셔가기 위해 보병 중대가 수레를 몰고 떠났다는 보고였다. 감금실에서 취조실로 그리고 면회실로 여러 번 방을 옮겼던 장군은 다시 취조실에 내려가 있었다. 그곳은 물고문을 하는 방으로 얼핏 보기에는 호텔방처럼 아늑했고 침대와 함께 욕조마저 준비되어 있는 쓰기에 따라서는 쾌적한 방이었다. 면도를 끝내고 마악 옷을 갈아입으려던 장군이 얇은 내복 차림으로 그를 맞았다.

「나는 자네가 있어 한결 지루하지 않았지만, 자네는 나보다 먼저 머리가 하얗게 세었으니 어쩌나」

장군이 웃으면서 중위에게 먼저 악수를 청했다.

「내가 은퇴하거든 한번 찾아와서 말타는 법이나 가르쳐 주게나」

「그렇게 오래 태평성대가 이어지리라고는 믿지 않습니다」

「자네의 세계관은 여전히 비극적이군. 이제 나는 안다네. 자네들은 돌아가서 또다시 새로운 신(神)을 만들어낼 테고, 자네들의 거사가 역사라는 춘추산(春秋産) 닥종이 위에 어떤 말로 적히든, 그 성공이나 실패라는 표현을 넘어서서 인류가 자력으로 장래를 창조해 나갈 수 있다고 믿는 사람들에게 말할 수 없는 상처를 주게 되리라는 걸 말일세」

장군이 길게 한숨을 내쉬었다.

「그렇다네. 자네들에게도 그 점이 부족했어. 선동자들은 언제나 싸워야 할 상대를 업신여기지. 그들에게도 저녁이면 등불을 켜고 읽는 아리따운 이야기가 있으며, 낙엽이 쓸려 지나가는 가을밤이면 한숨을 쉬는 여인이 있다는 것 따위를 인정하지 않아」

이제 돌아가거든 잘못 낀 장갑 때문에 잃어버린 그 여인을 찾아보라는 뜻으로 장군이 지금 저런 말을 하고 있다고 중위는 이해했다. 그러나 중위는 여인에 대하여 아무 말도 하지 않았다. 그녀와 살던 사내가 모자를 쓴 것 때문이 아니라 혁명 축하 퍼레이드 때문에 죽게 되었다는 말도 하지 않았다. 작별의 인사를 건네는 그에게 장군이 말했다.

「돌아가거든 결혼해서 꼭 아이를 낳게. 그렇지 않고는 아버지의 마음이 무엇인지를 알 수가 없으니까. 세상이 더 나빠지더라도 자식에게 부끄러워하지는 말게. 그들이 지금 우리의 삶보다 더 힘들다 할지라도 어떤 미움 속에서도 사랑이 싹튼다는 걸 아는 것만으로도 이 세상은 살아볼 만하니까 말일세」

「아들이 태어난다 해도 저는 아직 그애에게 무엇을 시켜야 할지 모르겠습니다. 아들이 말 편자나 만들면서 먼 산이나 이따금 바라보면 좋겠지만, 피를 속이지는 못하겠지요. 어머니가 허락하신다면…… 저는 딸이나 하나 낳아 기를까도 싶습니다」

장군이 그의 어깨에 손을 얹었다.

「내 아들은 그릇을 굽는다네. 그애는 나에게 말하곤 해. 자기는 쓰여지는 그릇만을 굽겠다고. 진열장에 놓고 보는 그릇은 허위라는 거지. 쓰여지는 그릇을 구울 때만이 마음이 편하다는 거야. 평상심이란 그런 거겠지. 이름없이 살다가 이름없이 죽는 것만큼 이름 있는 일도 드물 거라고 나는 그애에게 말해 주었다네」

「개인의 가치를 말씀하시는 건가요. 아니면 말없는 다수를 믿는다는 말씀인가요」

「혁명이 설 자리를 잃게 만드는 건, 말없는 다수를 두려

위할 줄 아는 통치밖에 없어. 그러나 권력에는 귀가 없다네」

중위는 부동자세를 취하며 거수경례를 했다. 무장해제를 하러 장군을 야전사령부로 찾아갔을 때 그는 이렇게 인사를 하고 싶지는 않았었다. 장군은 비록 내복바람이었지만 품위를 잃지 않은 목소리로 낮게 말했다.

「내가 하는 말이나 자네가 타는 말이나 무리를 지을 때 그건 힘이 되지. 그리고 모든 힘은 압제의 충동에서 벗어나지 못해. 그러면 또 다른 곳에서 홀로 외로운 자들이 무리를 만들기 위해 유인물을 준비하지. 또 다른 무리가 생겨나게 되어 있어. 외로운 자들은 늘 스스로를 의롭다고 생각하지. 굶주린 자가 배부른 자를 증오하는 건 정의(正義)라네」

인사를 마친 중위는 말없이 돌아섰다. 걸어나가는 그의 뒷모습을 지켜보던 장군이 그를 불러세웠다.

「이봐. 중위」

중위가 등을 보인 채 걸음을 멈추었다.

「고마웠네」

두 발짝 정도의 시간을 말없이 그렇게 서 있던 중위가 다시 힘차게 걸음을 떼어놓았다. 장군이 소리쳤다.

「자네는 앞으로도 말을 타게. 나는 걷겠네. 우리는 그렇게 서로의 길을 가세」

중위는 장화 소리도 요란하게 밖으로 나왔다. 안장 위로 뛰어오르며 그는 힘주어 애마의 허리를 찼다. 말은 앞발을 들어 오랜만에 크게 울었다. 혁명보안사 건물을 뒤로 하고 그는 뽀얗게 먼지를 날리며 일직선으로 달려나갔다. 가슴 속에 질펀한 늪에서는 미나리가 소리를 내며 커오르는 것 같았다.

제정 러시아의 수도 성 페테르부르크, 지금의 레닌그라드에는 〈핀란드역〉이란 이름의 종점이 있다. 핀란드선의 종착역이다. 혁명객(革命客)은 오랜 망명 생활을 끝내고 마침내 핀란드역에 내린다. 내가 돌아가는 곳, 양계장이 있는 내 집은 이제 핀란드역이 되는 것인가. 중위는 생각했다. 그렇다. 핀란드역에 그가 내릴 때 열광하던 민중은 아무도 그 대의(大義)를 몰랐지만 레닌의 가슴에는 이미 한 치의 오차도 없이 수행될 혁명에의 설계가 서 있었던 것은 아닐까. 내 혁명의 핀란드역은 양계장이 될 것이다.

혁명군 기병대는 마치 무엇을 속이려는 듯 아지랑이가 아른거리는 봄볕 아래 부대별로 도열했다. 혁명위원회 뒤뜰에서는 서류를 태우는 연기가 피어올랐고 그것은 마치 서낭당 옆에서 잠을 자곤 하던 마을의 미친년이 머리를 풀어헤치고 하늘로 올라가는 것 같았다. 혁명위원회 지붕 위에서는 청동기와 위에 똥을 갈기며 여전히 비둘기가 노닐고 있었다. 정문 옆에 서 있는 두 그루 포플라는 어느새 잎이 피어나 바람에 나부껴 부채 소리를 냈다. 햇살은 말갈기마다 수북수북 쌓이고 있었다. 흰 바탕에 푸르게 말발굽 문양이 찍혀진 혁명군의 깃발이 적갈색 벽돌건물 앞에서 천천히 내려졌다. 동군과 서군의 혁명군 사령관은 나란히 단 위에 올라가 섰다. 그들은 서로 말끝을 이어가며 마지막 연설을 했다.

「말 탄 자는 들어라. 우리는 봉기했었다」

「이제 돌아가는 그대들의 건투를 빈다. 눈물을 아끼고, 뜻을 감추어라」

「우리는 혁명이 보다 인간적인 삶, 고결한 영혼을 위하여 이바지하기를 바랐었다. 더 높이 더 빨리! 말 탄 자의 질서를 이 땅 위에 퍼지게 하고 싶었다」

「그리하여 우리 동군과 서군은 민족의 역사에 새 날을 여는 문양(紋樣)을 새기기 위하여 날금과 씨금으로 만났었다」

「진실은 언제나 위치와 순서라는 질서 위에 놓여 있었다. 순서는 지켜져야 하고 위치 또한 면면히 이어져야 한다. 회고하건대, 우리는 언제나 땅 위의 사람들보다 앞서 있었으며 우리가 있던 곳은 언제나 그들보다 높은 곳이었다」

「그것이야말로 우리의 명예이며 존엄성이 아니고 무엇이었던가」

「그러나, 모든 무덤이 다 노인의 것이 아닐진대, 죽음과 완결의 질서가 사라진 마당에 그리하여 삶이 무의미한 땅에서 혁명이 무슨 소용인가. 〈더 높이, 더 빨리〉 산다 한들 무엇이 고결(高潔)하단 말인가」

「각자에게는 각자의 의무가 있는 법, 이제 우리는 돌아간다. 각자의 생업(生業)으로 돌아간다. 말 탄 자의 질서로 돌아간다」

「다시 한번, 우리들의 다시 만날 그때를 위하여 말하노니, 부디 눈물을 아끼고, 뜻을 깊이 감추어라」

사령관은 서로 마주보며 악수했다. 그들의 견장에선 봄날의 햇빛이 따스하게 부서지고 있었다. 하늘은 바다빛으로 푸르렀다. 손을 들어 허공을 저으면 손가락 끝마다에 푸른 물이 들 것 같았다는 어느 요절한 청년시인의 하늘처럼 구혁명위원회 건물 위의 하늘도 그렇게 푸르렀다. 말에 올라서, 중위는 고삐를 힘주어 잡고 미동도 없이 앉아 있었다.

「동(東)으로!」

칼끝에 푸른 물이 들게 치켜들며 사령관은 소리쳤다. 동군 사령관의 칼이 허공을 가르며 내려왔다.

「말 탄 자들이여. 전원 출발!」

말발굽 소리와 먼지를 쏟아놓으며 행렬이 지나가자 바람도 없이 나뭇잎은 흔들리고 풀들은 옆으로 누웠다. 수도의 하늘에 먼지를 피워올리며 기나긴 행렬은 사라져갔다. 혁명위원회 뒤뜰에서 서류가 타오르는 연기와 동서군 기병대가 각각 지나가며 솟아오른 먼지는 수도의 하늘 높이 세 개의 기둥을 띄워올렸다. 들판으로 달려간 혁명군의 행렬이 사라지고 그들의 뒷모습을 가려버렸던 먼지가 개이면서 지평선이 드러났다. 초록색 물감을 듬뿍 찍어 그어놓은 것 같은 지평선이었다. 그 위로 작은 점들이 떠올라왔다. 그들은 풀밭 같았다가 나비들 같다가, 관목림(灌木林) 같아지면서 다가왔다. 그것은 유치원 아이들의 봄소풍 행렬이었다. 손에 손을 잡고 그들은 걸어왔다. 그들이 부르는 노랫소리가 바람소리 같았다가, 깃발이 펄럭이는 소리 같다가, 은종(銀鐘)이 울리듯 다가왔다. 우리들 마음에 빛이 있다면 여름엔 여름엔 파랄 거예요. 목소리를 모아 노래를 부르며 그들은 걸어왔다. 아빠가 매어주신 새끼줄 따라 나팔꽃도 봉숭아도 피었습니다. 분홍빛 물통을 메고 하얀 운동화를 신은 아이 하나가 노래를 멈추고 잠시 풀밭을 내려다보았다. 아이는 조심스레 풀을 밟고 있던 흰 운동화발을 들었다.

「선생님, 개미가 죽었어요」

그러곤 보모에게로 뛰어갔다. 검은 머리칼을 어깨 너머로 휘날리며 서 있던 보모의 손을 잡으면서 아이는 숨가쁘게 소리쳤다.

「보세요. 죽음이 돌아왔어요. 저걸 보세요, 개미가 죽었어요」

그때 한 아이가 초원에 살포된 유인물 한 장을 들고 달려왔다.

「선생님. 이것 보세요」

아이의 손에는 붉은 글씨와 느낌표(!)투성이의 종이 한

장이 구겨진 채 들려 있었다. 종이 위에는 붉은 글씨가 어지러웠다. 다시 혁명인가 봐. 젊은 보모는 머리카락을 손으로 쓸어올리고 나서 아이가 건네주는 구겨진 종이를 폈다. 죽음 신(神)은 돌아왔다. 질서는 회복되었다. 그런 1호 활자의 신문기사가 복사되어 있었다. 그리고 그 밑에는 〈그〉가 성(城)에 올라 환호하는 국민들 앞에서 두 팔을 드높이 쳐들고 있는 사진이 실려 있었다. 아래쪽의 붉은 글씨를 그녀는 소리내어 읽어 내려갔다.

〈다시 새날이로다. 낡은 것은 지나가고 다시 온 새날을 맞으라. 말 탄 자의 것은 말 탄 자에게로 가라. 황민(皇民)은 촌각의 동요도 없이 본분을 다하고, 각자의 일에 마음을 바치라. 살아 있는 자에게는 스스로의 소임(所任)이 있는 법, 땅에는 땅 위의 질서가 있으리라. 영광 속에서 죽어간 창공의 자손이여. 황민의 아들로 태어나 그 아들로 살다 황민의 아들로 떠났으니 그 이름에 영예를 얹어주노라. 신(神)이여, 우리를 도우소서. 이제 저희는 하늘을 날기 위해 일어섰나이다.〉

말 위에 오른 중위는 부대원들을 한쪽으로 모이게 하고 가슴을 넓게 폈다. 이제 돌아가야 할 때였다. 어느새 늦봄이었다. 겨울을 지나며 더욱 희디희게 나부끼던 그의 머리카락은 봄이 와도 좀처럼 검은색을 되찾지 못하고 있었다. 중위가 철군을 예상한 것은 그날 한밤에 잠이 깨어서였다. 날이 밝기를 기다리다 못한 중위는 새벽에 스스로 말에 안장을 얹고 멀리 세죽평야가 바라보이는 변경에 가서 아침을 맞았었다. 지평선은 새벽 안개 때문에 지우개로 지운 연필 자국처럼 흐릿했다.

돌아오는 길에 그는 차단기가 올라가 있는 강가에 서 있었다. 지난 가을 차갑게 밤비를 맞으며 평야를 달려와서 몸이 얼어드는 새벽 한기 속에서 그는 차단기를 넘어 이 강을 건넜었다. 무한히 먼 그 어디인지 알 수 없는 곳에서 흘러와 무한히 먼 그 어디인지 알 수 없는 곳으로 고요히 느릿느릿 흘러가고 있는 강물을 그는 오래오래 바라보았다. 강 저편에서 대숲이 울고 있었다. 그 너머가 혁명위원회가 깃발을 내리고 나면 중위가 돌아가야 할 곳이었다. 대숲으로 둘러쳐진 어머니의 양계장 위쪽 언덕에는 과수원이 있어서 봄이면 많은 꽃들이 피어나던 일을 그는 떠올렸다. 과일의 모양이 다르다고 해서 왜 꽃의 모양도 달라야 하는지를 알 수 없어하면서 그는 어머니의 심부름을 위해 그 과일나무 밑을 뛰어서 오가곤 했었다. 그리고 어린 나이에도, 자라야 할 것과 자라서는 안 되는 것이 같은 나뭇가지에서 자란다는 걸 이해하기 위해 애써야 했었다. 어머니는 잔 열매들을 솎아내면서 그에게 가르치곤 했다. 이렇게 따주지 않으면 다른 것들조차 낙과(落果)가 되어버리잖니. 너는 지난해 봄에도 똑같은 말을 묻더니 또 묻는단 말이냐. 사람은 지나간 것에서밖에 배울 수가 없단다.

어머니의 양계장으로 가 우선 머물겠지만……. 천천히

말을 돌리면서, 이제 고향으로 돌아가서 자신이 무엇이 될지를 그는 알지 못했다. 다만 무엇인가를 적으로 삼았을 때 그것과 싸워서 이기려면 그보다 더 오래 살아야 한다는 깨달음만은 통절했다. 그의 흰 머리카락은 이제 어깨를 덮고 있어서, 아직 젊은 나이인데도 말 위에서 흔들리는 그를 리어왕처럼 보이게 했었다.

장군이 들려주었던 말이 말 위에서 흔들리고 있는 그의 마음속을 가로질러갔다. 러시아 혁명이 가르치는 비극이 뭔지 아나. 대평원을 농토로 가진 농업국이 진정한 혁명을 이루기 위해서, 자본주의가 저지른 착취의 온갖 단계를 거치고 나서야 그것을 바랄 수 있게 되었다는 건 얼마나 반어(反語)적인가. 그러니까 땅 위를 걷는 말의 세계 그 밖의 세상을 이룩하기 위해서는 더 많은 지하생활자들의 신고(辛苦)가 필요한 거라네. 농노해방으로 농민이 무엇을 새롭게 얻어 가지게 된지 아나? 이제까지 없던 세금과 고리채였다네. 그들은 스스로 종자를 사기 위해 돈을 빌려야 했고, 해마다 풍년이 드는 건 아니었거든.

도열해 있는 부대원들 하나하나에 눈인사를 보내고 나서 중위는 고삐를 당기면서 안장 위의 몸을 일으켰다. 그의 어깨 위에서 빛 바랜 중위 계급장이 떨어질 듯이 너풀거려서 앞줄에 도열한 부하들조차 그의 어깨에 봄날의 흉조(凶兆)로 널리 알려진 흰나비가 앉아 있는 것으로 알았다. 그가 목소리를 가다듬었다.

「동지 여러분! 나는 이번 기회에 길지 않은 나의 일생을 되돌아볼 수 있는 많은 시간이 있었습니다. 그리고 그때마다 나는 하나의 생각에 가 멈추곤 했습니다. 구원을 받자면 누구나 고통을 참을 수밖에 없다고만 설파되는 마상인의 땅에서 우리의 출정에는 아무런 잘못이 없었다는 것입니다. 우리는 자손만대에 자랑스러울 선각자로서, 의연히 일어섰던 것입니다. 우리가 지하생활자들 때문에 당하는 모든 차별의 문제에 대하여 도대체 이처럼 마음을 합해 불행과 슬픔과 고통을 생각하고 그것을 이토록 미워하며 경멸하고 저주한 때가 있었느냐는 겁니다. 고통은 인생의 피치 못할 숙명이 아니라 그것이야말로 민중의 힘으로 마땅히 소탕되어야 하고 또 소탕될 수 있는 거악(巨惡)이라고 우리는 믿었던 것입니다. 그것만으로도 동지 여러분은 위대합니다. 자, 이제 떠납니다. 마당에서 뱀이 나올 정도로 풀이 자라게, 우리는 우리의 집을 너무 오래 비워놓았습니다」

들판을 지나고 강을 건너서 밤길을 달렸던 그 길을 되돌아가기 위하여 중위를 따르는 혁명군은 등을 보이며 둘로 갈라섰다. 겨우내 입고 지낸 중위의 때묻은 암갈색 군복자락이 봄볕을 받아 소리없이 말려올라갔다. 그의 가슴에는 아무 훈장도 없었다. 혁명 전야(前夜)에 스스로 종이에 그려붙인 계급장만이 색이 바랜 채 여전히 떨어질 듯 달라붙어 있었다. 며칠 전의 봄비와 꽃샘바람과 땀에 젖었다 말랐다 하면서, 입은 채 야전침대에서 잠을 자고 근무를 하는 동안 체격의 모양을 따라 구겨지고 줄어든 군복을 걸치고 그는 햇살을 가득히 받으며 다시 어금니를 굳게 다물었다. 쏟아지고 있는 햇살은 너무나 밝고 가벼워서 어깨 위에 작은 날개가 하나 돋아난 것처럼 느껴졌다. 떠나오던 날 양계장 앞에 서 있던 어머니가 생각났다. 우리는 끝났다. 혁명은 끝난 것이다. 우리는 아무것도 이룩하지 못했지만 그러나 그 무엇에서 실패하지도 않았다. 어머니의 말은 옳았다. 우리는 그 누구를 죽이지도 헤어지게 하지도 않았다. 다시는 이렇게 조용하고 행복한 혁명은 없으리라.

중위가 칼을 뽑아들었다.

「고향을 향하여! 말 탄 자들이여, 동진(東進)하라!」

중위가 두 다리를 힘차게 뻗으며 애마의 배를 압박했다. 채찍이 그의 엉덩이를 때렸다. 말은 달려나가기 시작했다. 부관은 돌아서서 준비했던 하얀 표지목을 땅 속에 때려박았다. 〈말 탄 자들. 지나가다.〉

맑고 때때로 흐림

 차창 밖으로 수국이 아름다웠다. 한국에서는 저 꽃을 언제 보았던가. 기억 속에 묻혀서 이제는 말라버린 꽃잎들이, 나비의 날개처럼 떨어져갔던 마른 꽃잎들이 하나씩 다시 생기를 머금고 되살아나며 모여들어 하나의 꽃잎으로 돌아오고 있었다, 내 기억 속에서. 그랬다. 내가 아주 어렸을 때 할아버지가 살아 계시던 시절이었다고 나는 수국이 흐드러졌던 시절을 생각했다.
 수국이 길가를 따라 피어 있는 창 밖을 내다보고 있는 내 눈앞에 캔커피 통 하나가 불쑥 들어오면서 그녀의 목소리가 들렸다.
「부장님. 이제 거의 다 왔지요?」
 고개를 끄덕이며 나는 그녀를 올려다보았다.

「받으세요」

화장실엘 갔다 돌아오며 사가지고 왔나보았다. 캔의 손잡이를 뜯으면서 내가 말했다.

「수국이 아름답습니다」

「참 많이들 심었네요」

이 여자는 그랬다. 많으냐 조금이냐. 크냐 작으냐. 긴 거냐 짧은 거냐. 언제나 그런 잣대로 말을 했다.

「일본 사람들 웬 꽃을 저렇게 많이 심어요」

「우선 잘 자라니까요. 우리보다는 기온부터 따뜻하고 비가 많이 오고」

「그래도 우리보다는 얼마나 많이 심어요. 거리에 꽃가게도 참 많고요. 우린 꽃 한번 사려고 해보세요. 아파트 앞이나 종합병원 앞에 가지 않으면 거리에서 꽃가게를 보기가 힘들잖아요」

일본을 바라보는 데 있어서도 마찬가지였다. 많고 적고 하는 그 비교급의 잣대에 언제나 한국과 일본을 올려놓았다. 절대의 아름다움이라거나, 이것도 아름답지만 저것은 저것대로의 아름다움이 있다는 논리가 그녀에게는 없었다. 그녀가 무엇을 판단하는 순간, 한국과 일본은 그녀가 들고 있는 저울 그 천평의 양쪽으로 옷을 벗고 올라가 앉아야 했다.

좀 도와줘. 그림을 하나 찾을까 해서 사람을 보내는데

가면 자넬 만나라고 했으니까. 그런 전화를 고향 선배로부터 받은 게 지난 주일이었다. 화랑을 하는 선배였다. 서울에서 학교를 다닐 때 그 선배의 집에서 먹고 지낸 몇 달이 있을 정도로 나와는 가까운 사이여서 나는 늘 그를 형이라고 불렀었다.

그림을 찾는다는 말에 나는 그저 도쿄에서 무슨 아트페어니 하는 대형 전시회가 열리나보다 생각했었다. 그 정도로 생각하고, 잊었었다. 그럴 수밖에 없는 것이 해외지사 근무였다. 매일의 일이 있다고는 해도 그날그날 서울 본사와의 연락으로 예정된 일이 바뀌는 것은 지사 근무의 특수성일 수도 있었다. 그러나 도쿄란 다른 지사와 좀 다른 특성을 가지고 있었다. 도쿄는 일종의 길목이었다. 출장을 나가거나 돌아가는 상사들이 참새 방앗간 지나치지 않듯 들르는 곳이 또한 도쿄였다. 어디 회사와의 관계뿐인가. 친구도 있었고 거래선과 관계가 깊은 사람들도 있었다. 느닷없이 대학 선배가 전화를 하기도 하는 곳이 도쿄였다. 서울은 비워두고 이 사람들이 다 도쿄로 빠져나왔나 싶게 사람들이 들르는 곳이 도쿄였다.

「그런데 말이야 이 사람이 영어는 되는데 일어를 못해. 그래서 특별히 좀 도와줘. 부탁이니까」

긴 설명이 필요하지 않았다. 일본어가 안 되는 한국사람을 도쿄에서 돕는 데는 몇 가지 유형이 있었다. 단계라는 말이 더 옳을지도 몰랐다.

공항에 나가 호텔 투숙까지를 안내할 것. 그의 일에 도움이 될 만한 일본인을 찾아내어 만날 수 있게 전화 약속을 해놓을 것. 함께 나가 통역을 하며 일이 되도록 힘쓸 것. 차편을 빌려주느냐 얻어주느냐를 결정해 둘 것. 통역을 구해 둘 것. 일본인의 도움을 받을 경우 어떤 사례를 하려 하는지를 알아놓을 것. 이 사람들이 습관이 그러니 꼭 무어라도 좋으니 선물을 준비하라고 할 것. 관광지를 따라다녀 줄 것. 관광을 하는 방법을 소상히 안내할 것. 항공편 혹은 열차편에 대한 예약을 맡아줄 것. 귀국하면 가능한 한 신세진 일본인에게 감사의 편지를 하도록 할 것. 관광지에서 돌아오는 날 저녁 호텔로 전화해서 결과를 문의할 것. 한 끼쯤은 저녁을 살 것. 술을 함께 마셔도 좋지만 이차는 하지 말 것. 그 다음 재미를 보자는 데까지 가서는…… 능력껏 뛰시오 하고 돌아설 것.

이 정도의 카드 가운데서 몇 개를 뽑아내어 그에게 내놓느냐의 문제였다. 사람에 따라, 일의 무게에 따라 그리고 내 일정의 형편에 따라 그 카드는 늘어나기도 하고 한두 개로 줄어들기도 했다.

하루 이틀은 따라다녀 주어야 할 일인가 보다. 그런 생각을 하며 나는 가볍게 말했었다.

「알았습니다. 오면 전화하라고 하십시오. 미리 연락할 건 없구요 호텔에 와서 전화하라고 하십시오」

그러면서 나는, 이젠 일본까지 와서 그림 사가십니까 하는 말도 잊지 않았었다.

그러나 그것은 처음부터 나의 오판이었다. 어떤 카드를, 몇 장이나 꺼내 내밀면 될지 모르겠다며 만지작거리고 있었던 건 내 쪽이었다. 그럴 수밖에 없었다. 그것은 도쿄에 오는 비행기편도 아직 확정이 안 된 상태에서 받은 전화였다.

그리고 다음 주일이었다. 거의 그 약속을 잊고 있던 나에게 또박또박 끊어지는 여자의 전화 목소리가, 서울의 오리엔트 화랑에서 온 사람입니다. 폐를 좀 끼쳐야겠습니다 하는 말을 했을 때 나는 송수화기를 턱에 낀 채 서류를 들여다보며 무심히 물었었다.

「아, 전화받았었습니다. 그래서…… 화랑에서 오신 분은 지금 어디 계십니까. 그분을 절 바꿔주시지요」

저쪽의 대답은 짧고 가늘었다.

「제가 그 사람입니다」

그녀가 내미는 명함을 받으며 호텔 라운지의 기분 나쁘게 붉은 카펫을 나는 홀깃거렸다. 큐레이터. 그녀는 직업으로 그렇게 쓰고 있었다. 유숙영이라는 이름 밑에.

「이게 뭐라는 소립니까? 큐레이터라는 게」

「아직 우리는 초창기인데요, 화랑의 전시를 기획하는 일 정도로 알아두시면 됩니다. 화가나 작품의 선정에서부터, 말하자면 전시회의 모든 걸 총괄한다고 할까요」

「그렇군요. 그래서 제가 무엇을 어떻게 도와드렸으면 좋겠습니까?」

「여길 좀 안내해 주셨으면 해요. 물론 제가 일본 말을 전연 못하니까 통역도 부탁을 드리고요」

그녀는 옆 의자에 놓았던 얇지만 넓이가 꽤 있는 가방을 자신의 무릎으로 옮겨놓더니 종이 하나를 꺼내어 내 앞으로 밀어놓았다. 종이를 들여다보았다. 주소록처럼 거기에는 한 일본인의 이름과 주소 그리고 전화번호가 적혀 있었다. 주소는 지방이었다. 이 일본어가 전연 안 된다는 여자를 위해서 찾아가야 할 우에하라 요시오라는 사람은 도쿄에 살고 있는 게 아니었다.

「이건 지방인데요?」

「네, 그래요」

여자는 그게 무엇이 이상하냐는 말이었다.

「여길 함께 가자는 겁니까?」

「네, 그래요」

여기까지가 몇 시간이나 걸리는 거린지 알기나 합니까. 아침에 도쿄를 떠나도 오후에나 도착할 겁니다. 게다가 여긴 신칸센이 가는 곳도 아닙니다. 가다가 또 내려서 갈아타고 그러면서 가는 데라구요. 신칸센이라면 또 모르겠습니다. 얼마를 그렇게 떠들어대고 나서 나는 손바닥을 내밀어 엄지손가락을 가리키며 말했다.

「여기가 도쿄라면 우리가 가야 할 곳은 이쪽입니다. 이쪽」

새끼손가락을 가리키고 있는 내 손을 바라보다가 그녀가 말했다.

「그런데 부장님. 지금 말씀하시는 신칸센이라는 게 뭐예요?」

이런 빌어먹을, 일본엘 오는 사람이 신칸센도 모르다니. 나는 그게 얼마나 빠르며 쾌적한 열차인지를 마치 무슨 일본철도의 홍보위원이나 되는 듯이 떠들어댔다.

「좀 느린 열차면 어떻겠어요? 저한테 이런저런 일본에 대한 이야기도 해주시면서 가면 더 좋잖아요. 전 정말 일본을 모르거든요. 사실 그래서 사장님이 일부러 부탁하신 거로 알고 있는데요」

이건 완전히 미인계에 애원에 이제는 협박까지 하는군. 어차피 오는 월요일에는 야마구치 씨를 만나기 위해 오사카에 가야만 했다. 그는 우리의 수입선이었다. 지금 여자가 가야 한다고 하는 지방 도시 후카다는 오사카를 가기 전에 지선으로 갈라져서 들어가게 되어 있는 반대편의 도시였다. 그러므로 시간으로서는 어려울 것이 없었다. 그러나 나는 마음속으로 고개를 저었다. 그렇지만 하코네는 어쩌는가. 토요일과 일요일은 가족과 함께 온천지 하코네에 가기로 하지 않았던가. 이미 호텔 예약을 끝낸 것이 사흘 전이었다.

그때 여자가 아주 낮은 소리로 말했다.

「저 그렇게 불편한 여자 아니에요」

커피는 너무 썼다. 평상시에는 먹지도 않는 커피였다. 다만 여자가 주문을 하면서, 모카 커피 주세요, 여기 커피 맛있던데 김 부장님도 그것으로 하세요 했을 때, 이래 죽으나 저래 죽으나 하는 심정으로 그럽시다 했던 커피였다. 나는 그럽시다, 커피를 들어 한 모금 마시고 나서 말했다.

「저쪽에 토요일로 날짜를 잡아보지요. 안 되면 하루 먼저로. 어쨌든 나는 월요일에 오사카로 나와 있어야 하니까요」

내 이틀이, 가족과 함께 하코네 온천에서 다리를 쭈욱 뻗고 지낼 그 토요일과 일요일이 날아가는 비명소리가, 후우 하고 한숨처럼 새어 나왔다.

「그런데, 선배님은 무슨 그림을 사러 사람을 보낸다고 하셨는데 도대체 그림을 사러 일본의 시골엘 간단 말입니까?」

「네」

「거기 뭐 대단한 천재라도 은거해 살고 있습니까?」

「네. 은거해 있어요」

「그럼 그게 바로 여기 이 사람입니까?」

식어버린 커피 잔 옆에 놓여 있는 그 종이 위에서 주소, 전화번호와 함께 볼펜 글씨로 쓰여 있는 이름이 나를 올려다보았다. 우에하라 요시오. 그것을 가리키며 내가 물었다.

「이 사람입니까?」

「아니에요」

그러면? 하고 물으려는 나를 바라보면서 여자가 아주 낮게 말했다.
「이중섭과 김환기예요」
나는 여자의 얼굴을 건너다보았다. 그랬다. 불편해 보이지는 않을 여자였다. 불편하다니. 생머리를 길게 길러 턱 높이에서 일자로 잘라낸 머리 모양에 감싸인 여자의 얼굴은 맑고 현명해 보였다. 그런데 이중섭과 김환기라니.
「무슨 말입니까. 이중섭이야 소 그림 그리고 가족 그림 그리다가 불행하게 죽은 그 사람 아닙니까. 김환기는 미국에서 죽은 화가고요」
「잘 아시네요. 그분들 그림이 거기 있어요」

이중섭과 김환기의 그림을 가지고 있는 일본인을 찾아서, 그에게서 그림을 팔 생각이 없는가를 알아보자는 것이 이 여행의 목적이었다. 수국이 핀 거리를 이 여자와 걷는 것이 아니었다.
선배가 부탁을 하지 않았더라도 시간이 있다면 따라나서고 싶은 여행이 되어버리기까지에는 몇 개의 징검다리가 필요했다. 저 그렇게 불편한 여자 아니에요 하던 여자의 말. 이중섭과 김환기의 그림. 그리고 그것을 가지고 있는 일본인이 그림 수집가도 아니고 화상도 아닌 식민지 시대의 서울에서 바로 그 화가들과 교우를 가졌던 사람이라는 것. 그 징검다리들을 건너서 토요일 일요일을 그곳에서 보내고 월요일 아침에 어차피 가야 할 출장지 오사카로 떠나겠다는 결심을 했을 때 나는 즐겁기까지 했다.

「김환기 화백은 미국에서 돌아가시기는 했지만 그의 그림은 미국의 그림이 아니에요. 전 그 시대의 우리 화가 가운데 김 선생님을 참 좋아해요. 부인이신 향안 여사가 그림이며 유지를 관리하시는데 그 모습도 좋구요. 사위도 화가예요」

「고등학교 때던가 확실하지는 않은데, 달이며 항아리 같은 것에 구름이 지나가는 것 같은 그림을 퍼렁색으로 그린 걸 미술 교과서에서 본 기억이 나요. 그 화가 아닙니까」

숙영이 어이없다는 듯 고개를 쳐들며 웃었다.

「맞기는 맞는데, 본인이 그 그림 해설을 들었다간 기절하겠어요. 그리고 퍼렁색이 뭐예요. 같은 말이라도, 푸른 색깔로 그린 그림이라고 할 때와 퍼렁색으로 그린 그림 할 때는 그 맛이 달라요」

「달라도 아주 다르죠. 그렇지만 그때 내가 본 그림은 어디까지나 퍼렁색으로 그린 그림이었지요. 책이 워낙 인쇄가 시원치 않아서 푸른 그림은 아니었거든요」

「그런 말씀도 다 할 줄 아세요?」

「내 해설이 그렇게 무지막지하다면 어디 미스 유 해설을 좀 들어봅시다」

「그림으로 보자면 뭐랄까요. 우리의 색깔과 문양을 가지고 미국이라고 하는 삶의 자리에서 바라본 문명을 그리려 했다고나 할까요. 그분이 미국에 갔다는 것은 그런 의미에서의 깊이와 넓이를 획득할 수 있는 힘이 되었다는 것밖에 전 크게 의미 부여를 하고 싶지는 않아요. 여기에 남아서 계속 작업을 했다 해도 그만한 성과는 있었으리라고 믿는 분이니까요」

우리는 서로 마주 보며 소리없이 웃었다. 기차가 터널로 들어서며 차 안에 불이 켜졌다.

「도대체 한국인에게 있어 퍼렁 색깔과 푸른색은 어떻게 다른 걸까요」

「넓적다리에 멍이 들었다면 그건 퍼렁 색깔, 누굴 좋아해서 가슴이 아린 그런 멍이 들었다면 그건 푸른색. 그런 거 아닙니까?」

「색깔을 이야기하는 데 무슨 멍이 다 나와야 해요. 그러고 보면 색에 관한 형용사에 있어서만은 우리처럼 섬세한 민족이 없어요. 전 그게 놀라워요」

「형용사만 많지 실제로 뭐 그렇게 컬러플한 민족도 못 됩니다」

「그런데 부장님. 섬세하다는 이야길 하니까 생각이 나는데요. 제가 생각하기에는 부장님이 좀전에 하신 찻잔 이야기 있잖아요. 그건 일본 사람들이 옳은 거 아니에요?」

「난 틀리다고 하진 않았습니다. 이들의 사고방식이 우리와는 너무 다르더라는 말을 하고 싶었을 뿐이지」

엽찻잔 수출에 관한 이야기였다. 회사에서 일본인들이

녹차를 마실 때 쓰는 손잡이 없는 찻잔을 수출한 적이 있었다. 그 찻잔의 특징은 무엇보다도 잔의 바깥쪽으로 네 줄의 들어간 부분이 있다는 점이었다. 태토로 잔을 만들 때 손가락으로 약간 눌러서 줄을 그은 듯한 그런 것이었다. 그런데 회사에서 막상 수출한 물건에는 그 들어간 줄이 다섯 개인 것이 상당수 있었다.

일본 쪽에서는 그것을 가지고 클레임을 걸고 들어왔다. 이 물건은 받지 못하겠다는 것이었다. 내가 도쿄 지사 근무를 막 시작했을 때였다. 사건 처리를 위해 만나본 일본 쪽 바이어의 말은 그랬다. 들어간 부분이 네 줄일 때는 컵의 형태로 볼 때 사람의 손가락이 그 들어간 부분에 자연스럽게 가 닿는다. 이때 느껴지는 편안함이랄까 친근감이 그 잔의 생명이다. 일본인 손의 평균치로 볼 때 그렇다. 그러나 들어간 부분이 다섯 줄로 늘어날 때는 그런 편안함이라든가 자기도 모르게 느껴지는 안락함이 사라진다.

약속 위반은 맞는 것이었다. 네 줄을 넣기로 한 샘플을 두고 무엇 때문에 다섯 줄을 넣어야 했는지는 나로서도 납득이 가지 않았다. 당연히 클레임이 걸릴 수밖에 없는 일이었다. 그러나 단순히 네 줄과 다섯 줄의 문제가 아니라, 거기에 인간의 감성이 나오고 일본인의 평균 손 크기가 나왔을 때 나는 그들을 이해할 수가 없었다.

이건 약속 위반이다. 줄이 넷이 아니라 다섯이니까 정품이 아니다. 그러면 끝나는 일이었다. 그러면 되는 것이었다. 클레임 없는 무역이 있었던가.

이상스레 그런 일본인이 경멸스럽게까지 느껴졌다. 화를 내야 할 곳은 우리의 납품선이었고 부끄러워해야 할 사람들은 우리들 자신의 허술하기 짝이 없는 거래행위였는데도 그랬다.

나는 그 이야기를 숙영이에게 했던 것이다.

「그래서 하는 얘긴데요. 형용사가 그렇게 섬세한 우리들인데 왜 그런 말을 하는 일본인을 오히려 이해하지 못하는 걸까요」

「옛날에는 그랬는지도 모르지요. 그런데 이제는 감성은 다 메말라버리고 말만 남아 있는 건지도」

「공룡의 뼈처럼」

거대한 형용사의 뼈. 그러나 이제는 우리들 마음의 땅 위에서 사라져간 형용사란 이름의 공룡. 나는 앞의자 등받이 그물에 넣어두었던 담배를 꺼내들며 일어섰다. 그녀가 말했다.

「괜찮아요」

나는 그녀를 내려다보았다.

「나가지 마시고 여기서 피우세요. 여긴 흡연칸인데요」

「괜찮습니까?」

「색에 관한 형용사만큼이나 섬세하게 마음을 써주셔서…… 고맙네요」

나는 자리에서 앉아 담배에 불을 붙였다. 도쿄 지사 사무실에서는 금연이었다. 담배를 피우려면 언제나 복도로 나와 비상계단으로 나가야 했다. 거기 나와 담배를 피우며 하루에도 수없이 옆에 붙어 있는 공원을 바라보았다. 근무 시간에 편안하게 담배를 물고 숲으로 가득한 공원을 바라볼 수 있다는 것을 나는 흡연자가 받아야 하는 고통과 상쇄했었다.

다음 역을 알리는 안내방송이 흘러나왔다.
「세 역을 지나면 도착합니다」
나는 시계를 보았다.

일단 숙소에 가서 짐을 내려놓고 전화를 하기로 하고 우리는 예약이 된 호텔로 향했다. 거리는 깨끗했고 그 깨끗함만큼이나 한적했다. 나는 이 도시에서는 이룰 수 없는 꿈이 있어요. 그런 말을 어머니께 중얼거리며 어떤 청년이 이 도시를 떠난다 해도 전연 이상하지 않을 그런 모습을 한 거리를 우리는 택시 안에 앉아 바라보았다.

이중섭과 김환기는 아주 한적한 곳에서 쉬고 계시는군 그래. 나는 혼자 그렇게 말했다. 그리고 나서, 그러니까 서울에서 이런 아가씨까지 나서서 모시러 온 것 아니겠어 하고 대답했다.

택시 안에서 운전수는 어디서 오셨습니까 하고 물었고, 나는 한국이라고 대답했고, 그 말에 기사는 그런 줄 알았습니다 하며 공연히 실실 웃었고, 자기는 서울과 설악

산 그리고 경주까지 두 번이나 갔었다고 자랑했고 우리가 말없이 그의 이야기를 듣는 동안 그는 한국의 냉면은 맵긴 했지만 아주 맛있었다면서 역시 본바닥 음식을 당할 재주가 없다고 떠들어댔다. 그러고 나서 그가 후카다에는 처음 오십니까 하고 묻고 내가 그렇다고 대답했을 때 택시는 호텔 앞에 멎었다.

호텔에는 이틀 밤을 자는 것으로 방 두 개를 예약했었다. 프런트에서 직원은 우리들에게 물었다.

「양실로 예약이 되어 있습니다만 원하신다면 화실도 쓰실 수가 있습니다」

나는 숙영이에게 물었다.

「어때요? 신관과 구관이 있어서 신관은 양실이고 구관은 일본식 여관인 모양인데…… 아무래도 침대가 좋으시겠죠?」

「부장님은요?」

내가 웃으며 말했다.

「침대로 하십시다. 내다보이는 정원은 같은 거라니까」

두 개의 키를 든 호텔 종업원을 따라 방으로 올라가며 내가 물었다.

「그러면, 방에 가서 일본사람에게 도착했다는 걸 알릴 테니까, 준비 끝나는 대로 로비에서 만나지요」

그녀와 나의 방은 맞은편으로 세 개의 객실을 사이에 두고 있었다. 방에 들어와 커튼을 열었다. 일본식 정원이 삼층 높이에서 바라보였다. 연못과 소나무와 가득한 풀들이 이 숙소의 역사를 말해 주듯 오래된 이끼에 파묻혀 있었다. 그리고 거기에서 숨듯이 피어 있는 수국을 보았다. 위에서 내려다본 엷은 보랏빛 꽃무리가 아름다웠다. 저건 퍼렁 색깔이 아니라 푸른 빛이겠지.

선생님께서 한국에 체류하실 때 당시의 예술가들과 교분이 많았던 것으로 전해 들었습니다. 그래서 한번 찾아뵙고 여러 가지 이야기를 듣고 싶습니다. 언제쯤 시간이 나시는지요. 나는 우에하라라는 그 일본인에게 했던 전화 내용을 떠올렸다. 세수를 하고 나와 나는 담배를 피워물었고 수첩을 꺼내 그에게 전화를 걸었다.

「기다리고 있었습니다. 역에 마중을 나가지 못해 미안합니다. 내가 이젠 걷기도 불편한 몸이라서」

도쿄에서 전화를 했을 때보다도 우에하라의 목소리는 더 늙어 있었다.

「지금 찾아뵈어도 좋겠습니까?」

「그럼요. 물론이죠. 기다리고 있겠습니다. 그런데, 집이 작아서 찾아오시기가 좀 어렵지 않을까 생각됩니다만」

「주소를 가지고 있으니까요」

「제 아내를 그쪽으로 보내면 어떨까 생각됩니다만」

「아닙니다. 택시를 타겠습니다」

「아 그쪽도 좋겠군요」

고맙다는 말을 몇 번씩 하면서 우에하라는 전화를 끊었

다. 전화가 되었으니 십오 분 후에 로비에서 만나기로 숙영의 방에 전화를 하고 나서 나는 도쿄를 떠날 때 준비했던 선물을 가방에서 꺼냈다. 그것은 말차를 마실 때 쓰는 차완이었다. 한국산 쥘부채를 준비할까 했지만 아직은 그렇게 더운 계절도 아니었기에 나는 차완 쪽을 택했었다.

스커트 차림으로 옷을 갈아입은 숙영이 로비로 내려왔다. 그녀는 손에 커다란 종이 쇼핑백을 들고 있었다. 우리는 호텔을 나왔다.

밖으로 나서며 나는 햇빛 때문에 눈이 부셨다. 그 무엇에도 찌들지 않은 싱싱한 햇살이었다. 시골에는 햇빛도 다르군. 나는 선글라스를 꺼내 쓰려다가 그만두었다. 횟집에 가면 살아 있는 고기와 죽은 고기의 값이 엄청나게 차이가 있기는 일본도 한국과 마찬가지였다. 이건 살아 있는 햇빛이라구. 나는 눈을 깜박이며 갈색 제복을 입은 종업원에게 택시를 불러달라고 말했다.

호텔 종업원이 손을 흔들어 그늘 속에 서 있는 택시를 불렀을 때였다.

「안녕하십니까?」

불쑥 앞으로 나타난 건 좀 전에 타고온 그 택시 기사였다.

「제 차로 모시겠습니다. 여기 계십시오. 제가 차를 가지고 오지요」

기사가 껑충거리며 그늘 속에 세워놓은 자신의 차로 뛰어가는 동안 숙영이 중얼거렸다.

「한국 기사나 똑같네요. 세계 어딜 가도 그래요. 택시 운전사들 하는 짓은 참 닮아 있어요. 인류 공통의 직업관을 가지고 있는 유일한 직종이에요」

숙영이 말이 너무 거창하다 싶어서 나는 클클거리며 웃었다. 그녀가 들고 있는 종이가방을 내려다보며 내가 물었다.

「뭡니까?」

「일본사람 찾아갈 때 다 안 가지고 가더라도 선물은 가지고 가라면서요」

택시가 다가오는 것을 보며 내가 중얼거렸다.

「한국사람은 일본을 너무 많이 알아요」

차가 우에하라의 집을 향해 달리고 있을 때 나는 기사에게 물었다.

「여기선 몇 번에 전화하면 택시가 옵니까?」

「아 여기 명함이 있습니다. 언제든 전화를 주십시오. 기다리고 있으니까요」

들어갔던 골목을 다시 되돌아나오고, 차를 세우고 가게에 들어가 두번 묻고 나서 기사는 골목 끝에 차를 세웠다. 그가 손으로 가리키는 집을 우리는 바라보았다. 낡았고 작았다. 그리고 손질이 거의 안 된 집이었다. 곧 헐기 위해서 그냥 방치해 둔 것 같은 집을 쏟아지는 햇빛 속에서 내다보다가 우리는 서로의 얼굴을 바라보았다.

택시는 우리를 내려놓고 뒷걸음으로 골목을 빠져나갔다. 골목이 차를 돌리기에도 어렵게 좁았기 때문이었다. 이중섭의 삶이, 이중섭의 그림이 와 있어도 좋을 만한 그렇게 썩 어울리는 집이었다, 그 집은.

노인은, 우에하라 씨는 조그만 체구를 하고 있었다. 방이 어두웠기 때문이었을까. 침침한 방 안에서 바라본 그는 더욱 작아 보였다.

그가 우리를 안내한, 방이 두 개뿐인 집이었으므로 안내할 것도 없이 안으로 들어가 앉은 그 방에 창문이 있기는 했다. 그러나 옆집의 담과 붙어 있다시피한 그 창문으로는 기의 빛이 스며들지 않았다. 그는 약간 굽은 등을 펴며 형광등에 매달린 줄을 당겨 불을 켰다. 그 어둠침침한 방에서 인사를 나누고 자리에 앉았을 때 그의 모습은 더욱 작아 보였다.

두 개의 방은 장지문을 열면 책이며 찻장들이 놓여 있는 벽 뒤로 문이 들어가서 두 방을 튼 것처럼 통하게 되어 있었다. 그 건너편 방에 부인이 무릎을 꿇은 채 그림처럼 앉아 있었다. 쉰이 넘어 보이지 않는 얼굴이었다.

우리들은 각자가 가지고 간 선물을 내놓았다. 숙영은 서울의 화랑에서 자신이 만들었다는 화집과 함께 인삼 한 상자 그리고 도기 찻잔 세트를 그에게 내놓았고 나는 그녀의 말을 통역했다. 그것들을 풀어보며 몇 번씩이나 그가 고맙다면서 허리를 굽혀 인사할 때 나는 저 조그마한 노인이 혹시 앞으로 고꾸라지는 것은 아닌가 하는 난감한 느낌까지 들었다. 그런 우리들을 그의 아내는 옆방에서 지켜보며 노인이 인사를 할 때는 그녀 또한 고개를 숙였다. 장지문을 열어놓은 건너편 방에서.

노인은 자신이 풀어본 선물들을 아내에게 전해 주었고 아내 또한 그것을 받으며 노인에게 고개를 숙였다. 한낮에도 형광등을 켜야 하는 어두컴컴한 방과 쥐면 바스라질 듯한 작은 체구에 깡마른 노인과 마치 무언극을 하듯 고개만을 숙여대는 옆방의 부인을 바라보며 나는 심한 갈증을 느꼈다. 밖은 수국이 흐드러진 초여름이었다. 햇살은 얼마나 눈부셨던가.

갑자기 우에하라가 불고기 이야기를 꺼냈다.

「이곳에도 불고기집이 있습니다. 조선 여자가 하는 집입니다. 참 맛있어서 난 그 집엘 가곤 했는데 아주 비싸요. 요즘은 이가 시원치 않아서 그것도 못하지만」

불고기와 김치. 일본인을 만날 때면 들을 수 있는 인사말의 시작인가 싶었다. 나는 건성으로 놀라는 듯 말했다.

「아 여기에도 북조선 사람이 있습니까?」

인사를 나눌 때 이후 아무 말이 없던 부인이 처음으로 입을 열었다.

「아닙니다. 한국분입니다. 경상도에서 왔다고 하더군요」

그렇게 우리들은 앉아서 차를 마셨고 어떻게 이야기를 시작할까를 마음속으로 두리번거렸다. 숙영이는 다만 고개를 끄덕거려 가면서 따라 웃었다. 웃고 나서 그녀는 나에게 물었다. 무슨 이야기예요?

이야기가 과거로 돌아갔을 때 우에하라는 마치 뽐내기라도 하듯 목소리를 조금 높였다.

「아 그야 그렇지요. 춤추는 최승희도 알았고, 소설 쓰는 정비석 씨 소식은 요즘도 듣고 있어요」

우리들이 아는 이름들이 그의 입에서 흘러나오기 시작했다. 숙영은 비로소 올 것이 왔다는 표정으로 눈을 반짝였다. 그런 사람들과 교분이 있었다면 이중섭의 그림을 가졌을 수 있지. 이건 진품이 확실해. 그녀의 얼굴이 그렇게 소바심하고 있는 것을 흘깃거리며 나는 잠잠히 우에하라의 이야기를 들었다.

「정비석 씨 내가 잘 알아요. 같이 술먹으러 다니고 그랬지요. 누굽니까, 소설 쓰는 여자 최정화랑은 서로가 몰려서 온천에도 가고 그랬었지요」

이때 부인이 마른안주와 함께 술잔을 들고 들어왔다. 부인이 우리 앞에 놓여 있던 빈 찻잔을 치우기 시작했다. 그러고 나서 부인은 우리가 둘러앉은 탁자에 마른안주와 함께 술잔을 가져다 놓았다. 그 잔이 나와 숙영을 놀라게 했다. 그것은 얼음이 담긴 양주 잔이었다. 부인이 우에하라 노인에게 말했다. 아주 작은 목소리로.

「술은 당신이 가지고 계신 게 아직 좀 남았겠지요」

우에하라가 몸을 돌려 등뒤의 나무 장을 열었다. 그 장 위는 여러 가지 서류뭉치와 책 그리고 무슨 전람회 팸플릿

같은 것으로 어지러웠다. 노인은 반쯤 남아 있는 양주병을 꺼내 탁자 위에 놓았다.
「조금 마실까요」
나는 우에하라와 부인을 번갈아 바라보며 물었다.
「술을 마셔도 괜찮으십니까?」
부인이 대답했다.
「조금씩은 늘 드십니다. 손님이 오시는 날은 많이 드셔서 그것만 없으면 좋을 텐데」
물병을 가져다 놓고 나서 부인은 돌아가 다시 아무 일도 없었던 듯 건넌방에 가 앉았고 우에하라는 얼음이 담긴 잔에 술을 부었다. 숙영은 마시지 않았으므로 나와 우에하라는 잔을 들며 서로 고맙다는 인사를 했다. 우리가 한 모금씩을 마시고 났을 때였다. 숙영이 말했다. 그녀는 일을 가지고 온 큐레이터다웠다.
「이중섭 씨와는 어떤 사이셨나요?」
「이중섭과는 친구였지요. 내 책에 그림도 그려주고 그랬어요」
「책이라니요?」
이번에는 잔을 들려다 말고 내가 물었다.
「난 시인입니다. 조선의 압록강 국경수비대에 근무할 때부터 책을 썼지요」
나는 숙영을 보면서 빠르게 말했다.
「이런 얘기는 없지 않았어요. 시인이랍니다, 이분이」

「그래요. 그런 얘기는 저도 모르는 일이에요. 이곳 지방에서 학교 선생을 했다고만 들었거든요」

우리가 그에 대해서 이야기하는 동안 우에하라는 등뒤의 나무 장에서 이런저런 서류뭉치 같은 것을 꺼내기 시작했다. 그는 탁자 앞에 다가앉으며 자신이 꺼내온 물건들 가운데 책 하나를 내보였다.

「이게 내 시집인데, 여기 그림이 이중섭이 날 위해 그려준 그림입니다」

그는 조그만 책의 한 페이지를 열었다. 낯익어서 이제는 누구도 알 만한 이중섭의 소. 턱을 고인 소년이 소와 함께 기대 있는 그림과 머리가 긴 여인이 소와 함께 엉켜 있는 그림이었다. 그 그림들은 너무나 낯익어서 한국의 어떤 화집에선가 본 듯 싶었고, 자신을 위해 그려주었다는 말이 믿기지 않게 서울의 어느 책에서 오려다놓은 듯했다.

「『영풍송』이라는 내 시집에 썼던 그림이지요. 조선에 있을 때 교토에서 낸 책입니다」

우에하라의 말을 들으며 나는 어디선가 본 그림 같지 않아요? 하고 숙영에게 물었다. 그러나 그녀는 대수롭지 않다는 듯, 이런 그림이 하나둘이 아니니까요 했다. 그러고 보니 숙영은 이 집에 온 후 나보다는 훨씬 침착해 있었다. 오히려 놀라워하는 것은 내 쪽이었다.

그때 그가 갑자기 말했다.

「난 천황제에 반대하는 사람입니다. 아무리 패전 후 천황이 인간선언을 했다지만 난 그 말을 믿지 않았습니다. 천황제는 당연히 폐지되어야 합니다」

그 말을 그대로 전해 주자 숙영은 이게 무슨 느닷없는 소리냐는 듯 복잡한 얼굴을 하며 얼굴을 찡그리고 웃었다.

그는 자기가 압록강 국경수비대에 근무하는 것으로 조선 땅을 처음 밟았다는 말을 했다. 그때는 젊었었지요. 나는 노인의 작은 몸을 지켜보며 국경수비대라는 것이 군인인지 경찰인지 묻지 않았다. 국경수비대 시절의 이야기를 그는 그곳 추위와 풍토를 섞어가면서 장황하게 이야기했다. 그러면서 내게 술을 권했다. 한잔을 마시고 났을 때 나는 어쩐지 일이 이상하게 돌아가고 있다는 느낌을 받았다. 국경수비대라니. 그때 내 아버지는 무엇을 하고 있었던가.

「저는 아버지를 일찍 잃었습니다. 아버지는 징용으로 일본에 왔다가」

아 하는 아주 짧은 비명소리가 건너편 방에 앉았던 부인에게서 새어 나왔다. 내가 그녀를 바라보았을 때 그녀는 나와 눈길을 마주치지 않으려는 듯 깊이 고개를 숙이고 있었다.

「일본이 사죄하지 않으면 안 될 일은 산처럼 많습니다. 조선만이 아닙니다. 타이완도 그렇고 중국도 마찬가지입니다. 남경대학살도 있고 장작림 폭사사건도 있고」

우에하라가 이제는 벌겋게 술이 오른 얼굴로 내게 머리를 숙였을 때 나는 손을 저으며 말했다.

「그런 뜻이 아니었습니다」
「아닙니다. 일본은 사죄하지 않으면 안 됩니다」
나는 소리없이 웃으면서 낮게 말했다.
「저는 해방 후에 태어났습니다. 제 세대는 일본을 미워하고만 있기에는 너무 젊습니다」

무슨 미안하다는 따위, 일본은 반성하고 사죄하지 않으면 안 된다는 따위 이야기…… 신문마다 매일을 장식하는 한 페이지의 독자란에 언제나 끼여드는 그 단골 메뉴, 일본은 사죄하지 않으면 안 된다 따위. 사죄하지 마십시오 제발. 일본이 사죄하는 것은 우리를 위해서가 아닙니다. 일본인 당신들 자신을 위해서입니다.

탁자에 놓인 내 술잔을 물끄러미 내려다보았다. 얼음이 녹아서 갈색의 양주는 누르스름하게 변해 있었다. 무엇이었던가. 나에게 있어 일본은 무엇이었던가. 수국이 피곤하던 그 드넓은 집 그것이 일본이었던가. 아버지가 없는 소년시절도 나에게는 일본이었다. 우에하라의 말을 숙영에게 통역해 줄 일도 잊고 나는 그렇게 앉아 있었다.

아버지가 없어서만은 아니었다. 나는 어려서 늘 그 커다란 집이 싫었다. 마을에서는 제일 큰 집이었다. 지주의 아들이었다고는 하지만, 그러므로 친일이 없이 어떻게 재물을 간직할 수 있었겠느냐는 생각을 하지만, 어떻게 해서 지주가 외아들을 징용으로 내보낼 수밖에 없었던가 하는 생각을 안하는 것도 아니지만, 내가 아버지를 찾을 나이가 되었을 때 아버지는 이 세상에 있지 않았다.

집안에는 농사일을 하는 일꾼들이 두 명은 넘게 언제나 있었고 어머니는 자상했었다. 그러나 할아버지의 사랑채와 어머니의 안채와 일꾼들이 쓰는 바깥채의 어디에도 어깨를 내리누르는 고요가 뱀처럼 똬리를 틀고 있기는 마찬가지였다. 큰 집이 가지는 적막함은 아버지가 없는 아이가 감수해야 할 하나의 상징이 되어 내 어린 시절 속에서 굳어갔었다. 그것이 내가 제일 먼저 만난 일본이었다. 아버지를 없게 한 일본이었다.

국민학교 교실에는 언제나 방공반일이라는 표어가 붙어 있었다. 그리고 나는 습자를 배우던 제일 첫시간에 먹을 갈아 〈반일〉이라고 썼다. 할아버지 밑에서 붓글씨를 배웠기에 그 글씨는 다른 아이들의 것과는 사뭇 달랐다. 내가 쓴 반일은 액자에 넣어져서 교실 뒤에 일년 내내 붙어 있었다. 그것이 소년으로서 맞아야 했던 일본이었다. 배우 도금봉이 주연을 한 유관순을 우리는 중학생 단체입장으로 갔었다. 극장 전체가 우리학교 학생들로 시커멓게 물들여졌다. 수업을 받지 않고 극장에서 영화를 본다는 것 때문에 그때 우리는 얼마나 많이 즐거워했던가. 영화가 시작되기 전까지 극장은 무너져 내려앉을 듯이 소란스러웠다. 그리고 영화는 시작되었다. 도금봉의 유관순이 불쌍하고 억울해서 나는 앞자리의 의자를 두들겨가며 울었다. 다들 그랬었다. 극장을 나왔을 때 우리들은 아무도 웃고 있지 않았다.

그리고 만난 일본이 한일회담 반대 시위였다. 한일회담이라고 흔히 이야기되는 한일협정이 체결되기까지의 과정에서 제일 놀라웠던 것은, 일본은 한국에 철도를 놓는다 통신시설을 한다 하며 국가기간산업을 일으키며 개발과 투자를 했다는 일본측 정치인의 말이었다. 남의 땅에 와서 수탈에 수탈을 거듭하다가 급기야는 제사에 쓰는 놋그릇까지 빼앗아간 저들이 하는 말이 그랬다. 그것은 나에게 일본에 대한 경멸감을 심는 시자이었다.

그런 모욕을 당해 가며 이루어낸 한일협정 이후에 일본은 나에게 무엇이었던가. 매춘관광객뿐이었다. 이 세상의 어느 관광지에 일본인들 같은 사람이 있었던가. 남의 나라 박물관엘 들어오면서도 그들은 어젯밤 함께 잠을 잔 콜걸들을 데리고 다니며 히히덕거렸다. 그 일본에 대한 경멸스러움과 내 나라 여자들에 대한 치욕스러움은 어느 날 경주에서 내 가슴속에서 일본을 향해 문을 닫아걸게 만들었다. 그날 경주에서 내가 만난 것은 수없이 많은 한복 차림을 한 여자들의 행렬이었다. 무슨 민속잔치 같은 지방행사라도 있는가 했었다. 그러나 그것은…… 갑작스레 들이닥친 일본인 단체관광객들의 기생파티로 가는 우리 여자들이었다.

일본을 향해서 이제 나에게는 애증의 문제도, 경멸이나 분노도 없었다. 다만…… 그 무엇보다도 한 인간이 성장

과정에서 어떤 한 나라에게 이다지도 정서가 지배당하는 것이 싫었다.

 이 사람은 술을 마시면 몸보다도 말이 취하는가 싶었다. 술병이 비어가는 것과 속도를 같이하며 우에하라의 이야기는 비틀거리고 있었다.
「소화 이십년 십일월 경성역에서 여러 명의 배웅을 받으며 조선을 떠나 귀국했지요」
 소화 이십년이면 해방이 되던 해였다. 나는 술이 오르는 노인을 말없이 바라보았다. 해방정국의 소용돌이 속에서 그런 일이 가능했다는 걸까.
 경성에서 가깝게 지낸 사람으로는 황진이를 쓴 이태준, 시인 백석 그리고 배우 최승희가 있지요. 이태준은 일본 말로는 쓰지 않고 언문으로 썼어요. 난 서울에서 총독부 촉탁으로 근무를 했는데, 그때 사귄 사람들이지요. 그랬던가 하고 생각할 틈도 없이 우에하라의 말은 다른 곳으로 또 옮겨갔다.
 내가 쓴 『압록강』이라는 책이 총독부 검열에서 소각처분을 받았어요. 그 사람은 동대를 나온 사람이었는데 말입니다.
 소각처분과 동경대학이 무슨 관계가 있다는 것일까. 와세다를 나와도 메이지대학을 나와도 검열을 해 소각처분을 내리는 것은 다만 그의 업무가 아닌가.

그러면서 그는 내내 조선이라고 말했다. 그냥 넘어가기엔 마음속에 껄끄럽게 걸리는 것이 있었다. 그렇다고 그대로 받아들이기에는 용서가 되지 않는 무엇이 거기에는 있었다. 이제도 우리 땅을 조선이라니. 그러나 그가 조선이라고 말하는 한반도에는 대한민국이나 조선인민민주주의공화국은 없었다. 그가 말하는 조선은 식민지시대의 땅이었다. 그리고 그에게 있어서는 그것이 조선이었다. 그것이 해방 이후의 조선일 때도 있었고 때로는 지난날 대한제국을 말하는 식민지 시대의 조선도 있기는 했지만.

그렇게 건너뛰고 옮겨가던 이야기 끝에 무언가를 찾고 있던 우에하라가 말했다.

「아, 이거 보시겠어요? 여기 김환기와 그 부인 향안이 보낸 편지가 있습니다」

우에하라는 서류뭉치 같은 것에서 다 낡아 너덜거리는 색바랜 종이 몇 개를 꺼내놓았다.

그것은 편지였다. 다만 편지를 다시 다른 종이에 붙여놓고 있어서 뒤판이 되는 종이의 흰빛 때문에 더욱 누렇게 보여지는 편지였다.

갈겨쓴 글씨를 나는 몇 줄 읽어 내려갔다. 내 옆으로 몸을 가까이 한 숙영이에게서 엷게 향수 냄새가 풍겼다. 그 향기는 카모밀라꽃 향기였다. 내가 제일 좋아하는 향기였다.

「수화와 프랑스에라도 갈 수 있다면 도움이 될까 모르겠습니다. 그래서 도중에 당신을 만날 수 있다면 우리들은 얼마나 기쁘겠습니까」

 누렇게 색깔이 바랜 종이는 편지지가 아니었다. 글씨 옆에는 미국공보원화랑이라고 고딕체로 인쇄가 되어 있었다. 그 옆에는 4287년 2월 3일-10일이라는 날짜가 있었다. 무엇을 했던 종이인지는 알 수가 없으나 그것 또한 화랑과 날짜가 있는 것으로 보아 무슨 전시회와 연관이 있는 종이인 듯싶었다.

 다른 하나는 수화 김환기가 직접 쓴 것으로 붓글씨였다. 휘갈겨쓴 그 일어는 맨 마지막의 수화라는 이름만 선명할 뿐 쉽게 알아볼 수가 없는 글씨였다. 가을경에는 무언가가 만들어질 것 같다…… 남쪽으로 가기 전에…… 같은 말들이 겨우 암호처럼 읽혀졌다.

 양주 반 병이 거의 비워지고 있었다. 우에하라가 몹시 더운지 잠옷 가운 같은 유카다 자락을 조금 열었다. 드러난 그의 앙상한 가슴이 병상에 누워 있는 환자를 떠올리게 했다. 그랬다. 그 유카다라는 일본 옷마저 서울의 종합병원에서 쓰는 환의의 색깔을 하고 있었다.

 옆방에 앉아 있던 부인이 다가와 우에하라의 앞가슴을 조금 여미어주고 돌아갔다.

 우에하라는 책더미 속에서 갈색 종이로 싸여진 책을 꺼내더니 나와 숙영에게 주면서 말했다.

「이건 내가 오신 기념으로 드리는 겁니다. 한정판으로 오백 권을 찍은 겁니다. 조선에 있을 때 쓴 책입니다」

숙영이 길게 숨을 내쉬면서 나에게 물었다.
「『사판(私版) 압록강』이라니 무슨 책이에요? 이건」
그가 소각처분을 받았다는 압록강을 다시 찍은 것이었다.
숙영이 내 쪽으로 고개를 숙이며 천천히 말했다.
「그림 이야기를 하지요」
그녀는 더 견딜 수가 없다는 표정이었다. 나는 내 술잔 속에서 얼음이 녹고 있는 것을 내려다보다가 천천히 말했다.
「우에하라 선생님. 혹시 김환기와 이중섭의 그림을 가지고 계시지는 않은지요?」
「없어요, 지금은」
「지금이라면?」
「서울에서 온 사람들이 가져갔어요」
「서울에서 온 사람들이면…… 그게 누굽니까?」
나는 우에하라에게 물어가면서 재빠르게 숙영에게 그 말을 전했다.
「두 사람의 그림을 좋아해서 이야기를 듣고 왔다고 하더군요」
숙영의 망연해진 얼굴을 나는 차마 바로 볼 수가 없어서 건너편에 앉아 있는 우에하라의 부인에게 눈길을 보냈다. 부인이 말했다.
「이상스레 요즘은 서울에서 손님들이 많이 오시네요」
그래서, 당신들도 그림을 찾아온 거였군. 나는 부인의 눈에서 그런 말을 읽었다. 부인이 얼굴 표정을 드러내지 않으면서 말했다.

「미술대학에 나가시는 분이었습니다. 각각 한 개씩 이중섭 김환기가 있었는데 보관상태가 나쁘긴 하지만, 가져가서 수리를 잘해 보겠다면서 가져가셨어요」

나는 고개를 끄덕였던 것 같다. 숙영이 옆에서 어떻게 된 일이에요 묻고 있었다. 그림은 이미 이 집에 있지 않다는 말을 나는 숙영에게 했다. 서울로 옮겨갔다고.

「가져갔다는 것이 도대체 무슨 말이에요. 사갔다는 건가요 그냥 가져갔다는 건가요?」

숙영이 얼굴이 질리면서 물었다. 그 말을 전해 듣고 난 부인이 말했다.

「돈을 보내준다고 하면서 그냥 가지고 가셨습니다. 얼마나 되든 보내주면 고마운 사람들이구나 생각했습니다. 저 선반 위에 얹어두었던 그림들이어서 오히려 좋은 곳으로 보냈다 생각하고 있었습니다. 그런데 아주 거금을 보내주셨습니다」

내 목소리가 떨려나왔다.

「어. 얼마입니까?」

우에하라가 우리들의 이야기에 끼여들었다.

「이백만 엔. 하나에 백만 엔씩 이백만 엔입니다. 조선사람도 이제 다 멋쟁이들입니다」

이백만 엔을 부쳐왔다는 말을 전해 들은 숙영은 아무 대답이 없었다. 다만 그녀는 아랫입술을 물었다 놓으며 눈을 감았을 뿐이었다. 부인이 말했다.
「그렇게 고마울 수가 없고…… 잘된 일이라고 생각합니다. 그건 한국의 그림이니까요. 한국으로 돌아가야지요」
밖으로 나왔을 땐 이곳으로 찾아올 때의 그 눈부셨던 햇빛도 조금 기울어 있었다. 햇빛을 손으로 가리며 서서 숙영은 좁은 골목길 저편에서 우리를 배웅하러 나와 아직도 서 있는 우에하라와 그 부인이 들어가기를 기다리며 내뱉듯이 중얼거렸다.
「내 생각이 맞았지. 그래, 그랬어야 해」

정원에 켜놓은 불빛이 연못을 둘러싼 나무와 풀들을 마치 조화처럼 느껴지게 했다. 잔디 위로 돌이 놓여지고 그 앞쪽으로 하얗게 모래가 깔려 있는 정원을 내려다보며 나는 한 모금 술을 마셨다.
갑자기 숙영이 의자 뒤로 몸을 젖히며 말했다.
「억 소리가 억억억 하고 나오네요」
나는 그녀를 말없이 바라보았다.
「교양없이 군다 생각하셔도 하는 수 없어요」
「무슨 얘깁니까」
그녀가 고개를 저었다.
「일 억은 날렸다는 뜻이에요. 지금 그 사람들 그림값이 얼만지 모르시지요? 그러니 제 입에서 억 소리가 나온 걸 그런 눈으로 보고 계신 거예요. 그리고…… 뭐 그런 자들이 있어. 그림을 사면 최소한 제값을 쳐줘야지. 이백만 엔이라니 말이 안 나와서」

「그림 상태가 안 좋았다지 않아요」

「상태라니, 아무리 그래도 그렇지. 두 사람의 오일 페인팅입니다. 그럴 수가. 그 일본 사람 사는 거 보셨잖아요. 그럴 수는 없는 거예요」

숙영이 내 쪽으로 몸을 숙이며 말했다.

「그래서 처음부터 난 이 일에 반대했던 거예요. 사장님이 일단 가서 만나는 보라는 바람에 여기까지 와서 이게 무슨 꼴이에요」

「우리도 똑같은 사람들 아닙니까. 그림 있다는 냄새를 맡고 여기까지 온 것도 그렇고, 미스 유도 인삼 몇 뿌리 싸들고 여기까지 온 사람입니다. 이제 잊읍시다」

「물론 저하고는 관계없어요. 내일 사장님께 전화하면 되고…… 어쩌다 우리가 이렇게 되었나 그게 화가 나는 거지요」

수국이 피어 있던 자리는 어두컴컴했다. 그쪽에도 불빛이 있었다면 보라색 수국은 무슨 모습으로 바라보일까 생각하다가 나는 스스로에게 놀라며 혼자 웃었다. 화랑 사람과 며칠 있었다고 이젠 아주 색깔만 생각하는군.

「미스 유. 카모밀라 향의 향수를 쓰더군요」

숙영이 말없이 나를 바라보았다. 그녀의 고개가 천천히 끄덕여지는 것을 나는 마치 건전지가 다 떨어져가는 자동인형이 움직이는 것을 보듯 바라보았다. 숙영이 몸을 바로 하며 말했다.

「죄송해요. 술을 할 줄 몰라서」

맞은편 자리에 앉았던 투숙객들도 하나 둘 일어서면서 정원 가에는 우리 둘만이 남았다. 기모노를 입은 여자가 정원을 가로질러 갔다.

「참 이상하지요. 연못으로 흘러 떨어지는 물소리가 오히려 주변에 적막한 분위기를 만들어주고 있으니 말이에요」

나는 탁자 위의 술잔을 잡으며 연못으로 떨어지고 있는 물줄기를 바라보았다. 불빛을 받아서 물줄기는 얼음처럼 바라보였다.

「물소리도 소리이기는 마찬가지잖아요. 그런데 왜 저 소리는 이곳을 오히려 아주 조용하게 느껴지게 만드는 걸까요」

숙영이 내일 어떻게 할 것인가를 나는 묻지 않았다. 정원을 지나 호텔 로비로 들어서기 전이었다. 숙영이 말했다.

「처음이에요. 카모밀라 향을 이야기해 준 남자. 부인이 그걸 쓰세요?」

나는 천천히 고개를 끄덕였다.

다음날 아침이었다. 나는 오늘 하루를 여기서 더 머물겠다고 마음먹으며 방을 나와서 호텔 정원을 거닐었다. 풀과 나무가 잘 가꾸어진 정원 한쪽에는 여전히 수국이 보랏빛 꽃송이를 탐스럽게 피워올리고 있었다.

일본 정원은 습기가 만드는 정원인가. 처음 일본에 와서 여관에 묵었을 때 그런 생각을 했었지. 연못과 이끼와 풀과 나무와 물이 흐르는 소리만이 아니라 물 떨어지는 소리까지. 그것은 물이 만드는 정원 같았었다.

 서양의 정원이 대칭의 절대미이며 중국은 무릉도원이라는 이상향에 대한 염원이며 한국의 정원은 자연을 그대로 가져다놓는 것이며 하는 입문서를 나는 믿지 않기로 했다. 그렇게 해서 일본의 정원은 나에게서 물이 되었다. 내가 알고 있는 일본이란 그 누군가에 의해서 여과되거나 굴절된 일본일지도 모른다. 아니 그럴 것이다. 내 눈으로, 내 살로 부대껴가면서 나의 일본을 만들어가 보자. 그런 생각을 하며 일본 지사 근무를 자원했던 일을 나는 아무런 느낌 없이 떠올렸다.

 그랬는데…… 나는 자신에게 말했다. 어쩌다 그림 거간꾼 통역까지 해주게 되었던 나. 여기까지 와서 고철수집꾼처럼 그림에 대해서는 아무 애정도 없이 환금가치로서 그것을 찾아다니는 나.

 숙영이와 함께 아침을 먹었다. 사장이 출근하는 대로 결과를 알리겠다는 이야기였다. 커피를 마시며 나는 그녀에게 말했다.

「나는 오늘 그냥 여기서 묵고 내일 오사카로 가는 기차를 탈까 합니다」

「전 어떻게 하죠?」

묻고 나서 숙영이 자신의 말이 어이가 없다는 듯 웃었다.
「도쿄로 올라가면 되지 않겠습니까?」
「모르겠어요. 어떻게 해야 할지. 하여튼 서울에 전화를 한 후에 결정해야겠어요」

 노인을 한번 더 만나보면 어떨까. 나는 혼자 그렇게 중얼거리다가 문득 스스로에게 놀랐다. 그를 우에하라라는 이름이 아니라 노인이라고 나도 모르게 중얼거리고 있었기 때문이었다.
 이제 도쿄의 집으로 돌아갔다가 내일 아침 다시 오사카로 기차를 탈 수는 없는 일이었다. 그리고 가족들 또한 밤이 늦어야 하코네의 온천지에서 돌아올 것이다. 그렇다고 오늘 오사카에 가서 예약도 안 된 호텔을 잡으러 돌아다닌다는 건 견딜 수 없게 생각되었다. 그러나 무엇보다도 마음의 저 어두운 구석에서 무엇인가가 노인을 한번 더 만나보면 어떨까 하며 서성거리고 있었다. 나 또한 그림을 사러 갔던 어제가 아닌 다른 얼굴로 그 노인을, 그리고 우에하라가 아닌 식민지 시대의 조선을 산 한 일본인 노인으로서 만나고 싶다는 형언하기 힘든 무엇이 나를 그렇게 끌어당기고 있었다.
 옷을 입은 채 그렇게 창 밖을 내다보며 서 있었다. 우선 다시 만날 수나 있을지 전화를 해야 할 것 같았다. 전화기를 들고 번호를 눌렀다. 부인이 외출을 했는지 노인이 전화를 받았다.

어제는 고마웠다는 인사를 하고 나서 내가 말했다.

「떠나기 전에 한번 뵙고 싶습니다만, 어떠신지요」

「미안했습니다. 정말 어제는 미안했습니다. 실은 내가 김상을 찾고 있었어요. 그런데 여관 이름이 어딘지 생각이 나야지요. 늙어서 이젠 뭘 들어도 바로 잊어버려요. 내가 그쪽으로 나갈 테니까 숙소가 어딘지 알려주시겠어요?」

「제가 찾아가 뵙는 게 편하지 않겠습니까?」

「아니에요. 내가 나갔다 오는 게 서로 편해요. 그래 언제 도쿄로 올라가시겠습니까?」

「오늘은 여기서 묵을 예정입니다. 내일 오사카로 떠납니다」

「그거 잘됐군요」

예상했던 일이 아니어서 나는 조금 의아해하면서 호텔 이름을 말했다.

「내가 호텔에 가서 김상 방으로 전화를 하겠습니다. 오래 걸리지는 않을 테니까 그러면 호텔에 가서 만나지요」

전화를 끊으면서 조금 이상한 생각이 들었다. 날 찾았다는 노인의 말도 그랬고 그 목소리가 어제와는 무언가 다른 느낌을 주었기 때문이었다.

골동품 가게라도 좀 돌아보고 와야겠어요. 알아보니까 그래도 여기가 꽤 역사가 깊은 지방이네요. 그런 말을 하고 나간 숙영이는 아직 호텔로 돌아오지 않고 있었다.

「도쿄에서 근무하신다고 했지요」
「네」
「그러면 여길 한번 꼭 가보시라고, 그래서 이 책을 하나 가져왔습니다. 어제는 내가 조금 취해서」

우에하라는 내게 종이봉투 하나를 내밀었다. 『원폭의 그림——마루키 미술관』이라는 책이었다. 미술관에서 나온 화집의 하나였다. 책을 넘겨보는 나에게 노인이 말했다.

「도쿄에서 멀지 않습니다. 꼭 한번 가보세요」
「피폭자를 그린 그림이군요」

이 노인은 나를 그림을 모으러 다니는 화상쯤으로 아는가 보구나. 화집을 가지고 나오다니. 그런 생각을 하면서 나는 대충대충 화집을 넘겨갔다. 원자폭탄이 떨어진 그때부터를 그려나간 그림이었다. 화집으로만 보아서는 그것이 서양화인지 아니면 일본화의 기법을 사용한 것인지 분명하지 않았다.

다만 거기 드러나고 있는 그 그림이 말해 주는 참상 때문에 나는 조금씩 미간을 찌푸렸다. 원폭으로 너덜너덜 찢겨진 사람들의 그 비참함에서부터 그들의 명복을 비는 수없이 많은 등불을 그린 그림까지, 그림을 넘겨 보며 앉아 있는 나에게 우에하라가 말했다.

「거기 보세요. 「까마귀」라는 그림이 있어요」

우에하라는 내 쪽으로 몸을 기울여 화집 속의 한 페이지를 찾아주었다. 「까마귀」라는 이름의 그림이었다. 화폭의 거의를 검은 까마귀들이 뒤덮고 있었다. 그리고 그 한가운데를 흰옷의 여인이 흘러가듯 가로지르고 있었다. 다른 그림에서와 같은 피폭 당시의 참상이 이어지고 있기는 마찬가지였지만 다만 하나 다른 것은 그 흰 옷이었다.

「잘 보세요. 치마 저고리입니다」

우에하라의 얼굴을 흘깃 바라본 후 나는 그림으로 시선을 옮겨갔다. 그랬다. 화폭을 가로지르며 흘러가듯 떠 있는 여인은 한복의 여인이었다. 나는 미간을 좁히며 그림을 들여다보았다. 그러고 보니 주변에 그려진 사람들도 한복 차림의 사람들이었다. 화집에서 시선을 떼며 나는 우에하라의 얼굴을 바라보았다.

「까마귀 그림은, 그래요. 조선인 피폭자를 그린 그림입니다」

「그런데 왜 제목이 까마귀입니까」

「그쪽에 조금 나와 있을 겁니다. 읽어보세요. 왜 화가가 까마귀 그림을 그리게 되었는지가」

드넓은 유리문을 통해 호텔 커피숍 안으로 햇살이 비쳐들고 있었다. 그 햇살을 막느라 검은 옷을 입은 종업원이 커다란 가리개를 내리고 있었다. 나는 지나가는 종업원에게 물을 한 컵 달라고 했다. 알았습니다, 하듯이 고개를 숙여 보이고 나서 그녀는 달그락거리며 내 앞의 빈 커피잔을 가져갔다.

……피폭자는 일본인만이 아니다. 조선인과 중국인도 있

었다. 까마귀는 무엇인가. 원폭을 맞은 조선인 피폭자, 그들은 고통을 호소하며 울부짖었다. 아이고. 아이고. 오모니. 오모니. 그들은 그렇게 자신들의 말로 고통을 호소했다. 그러고 나서 그들은 죽었다. 조선인 피폭자의 시체는 거두어지지 않은 채 버려졌다. 그 시체들이 썩어갔다. 썩어가는 조선인 피폭자의 시체 위로 까마귀떼가 날아들었다. 그 시체를 파먹기 위해서.

화집 위에서 나는 번쩍 눈을 들었다. 내 입술이 떨리는 것을 우에하라는 보았을까.

일본 말로 씌어진 그 〈아이고 아이고〉라는 말과 〈오모니 오모니〉라는 말이 갑자기 내 어딘가에 못질을 해댔다. 일본어로는 〈어머니〉라고 쓰는 것이 불가능하다. 그래서 그들은 〈오모니〉라고 적는다. 재일한국인들이 그래서 어머니를 오모니라고 부르는 것을 나는 많이 보았었다.

콧등이 뜨거워져 와서 나는 심한 갈증을 느끼며 물컵을 집어들었다. 얼음을 담은 물은 차가웠다. 컵에 맺혀 있던 물기가 내 손을 적셨다. 그것은 서글픔이 아니었다. 분노였다. 이 먼 땅에서 아이고 아이고 하면서 죽어갔을 사람들.

우에하라의 말이 먼 바람소리처럼 들려왔다.

「일본인의 양심이라고 생각하셔도 좋습니다. 꼭 한번 가보시길 바랍니다, 그 미술관에. 이런 이야기를 해도 좋을지 모르겠는데…… 김상은 내가 만나본 사람 가운데 가장 젊은 조선인입니다」

「김상 부친께서는 그래도 유골이라도 돌아오지 않았습니까?」
「네. 선영에 모시고 있습니다」
「그렇지만 아직도 돌아가지 못하고 있는 사람들이 있어요」
「돌아가지 못한 게 아니라 안 돌아간 겁니다. 징용 나왔다가 그냥 여기 눌러산 사람들입니다」

몇 년의 일본 생활에서 나도 그것을 알았다. 어떤 자료나 기록에 의해서가 아니었다. 왜 재일한국인이나 재일조선인이라는 이름으로 불리는 사람들이 생겨났는지를 나는 나름대로 이해했었다. 조국으로 돌아갈 수 없었던 사람들의 사정, 그것도 해방된 조국이었다. 어떻게 돈을 만들어서라도 배를 빌려 그들은 살아 있다는, 아니 살아남았다는 것만도 기뻐하며 그렇게 돌아들 갔었다. 그런데도 이 땅에 남은 사람들은 누구일까. 고향에 돌아갈 수 없는, 돌아가지 못하는 사람들의 사정은 물론 저마다 달랐다.

더러는 돌아가야 반겨줄 부모도 기댈 언덕도 없는 사람들이 있었다. 그들에게는 어디에 있어도 헐벗기는 마찬가지였다. 남쪽 후쿠오카에 출장을 갔다가 만난 한 노인은 말해 주지 않던가. 여긴 그나마 따뜻하니까라고.

가진 거 없이 살아가기에는 마찬가지였다. 고향의 찬바람보다는 차라리 이곳의 따뜻한 기후를 껴안은 사람이었다. 고향에서 머슴으로 살았다는 이야기를 하는 그의 눈곱

이 가득했던 얼굴을 오래 나는 잊지 못했었다.

　더러는 이미 생활의 터전을 이곳으로 옮긴 사람들도 있었다. 조국으로 돌아가자면 겨우겨우 자리를 잡은 일본에서의 생활 터전을 버려야 했다. 때를 보자 하면서 돌아갈 것을 미루어가다가 그냥 눌러살게 된 사람들이었다. 그렇지도 못하면서 또 여기에 남은 사람들이 있었다. 전후의 그 굶주림 속에서도 일본사람들조차 냄새가 난다고 피하는 돼지를 기르고, 고물을 모으러 다니고, 밀주를 담아 팔면서 산 사람들이었다. 차라리 일본땅에 남아 있자고 생각하면서.

　그러나 몸담고 있던 자리가 달랐다고는 하지만 이들을 엮어주는 끈이 하나 있었다. 그들이 친일파였다. 자신들이 저지른 짓거리들을 그들 스스로가 잘 알았다.

　식민지 시절을 친일파라는 소리를 등뒤로 비웃어가며 일본인들에게 목을 매고 살았던 그들에게 있어 조국의 해방은, 해방이 아니었다. 그것은 오히려 설 땅을 잃는, 족쇄였다. 해방된 고향이 이제는 돌아갈 수 없는 땅이 되어버렸던 것이다.

「김상. 지금 무슨 말을 하고 있습니까? 나는 뼈 이야기를 하는 겁니다」

「뼈라니요」

「유골 말입니다. 아직 돌아가지 못하고 있는 유골이 있어요. 한두 군데가 아닙니다. 일본 전역에 널려 있어요」

「한국인들의 유골을 말씀하시는 겁니까?」

「그래요. 그렇습니다. 여기도 있습니다. 바로 가까운 곳에요」

우에하라 노인이 내 팔을 잡았다. 나는 그의 눈을 내려다보았다. 볼이 들어가고 광대뼈가 튀어나온 깡마른 얼굴 위로 초점이 흐려보이는 검은 자위가 나를 올려다보았다. 그 눈빛은 나에게 아무것도 강요하고 있지 않았다. 내 목소리가 조금 떨리며 새어 나왔다.

「왜 저보고 거길 가자고 하십니까?」

「당신들의 유골이니까요. 가져가야 하니까요. 그리고…… 난 조선사람들이 얼마나 부모를 귀중하게 아는지를 아니까요. 조선에서 온 젊은이에게 하고 싶은 말이 있으니까요」

성효원이라고 씌어진 양각된 현판은 잿빛이었다. 세이코엔이라고 읽는다고 했다. 절의 이름이면서도 절 〈사〉자가 붙지 않고 〈원〉이라는 이름을 붙이는 건 내게 낯선 것이 아니었다. 장례를 치르고 묘지 관리를 하는 곳. 한국의 교회처럼 시내 한복판 주택가 안에 자리잡은 곳. 컴퓨터로 신자 관리를 하는 곳. 그렇게 나는 일본의 절을 이해했었다.

절간 안은 조용했다. 관광지의 절에서 흔히 보던 커다란 향로도 눈에 띄지 않았고 그 앞에서 무럭무럭 고기를 굽듯이 연기를 피워대는 향불도 타오르지 않았다. 오가는 사람도 없이 조용한 절간을 참새가 날며 짹짹거렸다.

「아무도 없나보지요?」

「이 절은 늘 이래요」

우에하라와 나는 절 안쪽으로 들어섰다. 참배객은 눈에 띄지 않았다. 검게 세월에 그을린 목조 건물을 돌아 우리는 법당의 뒤편으로 갔다.

「저쪽입니다」

「뭐가요?」

「유골이 있는 지하실이요. 거기 단지들이 있어요. 유골 단지가」

주위가 너무 조용했고 사찰 건물들도 다른 절과는 달리 어딘가 묵중한 느낌을 주며 솟아올라 있었기 때문에 나는 그가 유골이라고 말했을 때 걸음을 멈추며 물었다.

「그렇다면 절에 이야기를 해야 하지 않습니까. 볼 수 있도록 허가를 받는다든가」

「밖에서 그냥 보입니다」

「보이다니요. 지하실이라고 하셨지 않습니까」

「지하실에 있는 조선인 골단지가 밖에서도 그냥 보인다니까요」

나는 짧게 한숨을 내쉬었다. 그가 앞서 걷기 시작했다. 건물을 또 하나 돌아 들어갔을 때였다.

안으로 들어서는데 왁자하게 아이들의 떠드는 소리가 들렸다. 갑작스럽게 깨지는 적막이 마치 유리알처럼 우수수 떨어지는 것 같았다. 커다란 사찰 건물 저편은 바로 시내였다. 고개를 들어 쳐다보니 그 이층 건물 위에서 노란 옷을 입은 아이들이 뛰어놀고 있었다. 사찰 건물이 분명한데 저 아이들은 뭘까 생각하며 주변을 둘러보는 나에게 우에하라가 말했다.
「유치원이에요. 이 절에서 운영하는」
나는 고개를 끄덕거렸다. 유치원 원복이라도 되는 것일까. 노란 옷을 입은 아이들이 까르르 까르르 웃어대면서 이층 건물에서 뛰어놀고 있었다. 그렇지만 오늘은 일요일이 아닌가. 일요일에 유치원을 할 리도 없는데. 이상하다고 생각할 사이도 없이 사찰 건물 위로 커다랗게 내걸린 현수막이 보였다. 어린이들을 위한 행사가 열리고 있었다. 그랬구나. 고개를 끄덕이면서 아이들을 바라보며 소리없이 웃고 있는 나를 그때 우에하라가 불렀다.
「김상, 이쪽입니다」
바라보니 우에하라는 땅바닥에 얼굴을 대듯이 숙이고 있었다. 그곳은 유치원 아이들이 지금 뛰어놀고 있는 건물의 밑이었다. 다가서는 나에게 우에하라가 손짓을 했다.
「보세요. 저깁니다」
옆에 쭈그리고 앉는 나에게 그가 손짓을 하며 건물 밑을 가리켰다. 반지하였다. 땅 표면 위로 반쯤 올라와 있는 지하실이 거기 있었고, 우리가 쭈그리고 앉아 있는 바닥으로부터 서너 뼘은 되는 폭으로 통풍구가 길게 세로로 나 있었다. 닭장 같은 망이 쳐진 그 통풍구를 들여다보며 우에하라가 말했다.
「보세요. 저기 보이지요」
나는 그가 가리키는 지하를 들여다보았다. 어두컴컴해서 처음에는 아무것도 눈에 띄지 않았다. 천천히 어둠이 눈에 익으며 무언가 선반 같은 것이 놓여 있음을 알 수가 있었다.
우에하라가 말했다.
「선반 위에 주욱 쌓아놓은 게 보이지요. 그게 골단지입니다. 조선인의 골단지예요」
하나씩 눈에 들어오는 것이 있었다. 칸칸이 선반을 만들고 거기 놓여져 있는 항아리들이 보였다. 그것은 인사동의 골동품점에서 도자기를 진열해 놓은 것 같은 모습을 하고 있었다. 희미한 어둠 속으로 늘어선 흰 항아리들이 보였다. 항아리들은 저마다 뚜껑을 덮고 있었다.
천천히 나는 구부렸던 몸을 일으켰다. 말없이 얼마를 서 있었다. 아이들의 노랫소리가 낭랑하게 들려왔다.

저녁이 되면 집에 가야죠.
엄마가 기다리는 집에 가야죠.

아이들의 노랫소리를 들으며 사찰 지붕 위로 눈길을 옮겨갔다. 조선인의 뼈 항아리였다. 그 뼈를 담은 항아리 위에서 아이들은 노란 옷을 입고 노래를 하며 손에 손을 잡고 원을 그리며 돌고 있었다.

「은행나무군요」

좀 앉았다 내려가자는 우에하라의 말에 그의 옆에 앉으며 나는 커다란 나무를 쳐다보았다. 길 모퉁이의 조그만 공원이었다. 성효원에서 내려오는 길이었다. 절이 언덕 위에 있었으므로 내려가는 비탈길에 자리잡은 작은 공원에서는 한눈에 시내의 모습이 바라보였다.

우리는 말없이 앉아 있었다. 파란 칠을 한 택시가 지나가는 모습이 장난감처럼 바라보였다.

그가 어제의 그림 이야기를 했다.

「몇 사람 왔었습니다. 어떻게들 알고 왔는지. 대학 박물관에 있다기에 주어버렸던 겁니다. 돈도 받지 않고 보냈었어요」

나는 천천히 고개를 끄덕였다. 그가 내게 얼굴을 돌린 채 말했다. 시내를 내려다보며.

「그림이나 찾으러 다니지 말고, 뼈도 좀 거두어갈 수 없느냐는 그 말을 내가 어떻게 할 수가 있었겠습니까. 젊은 당신을 만나니…… 벌써 사십 년의 시간입니다」

그는 고개를 숙여 땅바닥을 오래 내려다보았다. 오래 우리는 그렇게 앉아 있었다. 담배에 불을 붙여 몇 모금 피웠다.

「어제, 저에게 사죄한다는 말씀을 하셨지요. 그러나 이젠 사죄도 때를 잃었다는 게 저의 생각입니다. 그 시대를 산 분들도 다 늙어가고 죽어가고, 저희는 그분들의 그 증오와 굴욕스런 과거를 먹으며 자랐습니다. 거기다가 벌써 얼마의 세월이 지났습니까. 그런데도 일본은 에어져 나가는 한국인의 가슴에 와닿는 사죄조차도 없고 보상은 더 더욱 없습니다. 그러므로 아무것도 청산이 되지 않고 있어요. 쓰레기여도 좋고 쇳덩이여도 좋습니다. 그것들이 가득한 웅덩이에 흙탕물을 채워서 보이지 않게 만든 거…… 그게 육십오년의 한일국교정상화입니다. 두 나라 사이에 물이 빠지거나 아니면 맑게 그 물이 가라앉으면 언제나 그 쓰레기가 보입니다. 물론 세월이 그것을 썩어가게 하고 녹슬게 하겠지요. 그러나 언제나 그것은 드러나서 두 나라를 어렵게 만듭니다. 돌아가지 못하고 있는 그 뼈처럼 말입니다. 피폭자 문제, 정신대 문제, 징용자의 보상 문제, 문화재 문제, 군인군속의 보상 문제…… 이루 헤아릴 수가 없습니다. 두 나라의 정치가들이 정략적으로 물을 부어버린 연못이기에 눈에 보이지만 않을 뿐 언제든 그 문제들은 거기에 그렇게 잠겨 있습니다. 이게 우리 두 나라의 불행입니다」

「그렇지요. 젊은 사람 생각이라 우리와는 달라야겠지요」

「젊기는요. 저도 벌써 아들이 초등학교 5학년입니다」

웃으며 말하고 나서 나는 피우고 있던 담배를 껐다.

「이런 말만은 드리고 싶군요. 일본도, 세월이 이렇게 흘렀는데도 미국에게 졌기 때문에, 하는 생각밖에 안합니다. 미국에게 졌기에 우리가 패전을 맞았다, 그렇게밖에는 말입니다. 그러나 분명히 인근 주변국가의 저항도 패전의 원인이 되었다는 생각을 해야 합니다. 미국 때문이지 아시아의 너희들 때문에 진 것이 아니라는 생각을 버리지 못할 때 진정 일본의 내일은 밝을 수 없습니다. 언제까지나 부끄러울 수밖에 없습니다」

나는 잠시 말을 끊었다.

「우리가, 그토록 허약했던 선조들이 언제까지나 부끄럽듯이 말입니다」

나무 벤치에서 일어서려는데 푸른 은행잎 하나가 너울거리며 떨어져내렸다. 숙영이는 도쿄로 돌아갔을까.

어제 처음 이 노인을 만났을 때, 불고기를 먹고 싶다고 했던 말이 자꾸만 귓가를 스치고 지나갔다. 이젠 이가 낡아서 잘 씹지도 못한다고도 했었지. 그러자. 저녁엔 저와 불고기집에라도 함께 가시지 않겠습니까 하자. 우선 집에까지는 모셔다 드리고 저녁에 내가 집으로 가겠다고 하자.

우리는 천천히 비탈길을 내려왔다. 거기에 나와 섰을 때 내가 말했다.

「보상이나 사죄가 진정으로 이루어질 때 비로소 두 나라의 진정한 관계가 이루어질 거니…… 그런 말을 드렸지만, 저 또한 일본에 물건을 팔고…… 일본의 물건을 사가기 위해 나와 있는 한국사람입니다. 일본의 물건을 사가기 위해서 말입니다. 제 말뜻을 이해하시겠습니까」

 그의 집으로 가 택시를 세워놓은 채 나는 우에하라 부부가 나오기를 기다렸다. 골목이 어두워지고 있었다. 몇 번씩 미안하다는 말을 하면서 차에 오르는 그들과 함께 우에하라가 자주 가곤 한다는 불고기집으로 향했다.
 안으로 들어섰을 때였다.
「마아 요즈막엔 토옹 못 뵙겠대요. 자주 좀 오이소」
 느닷없이 이마를 치듯 푸지근한 경상도 사투리가 날아와 박혔다. 그것은 나를 두고 한 밀이 이니었다. 뒤따라 들어오는 우에하라 부부를 보고 한 주인 여자의 말이었다.
 안으로 들어가 자리를 잡고 앉았을 때 나는 주인 여자에게 말했다.
「이분들 한국 말 전연 모르던데요. 한국 말을 그냥 마구잡이로 쓰시네」
「알고 모르기가 어데 있십니꺼」
 아이구 못 말릴 한국인이군. 음식을 시키고 났을 때였다. 부인이 들고 온 가방에서 무언가 조그만 상자 하나를 꺼내어 내 앞에 내밀었다.
「이거 아주 보잘것없는 것입니다」
 선물인가 보았다. 이제는 이런 일본인의 습성에도 많이 길들여졌다고 믿고 있었는데도, 나는 얼굴이 벌개지면서 그것을 받았다.

「이런 거 안하셔도 좋은데…… 일본식으로 말해서, 이건 참 나쁜 일이 아닙니까」

음식이 나오고 고기가 구워지기 시작했다. 부인은 이가 좋지 않은 그를 위해서 구워진 고기를 잘게 잘게 썰다시피 했다. 그러곤 그것을 한자름씩 그의 입에 집어넣어 주었다. 마치 어미에게서 먹이를 받아먹는 새 새끼같이 느껴져서 나는 웃음을 숨겨가면서 그들의 모습을 바라보았다. 오물거리며 고기를 씹고 있는 노인에게 나는 진로 소주를 시켜서 두 잔을 권했다.

음식이 거의 끝나가고 마지막이라면서 우에하라가 소주 한 잔을 더 마셨을 때였다. 그가 무슨 비밀이라도 속삭이듯 말했다.

「조선에 서정수라는 시인 있지요? 그 시인은 바로 내가 살던 집을 물려받은 사람입니다. 그 사람에게 내가 살던 집을 넘겨주고 왔어요」

그는 내 나라의 원로시인의 이야기를 하고 있었다. 갑자기 울컥하고 치밀어오르는 것이 있었다. 그렇지만, 그것이 당신의 집이었다고 해도, 그렇다고는 해도 그 집은 우리나라 재산입니다. 당신들이 강점했던 것뿐입니다. 그렇게 생각한다면 오히려 당연한 일을 했을 뿐입니다. 당신은. 가슴속을 오가는 말이 있었지만 나는 비로 쓸어내듯이 고개를 저어가면서 우에하라에게 말했다.

「이제 그만 일어나실까요」

서울에 전화를 하고 나서 늦게라도 합류할게요 하던 숙영을 기다릴 마음은 아니었다.
　우리는 밖으로 나왔다. 불고기집이 골목 안에 있었기 때문에 우리는 큰길까지 걸었다. 길가에 서서 택시를 기다렸다. 어쩐 일인지 오가는 택시를 볼 수가 없었다. 내가 말했다.
「저쪽 큰길로 나가볼까요?」
　우리는 천천히 걸었다. 소주를 마셔서인가. 부인의 손을 잡고 걷는 우에하라의 그 작은 몸은 더욱 구부러져 보였고 조금 발길이 헛놓이는 듯했다. 내가 다가가 우에하라의 다른쪽 팔을 꼈다. 노인의 팔이 아주 가늘게 잡혀졌다.
　그렇다. 이것이 식민지 시대인지도 모른다. 나는 지금 식민지 시대의 한 실체를 부축하고 걷고 있는 것이다. 이제는 늙고 쇠약해진 한 시대. 그러나 그 잔해만은 아직도 녹이 슬면서도 살아 있는 한 시대. 식민지 시대가 끝날 때 서울에 두고 온 집을 아직도 못 잊는 시대. 노인의 여윈 팔을 나는 마치 식민지 시대의 그 무엇을 움켜잡듯 힘주어 잡았다.
「여기서 그냥 기다리지요. 택시가 곧 오지 않겠어요」
「그게 좋겠지요. 김상」
　부인이 말했다.
「전화를 해서 택시를 불러야겠어요. 좀 기다려주시겠어요」

말하고 나서 부인은 전화를 하기 위해 길을 건너갔다. 나는 노인의 팔을 부축한 채 밤거리를 바라보고 서 있었다.

새로 뚫린 길인가 보았다. 일본에도 이렇게 넓은 길이 있었나 싶게 도로는 드넓었다. 그러고 보니 주변의 집들도 모두가 새로 지은 건물들이었다. 무슨 매립지가 아닌가 싶었다. 새로 지은 집들은 영화에서나 본 서부의 거리를 연상시켰다. 일요일이라 상점들은 모두 문을 닫고 있었다. 다만 멀리 파칭고점만이 서부의 그 어느 도시의 주점처럼 요란하게 불빛을 번쩍이고 있었다.

내게 어깨를 기대듯 서서 노인이 말했다.

「조선전쟁이 끝나고 얼마 되지 않아서입니다. 중국을 통해서 북조선엘 갔었지요」

나는 놀라며 그의 얼굴을 내려다보았다.

「난 조선전쟁이 시작되었을 때 이미 일본공산당에 가입한 당원이었거든요. 어렵지 않게 북조선엘 들어갈 수가 있었어요. 청진이라고 있습니까. 그 부근에서였어요. 난 조선에 그렇게 오래 살았지만…… 그렇게 아름다운 풍경을 본 적이 없어요. 포탄이 떨어진 구덩이들이 여기저기 널려 있을 때입니다. 그때는, 그런데 비가 내려서 그 포탄이 떨어진 웅덩이들에 물이 괴어 있어요. 그 웅덩이 물에 산이 비쳐보이더군요. 그 모습이 어찌나 아름다웠던지…… 경치를 보고 운 건 처음입니다. 갑자기 눈물이 쏟아지는 거였어요. 왜 그랬을까요. 내가 도대체 조선에 무엇이었나. 조선은 나에게 무엇이었던가. 그런 생각들이 무슨 고름처럼 울컥울컥 쏟아져 나오는 거였어요. 나는 가해자였지요. 그래요. 맞습니다. 내가 조선에서 한 게 무엇인지를 나는 압니다. 아무것도…… 그냥 살았습니다. 그런데, 내가 왜 그 전쟁의 참화를 겪었는데도 여전히 아름다운, 하나도 그 근엄함을 잃지 않고 있는 산하를 보며 눈물이 나왔을까요. 나 또한 역사에 희롱당했을 뿐이구나 하는 걸 그때 처음으로 알았던 겁니다. 내가 총독부에 있을 때 한 일은 예술작품을 검열하는 거였습니다. 그래서 그 많은 조선의 예술가들을 알 수 있었던 거지요」

밟아도 밟아도 저 시대는 꿈틀거리며 숙지도 않고 살아나는가. 나는 거리를 바라보면서 그 누구에게랄 것도 없이 중얼거렸다.

「제가 말씀드리지 않았던가요. 전 일본을 미워하기에는 너무 젊은 세대라구요」

캄캄한 밤을, 가로등만이 빛나는 길을 차들은 달려갔다. 그것뿐 아무것도 움직이지 않는 거리가 폐허처럼 뻗어 있었다.

그 저편으로 커다란 전광판이 뉴스를 알리고 있었다. 고속도로 진입구에 있는 전광판이었다. 짧은 뉴스들이 지나가고 있었다. 미국이란 글자가 흘러갔다. 미국은 관세협정에 강경자세…… 유럽공동체는…… 나고야의 어린이 유괴범 체포…… 그랬다. 그것은 흘러가는 글씨들이었다. 잠시 후 〈내일의 날씨〉라는 글씨가 흘러가지 않고 잠시 멈춰 서 있었다. 그러고 나서 다시 글씨들이 흘러가기 시작했다. 맑고 때때로 흐림. 내일의 날씨. 맑고 때때로 흐림.

비가 와도 흐려도 내일 오사카로 가는 기차를 타는 데는 아무 염려가 없을 것이다. 나는 여전히 노인의 팔을 부축하고 서서 그 전광판을 바라보았다.

맑고 때때로 흐림. 글씨들이 흘러가며 말하고 있었다. 내일은 맑으리라. 그러나 때때로 흐리리라. 문득 내 안에서 똑같은 말이 흘러가기 시작했다. 그렇다. 그렇다. 저것은 내일의 한국과 일본이다. 한일관계다. 한국도 일본도 저렇게, 맑지만 때때로 흐리며 견디어나갈 것이다.

내일의 날씨, 맑고 때때로 흐림.

작가 후기
어떤 풍경 —— 용서와 그리움

1

나무를 심었다. 어렵사리 마련했던 산자락에, 그랬다, 꿈꾸듯 나무를 심었다. 다 자란 나무들이 아니었다. 길어야 팔 길이 하나쯤……. 내가 그토록 좋아하는 나무, 자작나무 묘목도 키가 겨우 내 무릎에 왔다. 언제 이 나무가 크는 것을 보랴 하는 생각을 할 사이도 없이, 나무를 심고 나니 봄은 지나가 버렸고, 나만 혼자 남아 그 봄의 뒤끝에서 초여름을 맞고 있는 기이한 느낌이었다.

비 많던 봄과 초여름을 지나면서 그 덕분에 조금은 쉽게 뿌리를 내려가는 나무들을 바라보면서, 비로소 조금씩 마음에 자리잡아가는 생각들이 있었다.

이 나무들이 크는 것을 보지 못하리라는 내 목숨의 길이도 있었다. 내 삶의 끝 저편에서도 이 나무들은 살아남아 있으리라는 놀라움도 있었다. 나 또한 흙으로 돌아가고 그 흙 위에서 나무들은 자라리라는 깨달음도 있었다.

이 모든 것은 어김없이 지켜질, 내가 이제까지 한번도 만나본 적이 없는 너무나도 선연한 또 다른 약속이었다.

예정이었다. 언제 이 나무들이 크는 것을 보랴. 내 이름의 땅에, 내 돈으로 심은, 내 나무라는 소유감은 이 각성 앞에서 졸렬하기 짝이 없었다.

그러나 나무들은 자랄 것이다. 울울하게 창창하게 나무들은 자라오를 것이다. 내가 묻혀 살과 뼈가 삭아갈 이 땅에서 내 손에 심겨진 나무들은 살아서 그 잎을 너울거리며 나이테를 넓혀가리라는 걸 꿈꾸듯 생각하며 앉아 있던 저녁 산자락에서 나는 그 생각만으로도 황홀했다.

비로소 나이가 드는구나 싶었다.

2

98년 《세계의 문학》 가을호에 「말 탄 자는 지나가다」를 게재하면서 나는 아래와 같은 내용의 작품노트 하나를 덧붙였었다.

〈1982년 여름이었다. 가을호를 제작중이던 《세계의 문학》 편집진은 이 작품의 조판을 끝낸 상태에서 숙의한 결과, 〈게재가 불가능〉이라는 자체 판단을 내리게 된다. 교정용지에 OK가 놓여진 상태에서 내려진 결정이었다. 이 작품이 발표될 경우 상당 부분이 당국에 의해 문제화될 수 있으며 그것은 작가의 안위는 물론 잡지의 존폐까지 우려

하지 않을 수 없다는 정황 판단에 의해서였다. 문제가 될 여지가 있는 부분에 대한 개작 논의가 작가에게 전해졌지만 나는 그것을 거부했다. 표현의 자유라는 입에 올리기조차 난망했던 용어 때문이 아니라 작품의 훼손을 용인할 수 없다는 양식 때문이었다. 그후 몇 년이 흐르면서, 《한국문학》, 《문예중앙》에서 각각 그 게재를 심도있게 검토한 바 있으나, 결론은 같은 것이었다. 당국으로부터 〈작가 및 게재지에 치명적인 위해가 가해질 수도 있다〉는 판단과 우려 때문이었다. 세 잡지 편집 책임자의 판단은 용기의 문제가 아니라 존재양식의 하나로 나는 이해했다. 그후 무크지 《언어의 세계》에 나와는 아무런 사전 양해도 없이 삭제, 축약되어 〈말 탄 자는 지나가다〉라는 제목으로 그 일부가 게재되었다. 잡지 출간일로부터 50여 일이 지난 후 나는 그 게재 사실을 《동서문학》지에 오른 짧은 작품평을 보고서야 알게 되었다.

그후 일본 장기체재와 수차에 걸친 이주 과정에서 작품의 완성분은 유실된 채, 대학노트에 연필로 씌어졌던 초고만이 서울 집의 궤짝 안에 남아 있게 되었다. 귀국 후 작품의 완성을 위한 몇 번의 시도가 있었지만 그때마다 뒤따라오는 여러 개인적인 불행 때문에, 이 작품은 나에게, 비원이라고나 할까, 〈청산하지 않으면 안 될〉 비장함에 가까운 그 무엇이 되어 있었다. 그렇게 해서 이제, 이 작품의 〈쓰기〉를 마친다. 그 과정에서 보여준 아내의, 이 작품에 대한 지칠 줄 모르는 애정에 특별한 감사의 마음을 여기에 적는다. 최종작업을 위해 쾌적한 장소를 마련해 준 〈피닉스 파크〉, 그 숲길과 자작나무, 제작일자를 늦춰가면서도 흔쾌히 작품의 게재에 동의해 준 민음사의 신뢰에 또 한번의 은혜를 입는 마음이다.

지나간 날은 덧없음만이 남는 것은 아니다. 어느새 16년이 흘러갔다. 이 작품보다 석 달 늦게 태어난 아들이 지금 고1이다.〉

작품의 내용을 문제삼아 작가, 시인, 언론인을 보안사에서 불법 연행, 감금 고문했던, 이름하여 〈한수산 필화사건〉이나 그후에 이어진 표현의 자유에 대한 탄압이 이 작품의 토양이 되었다면 이것은 또 얼마나 큰 반어(反語)인가. 그러나, 회한(悔恨)이 없는 것은 아니지만 이제 나는 그때의 일들을 용서했다. 다만, 역사를 반성하는 자리에서 언제나 금언처럼 떠오르는 그 말처럼, 나 또한 그것을 용서하지만 잊지는 않으려 한다.

사실이 있고, 후유증도 있다. 그렇기에 무엇을 용서하고 무엇을 잊지 말아야 할 것인가는 선연하다.

3

 일본 남쪽의 항구도시 나가사키(長崎), 일찍이 서구문물을 받아들이기 위해 개항을 했던 도시 가운데 하나이다. 그래서인가. 세계의 문물이 녹아서 뒤섞여 있는 곳이 나가사키이다.

 나가사키는 문명의 전파에서만 일본의 선착장이 아니었다. 푸치니의 오페라 「나비부인」의 무대가 바로 나가사키다. 여기에 가톨릭 박해사의 핏물이 또한 나가사키를 적신다. 그리고 원폭……. 히로시마에 이어 두번째로 원폭이 투하된 도시이기도 하다.

 1956년 서른여덟의 나이로 이곳에 와 평생을 보낸 일본인이 한분 있다. 뜻깊고 아름다운 도시처럼 뜻깊고 아름다운, 그리고 힘찬 생애를 보낸 분이다. 루터교 목사. 나가사키 시의회 혁신계 의원. 인권운동가. 〈나가사키 조선인의 인권을 지키는 모임〉 주재……. 오카 마사하루(岡 正治).

 나가사키 평화공원의 한쪽, 폭심지를 중심으로 벚꽃이 심어진 공원 옆을 오른쪽으로 돌아 오르면, 작은 돌비석 하나를 만난다.

 〈추도(追悼)〉라고 크게 씌어진 두 글자 밑에, 〈나가사키 원폭 조선인 희생자 추도비〉라는 비문이 새겨져 있다. 그리고 가슴을 울리는 말이 거기에 있다.

원폭으로 죽어간 이름도 없는 조선인을 위하여,
이름도 없는 일본인이 속죄의 마음을 담아

 비문의 이 말처럼 원폭에 희생된 이름없는 조선인(한국인)을 추모하기 위하여, 실로 이름없는 일본인들이 돌을 깎아 세운 추모비이다. 그래서 이 비문에는 그 흔한 이름들이 없다. 글을 쓴 사람도, 돌을 새긴 사람도 그리고 이 비석을 세운 사람들의 이름도 없다. 이름없는 사람들이 글을 쓰고, 이름없는 사람들이 돌을 새겼다. 그리고 세웠다. 이 비문과 함께 추모비를 세운 사람이 또한 오카 마사하루 선생이시다.

 오카 선생과의 첫 만남은, 『조선인 피폭자』라는 책에서였다. 〈나가사키 조선인의 인권을 지키는 모임〉의 편저로 되어 있는 이 책에서 나는 처음으로 오카 마사하루라는 이름을 만난다. 이어서 편지를 보내는 일들이 이어졌다. 첫 전화 속에서 오카 선생은 담담하나 열정적인 목소리로 어떤 도움이 필요한가를 물었고, 이내 부탁한 자료들을 보내주었다.
 이 첫 우편물이 나에게 준 의미는 깊고 깊다. 자료는 내가 그렇게 찾고 있던 바로 그것들이었다. 그러나 자료를 싸서 보낸 종이가 내 마음을 더 떨리게 했다. 그것은 깨끗한 새 봉투가 아니었다. 이미 사용했던, 자신에게 온 우편물의 봉투를 뒤집어서 다시 사용한 것이 아닌가.

그리고 그해 여름, 선생을 만나러 나가사키로 갔다. 91년 여름이었다. 내가 그 어떤 도시보다도 더 사랑하게 된 나가사키에서 내 생애에 그토록 많은 영향을 준 선생과의 만남이라는 아름다운 시간은 그렇게 해서 영글어갔다.

그후, 선생의 도움으로 참 많은 곳을 찾아헤맸다. 그 취재 여행에 언제나 동행해 주셨던 선생은 열혈청년의 모습 그것이었다. 발걸음은 언제나 나보다 빨라서 내가 늘 뒤따라가야 했다. 목소리도 나보다 컸다. 이야기를 나누자면 방 안이 우렁우렁 울렸다.

65년 오카 선생은 마흔일곱의 나이에 처음으로 〈나가사키 조선인의 인권을 지키는 모임〉을 결성한다. 재일 한국인의 인권을 위해 싸우면서 식민지 시대 일본의 만행을 발굴 조사 정리해 오기 30년. 그가 남긴 길지 않은 자서전에 『오직 이 한 길을』이라는 책이 있다. 그 책이름 그대로 그는 오직 한 길을 걸었던 사람이었다.

나이들어서 그런 분을 뵈올 수 있었다는 것이 내게는 영광이었고 기쁨이었다. 지식인의 삶이란 저렇게 말과 행위가, 삶과 정신이, 생활과 뜻이 한결같아야 한다는 것을 몸으로 가르쳐주신 분이었다.

93년, 가을이었다. 개인적으로 선생을 초청해 모실 수 있는 기회가 왔다.

한국에서 그분이 가고 싶어한 곳은 두 곳, 경복궁과 강화도였다. 선생과의 한국에서의 만남은 하나하나가 또 다른 감동이었다. 공항에 내린 선생은 바로 경복궁으로 향했다. 경복궁 뒤의 후미진 자리, 명성황후가 일본의 폭도들에게 무참히 살해된 그 자리. 평일 저녁 무렵의 경복궁은 한적했다. 새소리가 유난히 크게 들렸다. 시해된 자리에 세워진 표지석 앞에서 선생은 깊이 머리를 숙여 사죄했다. 키 작은 노인이 저녁빛을 받으며 머리를 숙이고 있는 모습을 지켜보면서, 나는 생각했었다. 저것은 일본인으로서가 아니다. 인간이기에, 인류의 한 사람으로써 드리는 사죄의 시간이라고.

강화도는 내가 운전을 하고 함께 갔다. 우리는 쇄국과 개항을 둘러싸고 신음했던 극동의 두 나라, 일본과 한국을 비교하며 많은 이야기를 나눴다. 그날 처음으로 선생은 다시 태어나도 자신은 〈목사〉가 되겠다는 말씀도 해주셨다.

그렇게 며칠을 서울에서 보내고 돌아가셨다. 그러곤 이내 〈서울에서의 일들이 추억의 명화의 한 장면처럼 아직도 눈앞에 어른거린다〉는 소년 같은 편지를 보내주셨다. 새로운 자료가 나오면 말없이 부쳐주셨다. 그때마다 자료를 싼 종이는 언제나 새 종이가 아닌 자신에게 온 봉투를 뒤집은 것이었다.

그러던 어느 날, 선생이 돌아가셨다는 연락을 받았다. 94년이었다. 갑작스런 타계였다. 얼마 전 전화를 했을 때까지도, 종합건강진단을 받았는데 안 좋은 곳이 하나도 없다면서 웃으시던 선생이었는데.

한평생 선생이 가지고 계셨던, 자기 자신 또한 가해자 일본인의 한 사람이라는 입장, 일본은 사죄하고 보상하지 않으면 안 된다는 일본인으로서의 올곧음, 인간으로서 불의와의 싸움으로 일관했던 그 뜻……. 어느 것 하나 빛나지 않는 것이 없는 선생의 생애 그 뿌리에는 또한 성서와 그리스도인으로서의 한 걸음 한 걸음이 있었다.

「맑고 때때로 흐림」은 그렇게 해서 선생과 나 사이에 이루어지기 시작한, 한일 과거사에 대한 〈이해〉의 첫걸음으로 씌어진, 작은 엽서이다. 우리와 일본 사이에 놓여진 채 메울 길 없이 지나온 50여 년의 수렁, 그 한일 과거사를 내 문학 안에서라도 어떻게든 청산하겠다는 것은, 선생을 만나면서 이루어진 〈약속〉의 하나였다. 그 약속이 이루어지는 날, 작품을 들고 선생의 묘지를 찾아가 향을 올리며 선생의 장절했던 생애를 기릴 수 있기를, 나는 요즈음 그리움 속에서 기다리고 있다.

1998년 10월
한수산

마이스터 에크하르트

MEISTER ECKHART by Gerhard Wehr

All rights reserved by the proprietor throughout the world
in the case of brief quotations embodied in critical articles or reviews.

Korean Translation Copyright ⓒ 2009 by TaraTPS ANTIQUUS, Gyeonggi-do
Copyright ⓒ 1989 by Rowohlt Taschenbuch Verlag GmbH, Reinbek bei
Hamburg
Originally published under the title MEISTER ECKHART

This Korean edition was published by arrangement with
Rowohlt Verlag GmbH, Hamburg through Bestun Korea Agency Co, Seoul

이 책의 한국어판 저작권은 베스툰 코리아 에이전시를 통해 저작권자와의 독점 계약으로 안티쿠스 출판사
에 있습니다. 저작권법에 의해 한국 내에서 보호를 받는 저작물이므로 무단 전재와 무단 복제를 금합니다.

독일 신비주의 최고의 정신

마이스터
에크하르트
MEISTER ECKHART

게르하르트 베어 지음 | 이부현 옮김

안티쿠스
ANTIQUUS

차례

들어가면서 · 7

다양한 차원의 신비주의적 경험 · 12

에크하르트 이전의 독일 신비주의 · 26

에크하르트의 생애 · 39

라틴어 작품들 · 71

독일어 작품들 · 85

논고 · 91

「영적 강화」 · 91
「신적 위로의 책」 · 102
「고귀한 사람」 · 112
「버리고 떠나 있음」 · 123

설교 · 131

에크하르트 신비주의의 주제와 내용들   134

   영혼 가운데 신의 탄생 · 134
   마리아와 마르타 · 146
   내적인 삶 · 154
   당신 자신을 경계하라 · 160
   우리는 신 가운데 죽는 것을 찬미한다 · 163
   신에게서 세계를 이해하기 · 165
   정신의 가난에 대하여 · 168

수용사 그리고 영향사   185

서양과 동양의 대화   214

오늘날의 마이스터 에크하르트   227

주석 232 연보 245 증언들 247 역자 후기 251 참고문헌 258 찾아보기 272 지은이 279 옮긴이 281

■ 일러두기

1. 외래어의 인명, 지명, 작품명 등 고유명사는 〈외래어 표기법〉을 원칙으로 삼았으나, 이미 사용에 익숙한 경우 최대한 원음에 가깝게 표기하였다.
2. 인명의 원어 표기는 찾아보기에서 일괄적으로 밝혔다.
3. 단행본을 비롯한 각종 서적류에는 겹낫표(『 』)를, 논문과 미술 작품 등에는 낫표(「 」)를 사용했다.
4. 지은이의 註는 1), 2), 3)…으로 표시하여 후주로 처리하였고, 옮긴이의 註는 별표(*)로 표시하여 각주로 처리하였다.
5. 본문에서 인용한 성경 구절은 http://info.catholic.or.kr을 따랐다.

들어가면서

　마이스터 에크하르트는 독일 신비주의의 아버지, 사상가, 교사, 설교자, 저술가, 그리고 수세기에 걸쳐 정신적인 삶의 규범을 정립한 저자로 알려져 있다. 이런 다양한 평가들로 인해 우리가 그의 삶과 작품을 어떠한 시각으로 볼 것인가, 특히 그의 작품을 어떠한 관점에서 되새겨 보아야 하는가라는 결코 쉽지 않은 문제에 부딪히게 된다.

　먼저 독일어 학자와 언어학자들은 에크하르트가 저술가로, 독일어의 대가로, 창조적인 언어학자로 기여했던 특이한 업적을 떠올릴 것이다. 그것은 바로 에크하르트가 라틴어로 표현된 중세 신학의 개념을 독일어로 탈바꿈시켰다는 점이다. 다음으로 사상사를 쓰는 사람들은 플라톤, 아리스토텔레스, 플로티노스, 오리제네스, 아우구스티누스, 디오니시우스 아레오파지타, 토마스 아퀴나스, 알베르투스 마뉴스 등 많은 사상가들이 상호관계하며 이끌어 온 서양 사유의 위대한 전통이라는 맥락에서 에크하르트를 예의 주시하면서, 당대는 물론이고 이후 수세기에 걸친 에크하르트의 수용과 영향을 추적할 것이다. 이에 더해 "독일 신비주의자"의 문학적 창조에서 비본질적인 것으로 치부될 수 없는 부분이 라틴어로 표현되었다는 점도 반드시 고려되어야 한다. 라틴어 작품이 포함되어야 에크하르트의 전모가 비로소 한눈에 들어오기 때문이다. 마지막으로 철학자와 신학자들은 에크하르트를 종교적 사상가로 읽어낼 것이다. 영혼을 돌보는 사목자이면서 인간의 지도자였던 에크하르트는 스콜라철학으로 정신적 무장을 한 채 종교적 경험들을 가르치고 설교하면서 그 당시 사람들에게 영향을 끼쳤으며, 그 영향은 오늘날까지도 지속되고 있다.

학문의 스승이면서 동시에 **삶의 스승**이었던 신비주의자 에크하르트는 우리의 실존으로 맥박 치듯 파고들기 때문에 아무리 오랜 시간이 흘러도 언제나 우리 곁에 자리 잡고 있다. 그렇다고 이러한 사실만으로 그의 광범위한 영향력이 남김없이 표현되었다고 말할 수는 없다. 신비주의는 언제나 문제가 된다. 신비주의에 대해 문제를 제기하는 사람들의 동기가 모두 다르고, 그려내는 그림들도 상이하기 마련이다. 그렇다 하더라도 에크하르트가 신비주의자라는 사실에 대해서는 이론의 여지가 없다. 또한 문제를 제기하는 어떤 사람이나 어떤 시대도 그들 자신의 고유한 근본 전제와 사전 이해를 에크하르트에게서 빌려온다는 사실을 도외시할 수 없다. 아무리 다른 해석이라 하더라도 그를 투영하고 있기 때문이다. 우리가 다소 무의식적으로 에크하르트에게서 영향을 받았다는 사실을 그의 사상을 읽는 순간 알아차리는 경우가 드물지 않다. 어떠한 전제도 없이 에크하르트에게 접근했다고 누가 말할 수 있겠는가?

수백 년이 지나면서 에크하르트에 대한 다양한 그림들이 그려졌다. 때로 지나치게 문제되는 그림들도 있었지만, 다른 시각으로 보자면 그리스도교 신비주의의 본질을 단순히 하나의 공통분모로 해석하는 것은 사실상 어렵다. 신비주의라는 말의 의미에 대해서는 과거도 그렇고 현재에도 여전히 의견이 근접하는 정도이지 하나의 의견으로 일치될 수는 없기 때문이다. 신비주의의 개념을 해명하기 위한 어떠한 노력도 결코 성공할 수 없을 것이다. 그렇다 하더라도 이런 노력이 언제나 필요한 것은 더욱 내적인 경험, 곧 신비주의적 경험에 대한 동경이 다시금 불타오르기 때문이다.

바로 이 점에서 동방종교와의 만남이 가능하게 된다. 유대교든 이슬람교든 힌두교든 또는 불교든 도교든 간에 동방종교는 나름대로 다양하고 풍부한 신비주의적 전통을 드러낸다.

적지 않은 동시대인들이 고유한 전승의 역사 안에서 신비주의적인 종교적 영성을 지니고 있는 극동과의 교류라는 우회로를 통해 이를 잘 알고 있다. 신비주의적 내면화에 대한 서양적 방법과 동양적 방법 사이에 유사성이 없는 것도 아니다. 이러한 맥락에서 특히 에크하르트의 이야기와 동양-극동의 정신이 행하는 증언을 서로 비교할 수 있다. 그리하여 단박에 양자 사이의 유사성을 느낄 수도 있을 것이다. 물론 에크하르트가 아무리 대범하게 이야기했다 하더라도, 그는 그리스도교적 전제에서만 이해되고 해석될 수 있다는 사실을 부정하기는 어렵다. 하지만 선불교주의자 스즈키 다이세쓰가 독일 도미니코회 수사 신부 에크하르트와의 만남에서 과연 어떤 경험을 했는가는 눈여겨 볼만하다. "내가 처음으로 …… 마이스터 에크하르트의 설교가 실린 어떤 소책자를 읽게 되었는데, 그의 설교들은 나를 크게 감동시켰다. 왜냐하면 나는 과거에서 현재까지 어떠한 그리스도교 사상가도 그가 설파했던 그런 대범한 사상을 품고 있으리라고는 상상조차 할 수 없었기 때문이다. 나는 어떠한 소책자에 그러한 설교가 실려 있었는지 기억할 수는 없지만, 그 안에 표현된 사상들이 불교의 생각과 너무도 가까워서 그 사상들이 불교적 사변에서 흘러나왔을 것이라고 단정했던 사실은 지금도 뚜렷하게 기억한다. 나에게 에크하르트는 범상치 않은 그리스도인으로 보인다."[1)]

에크하르트가 아무리 비범했다 하더라도 그는 여전히 한 사람의 그리스도인이다. 우리가 에크하르트의 생애와 활동을 들여다보기에 앞서 에크하르트의 사유와 설교의 정신적 원천을 확실하게 알아두는 것이 방금 언급한 "대범한 사상"이라는 점에서 많은 도움이 될 것이다. 그러므로 그리스도교 신비주의의 본질에 대해 간략하게나마 먼저 살펴보겠다.

다양한 차원의 신비주의적 경험

  엄밀하게 말해 종교적 신비주의의 본질은 일반화해서 정의할 수 없다. 이는 종교들에서 나타나는 신비주의의 본질이면서 동시에 그리스도교 신비주의의 본질에 속한다. 하지만 유감스럽게도 이로부터 흔히 말하듯이 신비주의의 본질로 오인되는 "신비주의적 몽롱함mystische Verschwommenheit"이 뒤따라 나와서는 안 된다. 마치 신비주의를 오로지 감정의 영역들에만 자리 잡고 있는 것인 양 여겨서는 안 된다. 오히려 신비주의라는 말마디로써 구체적인 경우에 생각되는 여러 가지 차원으로만 추론해 들어가는 것이 더 나을 것이다. 진지한 고찰을 통해 "신비적"이라는 말의 뜻이 불명료하거나 비현실적인 것과 완전히 다르게 사용될 수 있으리라. 요한네스 게르손(1429년 사망)은 신비주의적인 것을 천박하게 만들거나 왜곡시키는 것을 경계하기 위해 신비주의를 "신에 대한 실험적 인식 cognitio dei experimentalis"[2]이라고 불렀다. 아마도 이 말은 경험에 근거하는 신에 대한 인식과 신에 대한 깨달음을 뜻할 것이다. 따라서 신비주의는 초감각적인 경험이며, 궁극적으로 무엇이라고 규정할 수 없는 경험이다. 신비주의의 가장 내적인 핵심은 신과 인간의 살아 있는 만남, 실로 신과 인간의 합일(신비적 일치 unio mystica)로 이해될 수밖에 없다.

강도와 내용에 따라 다소 차이가 나는 이러한 내적 경험은 자연히 이를 경험한 사람 또는 이러한 경험에 사로잡힌 사람에 의해서만 입증될 따름이다. 하지만 이러한 경험은 철학적 또는 신학적 반성의 대상이 되기도 한다. 실로 이러한 일은 도처에서 다양한 방식으로 행해졌으며, 앞으로도 계속해서 행해질 것이다. 이제 좁은 의미의 신비주의와 신비적 경험을 그것의 사실성과 본래성에 있어서 신비주의 또는 신비적 경험에 대한 반성과 구별하기 위해 후자의 경우를 "신비주의학 Mystologie"이라고 부르면 좋을 것이다. 이레네 벤처럼 우리는 신비주의학이라는 말을 신비적 경험에 대한 이론적 통찰로 이해할 수 있다.[3] 따라서 저자의 고유한 경험에 전적으로 의존하지 않는 비개인적인 언표는 우선적으로 "신비주의학적 mystologisch"이라는 말로 규정된다.

알로이스 마리아 하스는 여기에 다음과 같이 덧붙인다. "신비주의적 경험의 구조에서 도출되는 범주들의 일정한 체계 속에서 이루어지는 담론과 사유 그리고 신비주의학(또는 신비주의학적 서술Mystographie) 등이 여기서 문제가 된다. 그렇다고 저자 자신이 신비주의에 대한 근원적인 경험을 반드시 가져야 할 필요는 없다. 이러한 저술의 목적은 대개 신비주의를 교육하고 신비주의로 인도하는mystagogische 데 있기 때문이다. 이러한 저술은 규범적인 그리스도교적 삶에 풍부한 의미를 부여하고, 사유의 범위 안에서 최종적인 규정을 부여하는 신비적 경험으로 우리를 인도한다."[4] 에크하르트의 신비주의적 문헌들을 포함하여 신비주의적 문헌들은 크게 보자면 신비주의학적 성격을 지닌다. 그렇다고 이러한 논의들이 신비주의적 문헌의 저자들이 신비적 경험에 사로잡혔던 사람, 신비적 경험을 수행한 사람이라는 사실을 배제하는 것은 물론 아니다. 에크하르트의 표현대로 이들은 학문의 스승일 뿐 아니라, 삶의 스승이기도 했다. 신비주의와 신비주의학을 엄밀한 의미에서 완전히 다른 영역으로 나눌 수 없다는 것이 우리 주제의 핵심이기도 하다. 서로의 영역으로 이행하는 것이 순리다. 이러한 이야기는 또한 신비적 경험으로 이끌고 인도하는 일(교육적 신비주의Mystagogie)에도 해당된다. 주제에 이끌리는 것, 적어도 신비적 경험의 "사태"에 느슨하게나마 감동받는 것 등이 비로소 그리스도교 신비주의에 지속적으로 종사하게 한다. 단지

빙엔의 힐데가르트와 그녀의 환상들, 필사본 도해, 1230년경

정보만 얻고, 사태만 알고 난 다음 곧장 다른 일로 넘어가는 사람은 신비주의적 불꽃에 감동할 수 없는 것이 당연하다. 경험이 삶이 되어야 한다.

그리스어로 눈, 귀, 입을 뜻하는 "myein"에서 나온 Mystik(신비주의)란 말은 머물러 있음과 집중에 대한 욕구와 상응한다. 이는 특이한 경험으로 이끌고 확신을 무르익게 하고, 무엇보다도 어떠한 행위도 없는 가운데 대단히 "성과 있는" 활동을 이루어낼 수 있게 하는 정신적-영적 입장이다. 이것은 에크하르트에게서 가장 명확하게 드러난다. 여전히 눈여겨보아야 하겠지만, 그는 신비주의적 침잠das mystische Innesein을 위한 노력을 스스로 배제할 수밖에 없었다. 선대나 후대의 다른 신비주의자들과 다르게 그는 예컨대 신이라는 목적 지점으로 나가는 고전적인 세 가지 여정인 정화의 단계via purgativa, 조명의 단계via illuminativa, 신과 합일의 단계via unitiva: unio mystica 등을 인정하지 않았다. 그가 볼 때, 신으로 가는 길은 길이 아니다. 신은 **어떠한 방식도 없다**weiselos. 이러한 도상에 있어서 최고의 덕목은 **버리고 떠나 있음**Abgeschiedenheit이다. 그는 「버리고 떠나 있음」이라는 논고에서 버리고 떠나 있음을 "최상의 것"으로 평가한다. "왜냐하면 버리고 떠나 있음은 영혼을 순화시키고 양심을 맑게 하며 심정에 불을 붙이고 정신을 일깨우며 열망을 촉진시키고 또한 신을 인식할 수 있게 하면서 피조물을 떠나서 신과 하나가 되게 하기 때문이다."[5]

에크하르트가 신을 만나는 도상에서든 비非-도상에서든auf dem Weg oder Nicht-Weg 간에 자신의 여태까지의 삶의 방식을 버렸다는 것은 신비주의자인 그의 특이한 삶의 입장이다. 에크하르트의 전문 용어로 말하면 이는 **그냥 내맡겨두고 두고 있음**Gelassenheit과 관계되는 이야기이다. Gelassenheit는 오늘날의 단어 의미와 분명히 다르다. 이 단어는 시종일관하는 자기 포기, 곧 (낮은) 자아의 포기라는 의미에서 버림Lassen이다. "그 때문에 우리 주님께서 다음과 같이 말씀하신다. 누구든지 나의 제자가 되고자 하는 사람은 자기 자신을 버려야 한다고."[6] 이 말은 여태까지의 본래적이지 못한 삶을 버리라는 말인 동시에 사람은 신께 자신을 맡겨야 한다는 것을 뜻한다. 이는 "당신께 우리를 온전히 맡기나이다."라는 시 구절의 의미를 떠올리게 한다.[7] 이러한 자기 자신을 버림은 엄청난 자유에 대한 경험, 즉 없이 있음Ledigsein에 근거한다. 왜냐하면 "자신을 버리고 신께 자신을 맡긴 사람, 내맡기고 있는 사람은 결코 한순간도 그가 버리고 맡긴 것을 보지 않는다. 그는 항구적이고 부동적으로 자기 자신에 불변적으로 머물러 있다. 이러한 사람만이 (본래적인 의미에서) 자신을 버리고 모든 것을 신에게 맡긴 사람이다."[8]

여기에 다른 요소도 개입하는데, 이러한 내적 경험에 참여한 사람은 경험한 것과 겪은 것을 자신만이 간직할 수 없다는 점이다. 그들은 말이나 글로 증언을 뱉어낼 수밖에 없으며, 개념적으로 파악할 수 없는 것을 나타내려고 애쓸 수밖에 없다. 그러나 이들은 모든 신비주의에서 드러내는 거의 해결할 수 없는 어떤 문제와 맞닥뜨리게 된다. 극동의 신비주의인 도가는 "아는 사람은 말하지 않는다. 말하는 사람은 모르는 사람이다."라고 말한다. 만약 사정이 그렇다면, 말할 수 없는 것을 어떻게 말할 수 있단 말인가? 근본적으로 신에 관한, 곧 이름 붙일 수 없는 것에 대한 모든 언명은 그때마다 포기해야 하며, 억지 춘향으로 기대할 뿐이며 동시에 우리가 단지 그렇게 믿을 따름인 그러한 것이 아닌가? 신에 관한 언명은 애당초 불가능하며, 신학은 그러한 불가능의 영역에 상응하려는 노력일 따름인가?[9] 그러므로 신비주의자(이 말은 그리스어 'myein'의 뜻에 따라 보면 '닫다' 또는 '침묵하다'이다.)가 만약 완전히 침묵할 수 없다면, 그는 말할 수 없는 것을 드러내기에 가장 적합한 언어를 찾아야 할 것이다. 곧 비유적 언어, 상징적 언어, 대담하게 비교하는 언어, 모순을 가진 언어(역설), 근본적으로 부정하는 부정의 언어 등을 찾아야 할 것이다. 비록 신에 대해 "최고선", "최고로 전능한 분" 등 최상급으로 말해야 한다는 생각이 우리들에게 일반적으로 통용되긴 하지만, 신비주의자들이 보기에 신에 대해 최상급으로 말하는 것은 근본적으로 인간 한계의 고양을 서술하는 것에 불과하다. 그렇기 때문에 신비주의자들은 이러한 언표 방식의 부적절함을 명백하게 의식한다. 인간이 쓰는 최상급은 "전적으로 다른 것"을 결여할 수밖에 없다.

그래서 신비적 경험을 한 사람은 역설적 언표 방식을 사용한다. 역설적 표현 방식은 "신은 비非-인식 가운데서im Nicht-erkennen 더욱더 적절하게 인식될 수 있다."라는 아우구스티누스의 말로 다소 이해될 수 있다. 토마스 아퀴나스의 "우리에게 있어서 그분이 아닌 것이 그분인 것보다 그분에 대해 더 많이 알려 준다."라는 말도 동일하다. "만약 당신이 신을 찾고자 한다면, 당신은 그분을 그 어디에서도 찾을 수 없게 될 것이다."[10]라고 에크하르트가 말할 때도 그렇다. 하지만 구체적인 행위를 요구하는 맥락에서는 역설적 언표가 유연하게 드러난다. "우리는 모든 사물에서 신을 읽어낼 수 있어야 한다. 그리고 인간의 심정은 마음속에, 그리고 온갖 노력 속에 , 그리고 사랑 속에 신을 항상 현재하도록 하는 데 익숙해져야 한다."[11]

신약성서에서 이러한 모순적인 표현들을 분명하게 인지할 수 있다. 예컨대 "제 목숨을 얻으려는 사람은 목숨을 잃고, 나 때문에 제 목숨을 잃는 사람은 목숨을 얻을 것이다."(마태오복음 10장 39절)라고 그리스도가 말했을 때 그러하다.[12] 이러한 말은 특이한 경험을 감추고 있다. 우리가 이성에 근거한 판단이나 사태에 종사하는 경우, 그것들을 지적으로 동의하는 것과 같은 방식으로 공유할 수 있는 그러한 경험이 아닌 경험을 감추고 있다. 물론 여기서도 이러한 이성주의적인 측면이 철저하게 배제되는 것은 아니다. 하지만 이성주의적인 고유한 측면이 다른 지평으로 넘어간다. 이러한 인식은 단지 머릿속에서만 맴도는 것이 아니라, "심정에im Herzen" 깃드는 것이다. 곧 인격의 중심부에 그리고 인간의 본질 깊숙이 자리하는 것이다. 인간 전체가 그러한 경험과 인식에 사로잡히는 것이다. 인간 전체가 신비적 사태를 경험하는 것이다. 이러한 경험에 비한다면, 바르게 자리 잡고, 참되게 머무르기 위한 지식에 지나지 않는 신학은 별 볼일 없게 된다. 신약성서는 완전한 "버림Lassen" 또는 그리스도를 따름에 있어 사고방식의 전환을 위한 전제를 "방향전환Metanoia", 곧 전 존재를 갖고 방향을 전환하는 것이라 한다.

그리스도교적 신비주의자는 단지 외적 방식으로만 교회 공동체에 귀속되는 것 또는 그리스도교적 사명을 오직 역사적으로 제약된 사태로, 관습이 된 사태로 그리고 말과 글과 전례로 굳어진 사태로 여기는 것 등에 만족하지 않는다. 신비주의자는 그리스도의 신비를 오늘 자각하고 그곳에서부터 삶을 영위하는 실존적인 신앙인이다. 이러한 신비는 바로 복음사가 요한이 포도나무와 그 가지의 유기적 결합의 표상(요한복음 15장)

「끌레르보의 베른하르트의 환영」, 필리피노 립피의 판화, 1486년, 바디아 피오렌티나, 플로렌츠

으로 말한 신비이다. 또는 이러한 신비는 바오로가 "이제는 내가 사는 것이 아니라 그리스도께서 내 안에 사시는 것입니다."(갈라티아서 2장 20절)라고 말한 신비이다. 요한과 바오로의 말에 따라 그리스도교 신비주의의 두 가지 근본 유형이 마련된다. 신비주의적 신심은 전례, 곧 세례와 최후 만찬의 신비적 성사 가운데서 삶을 영위한다. 신비주의적 신심은 동서양 교부들의 저서들 가운데, 곧 신비적(또는 신비주의학적) 경험을 겪은 알렉산드리아의 클레멘스, 오리제네스, 아우구스티누스, 그 밖의 동―서방 교회의 수도원 소속 교부들, 오늘에 이르기까지의 예언자적 안목을 부여받은 사람들에서 잘 나타난다. 비의적인, 곧 종교적 내적 경험에 따르는 그리스도교의 세찬 흐름의 범위는 더욱더 넓게 확산되어 오늘에 이르렀다.[13]

1세기 그리스도교 신비주의의 계보학에서 시작하는 대신 한 사람의 이름을 거론하려 한다. 그는 원래 익명이었지만, 디오니시우스 아레오파지타라 불린다.[14] 그는 "한 사람이 최고의 범위와 헤아릴 수 없는 영향에도 자신의 정체를 숨길 수 있었던 유일한 사람이다. 신학에서뿐 아니라 전 정신사에 있어서도 그러하다. 또한 보다 쉽게 믿는 시대뿐 아니라 무척 비판적인 근대에서도 그러하다. 그리고 바로 이러한 은폐를 통해 자신의 영향을 행사할 수 있었던 유일한 사람이다."[15] 디오니시우스 아레오파지타는 5세기 말에 아주 개연적이긴 하지만 시리아 어로 글을 썼던 사람으로 추정된다. 그는 위대한 알렉산드리아 사람인 오리제네스, 그리고 카파도치아 사람인 나친안스의 고레고리우스와 니싸의 고레고리우스, 또 신플라톤주의적 사고방식을 가졌던 프로클로스에게서 직접적인 영향을 강하게 받았던 신학자이다. 그는 신비주의 신학의 스승으로서 에리우제나, 파리의 생 빅톨의 후고와 생 빅톨의 리카르트, 알베르투스 마뉴스와 토마스 아퀴나스, 보나벤투라, 그리고 이들보다 후대 사람들인 뤼벡, 게르손, 쿠자누스의 니콜라우스, 십자가의 요한과 페네롱 등과 같은 스페인과 프랑스 신비주의자들에 이르기까지 많은 사람들의 사상적 전형이 된다. 현재까지도 낮게 평가하여 "가짜" 디오니시우스로 불리는 그는 사도행전(17장, 18-34장)에 따르면 바오로의 바로 옆에 서 있었던 사람의 정신적 품격을 나타내는 사도적 권위를 지닌 사람으로 이들 모두에게 각인되어 있다. 에크하르트와 타울러는 아레오파지타의 그리스도교적 신비주의 신학의 정점을 서술하고 있는 까닭에, 그들도 이미 이러한 전통의 고리에서 벗어날 수 없다. 이 익명인 사람의 유일한 작품인 『디오니시우스 전집 *Corpus Dionysiacum*』에서 원초적 그리스도교 그노시스Gnosis의 유산 및 비밀 계율과 비의적인 실행[16] 등의 자취를 찾아볼 수 있다.[17] 디오니시우스에 대한 심도 깊은 해석자인 한스 우르스 폰 발다살은 다음과 같이 말한다. "중세 사람들이 직접

감지했던 것과 같이 그의 인격과 작품의 통일성에서 엄청난 힘과 광채가 쏟아져 나왔다. …… 우리는 이러한 영성적 신학의 엄청난 힘을 부정할 수 없다. 이러한 힘은 전체적으로 볼 때, …… 아우구스티누스보다 더 강하다고 여겨진다. 우리는 이 두 사람의 성과에서부터 (13세기 전성기 스콜라철학에서의-옮긴이) 아리스토텔레스-르네상스(13세기 전성기 스콜라철학에서 아리스토텔레스의 전면적 수용을 뜻함-옮긴이)에 이르기까지의 중세의 거의 모든 철학 그리고 토마스를 훨씬 넘어서는 신학 전체가 등장했다고 볼 수 있다."[18]

그리스도교 신비주의의 문제 방식과 출현 형식은 다양하다. 요한과 특히 바오로가 "그리스도 안에 있음In-Christus-Seins"의 신비를 대표한다면, 아우구스티누스는 "편안함이 없는 심정"으로 숨 가쁘게 내달린다. 그의 "편안함이 없는 심정"이야말로 오직 "신과 영혼"의 결합으로 치닫게 한다. 반면에 구약의 아가 주석자인 끌레르보의 베른하르트는 그리스도에 대한 사랑과 정배淨配신비주의의 길을 연다. 정배신비주의는 여전히 루터의 종교개혁적 근본 주저인 『그리스도인의 자유』(1520)에서 그 출구를 찾는다.[19] 신과의 일치, 그리고 그리스도와 가까이 있기Christusnähe등은 성스러운 혼인(히에로스 가모스)과 신비적 혼인[20] 등에서 꽃 피우는가 하면, 대지와 우주 전체(떼이야르 드 샤르댕), 급기야는 오늘날의 일상의 실재들die Realitäten des heutigen Alltags(닥 하마르스크욜트, 시몬 베일)과 관계한다. 이러한 논의들은 한 시대나 특정한 의식 영역에만 국한되지 않는다. 왜냐하면 모든 사람, 모든 신앙인은 이러한 사실을 자각하고 그 가운데서, 곧 자신의 일상적 삶에 이르기까지 신비주의적 경험에 참여하게 되는 한에 있어서, 매 순간 신과 직접 결합되기 때문이다. 여기서 진지성이라는 시련이 뒤따른다. 이렇게 본다면 그리스도교의 신비주의는 결코 과거의 유산이 아니다. 우리는 오히려 "미래의 그리스도인은 신비주의자가 될 것이다."라는 칼 라너의 말을 뇌새겨야 할 것이다.

❦ 에크하르트 이전의 독일 신비주의

　12세기에서 14세기까지 유럽의 영적, 정신적 삶에 지속적으로 영향을 미쳤던 수도원이 두 곳 있다. 이는 동시대에 설립된 프란치스코회와 도미니코회이다. 아씨시의 프란치스코(1181/2-1226)는 자신의 작은 형제들Ordo Fratrum Minorum(OFM: 작은 형제회)에게 사도적 가난을 몸소 보이고, 성서에 따라 살 것을 권고했다. 이는 부에 도취되고, 절대적 권력을 쟁취하려던 로마교회 고위층의 심기를 극도로 불편하게 만들었다. 교황 요한네스 22세는 프란치스코회의 수도 규칙을 곧장 단죄하고, 그리스도와 사도들의 완전한 가난에 대한 가르침을 저주받을 이단이라고 천명했다. 스페인 사람 구즈만의 도미니쿠스(1170-1221)는 그의 주교 디에고의 지지를 받아 광범위한 전교 활동과 설교 활동을 시작했다. 이런 활동은 무엇보다도 정신적 지지를 받음으로써 막아야 할 순결파, 곧 남부 프랑스의 알비겐저들[21]과 관계가 있었다. 도미니코회의 탁발 수도원 또는 설교 형제단(Ordo Fratrum Praedicatorum, OP)은 시간이 지남에 따라 지대한 공헌을 하게 된다. 한때 사람들은 도미니코 수도회가 "주님의 개Domini canes"로 1232년부터 종교재판을 담당하게 될 것이라고는 생각조차 하지 못했다.

긍정적인 의미에서든 부정적인 의미에서든 프란치스코회와 도미니코회는 서로 경쟁하기 시작하는데, 민중설교자로서, 사목자로서 그리고 무엇보다도 설립되기 시작한 대학들에서 스콜라철학의 교사로서 라이벌이 된다.[22] 중세의 지배적인 철학적-신학적 체계는 신적 계시를 인간의 사유 수단으로 파악하려 했다. 성서 주석과 학자들의 토론에서 그렇게 하고자 했다. 양 수도원에 속하는 저명한 수사들은 스콜라철학에 척도를 제공한 학파의 거장들에 귀속된다. 예컨대 프란치스코회는 할레의 알렉산더, 보나벤투라, 둔스 스코투스 등을, 도미니코회는 알베르투스 마뉴스와 모두를 능가하는 토마스 아퀴나스 등을 사유의 척도로 삼았다.[23]

동시에 중세의 청빈운동과 함께 평신도의 의식이 그에 자극받아 되살아나기 시작한다. 세속화된 교회에 대한 비판은 이러한 움직임을 촉진하였으며, 도시의 발흥을 가능케 한 사회적 과정도 이러한 운동을 조성하는 데 일조했다. 민중계층이 확장됨에 따라 이에 속하는 성인들이 점차 늘어난다. 이들은 교양에 대한 욕구를 강하게 느끼기 시작했으며, 종교적인 교육이 새로운 문제로 떠올랐다. 십자군전쟁 때문에 과부가 된 부인들은 새로운 생활 내용을 추구하기 시작한다. "흑사병으로 인한 죽음", 전쟁과 모든 종류의 전염병 등으로 고통 받으며 교회의 가르침에 따라 "영원한 죽음"을 두려워할 수밖에 없는 농부들과 도시인들이 자신들을 괴롭히는 물음에 대한 답변을 갈구했다(에크하르트가 『신적 위로의 책』을 쓰고자 했던 동기가 결코 우연은 아니다.).

불과 몇십 년 안에 부인들이 도미니쿠스의 규칙에 따라 사는 수많은 수도원들이 새롭게 건립된다. 같은 시기에 정신적 안식처인 수도원에 도피처를 구하기 위해 부부들이 이혼하는 일도 자주 일어났다. 도미니쿠스가 활동했던 초기에 이미 혼자 사는 여자나 과부들을 위한 수도원 방식의 삶을 생각했다. 게다가 1200년경부터 1300년까지 여성들을 위한 영적 삶의 자유로운 공동체인 베기네들의 공동체에 그치지 않고, 더 나아가 남성들을 위한 베가르데들의 공동체도 성립한다. 이러한 베기네의 일원이며 저술가로 가장 유명한 사람이 막데부르크의 메흐틸다(대략 1210-1281)이다. 그녀는 독일 신비주의 최초의 저서인 『신성의 흘러넘치는 빛 *Das fließende Licht der Gottheit*』[24)]을 저작한 여류 저술가이다. 라인 지방의 베네딕토

「아씨시의 프란치스코」, 그가 살던 시대 1222년경 무명의 화가 수비아코의 작품

수녀회 소속의 빙엔의 힐데가르트(1179년 사망) 부인은 자신의 직관 내용들과 박물학적이고 의학적인 저서들을 라틴어로 쓰거나 받아쓰도록 했던 반면에, 메흐틸다는 신과의 가장 내밀한 경험을 모국어로 표현했다. 지속적으로 독일어를 사용했던 일이 바로 그리스도교 신비주의를 "독일 신비주의"로 자리 잡게 한다. 이 가운데 의식의 변화가 표출되지 않을 수 없었다. 물론 성직자들과 학자들의 라틴어 사용은 신적 예배와 상급 학교에서의 지식 전달을 위한 모범적 수단으로 기여했다. 그러나 개인적 신심과 직접적인 종교적 감정은 모국어라는 심정의 음률을 요구했다. 도미니코회원인 할레의 하인리히는 메흐틸다의 텍스트들을 수집하기 시작했다. 30년가량의 참회 생활 후에 막데부르크 출신의 베기네인 메흐틸다는 헬프타에 있는 수도원인 시토 수녀회에 받아들여진다. 여기서 그녀는 독일 신비주의 계열에 속하는 하켄보른의 메흐틸다와 헬프타의 대大 게르투르트라는 자신과 정신적으로 유사한 여성들을 만난다.

도미니코회원들은 수도원 여성들의 영적인 보살핌을 위하여 신비주의적 신심에 헌신했던 사람들이다. 이들 가운데 슈테른가센의 요한네스와 슈테른가센의 게하르트, 슈트라스부

1501년 프랑크푸르트에 있는 도미니코 수도회의 중앙 제대에 한스 홀바인이 그린 "도미니코 수도회의 계통도". 전면 오른쪽이 성 도미니쿠스, 왼쪽 아래쪽이 알베르투스 마뉴스, 그리고 위쪽 왼쪽이 하인리히 소이제(오른쪽 그림)

르크의 울리히, 그리고 무엇보다도 프라이베르크의 디이트리히(1310년 이후 사망) 등이 대표적이다. 디이트리히의 신비주의적 기록은 분실된 것으로 알려져 있다. 하지만 그는 같은 수도회 수사 신부였던 마이스터 에크하르트뿐 아니라, 요한네스 타울러에게도 영향을 미쳤다.

분명히 신비주의는 오직 역사적 지평이라는 전통적 고리에 대한 제시만으로 해명될 수는 없다. 영적인 경험과 인식은 그때마다의 자발적인 자각, 곧 외부로부터 수용될 수도 없고 외적 방식으로 주어질 수도 없는 충동에 상응하는 것이다. 신비주의적 경험은 확신되는 것이지 학교 공부를 통해 배울 수는 없다. 하지만 독일 신비주의의 전개에 광범위한 의미를 지니는 역사적 사실이 또한 존재하는 것도 사실이다.

그러나 독일에서 왜 그다지도 많은 종교적 여성 공동체가 도미니코 수도회에 맡겨졌는가, 하는 물음에 몰두했던 헤르베르트 그룬드만에 따르면 정신적-영적 속성만으로 또는 그 나라의 사회적 구조만으로 설명될 수는 없다. "도미니코회의 신학과 사목, 민족언어로 하는 설교, 여성들의 신심, 그리고 13-14세기의 종교적 운동에서의 독일의 독특한 지위 등의 결합이 비로소 '독일 신비주의'의 성립을 위한 전제를 만들었다."[25] 그리고 도미니코 남자 수도회가 여자 수도회와 분가를 하고 난 후에도, 1267년 교황 클레멘스 4세는 남자 수도원의 교수들과 영적 지도자들이 여자 수도원의 영적 사목을 전담하도록 결정했다. 이로부터 중세 후기의 종교적 문화가 엄청난 득을 보게 되었다는 것은 분명하다. 에크하르트의 저작과 타울러의 저작뿐 아니라, 소이제의 저작도 모두가 여자 수도원의 영적 사목 때문에 가능했던 것이다. 독일 신비주의는 이로부터 고유한 생명을 얻게 된다. 비록 에크하르트가 보여준 것처럼 스콜라적 사유와 신비적 직관 및 신비주의적 강화들이 서로 완전히 분리된 것은 아니지만 말이다.

그러한 분리를 인정하면서도 스콜라철학과 에크하르트의 관계가 미미하다고 여긴 오토 카러는 다음과 같이 사실을 환기시킨다. "비록 이 양 측면이 서로 접점을 갖지 않는 것은 아니지만 이중적 노선으로 독일 신비주의는 전개된다. 한편으로는 철학적 신비주의(사변적으로 사유하는 신비주의)이면서도, 다른 한편으로는 정배신비주의(사랑하고 실천하는 신비주의)이다. 이러한 구분은 본질적으로 상이한 영적 속성 때문이기도 하지만, 상이한 문화적 풍토 때문이기도 하다. 전자는 신에 대한 학문Gotteswissenschaft이라는 교부들의 철학과 스콜라철학적 전통에 발을 딛고, 독일 땅에 이러한 종교적, 학적 전통을 심화 전개시키고 적용시키는 일을 했다. 이에 비해 후자는 그 고유한 속성에 따라, 수녀들의 소명을 돕기 위해 일상적으로 행하던 합창 기도, 성인전 읽기, 영적 사목자 및 수녀들 상호간의 교류 등에 영향을 받았다."[26]

참으로 종교적 신비주의가 개인의 경험, 곧 개인의 영혼의 근저에 수용되는 경험에 근거한다면, 독일 신비주의는 이를 넘어서 인간관계의 중요성을 드러낸다. 독일 신비주의는 상호 대화하는 상황을 제외하고는 생각할 수도 없다. 이러한 상호 교류는 한편으로 설교자와 그 청중들, 영적 사목자와 정신적으로 그를 따르는 사람들 사이의 관계에서 발생하지만, 다른 한편으로는 "신앙을 바탕으로 하는 우정Gottesfreundschaft"이라는 관계 장 때문이기도 하다.[27] 개인적 만남이나 서신 교환에 의한 접촉을 통해 정신적인 결속을 다졌던 남자들과 여자들이 바로 그러했다.[28] 지리학적으로 보면 스위스의 라인 강 상류에서부터 네덜란드의 문턱에 이르는 라인 지방 전체가 "독일 신비주의가 가장 왕성하게 열매 맺던 지역"(W. 욀)이다. 그리고 네덜란드는 예나 지금이나 그 수장을 마이스터 에크하르트라고 할 수 있는 독일 신비주의의 확산 영역으로 확실히 간주된다.[29]

이로써 바오로와 요한 등의 복음을 바탕으로 하는 원초적 그리스도교 신비주의의 원천을 그 시발점으로 삼는 한편, 그리스도교 이전의 그리스적 신비적 지혜와 철학의 유입을 맛본 사람이기도 한 에크하르트는 널리 확산되는 전통의 흐름 속으로 들어선다. 이 흐름은 종교적 경험과 철학적 사변이 나름대

화형당하는 얀 후스

로의 방식으로 섞여 있다. 이러한 종합적 과정은 가장 내밀한 신 체험, 곧 영혼의 근저에 신의 탄생을 민족 언어로 재조직해야 한다는—그것이 에크하르트에서처럼 사유적 명석성을 위한 노력과 관계되는 것이든, 메흐틸다와 그 밖의 부인들의 정배신비주의에서 보이는 것처럼 신심 깊은 느낌의 작열에 관계하는 것이든 간에—요구의 성립 때문에 전개 발전의 중요한 국면을 두루 거치게 된다. 신비주의의 독일적 적용을 통해 열리는 지평은 의미심장한 것이다. 그리하여 쿠르트 루는 독일 신비주의에 대해 다음과 같이 말한다. "독일어로 말해졌다는 것, 소위 자유롭게 되었다는 것, 성직자의 위엄 있고 고풍스런 모자가 벗겨졌다는 것 등이 독일 신비주의의 보편적 유산이며, 민족 형성의 요인이기도 하다."[30] 여기에 다음과 같은 말이 첨가되어야 한다. 올바른 신앙을 교회의 입장에서 규정하는 감독자들이 앞서 말한 것처럼, 그들의 고풍스럽고 위엄 있는 모자가 '벗겨졌다'는 것을 눈치 채자마자, 종교재판관들의 공격이 곧바로 시작되었다라고. 신비주의적 신 체험과 그것이 가톨릭교회의 도그마에서 어긋났다는 의심은 거의 하나의 사실로 여겨졌다. 교회가 단정斷定한 신비주의자, 이들 가운데 독일 신비주의의 대표자들마저도 시달리지 않은 사람이 없었다. 우리는 하드베이흐 수녀 또는 얀 판 뤼스브렉을 생각하지 않을 수 없다. 그리고 베기네인 마르게리트 포레트는 1310년

1월 1일 파리의 화형식 장작 더미위에 오를 수밖에 없었다. 따라서 이보다 후에 있은 에크하르트의 이단 판정도 예외일 수 없었다.

신비주의에 대한 부인들의 높은 참여도가 독일 신비주의의 특수한 징표로 확정되어야 한다.[31] 이에 따라 알로이스 M. 하스는 다음과 같이 개관한다. "우선 전통적 수도원 안에 있는 부인들, 또한 그 다음으로 사회학적으로 그 숫자나 규모를 파악하기 어려운 교회 바깥의 평신도들의 모임과 소위 베기네라 불리는 종교적인 평신도 단체에 속하는 부인들은 젊은 처녀 마리아의 모범에 따라, 그리고 가난의 정신에 따라 본래적인 그리스교인의 삶을 살고자 했다. 이들은 이미 12세기와 13세기에 궁정문학을 결정적으로 이루었다. 부인들은 14세기에 다시금 수용할 수 있는 범위를 훨씬 넘어, 도미니코회 신비주의의 대담한 사변에 결정적으로 참여했다. 이들 부인들이 없었다면 독일 신비주의의 엄청난 영성적 충동은, 비록 완전히 소멸되었다고 할 수는 없다 할지라도, 적어도 이렇게 큰 영향력을 미칠 수는 없었다고 말할 수밖에 없을 것이다."[32]

에크하르트는 자신의 설교에 대해 "만약 아무도 없다면, 나는 이 헌금상자에 대고 설교할 수밖에 없었을 것이다."[33]라고 한 번 말했다. 물론 신비주의적 엄격주의도 이를 행할 수 있겠지만, 영성적 경험으로 들어서는 것(교육적 신비주의)은 지도 받고자 하는 사람을 필요로 한다. 설교자는 청중을 필요로 한다. 시시때때로 에크하르트의 설교를 받아 적었던 무명의 여성 청중들이 없었다면, 독일 신비주의에 대한 에크하르트의 기여 역시 우리가 알기 어려웠을 것이다.

에크하르트가 역사의 무대에 등장했을 때, 이미 그리스도교 신비주의라는 정원에는 꽃이 만개해 있었다. 유사한 것은 유사한 것을 만난다. 하지만 또한 고유한 것도 독자적인 것을 만난다. 에크하르트도 자신이 오랫동안 뻗어 내려온 전통에 충실해야 한다는 사실을 잘 알고 있었다. 그는 전통을 신봉한다고 밝히기도 했다. 그가 열심히 끌어대는 대가들의 수많은 인용이 이러한 사실을 말해 준다. 하지만 그는 부분적으로 이들에 호응하면서도 부분적으로는 "그러나 나는 당신들에게 다음과 같이 말한다!"고 명백하게 표현함으로써 자신의 독자적인 생각을 펼친다. 중세적 언명과 증언이라는 합창에 기인하는 새로운 톤이 끊임없이 흐른다. 수백 년을 넘어서.

에크하르트의 생애

사람은 '그의 업적으로 평가받는다.' 또는 '그의 사람됨은 자신이 한 일에서 완전히 드러나는 법이다.' 라는 명언은 마이스터 에크하르트에게 매우 적절한 말이다. 따라서 흔히 그렇게 하듯이 의미심장한 인물의 삶에 관한 자료를 갖고 그를 알고자 하는 사람은 독일의 신비주의자 에크하르트를 이해하기 힘들다. 왜냐하면 에크하르트의 전기에 대한 확실한 자료가 거의 남아 있지 않기 때문이다. 우리는 추론에 근거하여 그의 생애를 짐작할 수밖에 없다. 부활절이었던 1294년 4월 18일 이전의 그의 삶을 증명하는 어떤 문서나 자료도 없다. 최초의 전기적 언명은 이미 생의 중반에 도달한 수도자 신분과 관계된 자료다. 이 자료는 파리 대학의 신학과 명제집 강사인 수사 에크하르트와 관계있다. 영혼의 가장 내밀한 곳에서의 신의 탄생에 대한 후기 에크하르트의 설교들에는 인간 에크하르트의 외적인 삶에 대한 자료들이 거의 나오지 않는다. 오늘날의 연구가 처한 상황은 방대한 문헌의 유고들이 적어도 부분적으로 구비하고 있는 전기적 오리엔테이션을 제공하는 정도에 지나지 않는다. 물론 에크하르트의 출생 연도와 사망 연도도 정확하게 입증되지 않았다.[34]

에크하르트는 1260년경 호흐하임에서 태어났다. 호흐하임은 고타에서 그리 멀지 않는 튀링겐 지역의 한 장소로 여겨진다. 그러나 동시에 에어푸르트에도 이러한 이름의 마을이 있었다는 사실을 눈여겨보아야 한다. 우리는 에크하르트에 대해 "호흐하임 출신의 에크하르트Echardus de Hochheim"라고 언급한 파리 시절의 설교에 대한 각주에서만 이러한 사실을 알 따름이다. 따라서 "호흐하임 출신"이라는 말이 장소를 뜻하는지 아니면 사람의 이름을 뜻하는지는 명백하다. 에크하르트가 기사 혈통이라는 가정도 논박의 여지가 있다. 하지만 그가 튀링겐 출신이라는 것은 확실하다. 그러나 우리가 그를 기사 혈통이라고 가정할 때, 우리는 그가 토지 귀족으로서 재산을 관리하고 사냥을 하고 말을 타고 창을 겨루고 전투에서는 최고의 봉건영주인 왕을 위하여 종군을 수행하는 대신에, 어떤 연유로 수도원에 들어가 수도자가 되도록 그 또는 그의 가족들이 마음먹었는지는 알 수가 없다. 에크하르트가 태어났을 무

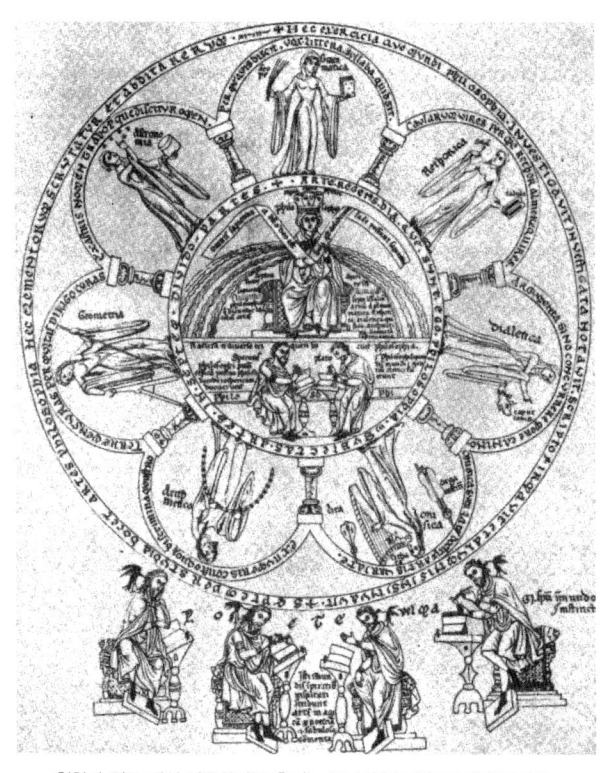

철학과 일곱 개의 자유학과로 출처는 12세기 란트베르크의 헤라드의
『환희의 동산』

렵, 소위 1256년에서 1273년까지 신성로마 제국의 "황제가 없는, 경악의 시기"가 지속되었다. 이 시기에 황제권과 교황권이 다시 싸우고 있었다. 호엔슈타우펜 왕가의 혈통이 몰락한다. 만프레드는 1266년 베네벤트의 전투에서 전사한다. 그리고 나폴리에서 사형집행인의 손도끼에 콘라딘의 목이 날아간다(1268년). 그러나 뒤이어 서양 교회사를 양단하는 또 하나의 사건이 기다리고 있었으니 1309년과 1377년 사이에 아비뇽에 거주하여 이제껏 볼 수 없었던 규모의 회계제국Finanzimperium을 구축한 교황들의 "바빌로니아 유배"이다.*

---

*신성로마제국(800-1806)은 처음에는 프랑크족 황제가, 나중에는 독일인 황제가 통치했다. 황제가 독자적 권한을 갖지는 못했지만, 교황권의 보호자라는 이념을 통해 유럽 그리스도교 세계에서 우월한 지위를 차지했다. 원래 신성로마제국은 황제권과 교황권의 두 축으로 이루어진 일종의 신성정체神聖政體였지만, 성직자 임명권을 둘러싼 대립과 투쟁으로 말미암아 교황권(성권聖權)과 황제권(속권俗權)이 대립하게 된다. 양 진영은 단순히 교권과 속권의 분리만을 주장하는 것이 아니라, 두 권한을 다 가진다고 각각 주장했다.

카롤링거 왕조에 이은 독일인 황제의 자리는 작센 왕조, 잘리어 왕조, 호엔슈타우펜 왕조를 거치면서 약간의 변동은 있었지만, 계속 유지되었다. 독일 슈바벤의 호족 호엔슈타우펜 가문의 이름은 가문을 시작한 프리드리히가 슈바벤에 축조한 슈타우펜 성城에서 비롯되었다. 독일 왕이면서 신성로마제국의 황제였던 프리드리히 2세(1208-1250)의 뒤를 이은 콘라트 4세가 독일 왕위를 계승했으나 이탈리아 원정 중 죽자, 독일 국내는 영방領邦 제후의 세력이 강해져서 경악의 시기라 불리는 대공위大空位 시대(1256-1273), 즉 독일의 황제가 제대로 추대되지 않아 황제의 자리가 공백의 상태로 있던 시기에 돌입한다. 그리고 그의 아들 콘라딘이 시칠리아 왕위 회복에 실패해 처형됨으로써 1268년 호엔슈타우펜 왕조의 혈통은 단절된다.

호엔슈타우펜 왕조의 마지막 혈손인 콘라딘(콘라트 5세: 1252-1268)은 자신이 슈바벤의 공작이면서 동시에 로마 왕이며 시칠리아의 왕위 계승권자라고 주장한다. 그러나 1258년 프리드리히 2세의 서자였던 삼촌 만프레드(대략 1232-1266)가 시칠리아의 왕위를 찬탈하여 1258년부터 1266년까지 실질적인 왕으로 군림한다. 하지만 교황 인노첸시오 3세는 황제권을 주장하는 호엔슈타우펜 왕가의 위험에서 벗어나려고 남부 이탈리아와 시칠리아, 그리고 나폴리를 교황의 봉토로 지정하여 프랑스의 앙주의 샤를에게 양도했다. 따라서 만프레드는 앙주의 샤를과 전쟁을 치를 수밖에 없는 처지가 되었으며, 1266년 나폴리 북동쪽에 있는 베네벤트에서 전사한다. 이에 당황한 교황 반대파들인 기벨린들이 샤를로부터 시칠리아를 탈환하기 위해 콘라딘을 이탈리아로 불러들인다. 1267년 출정하여 1268년에 의기양양하게 로마에 입성했으나, 그해 8월 23일 탈리아코초에서 샤를의 군대에 패하여, 나폴리에서 재판을 받고 교회와 국왕에 대한 반역죄로 사형을 선고받고 장터에서 참수당한다. 이로써 호엔슈타우펜 왕가는 비극적인 종말을 고하면서 황제권은 참혹하게 파괴되고 말았다.

이런 결과는 교황권에도 타격을 입힌다. 교황권은 특수 이해를 갖고 일어서던 민족 국가들에 대항할 지원군을 잃게 된다. 서구 공동체가 해체되고 프랑스가 유럽에서 가장 강한 세력으로 등장한다. 교황 보니파시오 8세(1294-1303)는 다시 신정 정치적인 서구의 세계국가를 꿈꾸지만, 프랑스의 필립 4세(1285-1314)에 의해 수포로 돌아간다. 이후 프랑스 왕권에 의해 많은 프랑스인이 추기경이 되었을 뿐 아니라, 교황들도 프랑스인이 맡았다. 클레멘스 5세는 로마로 가지 않고, 리옹에서 착좌식을 거행하고 프랑스에 머물렀다. 그는 잠시 주저했지만, 1309년 아비뇽에 자신의 거처를 정한다. 처음에는 일시적으로 머물 생각이었으나, 이후 필립 4세의 압력 때문에 아비뇽을 떠나지 못했다. 역사가들은 이를 이스라엘인의 바빌로니아 유배 사건(BC. 597-538)에 비유하여, 교황들의 아비뇽 유배(1309-1378) 또는 교황들의 바빌로니아 유배라 부른다. 이에 아비뇽 교황청은 현격한 수입 감소에 대한 대안 및 현물 경제에서 화폐 경제로 이행하던 시점에 적응하기 위해 재정 조치를 한다. 교황청이 공납금과 조세를 올리고자 개발한 새로운 수단과 방법은 불안과 격분을 불러일으키기에 충분했다. 성직 매매, 관면 · 특권 · 은전에 대한 수수료, 성직자의 유산 계승 때의 헌납금, 이미 끝나버린 십자군세 등을 징계와 파문의 위협으로 예외 없이 징수하였으며, 이는 교황청에 대한 불만을 증대시켰다. 이를 빗대어 사람들은 교황청을 회계 제국이라 불렀다. 아비뇽의 유배는 전반적으로 교황권에 막대한 손해를 입혔으며, 마침내 16세기 종교개혁이라는 결과를 가져오게 된다.

청년 에크하르트는 에어푸르트에 있는 도미니코 수도원에 입회한다. 이러한 사실은 그의 초기 작품 『영적 강화*Die rede der underscheidunge*』(현대 독일어로는 Reden der Unterweisung) 에서 알 수 있다. 이 작품의 비망록에는 다음과 같이 쓰여 있다. "이는 튀링겐 관구의 관구장 대리이며, 에어푸르트 수도원의 원장인 설교 수도원의 수사 에크하르트가 저녁 식사 이후의 가르치는 자리에서 나란히 앉아 그에게 많은 것에 대해 물음을 던진 젊은 수사들과 나누었던 영적 강화이다." 이 내용은 1298년 또는 그 무렵에 기록되었을 것이다. 1229년 이후로 에어푸르트에는 도미니코 수도원이 있었다. 왜냐하면 이 해에 마인츠의 주교 지그프리트 3세가 에어푸르트의 성 바오로 성당 근처에 있는 설교 수도자의 경당을 축성했기 때문이다. 에크하르트는 젊은 나이에 수도원에 입회했음이 틀림없다. 왜냐하면 그가 17세로 추정되는 1277년에 소위 자유학과의 학생으로 파리에 머물렀음을 우리가 알 수 있기 때문이다. 이러한 "자유학과"는 미래의 신학자가 거쳐야 할 철학을 근간으로 한다. 이러한 자유학과의 입문 과정은 "3분과Trivium"인데 이 과정에서 학생들은 "형식에 관계하는 학과들"인 문법, 수사학, 변증론 등을 배운다. 특히 문법에서는 라틴어 저술가에 대한 더 깊은 이해를 도모하면서 특히 베르길리우스를 읽는다. 수사학은 공무에 해당하는 문구들을 작성하는 데 필요한 것을 배운다. 변증론은 박식한 토론, 곧 논쟁을 위해 배운다. 그리고 이러한 3분과에 이어 4개의 "내용과 관계하는 학과들"로 구성된 4분과로 수학, 천문학, 음악, 기하학 등이 전개된다.[35)]

많은 교회 사람들이 세속 문화의 유산이 신학과 경건성이 가르치는 구원의 지식에 방해가 된다고 보았던 것은 의심의 여지가 없다. 예를 들면 신비주의자 끌레르보의 베른하르트(1090-1153)는 자유학과를 전혀 알지 못하는 아주 많은 사람들이 지복을 누렸다고 생각했다. 반면에 그의 동시대인이며 호전적이고 논쟁적인 스콜라철학자 뻬트루스 아벨라르두스(1145년 사망)는 어떠한 지식의 영역도 성직자에게 금지되어서는 안 된다고 확신했다. 두 개의 탁발 수도회인 프란치스코회와 도미니코회 또한 이러한 노선을 지지했다. 바로 이들 두 개의 수도회를 통해 파리는 유럽에서 철학과 신학의 중심이 될 수 있었다. 사람들이 파리 대학을 로베르트 소르본에 따라 16세기 이래 소르본느라 불렀는데, 이 소르본느에서 한때 프란치스코회 신비주의자 보나벤투라(1274년 사망), 그리고 두 사람의 주요한 도미니코회 인물인 알베르투스 마뉴스(1280년 사망)와 토마스 아퀴나스(1274년 사망)가 가르쳤다. 따라서 청년 에크하르트는 자신이 속한 수도원의 유명한 선배 수사들의 족적을 밟을 수 있었다. 이는 그가 두드러지게 보였다는 것을 뜻한다. 왜냐하면 대학 기구는 하나의 수도원 관구에서 단 두 명의 수사만이 7분과에서 공부할 수 있도록 허용했기 때문이다. 도미니코 수사들이 거주하는 집인 성 자크는 소르보느 건너편에 자리 잡고 있었다. 에크하르트 또한 거기에 기숙했다.

에크하르트는 1280년 무렵에 본격적으로 신학 공부를 시작한다. 이 무렵 수도원 장상은 신학 공부를 위해 에크하르트를 쾰른에 있는 수도원 학교로 소환한다. 알베르투스는 여기서 오랫동안 가르쳤지만 에크하르트는 더 이상 알베르투스에게 배울 수가 없었다. 왜냐하면 "보편 박사"인 알베르투스가 1280년 11월 12일에 사망했기 때문이다. 에크하르트는 1293년 혹은 1294년에 강사로 위촉되어 두 번째로 파리에 파견된다. 이러한 사실은 그의 학업 정진에 대한 장상들의 인정으로 여겨질 수 있다. 그는 이제 학사가 되었다. 이러한 최초의 학문적 성취는 페트루스 롬바르두스(1160년 사망)의 명제집에 대한 강의를 가능하게 했다. 교의 신학에 대한 롬바르두스의 스콜라적인 기초 개론서에서는 반성과 경건성, 이성과 신비가 균형을 이룬다. 전반적으로 말하자면 "스콜라주의와 신비주의는 서로 대립하는 것이 아니라 서로 관계를 맺고 있는 항이다. …… 신비주의는 스콜라주의를 통해 근거 지워진 신앙 공동체의 교리를 내면화하고 고양하고자 한다. 스콜라주의의 자리는 강단이다. 스콜라주의는 가르치고 배울 수 있다. 따라서 비인격적이고 납득 가능한 형식 또한 논리적 연습과 형이상학적인 교설이 우선하는 곳이다. 반면에 신비주의는 고요한 수도원 골방에서 자라난다. 신비주의는 영혼이 신과 단 둘이 대화하는 것이다. 초자연적인 능력들로 수태된 사유, 의지 그리고 감정은 가능한 한 가장 내적이고 가장 은밀한 방식으로 신과 접촉하려 한다. 따라서 근원적이고 인격적인 것에 대한 매혹이 신비주의의 고유한 영역이다. 그리하여 신비주의에서 심리학적 계기가 전면에 나선다." 이상은 마르틴 그라프만의 설명이다.[36] 철학적 추구와 신비적 내면화의 이러한 상호 귀속성이 에크하르트에 자리 잡고 있다. 스콜라철학자는 신비주의자와 대립하는 사람이 아니다.

에크하르트는 1년가량 강사직을 수행하고 파리에서 돌아온다. 추정하건대 그 당시 독일 도미니코회 관구의 관구장이었던 프라이베르크의 디이트리히가 35세도 되지 않은 에크하르트를 자신의 직무 대리로 기용하기 위해 튀링겐으로 불렀던 것 같다. 동시에 에크하르트는 에어푸르트 수도원의 원장직도 떠맡게 된다. 이러한 사실은 앞에서 이미 언급한 『영적 강화』에 대한 수고에 나오는 이야기이다. 에어푸르트로의 소환은 에크하르트에 있어서 중년 무렵의 삶의 전환을 뜻한다. 그는 오랫동안의 공부와 신학 강사를 지낸 후, 이제 사목자와 지도자로서 에어푸르트 수도원장이 되었다. 수도원에서 원장이란 직책은 수사들을 가르치고 인도하는 일을 도맡는다. 동시에 에크하르트는 튀링겐 관구의 대리로서 외부에 있는 수사들을 방문하고 상담하기 위해 수많은 곳을 여행해야 했을 것이다. 『영적 강화』에서 수사들의 영적 삶을 전진시키는 것이 의무인 영적 지도자가 열변을 토한다. 그 당시의 "설교 수사, 탁발 수사들에게 수도원 생활은 손쉬운 단순 생활이 결코 아니었다. 재산을 모두 버리고 청빈을 실천하려는 프란치스코회와 도미니코회의 운동은 오늘날 우리가 상상하는 것과 달리, 이들 수사들이 수도원 담장 안에서 평화롭고 안전하게 살도록 내버려 두지 않았다. 무엇보다 삶의 방식인 청빈은 실천하기가 어려웠다. 탁발 수도회의 역사, 특히 프란치스코회의 역사는 이러한 사실을 몸서리치게 잘 드러낸다. 수도원의 계율은 그 의미를 인식하고 인정하는 사람만이 견딜 수 있는 무거운 짐이었다. 에크하르트의 '강화Reden'는 이러한 상황으로 파고들어 말하고 있다."[37]

저녁을 먹고 식탁에서 행해지는 강의collationes와 강화에서 에크하르트는 맨 먼저 예로부터 수행되어 오던 순종의 계율을 상기시킨다. 그는 인간의 활동과 (신적) 존재의 관계에 대한 물음을 구명한다. "우리는 성스러움을 행위Tun 위에 기초 지우려고 생각하지 말아야 한다. 오히려 우리는 성스러움을 존재Sein 위에 기초 지워야 한다. 왜냐하면 활동이 우리를 성스럽게 하는 것이 아니라, 우리가 활동을 성스럽게 해야 하기 때문이다. 비록 활동이 성스러운 것이라 하더라도, 활동은 우리를 전적으로 그리고 전혀 성스럽게 하지 않는다. 그것이 활동인 한에서 그럴 수밖에 없다. 오히려 우리가 성스러울 뿐 아니라, 존재를 갖는 한, 그만큼 우리는 우리의 모든 활동을 성스럽게 한다. 그것이 먹는 것이든, 자는 것이든, (철야 기도을 위해) 깨어 있는 것이든 또는 그것이 무엇이든지 간에 관계없이 그러하다."[38] "이런 일이 어떻게 일어날 수 있습니까?" "우리가 수도자로서 또는 전적으로 단순하게 그리스도 신자로서 세상의 일상적인 삶에서 조용한 곳으로 물러나야만 하지 않겠습니까?"라고 젊은 수사들이 물었을 것이다. 에크하르트는 다음과 같이 충고한다. "인간은 모든 것에서 신을 볼 수 있어야 한다. 인간의 마음은 항상 신을 현재하는 분으로 마음속에 갖는 것에 익숙해져야 한다. 투쟁 속에서도 사랑 속에서도 그러해야 한다. 당신이 교회나 기도실에 있을 때, 당신이 신에게 얼마나 향하고 있는지 주목해 보라. 그리고 이와 똑같은 마음이 지속되도록 하라. 또한 이 마음을 군중 가운데로, 불안정 가운데로, 또한 고르지 못한 날들에게로 똑같이 가져가라."[39]

에크하르트는 에어푸르트의 수도원장과 관구장 대리라는 이중 직책을 수행하였기에 불안정한 일상적 삶을 살 수 밖에 없었다. 1298년 메츠에서 개최된 수도원 총회에서 겸직에 대한 규정이 폐기되었고, 그로부터 얼마 지나지 않아 에크하르트는 에어푸르트 수도원장이라는 직책에서는 풀려나게 된다. 그러나 얼마 지나지 않아 새로운 파견 결정이 내려진다. 1302년 수도원 지도부는 그를 세 번째로 파리로 소환한다. 다시금 그는 1년가량 그곳에 머물게 된다. 이제 그는 "거룩한 신학의 스승Magister sacrae theologiae"으로 승진한다. 이제 그는 수사 에크하르트에서 "마이스터 에크하르트Meister Eckhart"가 되었다. 이 말은 신학 교수 에크하르트라는 뜻이다. 그는 파리에서 성서 주석의 임무를 떠맡게 된다. 1303년 에어푸르트로 돌아오자, 광범위하고 실천적인 과제들이 그의 40대를 기다리고 있었다. 에어푸르트에서 열린 수도원 장상회의는 마이스터를 새롭게 건립된 삭소니아 관구의 관구장으로 선정한다. 삭소니아 관구는 비록 에어푸르트에 본부를 두고 있기는 하지만, 거대한 지역을 관할하고 있었다. 그 지역은 스트랄순트와 함부르크 북부에서부터 네덜란드에 이르기까지 뻗어 있었다. 더 나아가서 브라운슈바이크, 도르트문트, 그로닝겐 등에서 새롭게 설립되어 확장 중에 있는 47개의 수도원을 지니고 있는 마르크 브란덴부르크, 작센, 베스트팔렌 등이 여기에 속한다. 여기에다 도미니코회의 규칙을 준수하는 수많은 수녀원이 에크하르트의 관할 영역에 속했다. 이 기간 동안 에크하르트가 떠맡은 책임의 양은 상당했다. 각각의 수도원에 대한 감독에다가 수도원 관구 내의 상이한 지역들에서 해마다 관구 총회를 소집해야 했다.

　관구의 수장이었던 에크하르트는 여기서 더 나아가 수도원 전체의 총회에도 참석해야 했다. 예컨대 1304년의 툴루즈, 1307년의 슈트라스부르크, 1310년의 피아첸짜 등의 총회에 참석해야 했다. 이런 장거리 여행은 모든 이동 수단을 포기한 몇 주간의 도보 여행을 뜻하는 것이었다. 이러한 일을 지탱하기 위해 육체적인 건강이 요구되었다. 따라서 안정된 철학적 또는 신학적 연구에 대해서는 한동안 언급이 전혀 없다. 우리는 에크하르트라는 인물에 대해서 그다지 아는 것이 없다. 하지만 그가 임무를 수행하기 위해 최선을 다했음은 틀림없다. 왜냐하면 슈트라스부르크에서의 수도원 총회에서 그가 총장 대리로 선택되었기 때문이다. 따라서 그는 수도원 총장 대리로서 피아첸짜의 아이메리히의 입장에 서게 된다. 남부 독일 도미니코회는 1310년 스파이어에서 그를 또다시 토이토니아 관구의 관구장으로 선임한다. 그런데 1311년 나폴리의 총회에서는 이 선임을 인준하지 않는다. 직무의 중복에 따른 것이라기보다는 오히려 에크하르트의 파리 소환 때문이었다.

　프란치스코회와 도미니코회 사이의 경합이 시작되었던 것이다. 특별히 유능한 스승을 초빙해 대학을 주도하기 위해 지도부는 다시금 에크하르트에게 교수직을 맡기며 파리로 부른다. 두 번씩이나 대학에 초빙하는 것이 아주 드문 일이라는 사실을 감안한다면, 이러한 소환은 에크하르트의 탁월성을 나타내는 것이다. 우리는 수도원 장상이 두 번이나 강의를 위해 1269-1272년 사이에 소르본느로 파견한 토마스 아퀴나스의 수준에 해당하는 인격을 그에게서 볼 수 있다. 에크하르트가 두 번째 교수직을 수행 중이던 1311-1313년(이 연대는 대단히 개연적임) 사이에 중요한 작품이 탄생하는데 조각글로 남아 있는 『삼부작Opus tripartium』이 바로 그것이다. 이 책은 신구약 성서에 대한 일련의 성서 주석을 통해 확장된다.

네 번째 파리 체류 기간이 얼마였는지 정확하게 알 수는 없다. 단지 우리가 확정할 수 있는 것은 사람들이 1314년과 1322년 사이에 에크하르트를 슈트라스부르크에서 만났다는 사실이다. 그는 거기서 한편으로는 수도원 총장인 란도라스, 곧 헤르베우스 나탈리스의 베렌갈의 총대리로 활약했다. 이와 함께 그의 실천적 활동 범위가 남부 독일의 토이토니아 관구로 이동하게 된다. 라인 강 상류에 있는 도미니코 수도원과 수녀원이 마이스터가 설교하고 사목하던 주요 지역이었다. 이는 스콜라적인, 곧 대학 강단의 신학이 이제는 실천적 영성으로 바뀌었다는 것을 뜻한다. 이러한 변환 과정은 언어 사용에 이르기까지 영향을 미칠 수밖에 없었다. 강단 신학에는 입문도 하지 않았지만, 신비 체험으로 나아가고자 하는 수사들과 수녀들에게 성서 말씀은 즉각적이고도 가장 내적으로 경험될 수 있는 방식으로 지도될 수밖에 없었던 것이다. 에크하르트는 설교 중의 하나를 다음과 같이 끝맺는다. "우리가 날마다 내적으로 있을 수 있도록, 그리고 이성의 시대와 지혜의 날과 의로움의 날과 지복의 날에 내적으로 있을 수 있도록 성부와 성자와 성령이 우리를 도우소서. 아멘."[40]

에크하르트 설교의 대부분이 슈트라스부르크 시대에 행해졌다는 것은 확실하다. 이들 가운데서 유명한 것으로 『고귀한 사람』[41]이라는 설교가 있으며, 『신직 위로의 책』[42]이라는 논고가 있다. 슈트라스부르크 사람 요한네스 타울러(1300-1361)와 콘스탄쯔 출신 하인리히 소이제(약 1295-1366)라는 두 명의 젊은 도미니코회 수사가 위대한 스승 에크하르트에게서 최초의 영향을 받았을 것이다. 왜냐하면 에크하르트가 슈트라스부르크의 도미니코 수도원 학교를 이끌었을 것이라 추정되기 때문이다. 에크하르트가 관장하는 지역의 수많은 수녀원에서의 신비주의적 삶이 의심할 바 없이 독일 신비주의의 전개 발전에 결정적인 견인차 역할을 한다.[43] 고향 관구 삭소니아에는 단지 9개의 여자 수도원이 있었던 반면에, 남부 독일의 알레마니아에는 65개의 여자 수도원이 있었다. 수녀들의 삶과 그들이 본 환영을 기록한 수많은 "수녀들의 책Schwesternbüchern"에서 우리는 금욕과 헌신적 신심에 의해 각인된 도미니코회 수녀들의 영성에 관한 것을 알 수 있다. 예를 들면 콜마르에 자리 잡고 있는 유명한 수도원 운터린덴의 영성에 대해 알 수 있다. (오늘날 콜마르는 그에 못지않게 유명한 마티아스 그륀네바르트가 그린 이젠하이머 제단이 자리 잡고 있다.) 더 나아가 묀찌겐의 안나의 기록을 소장하고 있는 프라이부르크의 아델하우젠 수도원들이 있다. 하인리히 소이제의 영적 딸인 엘스베스 슈타겔은 빈터투르에 있는 퇴스 수도원 수녀들의 영적 삶을 기록했다. 도미니코회 수녀들과 함께 하는 더 많은 수도원들이 쮜리히의 외텐바흐에도 있었다. 그리고 이러한 수도원들이 라인 강 상류의 디센호펜 근처에 있는 카타린넨탈과 그 밖의 남부 독일 지역에도 있었다. 이곳에서 여성들은 일상적인 의무 이외에도 엄격한 금욕을 통해 수난 받는 그리스도와 같아지려고 노력했다. 그리고 신비주의의 궁극 목표인 신비적 일치unio mystica에 도달하려고 무척 노력했다. 우리가 수녀들의 이런 줄기찬 노력과 추구되어야 할 어떤 방식도 없이 신과 접촉해야 한다는 에크하르트의 말을 비교해 볼 수 있다. 그럴 때 우리는 마이스터가 그리스도와 가까워지려는 이러한 수녀들의 열정적인 추구에 대해 수정을 가하면서 많은 말을 했음을 알 수 있을 것이다. 우리가 보듯이 설교들은 이러한 사실을 각 경우마다 보여 줄 것이다.

   때로는 열광적으로 존경받고, 많은 동료들에게 절대적으로 주목받았던 마이스터의 이러한 설교는 다음과 같이 요약될 수 있다. "에크하르트의 압도적이고 매혹적인 슈트라스부르크 시대의 독일어 설교들은 대부분 신비적 정신과 삶의 배양지이며 중심지였던 라인 강 상류의 수많은 여자 수도원에서 행해진 것이 확실하다. 그리고 애초에 말했던 설교를 여자 청중들이 충분히 이해하고 받아 적었거나 아니면 제대로 이해하지 못하면서 받아 적었을 것이다. 그래서 그의 슈트라스부르크 설교의 대부분은 오해와 모든 종류의 개악과 빈틈과 덧붙임으로 점철되어 있다." 에크하르트의 편집에 큰 공헌을 한 요셉 퀸트는 이러한 맥락에서 다음과 같이 말한다. "우리는 단지 이러한 사본만 갖고 있을 따름이다! 우리에게 전해 내려오는 것은 사본들이다. 그 사본들도 대개는 에크하르트Eckehart[44]의 사후 100년 이후에나 모습을 드러낸 것이다. 얼마나 많은 글들이 중간 중간 사라져 버렸는지에 대해서는 알 길이 없다. 본래 말해진 에크하르트의 말이 의도적이든 그렇지 않든 간에 복사를 통해 얼마나 왜곡되었는지 우리는 알 수가 없다."[45] 이 말은 수고들을 확실하게 비교 검토하여 "본래의 에크하르트"를 오늘날의 독자에게 가져다 주고자 하는 텍스트 비평가 퀸트의 한탄이다.

우리가 본 것과 같이 에크하르트의 활동은 대학 생활과 실천적 사목자, 곧 사람을 인도하는 생활 사이를 오가면서 전개된다. 60세가 되었을 때 그는 또다시 수도원의 부름을 받는다.

이번에는 쾰른에 있는 수도원 학교를 맡게 된다. 30여 명의 학생이 그에게 위탁된 것으로 추정된다. 이들 학생은 상이한 수도원 관구에서 그곳으로 파견된 학생들이었다. 이들 가운데 폴란드 관구, 헝가리 관구, 영국 관구에서 파견되어 온 학생들도 있었다. 따라서 그의 활동 반경은 대단히 넓은 것이었다. 수도원 학교의 책임자에게 박학한 신학자인 슈트라스부르크의 니콜라우스가 강사로 배속되었다. 그는 토이토니아 관구에 있는 수도원 총장의 총대리이면서 동시에 에크하르트의 감사관이었다. 따라서 그는 올바른 신앙 도리의 고수를 관장했다.

그 당시 정통성의 시비 문제는 뜨거운 문제 가운데 하나였다. 각자에게 고유한 종교적 경험, 신과 영적인 직접적 관계에 대한 동경은 컸다. 이에 상응하여 교리의 수호자인 교회의 눈과 귀는 날카롭게 변했다. 신이 직접 무엇을 행하는 것이 인간에게 내적으로 가장 확실하다는 사상이 범람하지 않도록 교회의 눈과 귀는 위협을 가해야 했다. 유럽에 이단의 유령이 떠돌고 있다! 그리하여 이단 재판관이 무자비하게 단죄를 선언하곤 했다. 에크하르트는 무엇보다도 마르게리트 포레트의 화형 소식을 들었음이 틀림없다. 화형식은 그가 네 번째로 파리에 체류하기 직전에 집행되었다. 그는 이 여인의 사랑의 신비주의Liebesmystik를 잊지 않고 기억했다.[46] 그 이후로 오랫동안 베기네와 베가르데는 이단 혐의를 벗어나지 못한다.[47] 급기야

"자유로운 정신과 자발적 가난의 형제자매들Brüder und Schwestern des freien Geistes und der freiwilligen Armut"이라 자칭하는 이들이 박해를 받게 된다. 정통 신앙을 고수하는 사람들과 이단자들을 잇는 교량이 무너져 내렸다. 슈트라스부르크의 설교자 에크하르트는 이미 이러한 문제를 자신의 고유한 직관적 느낌으로 알아차렸음이 틀림없다. 왜냐하면 1317년 8월에 슈트라스부르크의 주교 요한 1세는 이러한 급진적인 베가르데들을 재판에 회부했기 때문이다. 그는 라인 강변의 도시 슈트라스부르크에 거주하는 수많은 베기네들을 무차별적으로 교회의 관례 아래 종속시킬 것을 명했다.[48] 아무튼 베기네들이 거주하는 집이 슈트라스부르크에만 85채로 추정된다. 상황이 이렇게 돌아가다 보니, 그렇게도 유명한 설교자이면서 교수였던 에크하르트가 구설수에 휘말렸을 것이라는 사실은 쉽게 짐작할 수 있다. 그가 널리 알려지고 실로 유명해질 수 있었던 그러한 대담한 말들을 자신의 강화에서 내뱉어 왔기 때문이다. 그러나 일단 수도원 학교에서 행한 전문적인 강의는 그렇다 치더라도, 무엇보다도 그는 신학적 교양이 전혀 없는 민중들을 향하여 민족 언어인 독일어로 설교를 했기 때문에 혐의를 자초하게 된다.

미묘하고 어려운 문제를 배우지 못한 사람들에 행하지 말아야 한다고 그를 비난한 사람들에게 그는 『신적 위로의 책』에서 노골적으로 다음과 같이 답변한다. "만약 배우지 못한 사람들을 가르치지 않아야 한다면, 어느 누구도 결코 배우지 못하게 될 것이다. 어느 누구도 결코 가르치거나 쓸 수 없게 될 것이다. 따라서 배우지 못한 사람이 배운 사람이 되게 하려고 우리는 배우지 못한 사람들을 가르치는 것이다. 만약 새로운 것이 없다면, 낡은 것도 있을 수 없을 것이다. '건강한 이들에게는 의사가 필요하지 않다.'(루카복음 5장 31절)고 우리 주님이 말씀하셨다. 의사는 병든 사람을 건강하게 만들기 위해 존재한다." 오해의 가능성에 관한 한, 에크하르트는 전혀 걱정하지 않았다. 그는 악의 없는 자신의 의도에 대해 전적으로 신뢰하고 있었기에 다음과 같이 덧붙였다. "만약 이 말을 똑바로 이해하지 못하는 사람이 있다 하더라도, 올바른 말을 올바르게 표현하는 사람이 그 때문에 무엇을 할 수 있겠는가. …… 사랑으로 가득하신 자비로운 하느님, 진리 자체시여, 나와 이 책을 읽게 될 사람들이 진리를 자신 가운데서 발견하고 자각할 수 있도록 도우소서. 아멘."[49] 이로써 에크하르트의 입장과 판단 근거가 오해될 수 없을 정도로 분명하게 정의된다. 그의 입장과 판단 근거는 오직 우리 가운데 찾아질 수 있고 자각될 수 있는 신에 근거를 두는 진리이다. 이것이 의심의 여지없이 무모할 정도로 대담한 그의 입장이다. 하지만 이단을 사냥하는 교회의 제재 기관에 개인이 얼마나 버틸 것인가는 여전히 문제로 남는다.

  에크하르트가 쾰른에서 라틴어로 가르치고 강의할 때조차도, 이단이 아닌가 하는 의심의 눈초리가 그를 따라 붙었다. 그를 이단이라고 선동할 필요도 없이, 독일어로 된 위험한 문장들을 그의 설교에 이리저리 다시금 덧붙이기만 하면 그를 이단으로 몰기에 충분했다. 사실 마음에 가득 찬 것을 입으로 말하기 마련이다! 1304년 이래 쾰른의 대주교 하인리히 2세의 교구인 쾰른 교구에서는 이러한 분위기가 팽배했다. 대주교는 동시대인의 이단 운동의 흔적을 열정적으로 추적했다. 그는 1326년에 마이스터 에크하르트에 대한 이단 심문을 개시했다. 그는 도미니코회의 전통 깊은 수도원 학교의 저명한 지도자에 대해 어떠한 관용도 베풀지 않았다. 프란치스코회와 경합해야 한다는 측면에서 어떠한 음모가 작용하지 않았는가? 그러나 그렇게 해야 할 이유나 동기를 엄밀하게 밝힐 수는 없다. 아무튼 신비주의적이고자 스스로 노력하는 사람들은 이단 혐의에 항상 노출될 수밖에 없었다. 하지만 이번의 경우는 "중세의 저명한 신학자이며 수도자에 대한 최초이며 유일한 이단 심문"(J. 코흐)이 전개된다. 경험칙에 따르면 그 "거룩한 이단 심문Heiligen Inquisition"의 그물망에 일단 걸려들면 그 누구도 빠져나갈 수 없었다. 대주교의 주도 아래 쾰른 교구 당국이 얼마나 철저하게 이런 일을 했는지는 1326년에 시행된 처형 사건들이 입증해 준다. 이때 "자유로운 정신"의 형제자매들의 파별에 속하는 수많은 베가르데들이 화형당하거나 라인 강에 수장당했다. 주지할 것은 이러한 사건들과 유사한 시기에 에크하르트가 고발당했다는 점이다.

그럼에도 수도원은 유명한 동료 에크하르트에 대한 공격을 막으려고 노력했다(곰곰이 생각해 보면 이런 일은 에크하르트의 협력자들에 의해 추구되기는 했지만, 수도원 총장이나 수도원 지도부의 변호에 대해서는 어떠한 것도 알려져 있지 않다). 변호의 방책은 쾰른 수도원 학교의 강사인 슈트라스부르크의 니콜라우스가 심문에 있어 주도권을 행사하도록 하는 것이었다. 도미니코회 수도원 총장의 대리이며 감사관의 소임을 맡은 그는 자신의 입장에서 대주교의 이단 심문에 앞서서 에크하르트의 신앙에 대한 정통성을 검토한다. 이러한 수도원 내부의 검토는 에크하르트 신앙의 정통성을 명백하게 확증했다. 하지만 심문관들은 이에 전혀 동요하지 않는다. 니콜라우스는 후에 이에 상응하여 자신에게 내려진 징계 절차를 감수해야 했다. 고발자는 그를 이단 심문의 방해자로 보았던 것이다. 이단 심문은 쾰른에서 착수되었다. 마침내 에크하르트의 인간성이 겉으로 분명하게 드러난다. 물론 재판 기록과 그와 결부된 부수적 자료의 근거 위에서만 드러나게 되지만.

에크하르트의 이단 심문이 전개되는 상황은 피고소인에게

그다지 유리하지 않았다. 두 명의 프란치스코회 신부가 고소인의 측면에서 역할을 담당했다. 좋게 생각해서 이들로부터 불리한 자료들이 제시되지 않았을 것이라 하더라도, 여전히 프란치스코회와 도미니코회 사이의 경쟁 관계가 에크하르트에게 유리하게 작용하지는 않았을 것이다. 그러나 이보다 한층 더 불리한 사안은 두 명의 쾰른 동료 수사인 수모의 헤르만과 니데켄의 빌헬름이 고소인의 증인으로 나섰다는 점이다. 당대 동료들의 증언에 따르면 이 두 사람은 "나쁘고 위험한 패거리"가 확실했다. 니데켄의 빌헬름은 이단 고소장을 "임의로 발굴한 자료를 갖고 확장"(쿠르트 루) 시키기까지 했다. 수도원 지도부는 공식적으로 침묵했다. 실로 수도원 지도부는 "판결에 따라 아주 위대한 아들 가운데 하나인 에크하르트에게 거리를 두었다. 그런 점에서 에크하르트의 저서들을 수도원의 저서 목록에 편입시키지 않았다."[50] "에크하르트의 삶을 아는 어느 누구도 그의 신앙과 거룩한 삶의 여정에 대해 의심할 수 없을 것이다."라고 단언한 도미니코 수도원 총대리 포단스의 게하르트의 말에 무게가 전연 실리지 못했다.

심문관이 문제 삼은 것은 텍스트였다. 자세히 말하자면 전체 맥락과 무관한 "개개의 문장"들이다. 사본에 포함되어 있는 쾰른의 2개의 심리조사 자료에 따르면, 에크하르트의 말과 글에서 100개 이상의 문장이 이단적이거나 이단의 혐의가 있다고 진술되어 있다. 이러한 목적으로 쾰른 당국은 4개 내지 5개의 목록을 작성했다. 49개의 문장(항목)이 라틴어 작품, 『신적 위로의 책』과 독일어 설교들에서 이단 혐의가 있는 것으로 발췌되었다. 나머지 59개의 항목이 독일어 설교들에서 이단 혐의가 있는 것으로 발췌되었다. 그리하여 쾰른에서 총 108개의 항목이 이단 혐의가 있는 것으로 작성되었다.

에크하르트는 이에 대해 자신의 입장을 표명할 기회를 가졌다. 그는 놀라운 자기의식을 갖고 이를 행했다. 이런 한에서 그는 고소인과 그 동조자들의 죄를 물었다. 1880년 소에스트 시립도서관에서 발견된 그의 「변론서」[51]에는 다음과 같이 적혀 있다. "우리 수도원에서 부여한 자유와 권리에 따르면 나는 당신들 앞에 모습을 드러낼 의무도 없으며, 나에 대해 제기된 비난에 대해 답변할 의무도 없다. 무엇보다도 나는 결코 이단의 죄를 범한 적이 없기 때문이다. 더불어 소환에 응할 이유도 없다. 이에 대해서는 나의 삶 전체와 나의 가르침이 입증할 것이다. 따라서 나는 수도원이 자리 잡고 있는 전 지역에 있는 두 혈통의 민족과 수도원 전체의 나의 동료 수사들의 견해와 일치한다. 여기서 두 번째로 다음의 것이 밝혀지는데, 이는 곧 쾰른의 대주교이며 존경하는 아버지(신이 그의 삶을 지켜주시기를)에게서 당신들이 부여받은 사명이 어떠한 정당성도 없다는 것이다. 그러한 사명은 중상모략, 사악한 뿌리와 또한 사악한 나무에서 유래한 것이다. 만약 내가 민족에 대해 보다 적은 소명의식을 지녔더라면 그리고 정의에 대해 더 적은 열의를 가졌다면, 나를 시기하는 사람들에 의해 이와 같은 일이 일어나지 않았을 것이다. 하지만 이를 참고 견디려 한다. 왜냐하면 '의로움 때문에 고통 받는 사람은 복되기' 때문이다. 사도 바오로의 말에 따르면 '신은 받아들인 모든 아들을 단련시키는 법이다.' 따라서 나는 시편의 말을 갖고 정당하게 '나는 단련 중에 있다.' 라고 말한다."[54]

에크하르트는 자신이 재판정에 설 이유가 없다는 견해에도 불구하고, 스스로 암시하고 있듯이 책임을 다하지 않는다는 인상을 잠재우기 위해 재판정에 선다. 그의「변론서」는 내용적인 측면에서 보면 학문적인 가치가 높다. 오늘날의 에크하르트 연구를 위해서 적잖은 가치를 지닌다. 왜냐하면「변론서」는 에크하르트의 각각의 저서들과 설교들의 원본성을 확정하는 중요한 거점이 되기 때문이다.

고발장에서 "복된 책Liber benedictus"이라고 부른『신적 위로의 책』에서도 이와 같은 자신의 입장을 밝히고 있다. 그리고『창세기 주석』에서 발췌되어 단죄 받은 명제들에 관해서도 "비록 많은 것이 통상적이지 않고 애매할 수 있다 하더라도, 그 안에 있는 모든 것이 참"이라고 그는 강조한다. 그가『신적 위로의 책』말미에서 "우리는 위대하고 높은 것에 대하여 위대하고 높은 의미를 갖고 말해야 한다. 그리고 숭고한 영혼을 갖고 말해야 한다."고 철학자 세네카의 말을 인용하여 확언할 때도 이러한 애매함에 대해 이미 고백하고 있다.[53] 거기에 나오는 에크하르트의 확신에 따르면, 배우지 못한 사람을 제외해서는 안 된다는 것이다. 그들이야말로 정신적 강화를 필요로 한다는 것이다. 또한 여기서 오해를 불러일으킬 수 있는 위험이 어떠한 장애 요인이 되어서는 안 된다는 것이다. 왜냐하면 그에게 궁극적으로 항상 중요한 것은 건강하고 경건한 심정을 지닌 사람이 신의 사랑으로 불타오르도록 그에게 신앙의 신비를 제공해야 하기 때문이다. 여기서 자신의 일을 이와 같이 확신하는 피고소인은 그 앞에 제시된 이러저러한 발췌 문장들이 "의미 없고, 애매하고, 혼란스럽고 동시에 몽롱하다는 것"을 배제하려 하지 않는다. 에크하르트가 이러한 점을 그 작품에 있어 가장 의미심장하면서 앞으로 말해져야 할 설교 2번(예수가 어떠한 성으로 들어가셨다.……)[54]의 한 군데와 관계시키고 있다는 것은 주목할 만하다. 하지만 고소인들의 근본 문제와 함께 에크하르트 신비주의의 근본 문제가 여기서 분명히 고려되어야 한다. 왜냐하면 사람들이 듣고 받아쓴 글에서 유래하는 의심스러운 텍스트를 라틴어로 번역했기 때문이다. 피고소인은 여기서 다음과 같은 딜레마에 봉착하게 된다. 한편으로 그것이 자신의 글임을 확실히 인정하지 않을 수 없고, 다른 한편으로 가르치는 교회의 언어로 부득이하게 짤막하게 제시된 글 자체를 더 이상 긍정할 수도 없는 딜레마인 것이다.

설교자로서 그리고 신학 교수로서 완전히 복권되는 것이 관건이었던 에크하르트는 소송 과정이 속개되기를 원했다. 게다가 그는 이미 60대 중반이 되었다. 따라서 그는 1327년 1월 24일에 자신이 속한 수도회 출신의 문제 많은 고소인들의 말을 믿으려는 쾰른의 심문 재판관들에게서 물러나, 아비뇽에 거주하던 교황 요한네스 22세에게 항소했다. 이리히어 그는 80세가 넘은 백발의 노인에게 자신을 떠맡기게 된다. 그 노인은 세속적 사치로 둘러싸인 의기양양한 교회의 대표자였을 뿐 아니라, 이단 투쟁자로서 이름을 날렸다. 에크하르트의 신뢰는 그 신뢰의 근거보다도 더 컸던 것이다.

또한 에크하르트는 일요일에 자신의 설교를 듣는 사람들에게 답변해야 한다고 생각했다. 그래서 그해 2월 23일, 그는 자신의 해명을 기다리던 대중들에게 입을 연다. 쾰른에 있는 도미니코 수도원 교회에서 그는 동료 수사 할버슈타트의 콘라트로 하여금 독일어와 라틴어로 해명서를 읽게 한다. 거기서 자신의 입장이 항상 어떠했는지가 나온다. 자신의 입장에 대한 공개적인 해명은 여러 가지 이유에서 필요한 것이었다. 예컨대 도미니코 수도원 학교의 교수가 이단 재판의 피고소인이 되어 자신의 강의를 잃어버리고 말았다는 사실을 널리 알릴 필요가 있었다. 강의를 빼앗긴 지 1년이 흐르고 말았다. 해명서는 다음과 같이 전개된다. "거룩한 신학의 박사인 나, 마이스터 에크하르트가 신을 증인으로 삼아 모든 사람 앞에서 무엇보다도 내가 신앙에서의 모든 오류와 인생의 여정에서의 모든 잘못을 가능한 한 피하려고 했음을 밝히고자 한다. 왜냐하면 이러한 종류의 오류들은 나의 학문적 위상과 수도자의 위상에 위배되는 것이기 때문이다. 그렇기 때문에 이러한 관점에서 어떤 오류가 발견된다면 그것이 사적이든 공적이든, 어디서든 언제이든, 직접적이든 간접적이든 간에, 그것이 나쁜 의도나 왜곡된 의미의 것이 아니라 하더라도, 내가 쓴 것, 내가 말한 것 또는 내가 설교한 것을 취소한다. 나는 이 자리에서 당신들 모두와 현재 여기 모인 모든 사람들 앞에서 이를 공개적으로 취소한다. 왜냐하면 나는 지금부터 이를 말하지 않은 것으로 또는 쓰지 않은 것으로 간주하고자 하기 때문이다. 특히 사람들이 나를 그릇되게 이해하고 있는 것에 대해서도 듣고 있기 때문이다. ……"

과연 이러한 해명이 재판에 긍정적인 영향을 미칠 수 있을 것인지는 대단히 의심스럽다. 오히려 이러한 사전의 취소 발의는 고소인이 자신의 목적을 위해 이용할 수도 있는 범죄의 시인과도 같은 것이 아니겠는가? 요셉 코흐는 "대중으로의 도주"에 대해 언급한다. 그는 이러한 에크하르트의 표현을 "재판의 전 과정을 통해 가장 고통스러운 기록"이라고 부른다. 에크하르트는 말할 나위 없이 위대한 설교자이며, 인간의 지도자이다. 왜냐하면 그는 재판정에서 자신의 변호를 위해 다른 사람의 지지를 필요로 했을 터인데 그렇게 하지 않았으니 말이다. 예를 들면 그의 독일어 설교를 청중들이 얼마나 오해하였단 말인가. 그는 이어서 다음과 같이 말한다. "어떤 것Ein Etwas이 영혼 가운데 있다. 만약 영혼 전체가 그러하다면, 영혼은 그 어떤 것 때문에 창조된 것이 아니라고 나타낼 수도 있을 것이다. 참으로 영혼이 그 본질에 따라 지성Intellekt인 한에 있어서 나는 이를 나의 동료인 박사들과 견지하고 있다. 내가 기억하는 한 영혼의 한 부분에 해당하는 창조되지 않은 어떤 것이 영혼 가운데 있다고 말한 적도 없고, 또한 그러한 생각을 한 적도 없다. 왜냐하면 만약 그러하다면, 영혼은 창조된 것과 창조되지 않은 것으로 구성되어 있는 그런 것이 되기 때문이다. 오히려 나는 그 반대를 쓰고 가르쳤다. 만약 누군가가 창조되지 않은 것은 즉자대자적으로 창조하는 것an und für sich erschaffen이 아니라, 오히려 덧붙여 창조된 것hinzugeschaffen을 의미하는 것이라고 해명하지 않는다면 말이다. ……" 스콜라신학의 교육을 받지 않은 설교를 듣는 대중에게 이러한 이야기는 전적으로 소화하기 힘든 것은 아니라 하더라도, 알아듣기 어려운 것은 분명하다. 에크하르트는 이어서 다음과 같이 말한다. "모든 이러한 정정을 제외하고, 나는 내가 (시초에) 말한 것과 같이 어떠한 건전한 의미가 전혀 없다고 전달될 수도 있는 모든 것을 수정하고 취소한다. 나는 일반적으로나 개별적으로 그리고 그것이 도움이 되는 때라면 언제나 그러한 것 모두를 취소하고 수정할 것이다."[55] 전반적으로 설득력이 떨어지는 이러한 문장들은 아무튼 마이스터의 자기의식이나 입지를 강화시키거나 혹은 고소 논의를 심문관들의 손에서 내려놓게 하기에 적합하지 않았다.

재판의 진행 과정은 고발자의 입지를 강화하는 쪽으로 진행되었다. 에크하르트는 교황에게 항소한 것이 아무런 근거 없이 기각되는 것을 받아들여야 했다. 그에게는 오직 아비뇽의 관헌들 앞에 모습을 드러내는 것만이 허용되었다. 67세 또는 68세나 되는 노인에게 남부 프랑스 지역으로의 여행은 대단히 힘들었다. 그는 그곳에서 돌아오지 못했다. 추기경들과 신학자들로 구성된 위원회는 쾰른에서 넘긴 자료들을 아비뇽에서 다시 검토했다. 에크하르트의 생애와 작품을 논의한 것이 아니라, 발췌된 문장들을 전반적 맥락에 대한 고려 없이 통상의 교회 가르침에 따라 심의했다. 라인 강과 론 강 주위에 살았던 관헌들이 형식적-법적으로 매끄럽게 작업을 했다고 인정하더라도, 재판의 부정적 진행 과정은 피할 수 없었다. 재판의 결과는 약간의 수정을 제외하고는 애초부터 확정되어 있었던 것이다. 발췌된 항목들의 수가 변경되었다. 원래 108개였던 항목 가운데 28개만 남게 되었다. 그리고 또한 28개 항목 가운데 17개 항목만이 명백하게 이단적이며 교회의 도그마와 융합할 수 없는 것이라고 천명되었다. 나머지 11개의 항목은 "이단 혐의가 있는" "너무 대담하고" "위험스러운" 항목으로 보인다고 규정되었다.

1329년 3월 27일에 84세의 교황 요한네스 22세는 이와 관련된 단죄 칙서인 「수님의 밭에서In agro dominico」에 서명했다. 거기서 다음과 같이 말한다. "이 시대, 독일 출신의 설교 수도회 소속의 성서 박사이며 교수인 에크하르트라는 이름을 가진 어떤 한 사람이 필요 이상으로 많이 알고자 했기에 신앙의 신중함과 기준을 벗어났음을 우리는 고통스럽게 공지한다. 그 까닭에 그는 청중들로 하여금 진리에서 돌아서 허구로 향하게 했다. 법도를 벗어난 이 사람은, 진리의 빛 대신에 감각의 어둡고 가증스러운 어두움을 확산시키기 위해 자주 빛의 천사로 모습을 바꾸는 마귀에 꾐에 빠져, 신앙의 밝은 진리에 반하여 교회의 밭에 가시덤불과 잡초를 뿌리고 열심히 물을 줌으로써 해로운 엉겅퀴와 독기서린 가시덤불을 키우기 위해, 많은 사람의 마음에 깃든 참된 신앙을 오염시키는 수많은 가르침을 수행했다. 무엇보다도 그는 소박한 사람들 앞에서 그 가르침을 자신의 설교를 통해 가르쳤다. 그뿐 아니라 그 가르

침을 저술하기도 했다. ……"⁵⁶⁾

이로써 아비뇽을 경유한 로마는 다시 한 번 다음과 같이 말한다. 이 사건은 공식적인 단죄 공시를 통해 "종결되었다." 이단 심문 재판의 의도에 따라 에크하르트에게는 진리에서 등을 돌리게 하는 자, 마귀의 꾐에 빠진 자, 법도를 벗어난 자, 소박한 사람을 그릇되게 인도하는 자라는 꼬리표만 남게 되었다. 호의를 갖고 이야기한 대목은 오직 다음뿐이다. "에크하르트는 생의 말년에 가톨릭의 신앙을 고백하면서 그가 설교했다고 자백한 앞의 항목들을 취소하거나 포기했다. ……"⁵⁷⁾

소위 단죄 칙서에서 진술된 에크하르트의 "생의 말년"의 취소 행위를 액면 그대로 받아들일 수는 없다. 하지만 확실한 것은 (에크하르트가 이 문서를 보기 전에 사망했기 때문에- 옮긴이) 그가 이러한 단죄 공시를 더는 볼 수 없었다는 사실이다. 이 문서가 쾰른의 대주교에게 도착하기 이미 수개월 전에 작성되었음이 분명하기 때문에, 우리는 에크하르트가 1328년 봄 무렵에 죽었다고 추정한다. 아마 사망 장소는 아비뇽일 것이다. 하지만 우리가 이 사실을 확신할 수는 없다.

라틴어 작품들

에크하르트의 삶과 그 진행 과정에서 알 수 있듯이 그의 철학적-신학적 연구와 그의 최초의 교수 활동의 주요 부분이 설교자와 사목자로서의 활동보다 선행한다. 이번 장은 에크하르트가 자신의 생의 중반인 1294년경 수도원이 있는 고향 에어푸르트로 되돌아왔을 시점까지를 다룬다. 그는 도미니코 수도원에서 관할 지역의 지도자 역할을 떠맡게 된다. 이런 사실에서 이미 에크하르트의 창작 활동은 라틴어 작품의 통일성을 전제한다는 것이 자연스럽게 들린다. 물론 그의 라틴어 작품[58)]은 오직 두 차례의 파리 체류 시기에만 국한되는 것은 아니다. 신학 교수이며 박사인 "마이스터"라는 칭호는 생애 끝까지 에크하르트에게 남겨진 것이다. 슈트라스부르크와 쾰른에서의 강사 위촉이 이를 증명한다. 이단으로 규정된 명제들에 대한 교황의 단죄 공시 또한 확실한 증거이다.

에크하르트는 고대 철학자와 교부들(아리스토텔레스, 아우구스티누스, 보에시우스)에게 교육받은 사상가이기도 하지만, 신학자로서 자신의 고유한 소명을 지닌 사상가이기도 하다. 에크하르트는 이러한 사상가로서 구약성서와 신약성서로 향한다. 에크하르트에게 중요한 것은 캔터베리의 안셀무스의 "이성을 추구하는 신앙Fides quaerens intellectum"이라는 모토에 따라 신앙의 신비에 가능한 한 가까이 다가서기 위해 인간 이성이라는 인식 도구를 장착하는 것이었다. 스콜라철학자 안셀무스는 신앙의 요구를 다음과 같이 표현한다. "올바른 순서는 우리가 신앙의 신비를 이성으로 논의하기 이전에, 무엇보다 먼저 그리스도교 신앙의 깊이 있는 신비를 믿으라고 요구한다. 또한 이와 마찬가지로 만약 우리가 신앙 가운데서 우리가 믿고 있는 것을 이해하고자 하는 태도가 확고하지 않다면, 내가 볼 때 이는 태만이다."[59]

에크하르트는 스콜라철학의 이러한 노선을 파괴할 정도로 반反스콜라적이지는 않았다. 이로부터 라틴어로 파악된 철학적 저서들이 이미 본질적으로 신비적 실천으로 인도하는 영적인 경험에 대한 저술과 함께 묶여 있음을 우리는 예상할 수 있다. 그가 가진 저술 의도는 그리스도교적 신앙의 복음을 자연적 이성이라는 수단으로 자신은 물론이고 다른 사람에게도 해명하는 것이었다. 바로 이러한 점에서 에크하르트는 신학자이면서 철학자였다. 그에게서 가르치는 이론가(학문의 스승 Lesemeister)의 역할과 그리스도교적 경건성을 실천하는 사람(삶의 스승Lebemeister)의 역할을 분리할 수 없듯이 그에게서 "신비주의자"이면서 스콜라철학자라는 이러한 이중성은 서로 분리될 수 없다. 우리가 그의 작품을 자세히 들여다보면, 이러한 결합은 고유한 것이며 숨겨져 있지 않다는 사실을 알 수 있다. 그렇다고 이러한 결합이 언제나 명백히게 드러나는 것은 아니다. 오히려 이러한 결합은 탐구되어야 하며 무엇보다도 앞서는 에크하르트에 대한 연구 과제이다.

우리는 일단 에크하르트가 라틴어로 쓴 첫 작품 「명제집」에서 그가 사용한 철학적 기본 용어를 검토할 것이다. 그리고 이러한 기본 용어와 독일어 설교집의 주제를 비교할 것이다. 그렇게 할 때, 우리는 라틴어 작품과 독일어 작품의 차이점을 분명하게 인식할 수 있을 것이다. 에크하르트는 모두 14개의 그러한 기본 용어를 열거하면서 스콜라적 방식으로 14개의 기본 용어에 변증법적 구조를 부여한다. 그는 정립에 반정립을 부가하면서 긍정에 부정을 덧붙인 것이다.

첫 번째 논고: 존재와 존재자에 대하여, 그리고 그 대립물인 무에 대하여

두 번째 논고: 통일성과 일자에 대하여, 그리고 그 대립물인 다수에 대하여

세 번째 논고: 진리와 참된 것에 대하여, 그리고 그 대립물인 악에 대하여

네 번째 논고: 선성과 좋은 것에 대하여, 그리고 그 대립물인 악에 대하여

다섯 번째 논고: 사랑에 대하여, 그리고 그 대립물인 죄에 대하여

여섯 번째 논고: 감각적으로 좋은 것과 덕과 정의에 대하여, 그리고 그 대립물인 윤리적으로 나쁜 것과 악덕과 부정의에 대하여

일곱 번째 논고: 전체에 대하여, 그리고 그 대립물인 부분에 대하여

여덟 번째 논고: 보편적인 것과 무구별적인 것에 대하여, 그리고 그 대립물인 개별적인과 구분되는 것에 대하여

아홉 번째 논고: 더 상위의 것의 본성에 대하여, 그리고 그 대립물인 더 하위의 것의 본성에 대하여

열 번째 논고: 최초의 것에 대하여, 그리고 최후의 것에 대하여

열한 번째 논고: 이념과 근거에 대하여, 그리고 이들의 대립자들인 형상 없는 것Formlose과 결핍된 것 Beraubung에 대하여

열두 번째 논고: 그것을 통하여 어떤 것이 있게 되는 것에 대하여, 그리고 있는 어떤 것에 대하여, 앞의 것과 다른 것에 대하여

열세 번째 논고: 최고 존재인 신 자신에 대하여, 최고 존재는 있지 아니한 것Nicht-Sein 이외에 어떤 대립물을 갖지 않는다.

열네 번째 논고: 실체에 대하여, 그리고 우연성에 대하여[60]

우리가 소위 "전형적인 에크하르트의 것"으로 드러낼 수 있는 독일어 설교 작품집의 주요 사상을 『삼부작』의 일반적 서론에서는 전혀 찾아볼 수 없다. 곧 『삼부작』의 일반적 서론에 나오는 이러한 주도적인 말마디에서 버리고 떠나 있음 Abgeschiedenheit, 영혼의 근저에 신의 탄생 Geburt Gottes im Seelengrund, 또는 무제한적으로 그냥 내맡겨두고 있음 bedingungsloser Gelassenheit에 대한 요구 등을 찾아볼 수 없다. 이와 달리 『삼부작』의 일반적 서론에 나오는 이러한 주도적인 말마디는 에크하르트가 라틴어 저서에서 마이스터로서 스콜라철학의 근본 문제에 얼마만큼 강하게 종사하고 있었는가를 보여 준다. 곧 그가 존재esse와 신의 관계라는 물음에 몰두해 있었다는 것을 보여 준다. 에크하르트에 있어 중심적인 신학적-철학적 명제는 "신은 존재이다 Deus est esse." "존재는 신이다 Esse est deus." 등과 같이 이중적 형태를 지닌다. 이와 함께 형이상학적인 사변의 장이 펼쳐진다.

소위 『삼부작』에서 이러한 스콜라적인 관심이 개진된다. 하지만 부분적으로만 서술될 뿐 대부분은 기획으로만 약술된다.

『삼부작』 1부는 「명제집 Opus propositionum」이다. 그는 『삼부작』의 「명제집」 '서론'에서 이미 기술된 14개의 철학적 근본 용어들을 다루기 위해 1000개 이상의 명제들로 구성할 거라 밝혔지만 실제적인 작업은 이루어지지 않았다.

『삼부작』 2부는 「문제집Opus quaestionum」이다. 에크하르트는 '서론'에서 토마스 아퀴나스가 『신학대전』에서 취했던 것과 유사한 방식으로 자신의 소재를 배열하겠다고 밝혔지만 모든 점에서 자신의 위대한 수도원 수사인 토마스를 따라가기에는 부족했다. 어쨌든 엄밀한 의미에서 그는 토마스주의자로 간주될 수 없다.

『삼부작』 3부는 「주해집Opus expositionum」이다. 「주해집」은 성서(창세기, 탈출기, 예수 시라크, 지혜서, 요한복음) 주석과 라틴어 설교들, 라틴어 강의록 및 설교 기획 등으로 구성된다. 성서와 관련된 그의 작업 내용을 본다면 에크하르트는 성서에 대한 체계적이거나 완전한 주석을 의도하지는 않았다. 에크하르트는 성서 구절을 필요상 선택해야 할 경우, 그것의 무게 중심에 따라 그렇게 했다. 다른 한편 에크하르트의 편집자 헤리베르트 피셔는 다음과 같이 요약한다. "에크하르트의 전 저작은 하나의 유일하고 방대한 요약으로 간주되어야 하며, 그러한 요약으로 읽혀야 한다. …… 그의 요약의 원리는 한정과 절약이다. 그리고 이러한 일은 두 가지 점에서 행해진다(*LW* I,151,14; *LW* I,183,7.8; 184,12). 첫째로 단지 부분들, 개별적인 부분들, 단편들만 제시되는데(*LW* I,151), 그 밖의 다른 곳에서 이미 다룬 것은 여기서 수용되지 않고 배제된다. 기껏해야 거기에 대한 참조만 언급할 뿐이다. 반복은 피하고 그 대신 앞뒤

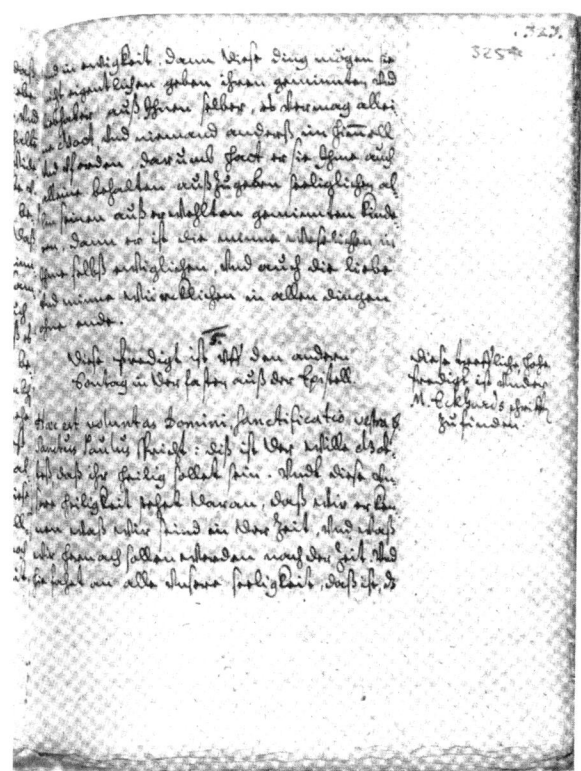

마이스터 에크하르트의 탁월하고 고귀한 설교, 17세기의 수고

부분들에 대한 참조만 덧붙여진다. 특히 「문제집」과 「주해집」에서는 '연속적 읽기lectio continua'가 아니고 비교적 매우 적은 질문과 주석에 대해 단지 선별적으로 몇몇만 다룬다. 그것도 항상 이미 다른 곳에서 서술되었다는 관점에서(*LW* I,151, 16 이하). …… 그 때문에 더불어 생각하고 더 멀리 생각하는 일은 독자의 현명함과 예리함에 떠맡겨질 수밖에 없었다."[61]

에크하르트의 라틴어 작품이 독자들에게 높은 수준의 집중력과 수용력을 요구한다는 사실은 말할 필요가 없다. 에크하르트의 난해성은 여기서 하나의 새로운 차원으로 접어든다. 라틴어 작품의 편집을 위해 열성을 다한 연구자 요셉 코흐는 라틴어 설교자 에크하르트와 관련해 다음과 같은 결론을 내린다. "에크하르트가 사태 자체와 뒤섞어서는 안 되는 수많은 각주로 가장 자리를 메운다는 것을 생각한다면, 우리가 마이스터를 제대로 해석하기 위해서는 그를 대단히 신뢰해야 한다. 나는 오랫동안 마이스터 연구에 종사했지만, 그가 쓴 모든 것을 이해한다고 주장할 수는 없다."[62] 위대하고 겸손한 이 사람의 증언이 에크하르트의 설교들과 논고들을 담고 있는 표준화된(중세 독일어에서 현대 독일어로 번역된) 텍스트를 사용하는 사람들의 의기를 꺾으려는 의도로 서술되지는 않았을 것이다. 오히려 요셉 코흐의 이러한 고백은 사려 깊고 "잠정적인" 판단을 위한 지침으로서 대단히 진지하게 수용되어야 할 것이다.

신과 인간의 관계에 있어 존재에 대한 물음이 에크하르트에게 대단히 중요한 의미를 갖는다면, 무엇보다도 라틴어 작품과 독일어 작품 사이에 가교를 놓는 것이 가능한가?라는 물음이 제기된다. 특히 라틴어 작품에서 "놓아두고 있음Lassen"과 "버리고 떠나 있음Abgeschiedenheit"을 언급할 때 더욱 그러하다. 에크하르트는 언제나 다음과 같이 반복해서 말한다. "모든 피조물은 순수한 무이다. 나는 피조물이 가치가 적다거나, 존재하는 어떤 것이라고 말하지 않고 피조물은 순수한 무라고 말한다. 존재를 갖지 않는 것이 무이다. 그런데 모든 피조물은 존재를 갖지 않는다. 왜냐하면 피조물의 존재는 신의 현재Gegenwart Gottes에 매달려 있기 때문이다. …… 모든 피조물은 신 없이는, 한 마리 모기가 신 없이 갖고 있을 수도 있는 존재보다도, 더 많이 존재를 갖지 않는다. 이는 더도 덜도 말고 꼭 들어맞는 말이다."[63] 에크하르트가 독일어 설교의 청중들에게 들려주고자 한 이러한 확정적인 말은 『삼부작』에서 신을 순수한 존재esse와 동일시하는 한, 이미 『삼부작』에서 그 토대가 마련되었다고 보인다. 단적으로 존재인 분, "최초의 형상적 현실primus actus formalis"인 분이 피조물에게 자신의 존재를 분유Anteil할 수 있도록 해 주었다. 루터의 표현대로 "오직 은총에서만" 이러한 분유는 오직 빌린 선으로 간주될 따름이다. 왜냐하면 신 없이는, 그리고 신 바깥에서는 모든 피조물이 순수한 무이기 때문이다. 따라서 만약 피조물인 인간, 영적으로 죽어 가는 인간, 곧 헛되이 자신의 자율적 "자아"를 뽐내는 인간이 에고이즘의 맹목적인 희생물이 되고자 하지 않으려면, 피조물의 날조된 자립성의 모든 형식을 근본적으로 거부하고, 궁극적으로 그것에서 떠나야 한다.

인간에서의 "영혼의 불꽃scintilla animae"의 높은 가치와 유일성에 대한 격양된 에크하르트의 모든 언명은 이러한 철학적-신학적 근저에서 이해되어야 한다는 사실이 확정되어야 한다. 이러한 "신으로부터의von Gott her" 산출이 인간에게 선천적으로 내재된 "신으로의zu Gott hin" 경향성에 대한 유일한 가능 근거이며 충동 근거이다. "신으로부터의" 산출이 아우구스티누스가 정식화했듯이(당신은 우리가 당신을 향하도록 만드셨나이다.), 신비주의적 운동에 대한 유일무이한 근거이다. 에크하르트는 창세기 주해에서 피조물의 이중적 형상을 기술하면서 이러한 전제를 인간학적으로 설명하려 했다. "모든 피조물은 두 겹의 존재를 갖는다. 하나는 …… 신의 말씀 가운데 있다. 이 존재는 확고하고 항구적인 존재이다. 그 때문에 소멸하는 것들 자체에 대한 지식이라 할지라도, 그 지식은 소멸하지 않고 확고하고 항구적이다. 왜냐하면 그 지식은 사물을 그것의 근원에서 파악하기 때문이다. 다른 하나는 사물들이 외적 현실에 있어, 그것들의 고유한 형식에 있어 갖는 존재이다. 첫 번째 존재는 사물들의 근원 덕분에 있는 존재이다. 반면에 두 번째 존재는 사물들의 고유한 형식에 의해 규정되는 존재이며 대개 변덕스럽고 소멸하는 것이다."[64] 하나에 도달하기 위해서는 탈것이 필요하다. 불변적인 존재를 확신하기 위해서는 하나의 적합한 도구, 기관이 필요하다. 그것이 사유Denken이다.

에크하르트가 얼마나 사유를 높게 평가하며 경험Erfahrung과 부합하는 사유를 얼마나 신뢰하고 있는지에 대해서는 의심의 여지가 없다.[65] 자신이 가진 지성의 모든 능력을 사유에 바치는 사람만이 "신이 그렇게 하기를 원"하는 경험에 도달할 수 있다. 더 나아가 에크하르트에게 사유는 분명히 경험에 척도를 부여하는 방식이다. 그렇다고 에크하르트가 과격한 이성적 인식에 대한 낙관주의Erkenntnisoptimismus에 기울어져 있다는 말은 아니다. 이는 무엇보다도 에크하르트가 신 경험의 관점에서 넘어설 수 없는 한계가 있음을 말하기 때문이다. 사유하면서 경험하는 자인 에크하르트가 피조물과 창조주, 아래와 위 사이의 결코 넘어설 수 없는 틈을 명백하게 자각하기 때문이다. 한마디로 말해 더 낮은 것은 더 높은 것을 파악할 수도 이해할 수도 없다.[66] 여기서 오로지 뜻하는 경험은 동일성을 전제한다. 아래로부터 도달될 수 없는 동일성을 전제한다. 동일성은 오로지 위에서 주어진다. "오직 은총에서만" 주어진다. 마이스터가 사유하고 인식하는 것의 은총을 포함하여 독일어 설교집에서 다음과 같이 말할 때, 적지 않게 구체적으로 이러한 사실을 언급하고 있다. "당신 안에 신이 작용하도록 하라. 신께 활동을 맡겨라. 그리고 신이 자연을 갖고 작용하시든 초자연적으로 작용하시든 신경 쓰지 마라. 자연과 은총 양자는 그분의 것이다. 무엇을 갖고 작용하는 것이 신에게 적합한 것인지 또는 신이 네 가운데나 다른 것 가운데 무슨 일을 하시든 그것이 네게 무슨 상관인가. 어떻게든 어디서든 또는 어떠한 양식이든 간에 신은 자신에게 적합한 방식으로 작용하신다."[67]

이렇게 하여 독일어 영역으로 들어서게 된다. 이 영역에 이르러서야 마이스터는 비로소 더욱 직접적으로, 다시 말해 무엇보다도 심정에 와 닿게 말하는 것이 가능해졌다. 그렇다고 사유의 엄밀함이 포기된 것은 아니다. 그와 반대로 경건한 신심을 갖고 있으면서도 과도한 "신비주의"에 의해 표류하게 될 위험에 처해 있는 사람들에게 명료한 해명을 제공해 주는 사상가로서의 자질을 실천적 사목자는 지녀야 한다. 그 때문에 설교자인 에크하르트는 이미 이러한 신비주의적 과잉에 열정적으로 맞선다. 왜냐하면 철학 교육을 받은 마이스터인 그가 이러저러한 경험으로 말해지는 "신"에 더 이상 머무를 수 없었기 때문이다. 동시에 에크하르트는 인간의 어떠한 표상이나 "사전 이해Vorverständniss"가 신의 성스러움을 인간 마음대로 다루고 처리하지 못하도록 더 높으면서도 더 깊게 파고들어야 했다. 에크하르트가 말하는 신의 존재는 베일을 벗은 존재이다. 모든 생각 가능한 규정에서 벗어난 신성의 존재(벌거벗은 신ipse nudus)이다. 신의 존재는 어떠한 방식도 없이 있는 순수한 존재로서, 모세스 마이모니데스에 따라 말하면 그것이 형상이든 개념이든 간에 "어떠한 겉치레도 없이 벌거벗은 존재"이다. 도미니코회 소속의 베른바르트 디이취는 여기에 다음을 덧붙였다. "그렇다면 신은 또한 손새의 원천이라고 불릴 수 있다. 만약 신이 이름들(숱한 언어의 옷들-옮긴이)로 덮여 있고 감추어져 있다면, 인간 이성은 자신과 모든 존재, 심지어는 신마저도 훌쩍 뛰어넘을 것이다. 그러나 신은 모든 규정들(하나, 셋, 속성 등)을 넘어서 있다. 심지어 신은 존재와 존재자마저 넘어선다. 왜냐하면 신은 그것의 원인이기 때문이다."[68]

가장 숭고한 노력이라 하더라도 벌거벗은 본질nuda essentia에 베일을 씌울 수 없는 한, 이러한 노력은 하나인 하나Einigen Ein를 돌파하려는 노력일 수밖에 없다. 이러한 "항상 추구하는 노력"은 라틴어 작품과 독일어 작품 사이에 중요한 꺾쇠를 서술하는 그러한 노력이다. 왜냐하면 독일어 설교자 또한 명백하게 이러한 사실을 언급하기 때문이다. 그래서 그는 독일어 설교 하나의 말미에서 일단 다음과 같이 종합하여 말한다. "신은 어떠한 방식도 속성도 없이 있는 단순한 하나이다. 그래서 신은 아버지도 아니고 아들도 아니고 성령도 아니다. …… 그래서 이것도 저것도 아닌 어떤 것이다."[69]

독일어 작품들

 "에크하르트 전부"를 배우려면 라틴어 작품을 고려해야 한다는 말은 옳다. 그러나 다른 한편 마이스터가 민족 언어로 말하고 있는 곳에서 비로소 자신의 고유한 직접성을 목표로 한다는 말도 맞다. 스콜라철학에 능통한 교수이며 신비주의적 사목자가 실로 하나의 인격 가운데 육화되어 있다. 그러나 무엇보다도 독일어 설교자가 청중과 독자를 감동시킬 수 있었다. 비록 "Mystik"이라는 말마디의 의미에 따라 침묵을 지키는 것이 신비주의적 깨달음에 대해 가장 적절한 답변이라 하더라도, 설교자는 설교하지 않을 수 없다. 설교자는 설교를 해야 한다. 왜냐하면 외부의 위임자가 그것을 그에게 요구할 뿐 아니라, 내적인 위임자가 그를 그리고 몰고 가기 때문이다. 비록 헌금상자 이외에 거기에 아무도 또 어떤 것도 없다 하더라도, 그는 설교를 해야 한다. 에크하르트 자신의 증언에 따르면 이것이 그에게 일어난 일이다.[70] 그는 사목자로서 거의 침묵을 지킬 수 없었다. 오해의 위험에도 그는 설교대나 고백실에서 자신의 입을 열어야 했다.

결정적인 것은 경험하는 자, 인식하는 자가 내적으로 받아들인 말씀Wort이 바깥으로 향하는 설교자의 말Reden에 선행한다는 사실이다. 성 바오로는 티모테오에게 "사랑하는 벗이여, 당신은 말씀을 전해야 한다."라고 말했다. 이때 바오로가 뜻하는 말씀이 호흡과 함께 바깥으로 터져 나오는 외적 말을 뜻하겠는가? 아니다. 분명히 그가 뜻하는 말씀은 안에서 생성된 말씀, 영혼 가운데 숨겨져 있는 그런 말씀이다. 바오로는 티모테오에게 이러한 말씀을 널리 전하라고 한 것이다.[71] 이러한 영혼의 내적인 말씀은, 그 자신이 신의 하나의 말씀, 신의 최초의 그리고 영원한 말씀인 그리스도(요한복음 1장 1절)에게서 흘러나온다는 것은 의심의 여지가 없다. 여기다 요셉 퀸트는 다음을 덧붙인다. "나머지 모든 것이 거기서 자신들의 능력을 받아들이는 이 '최초의' 말씀, 이 '영원한' 말씀 …… 영혼 가운데 그리고 실로 영혼의 '심정' 가운데, 가장 내적인 곳에서 그리고 가장 순수한 곳에서, 영혼의 '상부'에서 그리고 이성vernünfticheit에서 태어난다. 이러한 영혼 가운데 말씀의 탄생은 사변적 신비주의자 에크하르트와 그의 제자들에게 있어 신비적 일치unio mystica의 사건이다. 영혼 가운데 이러한 말씀의 탄생을 인식하면서 파악하고 말하는 것이 파우스트적인 독일 신비주의자,[72] 곧 사상가이면서도 동시에 힘이 넘치는 언어로 설교하는 설교자 에크하르트의 열정적인 노력이다. 에크하르트에게 인간 최고의 고귀성과 가장 숭고한 영혼의 능력뿐 아니라 모든 존재, 곧 신적 존재와 동시에 모든 창조된 존재를 떠받치는 근원적 원천이 인식 가운데 포함되어 있다."[73]

이러한 최초의 영원한 말씀(그리스도), 그리고 내적인 말씀에서 에크하르트의 지속적인 중심 주제, 곧 아버지로부터 아들이 인간 영혼의 근저에 탄생함을 뜻하는 말씀의 탄생이라는 주제가 전개된다. 신의 탄생이라는 신비주의적 사건을 정신적으로 사는 영혼들에게 기회 닿는 대로 확신시키고 승인시키는 것이 설교자 에크하르트의 과제였다. 그가 요한복음 서문(1장 1절)에 이어서 다음과 같이 말할 때, 거센 영적인 분출에 있어서와 같이 이 설교 수도자에게서 이런 주제가 터져 나온다. "말씀은 신과 함께 있었다. 신은 말씀이었다. 신과 말씀은 동일한 본성을 지니고 있어 같은 것이었다. 더 나아가서 나는 말한다. 신은 자신의 아들을 나의 영혼에서 낳았다. 영혼이 신과 함께 있고 이와 똑같이 신이 영혼과 함께 있을 뿐 아니라, 신은 영혼 가운데 있다. 그리고 아버지는 자신의 아들을 영원에 있어서 낳는 것과 또 같은 방식으로 자신의 아들을 영혼 가운데 낳는다. 신은 그것이 자신에게 즐거운 것이든 고통스러운 것이든 관계없이, 그렇게 할 수밖에 없다." 자신의 아들을 통해 인간 영혼으로 파고들어 말하는 아버지는 이와 달리 할 수 없다고 에크하르트는 생각했다. 인간 쪽으로 향하여 이러한 방식으로 인간에게 은총을 베푸는 것이 바로 신적 본질의 결정적 현시인 것이다.

에크하르트뿐 아니라 모든 신비주의자에게 있어 신의 탄생은 오늘날 실존하는 인간 존재에게서 시간적으로 멀리 떨어진 단순한 하나의 사건이 아니다. 오히려 신의 탄생은 지속적이고 그때그때마다 나타나는 과정과 관계하는 것이다. "아버지는 자신의 아들을 중단 없이 낳는다. 나는 더 나아가서 또한 다음과 같이 말한다. 아버지는 나를 자신의 아들로서 그리고 동일한 아들로서 낳는다. 나는 더 나아가서 또한 다음과 같이 말한다. 아버지는 나를 오직 자신의 아들로서 낳을 뿐 아니라, 나를 자기 자신으로 그리고 자기 자신을 나로 그리고 나를 자신의 존재로서 그리고 자신의 본성으로서 낳는다. 가장 깊은 내면의 샘에서 나는 성령 가운데 넘쳐 끓어오른다. 거기에 하나의 생명과 하나의 존재와 하나의 활동이 있다."[74]

이론의 여지없이 "나는 이를 넘어 다음과 같이 말한다. …… 나는 이를 여전히 더 넘어 다음과 같이 말한다."라는 식의 반복되는 말투는 설교자가 청중들과 더불어 나누고자 하는 자신의 깨달음이 분출하는 과정을 강조한다. 이와 함께 설교 청중들도 동시에 세속 생활 또는 수도원 생활의 편협성과 궁핍성에서 벗어나게 된다. 청중들은 신의 계시 행적, 신의 사랑의 행적 속으로 초대된다. 신의 작용이 모든 사람 하나하나에게 두루 미친다. 만약 청중들을 감동시켜 숨 막히게 하는 것이 아니라, 청중들을 위해 교회 신앙의 정통성을 보존하는 것이 관건이라면, 이는 놀라운 일이 아닌가? 인간 실존의 다른 결정적인 사태들이 여기서 침묵되고 망각되고 있는 것이 아닌가? 죄스러운 존재에 대한 물음 또는 결함에 묶여 있는 존재에 대한 문제, 죽음에 대한 물음 등이 …… 내적으로 불붙어 있는 사람을 전적으로 흔들어대는 영성을 통해 위험한 팽창, 과도한 흘러넘침의 전조가 감돌고 있지 않은가?

에크하르트는 이러한 걱정을 하지 않았다. 왜냐하면 그는 확신을 불러일으키는 하나의 심급審級에 의탁하고 있기 때문이다. 그것이 바로 그의 심정Herz이다. 따라서 그의 절박한 호소는 다음과 같다. "만약 당신들이 나의 심정을 갖고 이해할 수 있다면!"[75] "당신은 …… 신이 당신의 심정과 당신의 인식 가운데서 솟아나는 것을 눈여겨보라!"[76] 이렇게 확신시키기 위해 노력하는 말마디들은 우리가 종교적인 언설 가운데 기대할 수도 있는 "경건한 소원" 이상의 것이다. 민중과 일정한 거리를 유지하는 라틴어의 개념에서 불가능한 것이 민족 언어인 독일어 설교와 논고의 언어 가운데서 도달되거나 적어도 시도되었다. 심정에서 심정으로 말하는 것이 가능하게 되었다. 심정에서 심정으로 말한다는 것은 단순히 감정을 복받치게 한다는 것을 뜻하지는 않는다. 오히려 심정은 거기서 나 전부를 (심장이 그렇게 하듯—옮긴이) 고동치게 하는 인격 중심을 뜻한다. 이미 말한 것처럼 라틴어 작품과 독일어 설교집이 서로가 서로에 속한다 하더라도, 여전히 독일어에 있어서 사유된 것, 정의된 것, 그리고 개념으로 논의되던 것들이 그 빛깔과 생명을 비로소 얻게 된다. 이런 것들이 친근성과 직접성을 엮어내는 인격적 성질을 획득하게 된다. 물론 에크하르트 연설에 담긴 심정의 톤을 중고中古 독일어로 듣는 것이 가장 자연스러울 것이다. 그의 말을 직접 들어보기로 하자.

하지만 여기에 에크하르트의 이름 아래 전승된 것, 인용된 것, 발췌된 것들 모두가 결코 완전히 그의 작품이라고 주장될 수 없다는 것이 덧붙여져야 할 것이다. 물론 에크하르트는 자신의 「변론서」에서 자신에게 제시된 글들이 일단 원칙적으로는 자신이 쓰고 말한 것이라고 인정했지만, 동시에 그의 것이라고 제시된 것이 때로는 자신에게서 유래한 것이 아니거나 혹은 그릇되게 이해된 것이라고 밝혔다. 전승된 텍스트들이 오늘날 자주 문제가 된다는 사실을 간과해서는 안 된다. 역사—비판적 전집(1936)의 테두리 안에서 독일어 작품과 라틴어 작품을 편집한 세심하고 신중하며 위대한 사람인 헤리베르트 피셔는 다음의 사실을 명백히 한다. "입으로 말해진 말마디들을 말마디 그대로 손상되지 않고 보존하는 텍스트를 소유하고 있다고 우리는 확신을 갖고 주장할 수는 절대로 없다. 독일어 설교집의 편집자 요셉 퀸트의 판단도 이와 같다. 그는 자신의 편집본 서문에서 '여러모로 훼손되고 어그러진 채로 전승된 설교 텍스트'에 대해 말한다. 또한 그는 서론에서 '모든 수고들, 그리고 그것들 가운데 가장 나은 섯소사도 깅힌 오류와 훼손을 드러낸다.'고 말한다. '미해결의 그리고 불확실한 텍스트에 대한 눈에 띄는 문제는 항상 남아 있을 것이다.'"[77]

논고

『영적 강화』

1298년 이전에 저술한 초기 작품 『영적 강화』는 에크하르트의 전기를 다루면서 이미 언급했지만 이 작품의 진정성 문제에 대해서는 다루지 않았다. 요셉 퀸트는 그 진성성이 "절대적으로 확실한 것"이라고 확신했다.[78] 이 작품에서 오늘날의 독자들은 동료 수사들을 영적인 길로 인도해야 하는 의무를 부여받은 에어푸르트의 도미니코회 수도원 원장의 목소리를 듣게 될 것이다. 한때 수도원의 서원식에서 순종의 서약(청빈서약, 순결서약과 함께)을 맹세한 한 사람은 다음을 기억할 필요가 있을 것이다. "참되고 완전한 순종은 모든 덕행을 넘어서는 덕행이다. 어떠한 위대한 행위Werk도 순종이라는 덕행 없이는 생길 수도 이루어질 수도 없다. 어떤 행위가 아무리 미미하고 값어치 없는 것이라 하더라도, 그 행위가 만약 참된 순종 가운데 행해진 것이라면 그 무엇보다 더 가치가 있는 것이다. 그것이 미사를 드리는 것이든, 미사를 보는 것이든, 기도하는 것이든, 명상하는 것이든 또는 당신이 생각할 수 있는 그 무엇이든지 간에 그러하다. 아무리 가치 없는 일이라 하더라도, 그것이 무엇이라 하더라도 당신이 원하는 그 행위를 (참된 순종을 갖고) 다시 행하라. 참된 순종이 당신의 그 행위를 더욱 고귀하고 더욱 좋은 것으로 바꾸어 놓을 것이다."[79] 에크하르트의 이해에 따르면 영적인 삶은 확실한 자기희생을 요구한다. 여기서 인간을 구속하여 자유롭지 못하게 하는 더 낮은 자아에 속하는 자기를 주장하고자 하는 의지의 포기가 요구된다. 그 까닭에 텅 빈 마음das lediges Gemüt에 대한 이야기가 이어진다. "텅 빈 마음이란 바로 어떤 것에 의해서도 동요하지 않고, 어떤 것에도 묶여 있지 않은 그러한 마음이다. 텅 빈 마음이란 바로 자신이 생각하는 최상의 것에 어떠한 방식으로든 묶이지 않은 마음이다. 텅 빈 마음이란 결코 자신의 것을 바라보지 않는 마음이다. 텅 빈 마음이란 신의 가장 사랑스런 뜻에 온전히 침잠하는 것이며, 자신의 것에서 벗어난 마음이다. 사람은 이런 마음 가운데서 자신의 힘과 자신의 능력을 받아들이지 않고서는 그것이 아무리 사소한 행위라 하더라도 결코 수행할 수 없을 것이다." 텅 비어 있을 때 오히려 이러한 텅 빈 존재로부터 스스로 발생하는 자유에 대한 경험에서 어떤 것이 기도생활과 영적 수련의 삶 전체로 퍼져나가게 된다. 따라서 에크하르트는 다음과 같이 말한다. "원컨대 인간의 모든 지체들과 능력들인 눈과 귀, 입과 심상 그리고 모든 감각기관이 신과 하나가 되는 쪽으로 방향을 잡을 수 있도록 우리는 간절히 기도해야 한다. 우리가 지금 이곳에 머무시도록 하고 우리가 그리로 향하여 기도하는 신과 우리가 하나 되어 머무는 것을 우리가 느끼기 전까지 우리는 그분 쪽으로 향하는 것을 멈추지 말아야 한다."[80]

외적·내적으로 수행되는 그냥 놓아두고 있음Lassen의 유익성을 에크하르트는 동일한 맥락에서 거듭 강조한다. 그는 의지를 버리라고 한다. "왜냐하면 자신의 의지와 자기 자신을 (손에서-옮긴이) 그냥 놓아두고 있는 사람은 모든 것을 실제로 버리고 (손에서-옮긴이) 그냥 놓아두고 있는 사람이기 때문이다. 이 모든 것을 자신이 자유롭게 소유할 수 있었음에도 그렇게 한 사람이기 때문이다." 하지만 의지의 훈련만으로는 여전히 부족하다. 의지는 자기 인식에 바탕을 두고 있어야 한다.

에어푸르트 수도원의 영성이 줄기차게 고수하는 전통은 명백하다. 이러한 전통은 델피 신전의 "자기 자신을 알라Gnothi seautón"에서부터 아우구스티누스에 이르기까지의 전통이다. 에크하르트는 특히 라틴어 저작에서 아우구스티누스를 다음과 같이 인용한다. "바깥으로 나가지 말라, 당신 자신으로 되돌아가라. 당신의 내적 인간 가운데 진리가 산다."[81] 에크하르트가 『영적 강화』에서 무엇보다도 실천적-윤리적으로 영향을 미치고자 한다는 것을 우리가 염두에 둔다면, 다음과 같은 그의 호소는 무게를 얻게 될 것이다. "당신 자신에 주목하라Nim dîn selbes wâr. 그리고 당신이 당신을 찾고자 한다면, 당신을 당신에게서 놓아야 한다. 이것이 최상의 것이다." 에크하르트의 금욕주의적인 노력, 곧 전인적인 영적 훈련으로 향하는 노력은 자기 관찰에 대한 요구로 향한다. 깨어 있음에 대한 의무, 모든 것에 있어서 진실하고 사려 깊을 것에 대한 요구로 점철된다. 이러한 자기 자각과 자기 인식이, 그 가운데 인간이 자신의 참된 자기, 자신의 고유한 자아를 발견하게 되는 그리스도를 따라 살기에 기여해야 한다는 것이 항상 여기서 더불어 생각되어야 한다.[82]

『영적 강화』는 마이스터가 여는 강좌이기도 하다는 사실을 상기해야 한다. 따라서 청중들은 되물을 수 있고 에크하르트는 여기에 답변해야 한다. 예를 들면 『영적 강화』 6장은 다음

「명상 중인 아우구스티누스」, 산드로 보티첼리, 플로렌츠의 오그니산티 교회, 1480년

과 같이 시작한다. "많은 사람들은 사람들에게서 아주 멀리 떠나 항상 기꺼이 홀로 있어야 한다고 생각하는 것 같다. 거기에 평화가 있다고 생각하는 것 같다. 또 사람들이 교회에 있음으로 해서 평화가 있다고 생각하는 것 같다. 그래서 나는 이런 것이 최상의 것이 아닌가라는 질문을 받는다."[83] 여기에 대한 에크하르트의 답변은 명백하게 '아니오.'이다. 왜냐하면 "올바른 사람은 참으로 자신에 있어 신을 갖고 있는 사람이기 때문이다. 신을 올바르게 참으로 갖고 있는 사람은 그가 어떠한 장소거나, 어떠한 거리거나, 어떠한 사람과 함께 있거나 간에 그는 신을 갖고 있는 사람이다. 이는 교회 안에서거나 황무지에서거나 또는 골방에서거나 마찬가지다. …… 왜 그러한가? 그가 유일하게 신만을 갖고 있고 오직 신만을 생각하기 때문에, 그에게는 모든 것들이 다 순수한 신이 된다. 이러한 사람은 자신의 모든 행위에 그리고 온갖 장소에 신을 모시고 다닌다."[84] 물론 이러한 말은 인간이 모든 것에서 신을 읽어 낼 수 있어야 한다는 하나의 안전장치를 필요로 한다. 그렇다고 인간이 "바깥에서" 신을 취하려 해서는 안 된다. 이는 초월적인 것을 자아의 내면으로 강제로 끌어들이고자 하는 것에 해당한다. 그것이 행위를 통해서든 사유를 통해서든 관계없이. 따라서 에크하르트는 다음과 같이 말한다. "사람들은 생각된 신 einem gedachten Gott에 만족해서는 안 된다. 왜냐하면 만약 생각이 소멸되면 신 또한 소멸할 것이기 때문이다. 우리는 오히려 참되고 본질적인 신을 가져야 한다. 그 신은 인간의 사유와 모든 피조물들의 생각 너머 아득히 높이 있다. 만약 인간이 자신의 의지로 신에게서 등을 돌린다 하더라도, 그런 신은 소멸하지 않는다."[85] 결정적인 것은 인간이 단호하게 실재인 신으로 방향을 전환하는 데 있다. 세상 도피의 형식으로는 어떤 것에도 도달할 수 없다.

사물과의 교류에서 하나의 새로운 윤리학이 등장한다. 외적으로 홀로 있기가 아니라, "내적으로 홀로 있기"를 우리는 연습해야 한다. "그는 사물들을 꿰뚫고 파고들어 그 가운데서 그의 신을 포착하기를 배워야 한다. 그리고 그는 본질적인 방식으로 힘차게 신을 자신 속으로 모시고 들어와 자신의 꼴을 (새롭게) 바꾸기를 배워야 한다."[86] 세상살이 가운데서 초지일관한 신에의 헌신은, 실재하는 신이 또한 항상 가까이 계시는 신, 곧 현재하는 신이기 때문에, 능동적인 삶을 살 수 있게 한다. "그가 아무런 노력도 수고도 하지 않지만 그에게 신의 현재가 두루 비춰질 수 있도록, 그리고 더 나아가 그가 모든 것들에게서 풀려나 모든 것들에 대해 완전히 자유롭게 머물 수 있도록, 인간은 신적 현재에 푹 잠겨들어야 한다. 사랑하는 신의 모습에 의해 철저하게 꼴이 바뀌어야 한다. 신 가운데 자리 잡고 있어야 한다."[87]

에크하르트는 자신의 윤리적 단서에 대한 성서적 근거를 찾는 일에 소홀하지 않았다. 예컨대 그가 우리에게 깨어 있음과 이성적 자각을 요구할 때, 그는 루카복음(12장 36절)에 나오는 "결혼 잔치에서 돌아오는 주인이 도착하여 문을 두드리면 곧바로 열어 주려고 기다리는 사람처럼 되어라!"는 그리스도의 말을 상기시킨다. 에크하르트는 도래하는 그리스도를 기다리라는 부름을 갖고 그리스도를 따르는 사람들, 곧 그의 말을 듣고 있는 청중과 독자들을 특징짓는다. "그들은 비록 누군가가 그들에게서 너무 멀리 떨어져 있어 누가 오는지를 모르거나 아니면 그들이 기다리는 주인이 그 가운데 없을지라도, 그들은 주인을 기다린다. 그리하여 우리도 또한 (세상의) 모든 것 가운데서 의식이 깨어 있어 우리 주님을 바라볼 수 있어야 한다. ……"[88] 자신의 의무와 배려, 자신의 결단과 책임을 지니고 일상생활로 넘어간다는 것은 에크하르트에 있어서 "내적인 것이 일 속에서 터져 나오게 하는 것"이다. 역으로 말하면 "일이 내적인 것 속으로 들어서게 하는 것"이다.[89] 따라서 행위와 명상, 내적으로 향하는 것과 외적으로 향하는 것은 서로 연관되어 있다. 오직 이럴 때만, 모든 것에 있어 도래하는 자신의 주인을 기다리는, 세상에 책임지는 그리스도인의 과업이 실현된다는 것이다.

하지만 이 모든 것이 훗날 루터와 개혁주의자들이 비판했던

「마르틴 루터」, 중년의 루카스 그라나흐의 그림, 1529년

단순한 행위주의나 자만심에 찬 업적주의에 대한 요구는 아닌가? 그러나 에크하르트는 순종의 덕과 사랑의 과업을 실행하기로 맹세한 사람들을 엄하게 경계한다. "우리들의 행위들은 신이 우리에게 어떤 것을 주시게 하거나 (우리를 위하여-옮긴이) 어떤 것을 행하시게 하는 것에 하등 도움이 되지 않는다. 우리 주님께서는 자신의 친구들이 자신들의 행위들에서 풀려나기를 원한다. 따라서 주님 자신만이 그들이 서 있을 수 있는 유일한 거점이기 위해, 주님은 자신의 친구들에게서 그들이 서 있는 거점을 앗아가신다."[90] 에크하르트와 루터 사이에는 시간적으로나 신학적으로 엄청난 거리가 있음에도, 루터보다 훨씬 이전에 "그리스도인의 자유"를 천명한 사람이 바로 에크하르트이다. 모든 업적을 프로메테우스처럼 오직 자기 자신에게만 귀속시키려고 하는 강박 관념으로부터 행위자를 해방시켰다는 점에서 적어도 그러하다. "당신은 모든 것을 스스로 완수하지 않았던가, 거룩하게 빛나는 심정이여?"(괴테) 이에 대해 『영적 강화』의 저자는 청중들의 물음에 다음과 같이 답한다. "신이 당신의 일에 작용하시는지, 아니면 당신이 그 일에 작용하는지 마음을 쓰지 말아야 한다. 왜냐하면 신이 원하든 원하지 않든 관계없이 당신이 그분만을 진심으로 모시고 있다면 신은 반드시 그 일에 작용하시기 때문이다. …… 신이 당신 안에서 작용하도록 하라. 당신이 하는 모든 일이 신에게 속하도록 하라. 신께서 자연적 방식으로 또는 초자연적 방식으로 작용하시는지 그렇지 않는지에 대해 마음을 쓰면 안 된다. 자연과 은총은 둘 다 그의 것이다."[91] 이는 인간이 그리스도를 따르도록 권유해야 하는 수도원의 영적 지도자의 말이다. 여기서는 금욕주의적 엄격주의로 강제하는 어떠한 것도 느껴지지 않는다.

루터에서와 같이, 디이트리히 본회퍼에 있어 수도원의 삶이 받아들일 만한 것이었다면, 자신의 "값싼 은총과 기중한 은총billige und teure Gnade"에 대한 구별에 있어 아마도 에어푸르트의 수사를 증인으로 소환할 수도 있었을 것이다. (본회퍼는 어떠한 윤리적 귀결도 없이 발생할 수 있는 은총을 값싼 은총이라 불렀다.) 그러나 쿠르트 루가 다음과 같이 요약한 것을 미루어 본다면, 『영적 강화』에 있어서는 귀중한 은총이 특징적이다. "지옥, 마귀, 형벌에 대한 이야기가 전적으로 결여되어 있다. 고통은 신을 수반한다. 죄는 인간을 반드시 파괴하지는 않는다. 선한 것의 힘이 악한 것의 힘만큼 강하다. 신은 항상 가까이 계신다. 이러한 논의들은, 새롭게 성립된 수도원들이 더욱 더 거기에 귀속되어야 했던, 13세기 후반의 널리 제도화되고 법적으로 고착되어 있는 그리스도교적 세계에 있어서 놀라운 원칙이었다. 에크하르트는 인간에게서 불안을 제거했다. 그는 인간이 자기 자신이 아니라 신에 속하고자 하는 한에서 인간을 본질적인 것으로 전환시켰다. 그는 전적으로 정신으로부터 규정되는 그리스도교, 곧 순수성 속에 자리 잡고 있는 그리스도교를 선포했다."[92]

『신적 위로의 책』(복된 책*)

"우리 주 예수 그리스도의 아버지이신 신은 찬미 받으소서 Benedictus deus et pater domini nostri Jesu Christi."(2코린, 1, 3 이하 참조). 에크하르트의 소송 기록에는 이 논고의 제목이 이와 같이 기록되어 있다.[93] 따라서 이 책을 에크하르트가 썼다는 것은 의심의 여지가 없다. 하지만 이에 반해 다음의 몇 가지 문제들은 여전히 제기될 수 있다. 예를 들면 정확한 연대에 대한 문제, 이어지는 설교 『고귀한 사람』과의 관계, 에크하르트가 스위스 쾨니히스펠덴(아르가우 州)에 살던 헝가리의 왕비 아녜스 앞에서 실제로 이 설교를 했는가 등의 문제들이다. 아녜스는 1308년 5월 쾨니히스펠덴 부근에서 조카에게 살해당했던 합스부르크 가문의 왕 알프레히트 1세의 딸이었다. 한때 칼 4세가 너무도 소중하게 여겼던 이 부인에게 에크하르트는 위로의 책을 헌정했다. 우리는 아마도 마이스터가 슈트라스부르크 시기의 사목 활동 때문에 슈트라스부르크 인근에 자리 잡

---

*『신적 위로의 책』과 『고귀한 사람』을 하나의 시리즈로 묶어 '복된 책'이라고 한다.

고 있던 도미니코 여자 수도원 퇴스에서 왕후와 접촉했다고 전제할 수도 있을 것이다. 하지만 양자 사이에 개인적 만남이 있었는지를 우리는 여전히 알 수 없다. 이러한 이야기는 책 어느 곳에도 언급되지 않는다. 더구나 저자는 어떤 한정된 고통에 대해 전혀 이야기하지 않을 뿐더러 오히려 단적으로 인간이 위로 받을 필요가 있음에 대해서만 언급할 따름이다.

에크하르트가 이 작품을 시작하는 방식이 우리에게는 의아할 수도 있다. 그는 통상적인 방식으로 위로를 베푸는 대신 종교철학적-신학적 의미를 갖고 말문을 열기 때문이다. 세 가지 종류의 불행에 대한 학문적이고 원칙적인 구별도 그런 것 가운데 하나이다. 첫째 불행은 외적인 재화의 손실과 관계한다. 둘째 불행은 가까운 사람에게 찾아오는 것이고, 마지막 셋째 불행은 다시금 여러 가지로 구분될 수 있는 개인적인 심정의 고통이다.

『영적 강화』는 내적 행위와 외적 행위를 고무시키고 이를 하나의 통일 속에서 파악하고자 하는 한에서, 특이한 방식으로 종교적인 일상적 실천의 수련과 관계있다. 반면 위로의 책은 일단 영혼의 본질에 대한 주요 물음이 빠져 있다 하더라도, 에크하르트에 있어 중요한 주제들을 전개한다. 스콜라적이고 신비주의적인 사상의 높이와 깊이로 나아간다. 알로이스 M. 하스가 그랬던 것처럼 위로의 책을 에크하르트 가르침에 있어

서 "열쇠가 되는 작품"이라고 말하는 것은 지당하다.[94]

형식적으로 본다면 이 저작은 보에시우스(6세기)의 『철학의 위안Consolatio philosophiae』 이래 우리가 알고 있는 소위 "위로의 책들"의 장르에 속한다. 알로이스 뎀프는 에크하르트의 이 저작을 "인간적으로 가장 아름답고 가장 소박한 마이스터의 소책자, 그의 입문서"라고 말한다.[95] 에크하르트에게는 참다운 위로를 어디에 근거 지우는가라는 점이 문제가 된다. "모든 고통을 위한 참다운 위로는 무엇인가?"이다. 에크하르트는 위로를 필요로 하는 사람들로 하여금 "그 가운데 슬픔도 고통도 어떠한 어려움도 없는" 신 자신에게 시선을 돌리도록 한다. 영적 지도자의 충고는 다음과 같다. "만약 당신이 모든 어려움과 고통에서 벗어나고자 한다면, 오직 신께로 순수성 가운데서 당신 자신의 방향을 전환하라. 모든 고통의 원천은 분명히 당신 자신이 오로지 신 가운데서 그리고 신에게로 방향을 돌리지 않았다는 사실에서만 유래하는 것이다."[96]

신구약성서, 수많은 교부들, 아우구스티누스와 보에시우스, 이교도 스승들, 그리고 수많은 자료들과 증인들을 대동한 에크하르트는 그를 통해 고통이 전적으로 새로운 빛 가운데 그 모습을 드러내는 충만한 위로의 근거들을 말한다. 에크하르트가 제시하려는 것은 인간에게 어려움이 항상 도사리고 있다는 것이 아니라, 심지어 자신에 반하는 것이라 하더라도 이 모든 것은 신의 손에서 나온다는 사실이다. "어떤 일이 일어났다면 그 일은 신의 의지에 따른 것이기 때문에, 비록 그 일이 자신에게 손해와 저주를 가져왔다 하더라도, 인간은 신과 함께 동일한 것을 원해야 한다. 그리고 좋은 사람의 의지는 그럴 수 있도록 전적으로 신의 의지와 하나로 통일되어야 한다."[97] 어떠한 역경과 위기라도 신의 사랑의 의지가 모든 가치 있는 것을 가치 있게 하지 못할 정도로 큰 것은 아니다. 따라서 어떠한 불행에 대해서도 불평하지 않아야 한다. 오히려 피조물들에서 언제나 고통의 감소, 개선 또는 고통의 지양을 헛되이 기대하는 사람들이 불평의 대상이 되어야 한다. 따라서 이러한 환상만이 불평할만 그런 것이다.

또 다른 위로의 근거가 있다. "(자기를 놓아버린 그리고 신 가운데서 풀려나 있는) 좋은 사람은 그가 신을 위해 고통당하는 모든 것을 신 가운데서 고통당한다. 신은 그의 고통 가운데서 그와 함께 고통당한다. 만약 나의 고통이 신 가운데 자리하고 신과 함께 하는 고통이라면, 어떻게 고통이 고통일 수 있는가? 고통당하는 것이 고통의 성격을 잃어버리는데도 말이다. 또한 나의 고통이 신 가운데 있고 나의 고통이 신 자신인데도 말이다. …… 선을 사랑하는 신 자신이 자신의 친구인 좋은 사람이 항구적으로 중단 없이 고통 가운데 서 있지 않기를 어떻게 허용할 수 있겠는가?"[98]

아우구스티누스를 준거로 하여 에크하르트는 신이 인간의 운명에 참여하신다는 참여의 사상을 알고 있었다. 하지만 인간 편에서 또한 신의 의지를 받아들여야 한다. 신이 원하시는 모든 것이, 바로 그것을 신이 원하신다는 점에서 그리고 바로 그것을 신이 원하신다는 사실을 통해, 좋다고 받아들여야 한다. 이러한 사실을 알고 있는 사람을 고통이 어떻게 흔들어댈 수 있겠는가? 항상 인간을 위해 작용하는 신의 의지의 가장 깊은 근거는 사랑이다. "원하는 것은 사랑하는 것에서 나오는 반면 원하지 않는 것은 사랑하지 않는 것에서 나온다. 오히려 내가 몸이 낫고 신이 나를 사랑하지 않는 것보다 신이 나를 사랑하고 내가 아픈 것이 나에게는 훨씬 더 유용하고 훨씬 더 나은 일이다."[99] 여기서 수많은 여자 수도원의 사목자인 에크하르트는 육체적으로나 영적으로 병을 앓고 있는, 영적인 보살핌을 위하여 자신에게 맡겨진 많은 수녀들을 생각했을 것이다. 오직 신에로의 신비주의적인 헌신 가운데서, 그리고 찬란한 예수-사랑을 통해서 그녀들이 고통을 견디는 것이 가능했을 것이다. 에크하르트는 다음을 알고 있었다. "(내적인) 동일성과 불같은 사랑은 영혼을 위로 끌어올려, '하늘과 땅에 있는' '모든 것의 아버지'(에페소서 4장 6절)인 일자一者라는 최초의 원천으로 영혼을 데리고 간다."는 사실을.[100] 여기서 성서적인 고지告知와 초월적 "일자"에 대한 플로티노스의 신플라톤주의적 사변이 서로 융합되어 있음을 알 수 있다.

에크하르트와 그의 제자 공동체에 있어서 더욱더 중요한 것은 다음과 같다. 곧 신비주의적 일치unio mystica의 이러한 목표는 끊임없는 과정이라는 점이다. 어느 누구도 과정이 목표에 도달했다고 말할 수 없다. 따라서 신비주의 언어[101]는 과정적 성격의 생기Geschehen을 강조하기 위해, 흐름과 탄생의 메타포를 특히 잘 사용한다. 막데부르크의 메흐틸다는 자신의 저서 『신성의 흐르는 빛』에서 이러한 점을 이미 언급했다. 아버지의 심정에서 아들의 탄생이라는 자신의 중심 주제에 관한 것을 위로의 책 저자는 다음과 같이 자신의 텍스트에 엮어 넣었다. "내적인 행위는 신의 심정에 의하지 않고서는 그리고 신의 심정 가운데가 아니고서는 그 어떤 곳에서도 자신의 전 존재를 취하지도 창조하지도 않는다. 내적 행위는 아들을 취하고 아들이 계신 아버지의 품속에서 아들로 태어난다. ……"

에크하르트는 탄생의 과정을 유출ûzvluz과 원천ursprunc의 표상과 결합한다. 그의 표현 자체는 거의 더 이상 대담할 수 없을 정도이다. 왜냐하면 그는 오직 아버지인 신과 아들 신으로부터의 성령의 산출에만 유보된 사건을 인간에게도 적용시키고자 감행했기 때문이다. 이런 한에서 그는 실로 인간을 "신의 아들"로 여긴다. (비록 위로의 책이 한 부인에게 헌정된 것이지만, 에크하르트는 단지 "아들들"에 대해서만 언급할 뿐 신의 딸들에 대해서는 언급하지 않는다!) "하나에서만 성령의 유출과 원천이 있다. 성령이 신의 정신이고 신 자신이 정신인 한에 있어서 아들이 우리 가운데 수태된다. (또한) 신의 아들인 모든 사람들로부터의 (성령의) 이러한 유출이 있게 된다. 신의 아들들이 많든 적든 순수하게 신으로부터만 탄생되는 만큼, 신에 따라 신으로 모습을 바꾸게 된다. 그리고 우리가 여전히 자신에 있어서도 또한 최고의 천사들에 있어서도 본성상 갖고 있는 모든 다수성에서 벗어나게 된다. …… 그리고 우리가 하나에서 멀어지면 멀어질수록, 우리가 더욱더 적게 (신의) 아들들과 아들 Söhne und Sohn이 되고, 보다 덜 완전하게 우리 가운데 그리고 우리로부터 성령이 샘솟게 될 것이다. 이에 반해 우리가 하나에 가까이 가면 갈수록, 더욱더 참되게 우리가 신의 아들들과 아들이 될 것이고 신과 성령이 우리에게서 흘러나올 것이다. 이는 신성Gottheit 안에 계시는 신의 아들인 우리 주님이 다음을 말할 때 뜻하신 것이다. '내가 주는 이 물을 마시는 사람 안에 영원한 생명에서 솟아나는 물의 원천이 샘솟을 것이다.' (요한복음 4장 14절) 그리고 성 요한은 이를 성령으로부터 말한다고 말했다.(요한복음 7장 39절)"[102]

많은 이들에게 에크하르트가 말한 것이 너무나 깊고 높을 것이라는 사실과 무관하게, 그가 얼마나 깊이 그리스도교적 비의Esoterik(秘義: 내적 경험과 내적 인식)의 중심으로 나아갔는지가 최근에 밝혀졌다. 비록 많은 에크하르트 연구들이 그가 비의주의자Esoteriker였다는 사실을 완강히 부정하더라도, 그것은 Esoterik이라는 용어를 둘러싼 논쟁에 그칠 뿐이다. 사태에 따라 볼 것 같으면 에크하르트에 있어서 다음의 사실은 명백하다. 신에게서 태어난 자는 "모든 다수성에서 벗어나 있는 신에 따라 신으로 모습을 바꾸게 된다." 이는 우리가 가장 내적 근저에 놓여 있는 신비에 의해 감동받아 사람이 바뀌게 되기를 원하지 않는다 하더라도, 위대한 그리스도교적 성화를 선포하고 있다는 것은 받아들여야 한다. 따라서 다음은 에크하르트가 "전적으로 불만스러워하는 것"이다. "신의 정신을 결여하고 있고 신의 정신을 전적으로 갖고 있지 않는 조야한 사람들이 자신의 조야한 인간적 이성에 따라 자신이 성서 가운데 듣거나 읽은 것이 성령에 의해 그리고 성령에 있어서 말해지거나 쓰여진 것이라고 판단하고, '인간에게는 불가능한 것이 신에게는 가능한 사실이다.'(마태오복음 19장 26절)라는 성서의 말씀을 생각하지 않는다는 것이다. 이는 또한 '하위의 자연에는 불가능한 것이 상위의 자연에는 익숙하고 자연스러운 것'이라는 일상적이고 자연적인 영역에도 해당하는 말이다."[103] (유사한 방식으로 오늘날 "그리스도교에서의 비의"라는 개념이 아득히 잊혀지고 말았다는 사실에 대해, 그리고 다른 한편 "비의"가 오용되어 하나의 유행품이었던 것처럼 격하되고, 누구나 알 수 있는 공공연한 것으로 표면화되어 버렸다고 우리는 불평할 수도 있을 것이다.[104] 이런 사정으로 일련의 에크하르트 연구에서의 비판은 이해됨 직하다.)

인간의 신의 아들 됨의 과정은 오직 신에게서 출발한다는 점을 확정해야 한다. 에크하르트는 다음의 사실을 상기시킨다. "신은 사랑과 활동 때문에 결코 지치지 않는다. 또한 신에게는 신이 사랑하는 것 모두는 하나의 (유일한) 사랑이다. 그 때문에 신이 사랑이라는 말은 참이다."[105] 따라서 우리에게 찾아오는 고통과 환난이 신의 사랑이 끝났다는 표현일 수는 결코 없다. 오히려 이러한 고통과 환난은 지속적으로 신적 현실성으로 향해 나가는 과정에서 있을 수밖에 없는 필연적인 단계들에 속하는 것이다. 다음의 것은 여기서 적잖게 결정적이다. 곧 "그 자신이 아들이 되지 않고서는 로고스가 아들인 것과 같은 그러한 본래적인 의미에서 아들이 될 수 없다. 어느 누구도 아들이지 않고서는 아버지의 품과 가슴에 있어 하나 가운데 하나인 그러한 아들이 있는 곳에 있을 수 없다."[106]

에크하르트는 그가 내적으로 확신한 것이 과연 보편적인 의미를 가질 수 있는가라는 물음을 자신에게 던질 수도 있었으리라. 하지만 이러한 숙고는 궁극적으로는 지엽적인 성격의 것이다. "조야한 사람들"은 그가 말한 것이나 쓴 것을 의심할 수도 있을 것이다. 하지만 그가 말하고 있는 것에 증명을 덧붙일 수도 없고 또한 그럴 필요도 없다. 그의 말이나 글이 자기 자신과 "신에 있어서" 참이라고 말하는 것만으로 에크하르트에게는 충분했다. 그가 이 책의 말미에서 말하는 이러한 확신 속에서, 다음과 같은 희망을 말하면서 자신의 소책자를 마무리한다. "사랑이 넘치시는 자비로운 신이여, 진리 자체이시여, 저와 이 책을 읽게 될 모든 이들에게 우리가 자신 가운데서 진리를 찾아 간직할 수 있도록 도와주소서. 아멘."[107]

하스는 이를 종합하여 다음과 같은 결론에 도달한다. "에크하르트는 자신의 가르침의 철학적 내용과 자신의 수도원의 전통이 요구하는 금욕주의적 요구를 자신의 하나-신비주의 Einheitsmystik를 위하여 사용하는 신비주의자로 자신을 드러낸다. 이 점에서 그는 타협의 여지가 전혀 없다. 그렇다고 그의 하나-신비주의가 일원론적인 것은 결코 아니다. 왜냐하면 이 신비주의는 신과 인간 사이의 통일성을 결코 고정된 것으로 보지 않으며, 오히려 양자 사이에 역동적으로 발생하는 운동 연관으로 보기 때문이다. 에크하르트에서 궁극적으로 문제가 되는 것은 신 쪽에서 그때그때 새롭게 성립하고 실행되는 관계를 신비주의적으로 추인하는 것이다. 따라서 에크하르트의 신비주의는 존재 환희의 신비주의이고 낙관주의의 신비주의eine Mystik der Seinsfreude und des Optimismus이다."[108]

『고귀한 사람』

독일어 설교와 독일어 논고의 출판과 관련하여 요셉 퀸트는 『고귀한 사람』이라는 자료가 일종의 설교 양식을 취하지만, 다음과 같은 이유로 설교가 아닌 논고에 귀속시켰다. 첫째로 이 텍스트는 말로 전달된 적이 없기에 읽는 설교eine Lesepredigt로 간주되어야 하기 때문이다. 둘째로 이 텍스트는 『신적 위로의 책』과 하나로 묶여 전달되기 때문이다. 셋째로 에크하르트 자신이 『신적 위로의 책』에서 이 텍스트에 대해 주목할 만한 언급을 하기 때문이다. 그는 위로의 책에서 말했던 것이 이 텍스트에서 더욱더 심화되거나 명백해질 것이라고 분명히 말한다. "영혼의 가장 내적인 곳과 영혼의 가장 최고의 자리는 하늘에 계신 아버지의 품과 가슴속에 있는 신의 아들과 신의-아들-됨das Gottes-Sohn-Werden을 창조하고 수용한다. 이 점은 이 책의 말미에서 거론할 것이다. 거기서 나는 '한 왕국을 물려받아 다시 되돌아오기 위해 먼 나라로 떠났던 고귀한 사람'에 대해 쓴다."(루카복음 19장 12절).[109] 이는 신비주의자에게 신의 탄생과 아들 됨 또는 헤르마 피이쉬가 말한 것과 같이 "인간의 신으로의 상승"이라는 주제에 대한 대단히 의미심장한 물음이기도 하다.[110]

에크하르트는 루카복음에 나오는 다음과 같은 유명한 예수의 비유를 근저에 깔고 있다. 어떤 사람이 상당히 오랫동안 도시를 떠났다가 많은 재산을 손에 쥐고 돌아왔다는 것이다. 설교자 에크하르트는 오늘날의 통상적인, 무엇보다도 말마디의 뜻과 맥락에 따라 의미를 주석하는 방식을 따르지 않는다. 오히려 그는 신비주의적-알레고리적 해석을 사용한다. 이러한 해석 방식은 초기 그리스도교 이래 통상적인 것이 되어 왔다. 에크하르트는 옛날의 방식에 따라 말마디에 대해서는 말마디를, 그리고 표상에 대해서는 표상을, 텍스트가 스스로 작동되도록 가만히 놓아둘 때 들려오는 사상으로 옮긴다. 따라서 외적으로 주어지는 것이 아니라 지금 그리고 여기서, 지금 그리고 항상 인간 가운데 주어지는 그 무엇이 문제이다. 우리는 이러한 텍스트의 개별적 요소들이 무엇을 의미하는지 끄집어 낼 수 있어야 한다. 다시 말하면 고귀한 인간, 먼 나라, 왕국, 복귀 등이 무엇을 의미하는가를 읽어 내야 한다. 이러한 비유적인 전의Übertragung轉義가 제대로 수행될 때, 여태껏 그 가운데 숨겨져 있던 의미가 스스로 드러날 것이다. 문자적 의미는 알레고리적 해석을 끄집어낼 수 있기 위해 등장한다. 에크하르트는 설교에서 인간 영혼 가운데 신의 모상Gottesbild과 살아있는 샘이 있다고 말한 오리제네스를 "위대한 스승 오리제네스"라고 불렀다. 그런 한에서 에크하르트는 알레고리적 해석의 모델로서 그를 지목한다.[111] 따라서 우리는 오리제네스와 에크하르트를 함께 보면서 오리제네스 연구자 앙리 드 뤼박처럼 다음과 같이 말할 수 있을 것이다. "우리는 또한 우리의 고유한 심정의 샘에서 물을 길어 올린다. 그리고 우리는 성서의 샘에서 물을 길어 올린다. 이 두 곳의 물은 서로 섞여야 한다. 성서를 묵상하는 것은 우리가 자신의 심정의 근저에서 신적 신비를 점차 발견할 수 있도록 도와주는 것이다."112)

에크하르트에게 인간은 신체와 정신, 외적인 인간과 내적 인간으로 서술된다. 그는 다음과 같이 "고귀한 사람"의 본질을 자세히 말한다. "내적 인간은 영혼 가운데 있는 인간인 아담"인 반면에, 바깥으로부터 작용하는 "나쁜 정신"은 뱀의 형상으로 "부인 하와와 재잘거리던" 정신이다. 여기서 비록 하와가 곧장 외적 인간, 따라서 악에 떨어진 인간의 육화로 인격화되지는 않는다 하더라도, 내적 인간을 좋은 나무에 해당하는 영혼 가운데 있는 인간 아담과 동일시한 점은 오늘날의 시각에서는 여성에 대한 부정적인 입장으로 평가될 수도 있다. 에크하르트는 무엇보다도 다음과 같이 말한다. "'내적 인간은 우리 주님께서 고귀한 사람이 먼 곳으로 가서 한 왕국을 얻었다.'라고 말씀하신 바로 그 사람이다. 이러한 사람은 좋은 나무이다. 이 좋은 나무에 대하여 우리의 주님께서는 다음과 같이 말씀하신다. 그는 항상 좋은 열매를 맺으며, 결코 나쁜 열매를 맺지 않는다고."113)

길이 어떻게 설정되는가? 정신적 전개의 길에서 전진이란

디오니시우스 아레오파지타

어떻게 인식되는가? 에크하르트는 아우구스티누스에 근거하는데, 아우구스티누스는 자신의 저서 『참된 종교』에서 개별적인 단계들을 서술한다.[114] 에크하르트는 아우구스티누스를 따라 이러한 단계를 기술하지만, 그러면서도 자신의 독자적인 형식으로 간결하면서도 눈에 확 띄게 서술한다. 내적 인간은 여섯단계의 발전 과정을 거친다. 이 단계들은 인간이 어떻게 점차적으로 자신의 미성숙에서 벗어나는가를, 인간이 어떻게 성부와 선성, 하나 그리고 진리를 눈에 눈을 맞대고 보게 되는가를, 그리고 마지막으로 하나와 어떻게 하나가 되는가 등을 보여 준다. 이러한 길이 신의 아들이 되는 과정으로 바깥에서 한 걸음 한 걸음 신과 만나는 신비의 중심으로 파고 들어가는 것을 우리는 여기서 어렵지 않게 인식할 수 있다.

여기서 길에 대해 말하자면 디오니시우스 아레오파지타를 거쳐 신약성서로, 실로 신약성서조차도 넘어서 뻗어가는 종교적-신비주의적 실천의 근본 말마디가 여지없이 떠오른다. 예컨대 우리는 디오니시우스의 정신적 3단계의 길인 정화의 길 via purgativa, 조명의 길 via illuminativa, 일치의 길 via unitiva이라는 근본적 말마디를 생각할 수 있다. 하지만 다음의 것이 또한 말해져야 한다. 아우구스티누스 노선을 따라 여섯 단계 또는 신으로 향하는 단계들에 대해 언급하고 있는 에크하르트는 길이라는 메타포를 상대화시키거나 빗대어 말한다. 특히 이행

영원한 지혜 앞의 하인리히 소이제, 목판화, 울름, 1470년경

의 단계를 갖추고 있는 과정이 아니라, 질적으로 다른 존재로의 비약과 같이 돌발적인 돌파에 해당하는, 신의 정신에 의하여 신의 정신으로의 인간의 영적 탄생이라는 관점에서 특히 그는 그렇게 한다. 그런 한에서 모든 길은 항상 또한 길이 아니다. 신에 도달하는 방식은 없다.[115] 신 가운데 이미 현재하고, 인간의 신적 모상 가운데 이미 항상 주어져 있는 에크하르트의 영원한 생명으로 향하는 여섯 단계의 "길"을 고찰할 때, 우리는 이러한 마음가짐을 항상 지녀야 할 것이다.

"성 아우구스티누스에 따르면, 내적 인간과 새로운 인간의 첫 번째 단계는 그가 좋고 성스러운 사람의 모범에 따라 산다 하더라도, 여전히 비틀거리면서 의자로 가서 그것을 짚고 벽에 기대서는 여전히 젖비린내 나는 우유로 배를 채우는 단계이다.

내적 인간과 새로운 인간의 두 번째 단계는 그가 이제 외적 모범들과 좋은 사람들을 바라볼 뿐 아니라, 신의 충고와 가르침과 신적 지혜로 급하게 달려가서, 인간성에 등을 돌리고 신에게 얼굴을 향하는 때이다. 그리고 어머니 품에서 벗어나 하늘에 계신 아버지를 보고 웃는 때이다.

내적 인간과 새로운 인간의 세 번째 단계는 그가 어머니에게서 더욱더 벗어나고, 어머니의 품에서 더욱더 멀어질 때이다. 이때 그는 근심에서 벗어나며, 공포를 집어던진다. 그리하여 비록 그가 모든 사람의 분노를 사지 않으면서 나쁜 일이나 부당한 일을 행할 수 있다 하더라도, 그는 그러고 싶어 하지 않을 것이다. 왜냐하면 그는 불타는 노력으로 신과 사랑으로 결합되어 있기 때문이다. 그리하여 신이 그를 기쁨과 감미로움과 지복으로 이끌어 갈 정도로 그는 신과 사랑으로 결합되어 있다. 거기에는 신과 같지 않거나 낯선 모든 것은 그에게 반대되는 것이다.

내적 인간과 새로운 인간의 네 번째 단계는 그가 사랑과 신 안에서 더욱더 증대하고 뿌리를 두게 될 때이다. 그리하여 그는 모든 비난, 시련, 지겨운 일, 고통을 기꺼이 참아내고 즐겁게, 흔쾌히 그리고 기쁜 마음으로 받아들일 준비가 되어 있게 된다.

내적 인간과 새로운 인간의 다섯 번째 단계는 그가 어디서나 자기 자신 가운데서 기쁘게 살 때이다. 그리고 말로 표현할 수 없는 최고의 지혜가 풍부하게 흘러넘치는 가운데 조용히 머물러 쉴 때이다.

내적 인간과 새로운 인간의 여섯 번째 단계는 그가 이전의 자신을 벗어나서entbildet 신의 영원성에 의해 자신을 넘어서 형성되는überbildet 때이다. 그리고 그가 소멸하는 것과 시간적인 생명에 대해 완전히 망각하고 신의 상ein göttliches Bild으로 이끌려 거기로 전환되는hinüberverwandelt 때이다. 한마디로 그가 신의 아들이 되는 때이다. 이 단계를 넘어서는 더 높은 단계는 없다. 거기에는 영원한 안식과 지복이 있다. 왜냐하면 내적 인간과 새로운 인간이 갖는 궁극 목적은 영원한 삶이기 때문이다."[116]

유일한 형상의 변화, 근본적인 형상의 변화가 일어난다. 인간은 자신의 낡은 아담을 '벗고' 신에서 새로운 존재를 받아 '입는다.' 요셉 퀸트와 헤르마 피이쉬는 '신적 형상으로 넘어가 모습이 바뀐다.'라는 정식이 에크하르트나 그 밖의 중세 고지 독일어 문헌이 아니라 성서에 근거를 두고 있다는 사실을 우리에게 주지시킨다. 하지만 에크하르트는 이 정식을 갖고 신약성서적 근거에 서게 된다. 바오로는 위대한 부활을 논하는 코린토 신자들에게 보내는 첫 번째 편지 15장 51절에서 간결하고 힘차게 "우리 모두는 변화하게 될 것입니다."라고 말했다. 이것이 바로 에크하르트가 설교하는 새로운 존재 방식, 새로운 인간의 존재 방식이며 새로운 인간의 고귀성이다.

따라서 우리는 호흐하임의 마이스터와 설교자 마이스터 이 양자에게서 먼저 돌발적인 돌파의 사건에 대한 일관된 주장과 이와 다르게 한 단계 한 단계 수행해 나가는 "영원성, 곧 신에게만의 복귀"를 볼 수 있다. 그러나 근본적으로 돌발적 돌파와 단계적인 복귀는 동일하다. 따라서 에크하르트는 "당신이 신을 발견할 수 있도록 하나가 되어라!"고 우리를 고무시킨다.[117] 하나를 찾고 하나로 들어서는 것은 인식을 거부한다. 단순한 이성적 통찰과 단순히 무엇인가를 옳은 것으로 여기는 이성을 무한히 넘어선다. 그는 여기서 영적 인식을 생각하고 있다. 에크하르트는 다음과 같이 말한다. "지복의 꽃과 핵심은, 거기서 정신이 신을 인식한다는 것을 정신이 인식하는 그러한 (영적) 인식 가운데 놓여 있다."[118] 이에 따라 영혼 가운데 빛이 밝혀진다. 인간을 비추면서 동시에 인간을 구원으로 전환시키는 작용을 수행하는 그러한 빛이 밝혀진다. 여기서 문제는 풍요로운 지상적 지식이 아니라, 오직 신만이 부여하는 영원한 지혜에의 참여가 이루어진다는 점이다.

또한 에크하르트는 자신의 생각을 다른 방식으로 명확히 하기 위해 『고귀한 사람』에 대한 설교에서 두 가지 인식 방식을 엄격하게 구별한다. 그는 하나를 "저녁인식Abenderkenntnis"이라 부르는데, 이것은 피조물의 세계를 소멸하는 다양성 속에서 인식하는 그러한 인식이다. 따라서 이 인식은 분명히 아래에서, 그리고 시간적·공간적 측면에서 비롯되는 인식이기도 하다. 저녁인식은 더욱 바깥으로 향하는 영혼의 태도와 관계한다. 이러한 저녁인식의 정당성을 에크하르트는 깡그리 거부하지는 않는다. 다만 에크하르트는 이러한 인식을 전적으로 다른 고귀한 인식에 대립시킨다. "우리가 피조물을 신 안에서 인식한다면, 이는 곧 '아침인식Morgenerkenntnis'이며 또한 그렇게 불린다. 이런 방식으로 우리는 모든 구별이 없는 피조물들을 직관하며, 모든 상들과 모든 유사성들을 벗겨 내고서 신 자신인 하나 가운데서 피조물을 직관한다. 또한 이것이 '고귀한 사람'이다. 이 사람에 대하여 우리 주님은 '한 고귀한 사람이 멀리 떠났다.'라고 말씀하셨다. 그는 고귀하다. 왜냐하면 그는 하나이며, 신과 피조물을 하나 가운데서 인식하기 때문이다."[119] 우리는 이 세계와 모든 피조물의 상들을 그 일시성과 비본래성 속에서 꿰뚫어 본다. 하지만 아침인식은 이러한 현상들을 뒤로하고 신이 보내는 근원적 현상에 육박한다. 고귀한 사람은 "자신의 전 존재와 생명 그리고 자신의 지복을 단지 신에게서만, 신에 의해서만 그리고 신에 있어서만bloß nur von Gott, bei Gott und in Gott 받아들이고 형성한다."[120]

또한 마이스터 에크하르트는 또 다른 중요한 통찰을 전한다. 그것은 바로 자기 인식과 신의 인식의 긴밀한 일치이다. 이것이 바로 오늘날 영적 심리학Transpersonale Psychologie(초인격적 심리학)을 새로운 빛으로 가져가도록 하는 하나의 통찰이다.[121] "영혼이 신을 인식한다는 사실을 인식한다면, 영혼은 신에 대한 인식과 동시에 자기 자신에 대한 인식을 갖게 될 것이다."[122]

에크하르트의 고찰은 그가 출발점으로 삼았던 복음의 말로 마침내 되돌아온다. "'하나의 고귀한 사람이 한 왕국을 얻기 위해 먼 곳으로 떠났다. 그리고 되돌아왔다.'고 우리 주님께서는 전적으로 바르게 말씀하셨다. 왜냐하면 인간은 자기 자신 가운데서 하나가 되어야 하며, 이를 자신 가운데서 그리고 하나 가운데서 추구해야 하며, 하나 가운데서 하나를 받아들여야 하기 때문이다. 신만을 직관해야 한다. 그리고 '되돌아왔다 zurückkommen'는 말은 인간이 신을 인식하고 알고 있다는 사실을 알고 인식하는 것을 일컫기 때문이다."[123]

에크하르트가 위로의 책과 설교에서 가져다 준 소득이 무엇인가를 묻는다면, 헤르마 피이쉬의 다음 말로 대답할 것이다. "'아들이 되어라.' 위로의 책의 정언명법은 그렇게 말했다. 이제 설교 『고귀한 사람』은 이 정언명법을 '하나가 되어라.'로 확장한다. '복된 책' 전체의 시작과 마침을 통하여 에크하르트는 이 양자를 다음과 같이 하나로 묶고자 한다. '정관靜觀의 인간ein Mensch der Beschauung이 되어라.' 오직 신만을 직관하는 인간으로서 신과 하나됨의 '왕국'을 획득하기 위해 (자신을 벗어나) 먼 나라로 떠나라. 정관의 인간이 되어라. 그러면 당신은 참으로 위로받을 것이다. 정관의 인간이 되어라. 그러면 당신은 참으로 고귀한 인간이 될 것이다."[124]

『버리고 떠나 있음』

신비주의는 일정한 성질과 강도를 지니고 있는 정신적 경험이라는 지식을 갖고 에크하르트에게 접근하는 사람은 여전히 더 배워야 하며, 많은 관점에서 다시 배워야 한다. 우리가 에크하르트의 고유한 의도와 그의 "정신적 설교 프로그램"에 대해 물음을 던질 때 알 수 있는 사실이다.[125] 설교자 에크하르트는 자신의 설교 주제의 공통분모를 다음과 같이 말한다. "설교할 때 나는 언제나 첫째로 버리고 떠나 있음, 곧 인간은 자기 자신과 모든 사물로부터 떠나서 자유로워져야 한다는 사실에 대해 말하려고 했다. 둘째로 인간은 또다시 단순한 선성, 곧 신 가운데로 되돌아가 그와 하나의 형상이 되어야 한다고 자주 말하고자 했다. 셋째로 인간은 신이 그 영혼 속에 불어넣어 준 위대한 고귀성에 대해 생각해야 한다고 자주 말하고자 했다. 그리고 그를 통해 사람이 놀라운 방식으로 신에 도달할 수 있음을 자주 말하고자 했다. 넷째로 신적 본성의 순수함에 대해 자주 말하고자 했다. 그리고 신적 본성에 자리 잡고 있는 그러한 광채는 말로 표현할 수 없다는 사실을 자주 말하고자 했다."[126]

하나로 끌고 가는 것에 중점을 둔 에크하르트의 정신적 구상이 이 간결한 종합의 말에서 충분히 드러난다. 최종적 결단이 요구된다. 인간이 그리스도를 따르기 위해 표준적인 그리스도인의 평준화된 신심이 종교적 경험의 계기들로 철저하게 평가하는 그 모든 것을 손에서 놓는 데까지 나아가겠다는 결단이 요구된다. 한스 우르스 폰 발다살은 이를 "이렇게 경험된 것을 스스로 소유하고자 하는 모든 부분 경험Teilerfahrung, 그리고 모든 주관적인 재보험의 포기"라고 불렀다. 그리고 알로이스 M. 하스는 동일한 맥락에서 "정신적 소유라는 의미에서의 초월 경험transzendenzerfahrung의 포기"에 대해 말한다. 여기서 그는 그리스도와 함께 하는 고통 및 그리스도와 한 모습이 되는 것을 지시한다.[127]

버리고 떠나 있음은 에크하르트에 있어 방향을 지시하는 등대와 같은 의미를 지니기 때문에, 동일한 이름을 지니는 이 논고를 오늘날 우리는 에크하르트의 작품으로 여긴다.[128] 30쪽이 넘는 수고들로 이루어진 이 작은 작품이 전승되어 내려오기는 하지만, 출처에 대한 표시는 없다. 연대 자체도 불투명하다. 쿠르트 루와 같은 연구자도 한때 이 텍스트의 진정성을 의심하면서 다음과 같이 덧붙였다. "그의 작품이 아니라는 것에 대한 증명 또한 엄밀성을 결여하고 있다. …… 심지어 우리는 내용적으로 보면 에크하르트의 것일 수 없는 그러한 어떠한 것이 이 논고에 거의 없다고 말할 수도 있다. 그러나 다른 한편 정식들과 용어 중에 낯선 것이 있으며, 또한 배열도 그다지 견고하지 못하다. 동시에 이차적인 구성 요소들로 둘러싸여 있기도 하다."[129]

텍스트 자체로 돌아가자.[130] 그럴 때, 버리고 떠나 있음 가운데서 하나의 비범하고 모든 다른 덕목들을 능가하는 덕목을 꿰뚫어 보고 있는 저자를 우리는 만나게 될 것이다. "내 이성이 그것을 수행하고 내 이성이 그것을 인식할 수 있는 한에서 내가 모든 저서들을 철저하게 파헤쳤을 때, 나는 순수한 버리고 떠나 있음이 모든 것을 넘어서 있다는 것 이외에 그 어떠한 것도 더는 발견하지 못했다. 왜냐하면 모든 덕은 그것이 어떤 것이든 간에 피조물을 목적으로 하는 반면에, 버리고 떠나 있음은 모든 피조물에서 풀려나 있기 때문이다. 그 때문에 우리 주님께서 마르타에게 '필요한 것은 한 가지뿐이다.'(루카복음 10장 42절)라고 말씀하신 것이다. 그런데 이는 '마르타야, 흐리지 않고 순수하게 있고자 하는 사람은 반드시 하나를 가져야 한다. 그런데 그것이 바로 버리고 떠나 있음이다.'라는 말씀을 뜻하기도 한다."[131] 에크하르트는 버리고 떠나 있음 자체를 모든 사랑보다도 더 칭송한다. 그런데 여기서 신이 인간을 사랑하도록 버리고 떠나 있음이 신을 강제한다는 논의는 우리를 당황하게 만들기도 한다. 참다운 버리고 떠나 있음은 신과 일치를 강제할 것이다. "완전한 버리고 떠나 있음 가운데 머물러 있는 사람은 영원 속으로 몰입한다. 그래서 소멸하는 어떤 것도 더 이상 그에게 영향을 미칠 수 없다. 또한 그는 신체적인 어떤 것도 더 이상 느끼지 않는다. 그는 세상에 대해 죽었다고 말해진다. 왜냐하면 지상적인 어떤 것도 그에게서 냄새

맡을 수 없기 때문이다. 성 바오로가 다음과 같이 말했을 때 바로 이를 뜻했던 것이다. '나는 살아 있지만 살아 있지 않습니다. 그리스도께서 내 안에 살아 계십니다.'(갈라티아서, 2장 20절)"[132)

버리고 떠나 있음은 또한 그 자체로 대단히 고귀하다. 왜냐하면 버리고 떠나 있음은 인간을 신과의 가장 위대한 동일성으로 인도하기 때문이다. 이 동일성은 물론 인간의 작품으로 여겨질 수 없고, 오히려 은총의 선물로 여겨질 수 있다. 에그하르트가 생각하는 버리고 떠나 있음은 신 자신에게서 비롯되고 영원한 신으로부터 유래되었기에 모든 피조물에 의해 결코 동요되지 않는 그러한 버리고 떠나 있음에 그 고유한 근거를 갖는다. 이 논고의 저자는 다음과 같이 말을 이어간다. "우리가 시간 가운데서 수행할 수 있는 모든 기도와 선행에 의해 신의 버리고 떠나 있음이 움직이는 일은 전혀 없다. 마치 기도나 선행이 시간 가운데 행해진 적이 결코 없었던 것처럼 신의 버리고 떠나 있음은 전혀 동요하지 않는다. 또한 신은 시간 가운데 행해진 우리들의 기도나 선행 때문에 우리를 더욱더 은혜롭게 대하거나, 우리에게 더욱더 가까워지거나 하지 않는다. 마치 우리가 기도나 선행을 결코 행한 적이 없는 것처럼 그렇게 우리를 대하신다. 게다가 나는 더 나아가 다음과 같이 말한다. '신성 가운데 머물렀던 아들이 인간이 되기를 원했고, 그래서 인간이 되고 고난을 당했을 때조차도, 이러한 사태가 신의 확고부동한 버리고 떠나 있음을 움직이게 하지는 못했다. 마치 아들이 결코 인간이 된 적이 없었던 것처럼 전혀 요동이 없었다.'"[133] 이와 같은 문장들은 쉽게 오해될 수도 있다. 하지만 에크하르트가 기도나 선행 또는 신적 구원 사건을 폄하하려는 것은 아니었다. 그에게 중요한 것은 신의 초월성의 깊이와 심연을 부각시키고자 하는 그의 노력이다. 키에르케고르의 말로 하면 신과 인간 사이의, 영원성과 시간 사이의 '무한한 질적인 구별'을 드러내고자 하는 것이다. 신의 이러한 초월성이 진지하게 받아들여질 때, 비로소 신으로 향하고 신에게 가까이 있는 것이 그 고유한 의미를 얻게 된다.

따라서 에크하르트는 동일한 맥락에서 이러한 초월적인 신에 대해 말하기를 소홀히 하지 않는다. "그분은 또한 누군가가 수행할 수도 있게 될 가장 적은 기도와 가장 적은 선행조차도 꿰뚫어 보고 계셨다. 그리고 그분은 어떠한 기도와 어떠한 신심 깊은 헌신에 귀 기울이고자 하실지를, 그리고 귀 기울여야만 하는지를 미리 꿰뚫고 계셨다. 그분은 당신들이 내일 그분을 간절하게 불러 그분께 애타게 간청하고자 할 것을 이미 알고 계셨다. 신은 이러한 부르짖음과 기도를 내일 비로소 귀 기울이지 않으신다. 왜냐하면 그분은 그러한 부르짖음과 기도를 이미 자신의 영원 가운데서 귀 기울여 들으셨기 때문이다. 당

하인리히 소이제의 『영원한 지혜에 대한 작은 책자』, 1328년

신이 아예 인간이 되기도 이전에 말이다. 만약 당신의 기도가 간절하지도 진지하지도 않다면, 신이 지금에 와서 비로소 당신을 거부하는 것은 아닐 것이다. 왜냐하면 그분은 실로 자신의 영원성 가운데서 당신을 실로 이미 거부하셨기 때문이다."[134] 버리고 떠나 있음의 원형Urbild은 그리스도이다. 공간적 또는 시간적 한계를 벗어나 성령의 능력 가운데 (원형으로서의 그리스도로서) 제자들과 함께 있을 수 있기 위해, (역사적 예수로서) 지상적 모습을 지닌 자신을 제자들에게서 떼어내야 했던 그 그리스도이다. 이로부터 에크하르트는 다음과 같은 결론을 끌어낸다. "그 까닭에 여러분은 눈에 보이는 상像인 겉모습 bilde을 벗어나서 형태 없는 존재formelôsenem wesen와 하나가 되어야 한다. 왜냐하면 신의 정신적 위로는 아주 미세한 종류의 것이기 때문이다. 따라서 신의 정신적 위로는 신체적 위로를 물리치는 사람 이외의 그 어떠한 사람들에게도 결코 주어지지 않을 것이다."[135]

에크하르트의 버리고 떠나 있음의 고귀성과 유익성에 대한 섬세한 이론은 그리스도인의 삶의 실천을 위한 구체적인 귀결을 갖는다는 것을 우리는 알 수 있다. 왜냐하면 이러한 버리고 떠나 있음은 "영혼을 깨끗하게 하고 양심을 순수하게 하며, 심정에 불을 붙여 뜨겁게 하며, 정신을 일깨우며, 동경하는 것을 빨리 얻게 하며, 신을 인식하게 하며, 피조물로부터 벗어나게 해, 신과 하나 되게 하는 것"이기 때문이다. 또는 보다 소박하고 생동감 있게 말하면, "당신들을 이러한 완전성으로 옮겨다 줄 수 있는 가장 빠른 동물이 바로 고통이다. 왜냐하면 그리스도와 함께 최대의 비통함 가운데 서 있는 자 이외에 그 어느 누구도 더 이상 영원한 달콤함을 맛볼 수 없기 때문이다."[136]

따라서 버리고 떠나 있음은 인간을 자기 폐쇄적인 자아에서 실재하는 참된 동일성으로 이끈다. 이기주의적인 가짐이나 원함에서 인간의 참된 존재로 이끌어 간다.

설 교

독일어 작품 가운데서 논고와 설교를 구별하는 것이 비록 형식적인 근거에서 정당하다 하더라도, 정신적 가르침을 내용으로 하는 논고와 설교의 문체 형식이 얼마나 비슷한가 하는 것이 이미 논고로 출판된 텍스트가 잘 말해 준다. 아녜스 왕비를 위한 위로의 책과 이어지는 설교 『고귀한 사람』, 또한 논고 『버리고 떠나 있음』 사이의 상호 관계에서 이러한 사실이 명백해진다. 이러한 논고들 여기저기서 에크하르트의 말씀에 대한 위대한 경외심이 나타난다. 이러한 경외심은 바로 "에크하르트의 설교의 표지標識"(H. 피셔)로 여겨질 수 있다.

만약 에크하르트의 것으로 주장된 설교 작품을 연대적 순서로 배열할 수 있다면 큰 도움이 될 것이다. 하지만 이를 위한 전제들이 결여되어 있다. 그의 작품인가 아닌가 하는 물음이 에크하르트의 것으로 알려진 100개 넘는 설교들의 한 부분에 있어서만 해명되었을 뿐이다. 게다가 전승 형태들도 완전하지 못하다. 때로는 완성되지 못한 단편적인 텍스트만 남아 있을 뿐이다. 독일 작품 가운데 이미 86개의 에크하르트 설교들이 비판적인 주석을 달고 출간되었다.

초기 설교들은 『영적 강화』의 성립 시기에 속한다. 시기적으로 그 뒤를 이어 관구장 시절의 에크하르트가 행한 설교들이 있다. 여기에 『영혼에서 있어서 지성의 낙원』에 포함되는 문서들이 있다. 이 문서들은 14세기 중엽 무렵에 성립된 설교 묶음, 곧 에르푸르트의 도미니코회원들에 의해 상당한 개연성을 지니고 모아져서 편집된 설교 묶음과 관계된다. 이 설교 묶음에 32개의 에크하르트 설교들이 다른 저자가 쓴 32개의 설교들에 편입되어 있다. 마지막으로 세 번째 설교 그룹이 있다. 말하자면 에크하르트의 슈트라스부르크와 쾰른 시기에서 유래하는 설교들이다. 쾰른 시기의 설교자는 자신이 최근에 시토 수녀원 성 마리엔가르텐에서, 또 다른 때에는 학교(쾰른의 도미니코회 수도원 학교)에서 말했다는 것을 기억시켜 주었기 때문에 우리는 적어도 몇몇 장소를 확인할 수 있다.[137]

설교자 에크하르트가 청중과 독자들에게 내뱉은 높은 논변들은 그의 생존 당시에 이미 널리 알려졌다. 에크하르트와 같은 수도원 수사인 요한네스 타울러는 성지주일 전야의 설교에서 그가 다음과 같이 말했을 때, 그가 에크하르트를 염두에 두었음이 틀림없다. "존경하는 스승께서 여기에 관해 당신들에게 이렇게 가르치고 말했다. 그러나 당신들은 그것을 이해하지 못한다. 그는 영원의 시각에서 말했다. 그러나 당신들은 그것을 시간에 따라 파악한다."[138]

에크하르트 신비주의의 주제와 내용들

영혼 가운데 신의 탄생

에크하르트의 방대한 독일어 설교 작품은 다양한 접근과 심화의 가능성을 제공한다. 그의 신비주의를 근본적으로 성립시킨 텍스트 가운데서 루카복음 10장에 대한 설교가 자주 거론된다. 예수가 마르타라는 이름을 가진 부인을 방문했다(예수가 어떤 성으로 방문했다Intravit Jesus in qouddam castellum.). 그런데 편집자는 2번을 달고 있는 이 설교 텍스트에 앞서 다음과 같은 글을 실었다.[139] "이 설교에서 마이스터 에크하르트는 신비적 일치에 대해 최고의 것과 최종의 것을 말한다. 이러한 일치는 단적으로 단순한 영혼의 근저와 세 위격으로 전개하기 이전의 단적으로 단순하고 황량한 신성의 근저와의 일치이다.

이런 일치는 당연히 영혼 가운데 아들의 탄생이라는 귀결로 주어진다."[140]

그리고 쿠르트 루는 이 설교에 "그 가운데 신의 탄생이 일어나는 영혼의 작은 불꽃에 대한 에크하르트의 가장 포괄적인 서술 하나가 실려 있다."고 강조함으로써 요셉 퀸트의 이러한 주장을 지지했다.[141] 따라서 이 텍스트에서 에크하르트가 신과 인간의 관계를 어떻게 생각하는가, 다른 말로 하면 어떤 인간상에서 그가 출발하고 있는가에 대한 단서를 발견할 수 있다.

그렇다고 이 의미심장한 텍스트를 당장 이용하는 데 전혀 문제가 없는 것은 아니다. 에크하르트의 설교인가 아닌가를 판정하기 위해 중요한 근거가 되는 「변론서」에 루카복음 10장에 대한 이 설교가 빠져 있기 때문이다. 뿐만 아니라 에크하르트는 그 당시와 오늘날 전해지는 사본과 분명히 거리가 있다고 추정되기 때문이기도 하다. 왜냐하면 이 사본은 그가 결코 그렇게 말한 적이 없는 수많은 애매한 점과 의심스러운 점들 obscura et dubia을 포함하고 있기 때문이다. 하지만 그는 사람들이 현재의 형태로 변용된 텍스트를 통해 자신을 드러낼 수밖에 없는 처지다. 이는 중요한 말이다! 하지만 에크하르트 연구는 하나의 실마리를 발견했다. 비록 이 사본이 참으로 에크하르트에서 비롯된 것이긴 하지만, 두 텍스트를 섞어 하나로 묶은 편집자의 산물이라는 것도 확실하다는 것이 상당한 개연

성을 갖고 입증되었다.[142]

우선 복음의 텍스트를 보자. 루카(10장 38-42절)에 따르면 예수는 제자들과 함께 길을 가고 있었다. 그는 한 장소에서 가던 길을 멈추고 마리아와 마르타 자매를 방문했다. 마르타가 주부로서 손님을 접대하기 위해 분주하게 일을 하는 동안, 마리아는 예수의 가르침을 듣기 위해 예수의 발 아래에 앉아 있었다. 마르타는 이를 참지 못했다. "주여, 저의 동생이 저만 일하도록 내버려 두는데도 왜 아무 말씀도 없으십니까? 그녀가 저와 함께 일하도록 말해 주십시오!" 이러한 불평에 대한 예수의 답변은 단호했다. "마르타야, 마르타야, 너는 너무나 많은 근심과 수고로움으로 가득하구나. 하지만 하나만이 필요하다! 마리아는 좋은 몫을 선택했다. 그것을 그녀에게서 빼앗아서는 안 된다."(루터의 독일어 번역)

주목할 만한 것은 에크하르트의 설교가 그리스어의 원-텍스트에서 유래하는 라틴어 번역 복음 구절로 시작한다는 점이다. 이 텍스트에 대한 에크하르트 독일어 번역은 내용의 변형을 거쳐 다음과 같이 제시된다. "우리 주 예수 그리스도께서 작은 성읍burgelîn(Burgstädtchen)으로 올라가셨는데, 부인wîp인 젊은 처녀Juncvrouwe가 이분을 맞아들였다." 복음은 '젊은 처녀'에 관해서 말할 뿐 '부인'에 대해서는 언급하지 않는다. 그러나 무엇보다도 설교자에게 중요한 것은 이러한 여성의 두

가지 존재 방식이 서로 하나로 합쳐져야 한다는 점이다. 설교자는 단지 이곳뿐 아니라 여러 곳에서 독자적인 성서의 자유로운 변형, 곧 성서의 자유로운 해석에 대한 권리를 주장한다. 이는 그다지 놀라운 일이 아니다. 왜냐하면 그가 관심을 갖는 것은 보고된 자료의 역사적 지평이 아니기 때문이다. 신비주의자 에크하르트에게는 "지금 그리고 여기서" 일어나고 있는 것이 우선권을 갖는다. 오늘의 인간의 영혼에서 일어나고 있는 것이 결정적인 것이다. 그 때문에 복음서의 각각의 장과 절은 해석되어야 할 상像을 제공하는 것으로 보아야 한다. 이러한 알레고리적인 성서 해석의 도상에서 이러한 지금과 여기가 보이고 체험될 것이다. 또한 이 설교를 듣는 사람이나 읽는 사람 각각은 설교된 본문의 개별적 요소들을 해독해야 할 의무도 지게 될 것이다. 복음사가가 시간과 공간 안에 일어났던 일들을 결코 그렇게 생각하지 않았다 하더라도 아니면 그렇게 생각할 수도 없었다 하더라도, 우리는 에크하르트가 작은 성읍Burgstädtchen 또는 작은 성Bürglein이라는 은유로 무엇을 생각했는가라는 물음을 우리는 제기하지 않을 수 없다. 또한 젊은 처녀와 부인이라는 말을 우리는 어떻게 이해해야 하는가. 최종적으로 마리아와 마르타의 심적 태도에서 어떠한 사명이 언급되는지를 우리는 생각하지 않을 수 없다. 에크하르트에 있어서 무엇보다 중요한 것은 예수가 젊은 처녀의 집에 머물렸다는 사실이다. 다음은 해독되어야 할 에크하르트의 해석이다. "젊은 처녀는 이전에 존재하지 않았던 때의 그처럼wie er war, da er noch nicht war, 그렇게 모든 낯선 상vremden bilden 에서 벗어난 바로 그러한 인간이다. …… 내가 상에 대한 자아의 집착Ich-Bindung에서 자유로워지고, 내가 어떠한 상도 능동적인 행위로나 수동적인 행위로나, 전이나 후나 나에게 고착되어 있는mir zu eigen 것으로 파악하지 않으며, 오히려 내가 이러한 현재적 지금에서 신의 지극히 사랑스러운 원의를 위해 자유롭게 벗어나 서 있을 정도로, 한때 모든 인간이 (자신 안에) 받아들였고 (더욱이) 신 자신 안에 존재하는 모든 상이 나의 이성 안에 서 있을 정도로 그렇게 포괄적인 이성으로부터 존재한다면, 참으로 내가 이전에 존재하지 않았던 것처럼, 내가 어떠한 상을 통해서도 방해받지 않는 젊은 처녀라면 그러할 것이다(모든 상들에서 벗어나게 될 것이다.)."[143]

모든 지상적인 것에서 벗어나 있음Ledigsein, 그리고 풀려나 있음Befreitsein이 독일 신비주의의 설교자에게 얼마나 중요한가를 우리는 새삼 알 수 있다. 젊은 처녀와 같은 표현들은 사도 바오로에 따르면 신의 자녀들의 영광스런 자유에 대한 표상적 표현으로 이해될 수 있다(로마서 8장 21절). 또한 젊은 처녀는 신비주의적 내면화(명상)의 도상에서 도달하게 될 전적으로 새로운 인간 존재에 대한 표현이기도 하다. 에크하르트는 이어서 말한다. "인간은 젊은 처녀이다. …… 예수가 벗어나 자유롭고 자기 자신 안에서 소녀로 머물듯이, (인간이 젊은 처녀일 때) 모든 것은 그를 소녀로 만들 것이며 어떠한 방해도 없이 최고의 진리에 자유롭게 머물도록 할 것이다. 단지 같은 것만이 같은 것끼리 만난다. 그리고 이것이 하나됨의 근거라고 스승들이 말하는 것 바로 그것처럼 그리고 그것 때문에 소녀인 인간은 소녀와 같은 예수를 맞아들이기 위해 처녀가 되어야 한다."[144] 이 맥락에서 보면 적어도 예수 자신이 자기주장 없이 수용하는 처녀라는 메타포가 된다.

(나자렛 출신의 역사상 예수가 아닌) 그리스도를 모실 수 있게 되는 것. 이것이 바로 하나 되는 것이다. 이어서 에크하르트는 인간 영혼의 부인존재Weibsein에 대해 이야기한다. 이를 통해 그는 다른 성질의 인간, 곧 새로운 인간의 가능성을 처녀에 덧붙인다. 왜냐하면 '부인Weib'은 결혼했다는 의미에서 에크하르트가 볼 때 "인간이 영혼에 갖다 붙일 수 있는 가장 고귀한 이름이기 때문이다. 그리고 젊은 처녀보다 훨씬 고귀하기" 때문이다. 그 자신이 결혼하지 않았던 수도자였으면서 남편 없이 사는 처녀보다 결혼한 부인을 훨씬 높게 평가한 것은 언뜻 보면 놀라운 일일 수 있다. 더구나 한평생 순결을 찬양해 온 수녀들의 관점에서 보면 더욱 그러할 것이다. 하지만 설교자는 이러한 외적인 비교를 전혀 문제 삼지 않는다. "부인인 젊

은 처녀"라는 말은 무엇을 뜻하는 것일까? 다음과 같은 에크하르트의 텍스트가 직접 답한다. "인간이 신을 자신 안에 받아들이는 것은 좋은 일이며, 이러한 받아들임에서 그는 젊은 처녀가 된다. 그러나 신이 인간 안에서 열매를 맺는 것은 더 좋은 일이다. 왜냐하면 선물을 열매 맺게 되는 것만이 선물에 대한 감사이기 때문이다. 그러한 다시 낳는wiedergebärenden 감사 중에 정신은 부인이 된다. 거기서 정신은 신의 아버지의 심정 안으로 예수를 다시 낳게 된다." 젊은 처녀임과 부인은 하나로 합치되어야 한다. 만약 순수하게 수용의 준비가 되어 있다는 하나의 표현이 열매 맺을 수 있음에 대한 또 다른 표현이라면, 에크하르트의 영적인 고찰 방식에 따라 이 양자는 하나이게 된다. 또한 부인의 열매 맺는 능력에 대해서는 의심의 여지가 없다. "왜냐하면 영원한 아버지는 그의 영원한 아들을 이러한 능력Kraft 안에 끊임없이 낳았기 때문이다. 그래서 이러한 능력은 아버지의 아들과 자기 자신에게 동일한 아들을 아버지의 고유한 능력 안에서 함께 낳는다." 곧 영적인 일치성의 표현으로 이해되는 젊은 처녀와 결혼한 부인 양자는, 그 가운데 궁극적으로 영원한 아버지 자신이 창조적이고 생산적으로 활동하게 되는 영혼의 능력을 묘사한다. 영원한 아버지가 바로 인간 영혼 가운데 자신의 아들을 낳는 자이다.

    이로써 에크하르트는 다시금 자신의 위대한 주제와 함께 하게 되었다. 때가 차서 거룩한 땅에 일어난 사건(갈라티아서 4장 4절) 그리고 처녀이면서 어머니인 마리아가 겪은 일 등은 단지 일회적인 역사적 사건일 뿐 아니라, 루돌프 슈타이너의 말대로 "신비주의적 사태"[145]이기도 하다. 마침내 에크하르트는 어떠한 인간적 행위를 통해 행해질 수도 대치될 수도 없는 활동에서부터 일어나는 능력에 관해 알게 된다. "이러한 능력 안에서 신이 자신 안에서 그러한 것처럼, 신은 온전히 온갖 기쁨과 온갖 찬미로 싹을 틔우고 꽃을 피운다. 여기에는 그토록 가슴 설레는 기쁨과 그토록 말로 다할 수 없는 커다란 기쁨이 있기 때문에, 어느 누구도 이러한 기쁨에 대해서 남김없이 말로 표현하거나 알려줄 수 없다." 하지만 에크하르트가 고통은 완전성으로 나아가는 '가장 빠른 동물'[146]이라고 말했을 때의 고통의 문제는 어떻게 되는가? 고통을 기꺼이 받아들일 수 있는 인간의 마음가짐에 대한 논의는 그의 결정적인 주제 중 하나이다. "너의 고통이 너의 것인지 신의 것인지를 올바로 알려 한다면, 너는 다음을 인식해야 한다. 네가 네 자신 때문에 고통을 당하려고 한다면, 그것이 항상 어떠한 방식으로 이루어지든지 간에, 이러한 고통은 너를 슬프게 하고 견디게 어렵게 한다. 그러나 네가 신 때문에, 신의 원의 때문에만 고통을 당하려 한다면, 이러한 고통은 너를 슬프게 하지 않을 것이며 또한 너를 힘들게도 하지도 않는다. 왜냐하면 신이 그 짐을 지기 때문이다."

에크하르트는 자신의 텍스트에 나오는 또 다른 표상 언어인 "작은 성읍"으로 넘어간다. 그 자신이 때때로 "정신에서의 하나의 능력eine Kraft im Geiste", "정신의 하나의 정점eine Hut des Geistes", "정신의 빛ein Licht des Geistes", "작은 불꽃 Fünklein"이라고 불렀던 것과의 성서적 연결점을 그는 성읍이란 말마디에서 본다. 하지만 명칭이 어떠하든지 간에 그 명칭의 고유한 의미를 추구하기에는 항상 부족할 수밖에 없다. 비록 에크하르트가 상이한 명칭들을 사용하지만, 이 설교에서는 이를 다음과 같이 한정시켜 말한다. "이것(영혼의 불꽃)은 이것도 저것도diz und daz 아니다. 그럼에도 이것은 하늘이 땅보다 아득히 높이 있는 것보다 이러저러한 것을 아득히 더 높이 넘어서 있는 어떤 것Etwas이다. 그 때문에 나는 과거에 불렀던 것보다 더욱 고귀한 방식으로 이것을 부른다. 그럼에도 이것은 그러한 고귀성이나 지혜를 조롱하며, 그것을 넘어서 있다. 이것은 모든 이름들에서 자유로우며 모든 정식에서 벗어나 있다. 이것은 신이 자기 자신에서 벗어나 자유롭듯이 전적으로 벗어나 자유롭다. 신이 하나이며 단순한 것처럼, 이것은 완전히 하나이고 단순하다. 그래서 우리는 어떠한 방식으로도 그 안을 들여다볼 수 없다. 내가 앞에서 말한 능력 안에 신은 자신의 전체 신성을 갖고 싹을 틔우고 꽃을 피우며, 신 가운데 자

「탈혼 상태에 빠져 있는 아빌라의 데레사」, 지안 로렌조 베르니니의 제대 조각, 비토리아의 성 마리아 성당, 로마, 1646년

리 잡고 있는 정신(성령)이 그렇게 한다. 이러한 능력 자체 안에 아버지는 참되게 자기 자신 안에서처럼 그의 유일하게 낳아진 아들을 낳는다. 왜냐하면 아버지는 이러한 능력 안에 실제로 살고 있으며, 정신(성령)은 아버지와 함께 낳아진 동일한 아들을 낳으며, 그리고 자기 자신을 동일한 아들로서 낳는다. 정신(성령)은 이러한 빛 안에서 동일한 아들이며 진리이다."

우리는 에크하르트가 루카복음의 10장이 말하는 공간적 장소와 얼마나 동떨어진 이야기를 하는지 여기서 잘 볼 수 있다. 왜냐하면 이 설교에서 본 "작은 성읍"이나 "작은 성"은—후에 아빌라의 데레사가 "영혼의 성"에 대해 이야기했다.—예수 그리스도에게 스스로를 여는 신비주의자의 깊은 내면에 해당하기 때문이다. 따라서 이는 처음으로 설교를 듣는 사람에게 전대미문의 놀라운 소식이었을 것이다. "부분(영혼 가운데의 작은 성벽)을 갖고서 영혼은 신과 같게 된다. 그 이외에는 그렇게 될 수 없다. ······"

그는 아마도 너무 많은 것을 청중들에게 말했다고 느꼈거나 영적으로 아직 미성숙한 사람들에게 신비를 너무도 빨리 넘겨주었다고 느꼈을 것이다. 그래서 설교자 에크하르트는 그가 말한 것이 얼마나 강하게 그를 사로잡았는지를 보여 주는 다음과 같은 언급을 덧붙인다. 학문의 스승Lesemeister이 말하는 것이 아니라, 경험을 겪은 삶의 스승Lebemeister이 말한다. "만약 당신들이 나의 심정으로 인식할 수 있다면, 당신들은 내가 말하는 것을 충분히 이해할 수 있을 것이다. 왜냐하면 내가 말하는 것은 진리이고 진리가 그 자체를 말하고 있기 때문이다." 이렇게 자기 자신을 언표하며 가르치거나 임의로 전달될 수 없는 진리를 들을 수 있기 위해서는 그에 상응하는 인식기관이 필요하다. 인간은 인식되어야 할 것과의 본질적인 동일성에 도달하기 위해서, 내면 깊이 내려가 꼴이 전적으로 바뀌어야 한다. 우리는 에크하르트가 다음을 요구하는 곳에서 그가 품고 있는 이러한 사상을 알 수 있다. 만약 인간이 진리와 같아진다면 인간은 우선적으로 진리를 이해할 수 있게 될 것이다. 그리하여 설교자가 말하는 진리에 대한 확신도 이해할 수 있게 될 것이다. "왜냐하면 숨겨져 있지 않고 드러나 있는 이 진리는 신의 심정에서 (매개 없이) 직접 도래하는 드러난 진리이기 때문이다."[147]

다음의 사실이 오해 없이 말해질 수 있다. 신비주의적 인식은 사물 인식에 해당하는 주관-객관-인식의 구도를 철저하게 타파한다. 매개 없는 직접성이 회복되어야 한다. 인식하는 자가 그 가운데 "위로부터의 탄생"(요한복음 3장 7절)이 주어지는 변화의 과정 속으로 들어서는 그러한 직접성이 실로 회복되어야 한다. 그리스도교적인 변화의 신비, 죽음과 부활의 신비가 이러한 인식 가운데서 그에 상응하는 실현의 형식을 찾게 된다. 따라서 에크하르트는 다른 곳에서 다음과 같이 말한다. "신께로 다가가는 것은 무엇이든지 변화한다. 아무리 가치가 없는 것이라 하더라도, 우리가 그것을 신께로 가져가면 그것은 전적으로 달라져 크게 된다."[148]

마리아와 마르타

설교 2처럼 루카복음에 나오는 동일한 성서 구절로 시작하는 다른 설교가 있다. 이 설교는 마리아와 마르타라는 자매가 그 중심에 서 있다. 여기서 에크하르트는 마리아와 마르타에서 읽어낼 수 있는 영혼의 태도에 대한 평가를 명백하게 한다. 또한 설교자는 오늘날의 주석에서는 통상적으로 거부되는 자유롭고 임의적인 주석을 행한다.

비교적 긴 이 설교 텍스트는 마리아를 명상적인, 내적으로 향하는 영혼의 태도를 추동시킨 세 가지 동인으로 언급하고, 이에 반해 활동적인 마르타를 활동적인 삶으로 끌고 간 세 가지 동인으로 말하면서 시작한다. 에크하르트는 수용할 준비가 잘 되어 있는 마리아에 있어서는 신의 선성에 둘러싸여 있음과 "그리스도의 입에서 흘러나오는 영원한 말씀으로부터 그녀가 받아 마시는 달콤한 위로와 편안함"에 대해 말한다.[149] 그리고 마르타에 있어서는 그녀의 성숙성을 드러냄과 동시에 "사랑이 제공하는 최고의 높이로 외적 활동을 올바르게 방향 지울 줄 아는 현명한 사려 깊음"을 부각시킨다.

  우리는 신비주의자가 마리아의 명상적 입장을 칭찬할 것이라고 기대할 수 있다. 이는 무엇보다도 복음에 나오는 예수가 언니의 입장에 반해 마리아의 입장을 옹호했기 때문이다. "필요한 것은 하나이다. 마리아는 좋은 몫을 선택했다.……" 하지만 에크하르트는 이러한 의심할 수 없는 해석, 곧 복음서의 의미를 대담하게 뛰어넘는다. 그는 이 구절에 대한 전통적 해석에 얽매이지 않는다. 물론 그는 영적으로 교육 받은 수도자임과 동시에 또한 가르치는 수도자로서 마리아와 같이 우리가 영원한 말씀을 전적으로 들을 수 있게 되는 금욕, 명상, 명상적 몰입 등과 같은 훈련의 정신적 가치를 충분히 알고 있었다. 또한 에크하르트는 마리아에 있어서 "위대하고 말로 표현할 수 없는 신의 선성에 대한 동경"을 오해하지도 않는다. 하지만 그에게 중요한 것은 내적인 수용에서 기인하는 실천적 행위였다. "젊은 처녀"는 동시에 열매를 낳는 부인이어야 한다. 이러한 이유로 에크하르트의 해석은 학문적 성서 해석에 정밀하게 들어맞을 수는 없었다.

  게다가 수도원의 영적 지도자의 실천적 경험은, 영적 자질을 실로 응고시킬 뿐 아니라 일상적인 과업에 대한 책임감에 자칫 신경을 안 쓰게 할 수 있는, 자기 폐쇄적이고 자아에 사로잡힌 내적 이기주의로 수도자와 수녀들이 빠질 수도 있다는 것을 잘 알고 있었다. 또한 에크하르트는 자신이 일찍이 말했듯 소를 사랑하듯이 신을 사랑하고 신을 그렇게 여기는 사람들도 잘 알고 있었다. "어떤 사람들은 신을 올바르게 사랑하지 않는다. 오히려 그들은 자신의 고유한 이익만을 사랑한다. 실로 나는 진리에 입각해서 다음을 말한다. 당신의 노력이 향하는 모든 것이 있는 그대로의 신이 아니면 그것이 아무리 좋은 것이라 하더라도, 최고의 진리로 나아가는 데 방해가 될 것이다."[150] 신으로 향하는 길목에 걸림돌이 되는 영성, 인간으로 향하는 신의 길목에 걸림돌이 되는 영성, 곧 근저에 흉하게 감추어져 있는 영적 유물론 또는 영적 이기주의인 거짓 영성! 그래서 마이스터는 마리아와 같은 인간은 사람살이에 참여하기보다는 명상적 즐거움이 가져다주는 쾌감에 너무 쉽게 빠져버릴 수 있다고 생각했다. "사랑스런 마리아는 정신적인 소득보다는 쾌적한 기분을 더 느끼기 위해 거기에 앉아 있었던 것이 아닌가 하는 의심이 든다. 따라서 마르타가 '주여 그녀가 자리에서 일어나게 하소서!' 라고 말했다. 이는 마리아가 이러한 편안한 기분에 고착되어 머물러 더 이상 나아가지 못할 것을 마르타가 두려워했기 때문이다."

만약 우리가 이러한 독자적인 해석 자체가 충분히 숙고된 영적 사목자의 의도로 유발되었음을 이해한다면, 우리는 에크하르트를 오해하지 않게 될 것이다. 에크하르트는 기꺼이 수동적인 명상에 머물러 있어 자신들의 일상적 의무, 사랑의 계명 등을 등한시하는 그러한 내적인 청중들에게 특이한 방식으로 말하고자 했다. 영적으로 위장된 정적주의에 대해 에크하르트는 확실하게 반대한다. 에크하르트가 동생 마리아의 영적-정신적인 발전을 위한 이러한 근심의 흔적이 마르타에게 없다고 보는 한에서, 능동적인 마르타를 인간적으로나 영석으로 더 성숙한 사람으로 여긴다는 점은 의심의 의지가 없다.

따라서 명상적인 마리아가 아니라, 마르타가 신비주의적 인간의 전형으로 그려진다. 탈아적ekstatischen脫我的인 "행복감, 종교적 고양의 달콤함"에 틀어박힌 인간이 아니라, 오히려 "성숙하고 확고한 덕과 걱정 없는 마음 가운데 모든 것에 방해받지 않고" 세상 한가운데서 활동하는 인간이 신비주의적 인간의 전형인 것이다. 따라서 에크하르트의 의미에서 신비주의자의 길은 오직 명상적 길via meditativa, 곧 안으로 향하는 길만으로 뻗쳐 있는 것이 아니며, 그 길의 절대적 귀결인 활동적 길via activa, 곧 바깥 일로 향하는 길로 뻗어 나가야 한다. 세계 실현을 방치해서는 안 된다. 마치 그것을 가치 없는 창조인 양 여겨서는 안 된다. 그리고 그 일을 하는 사람을 가치 없는 사람으로 치부해서도 안 된다. 설교자에게 중요한 것은 청중들

피이터 에르트센의 1553년작 「마리아와 마르타」는 그의 조카이자 수제자였던 베케라르에 의해 더욱 집약적이고 세련된 형태로 재탄생된다. 「마리아와 마르타의 집에 계시는 그리스도」, 요아힘 베케라르, 1565년

에게 활동적으로 그리스도를 따르기 위한 충동을 제공하는 일이었다.

에크하르트를 이해하는 데 큰 도움이 되는 예술 작품이 있다. 로테르담의 보이만즈 박물관에 소장되어 있는 네덜란드 화가 피이터 에르트센의 그림(1550년경)은 적어도 에크하르트적인 해석을 표현하는 것으로 여겨진다. 일에 몰두한 마르타가 주방장 역할을 하고, 다른 동료 작업자가 그녀를 돕는다. 식품이 풍부한 식품저장고와 함께 마르타의 모습이 그림 전면을 차지하고 있다. 예수와 마리아처럼 그에게 귀를 기울이는 무리들 및 이러한 직관에 관계되는 일은 더 이상 거론되지 않으면서 거의 알아차릴 수 없을 정도로 배경에 조그맣게 그려져 있다. 일본의 우에다 시즈테루는 에크하르트의 인간상을 선불교의 실천과 비교함으로써 텍스트와 그림을 분석하는 일을 했다. 그리고 다음과 같은 결론에 도달했다. "마르타는 신을 있는 대로 놓아두고gelassen 현실 세계로 되돌아왔다. 예수는 그녀 뒤로 아득하게 멀어져 조그마해졌다. 마르타는 부엌에서 일하고 있다. 이것이 바로 그녀가 크게 그려진 주요한 이유이다. 그녀에 있어 세계 실현으로의 복귀는 바로 동시에 신을 통과하여 그 근저로, 곧 상을 넘어서 있어 상이 없는 신의 본질로, 신성의 무로의 돌파의 완전한 수행인 것이다. 이러한 돌파와 하나가 됨으로써, 고유한 근저로 향하는, 곧 신성의 무로 향하는 신으로의 복귀가 수행되는 것이다."[151]

결론적으로 '마리아-마르타-설교'에 나오는 발전적인 사상을 간략하게 살펴보아야겠다. 비록 에크하르트에서 일회적인 탄생의 경험과 돌파의 경험이 너무나 중요한 것이어서 인간적 노력과 무엇을 행하고자 하는 것이 문제시되긴 하지만, 그래도 그는 여기서 그리스도를 따르는 실천적 방식으로서의 길에 대한 물음을 제기한다. 그리고 그 자신이 영혼의 신으로의 길에 대한 물음을 주제로 삼으면서 세 가지 방식을 구분한다. "어떤 한 길은 다음과 같다. 다양한 활동으로, 불타는 사랑으로 모든 피조물 가운데 신을 추구하는 것이다. 다윗 왕이 '모든 것 가운데서 저는 휴식을 찾았습니다.'(집회서 24, 11)라고 말했을 때 이를 뜻한 것이다. 두 번째 길은 길 없는 길 wegloser Weg이다. 여기서 우리는 자유롭지만 여전히 묶여 있다. 여기서 인간은 뜻도 없고 상도 없이 자기 자신과 모든 것을 아득히 넘어서서 벗어나 있게 된다. 그러나 여전히 본질적인 존재에 도달하지는 못한다. 그리스도가 "베드로야, 너는 복되다!"(마태오복음 16장 17절)라고 말했을 때, 바로 이를 염두에 두신 것이다. 세 번째 길이 진정으로 '길'이며, '고향에 돌아온 존재 Zuhause-Sein'이다. 이 길은 신의 고유한 존재 가운데서 직접적으로 그분을 직관하는 것이다. …… 말씀의 빛에 인도되고 성령의 사랑에 둘러싸여 신(아버지)으로 나아가는 이 길에서 …… 인간이 말로 파악할 수 있는 모든 것을 넘어서게 된다."[152]

그러나 이것이 신비주의자가 다른 사람들이 길 없는 길을 갈 수 있도록, 말 없는 것과 방식 없는 것 자체[an sich Wort- und Weiselose]를 말하게 하는 연구를 착수하게 해서는 안 된다는 말인가? 에크하르트는 다음과 같이 충고한다.

놀라운 이 사실에 온 정성을 다해 귀 기울여라!
얼마나 놀라운가.
거기서는 바깥이 안처럼 서 있다.
잡으면서도 동시에 싸잡히는구나.
직관하면서도 동시에 직관되는구나.
머물면서도 머물게 되는구나.
다음이 목표이다.
정신이 휴식 가운데 머무는 곳에
영원을 사랑하는 사람이 하나가 되는구나.[153]

내적인 삶

"최상의 선물과 가장 완전한 것은 빛의 아버지로부터 위에서 아래로 내려온다." 신약성서 야고보 서간(야고보서 1장 17절)의 이 구절은 자신의 청중들과 수도자에게 이미 널리 알려진, 위로와 영혼의 근저에서 신의 탄생이라는 두 개의 주제를 설교하도록 에크하르트에게 영감을 주었다. 인간이 오로지 신적 의지를 담는 그릇이 되기 위해 그냥 놓아두고 있음을 실천해야 하는 것이 관건이다. "주목하라! 당신들은 다음을 알아야 한다. 곧 자신을 신께 바치고 모든 정성을 다하여 신의 의지만을 따르는 사람에게 신이 항상 베푸는 것이 최상이라는 것을. 또한 다음을 확신해야 한다. 곧 신이 사랑하는 방식은 필연적으로 최선일 수밖에 없다는 것을. 그리고 그 밖의 어떤 방식도 있을 수 없다는 것을. 더 나은 방식이란 있을 수 없다는 것을. 어떤 다른 것이 여전히 더 나은 것으로 나에게 보일지라도, 그것은 당신에게 여전히 좋은 것은 아닐 것이다. 왜냐하면 신은 다른 방식이 아니라, 이 방식을 원하시기 때문이다. 이 방식이 당신에게 필연적으로 최선의 방식일 수밖에 없다. 그것이 병이든 가난이든 굶주림이든 목마름이든 또는 그것이 무엇이든 간에 신이 당신에게 내리시는 것이나 내리시지 않는 것이나 또는 신이 당신에게 주는 것이나 주지 않는 것이나 모조리 다 당신에게 최상의 것이다. ……"[154]

여기서 다음과 같은 사항을 첨가한다. "만약 당신이 항상 당신 자신의 어떤 것을 추구한다면, 결코 신을 발견하지 못할 것이라는 사실을 알아야 한다. 왜냐하면 당신은 오로지 신만을 추구하지 않았기 때문이다. 만약 당신이 신을 갖고서 어떤 것을 추구한다면, 이것은 마치 신에게서 촛불을 만들어내는 것과 똑같은 일을 행하는 것이다. 촛불을 갖고 어떤 것을 찾기 위해. 만약 찾고 있는 것이 발견되면, 우리는 촛불을 내던지고 만다. 당신들이 하고 있는 일들이 전적으로 그러하다. 그런데 당신이 신을 갖고 항상 찾는 것은 그것이 무엇이든 간에 무無이다. 그것이 이익이든 보상이든 또는 내면성이든 또는 그것이 무엇이든 간에 그것은 무이다. 당신이 무를 찾는 것은 당신이 무을 찾는 까닭에 의해서만 야기되는 것이다. 모든 피조물은 순수한 무이다. 나는 모든 피조물의 가치가 적다고 이야기하는 것이 아니라, 피조물은 순수한 무(여기서는 아무것도 '아니다'는 의미에서)라고 말하고 있다. 존재를 갖고 있지 않는 것은 무이다. 모든 피조물은 어떤 존재도 갖고 있지 않다. 왜냐하면 피조물의 존재는 신의 현재에 의존하기 때문이다. 만약 신이 단 한순간이라도 모든 피조물에게서 돌아선다면, 피조물은 없어질 것이다."

피조물이 신에게서 분리되었다고 생각될 때, 피조물에 달라붙는 아무것도 아닌 것Nichtigen으로부터 에크하르트는 자신의 중심 주제로, 곧 신의 탄생으로 돌아선다. "아버지는 자신의 아들을 영원한 인식 가운데서 낳는다. 그리고 아버지는 자신의 고유한 본성에 있어서 그러한 것과 전적으로 똑같이 자신의 아들을 영혼 가운데 낳는다. 그리고 아버지는 영혼에 고유한 것인 아들을 낳는다. 아버지의 존재는 영혼 가운데 자신의 아들을 낳는 것에 매달려 있다. ……" 말마디의 엄밀한 의미에서의 이러한 비의적인 전달은 명상적 관조에서 나오는 것이다. 그리고 또한 안으로부터의 삶으로부터, 내면으로부터 나오는 것이다.[155] 그 때문에 영혼의 고귀한 지위에 대한 에크하르트의 대담한 언표들이 오직 신학적 또는 심리학적-인간학적 사태에 대한 지식을 제공하는 것일 수 없다. 비의의 본질은 비의가 두루 비추는 힘, 삶을 변화시키는 힘, 새롭게 되는 힘으로 경험되는 것에 바탕을 둔다. 그리고 이러한 경험은 내면화되는 것Innenwerden이지 단순히 지식을 풍부하게 하는 것이 아니다. 비록 비의가 종교적-신비주의적 중심 사태를 내용으로 갖는다 하더라도 그러하다.

바로 위대한 말은 설교자가 항상 다시 각인시키고 있는 다음의 것이다. "아버지가 자신의 아들을 내 속에 낳는 곳에서, 나는 아버지 자신의 아들과 동일한 아들이지 그 이외 다른 아들이 아니다." 만약 전적으로 동일성에 대한 논의가 아니라면, 어떻게 이러한 참여에 대한 이야기가 성립되겠는가? 이런 이야기를 처음으로 들은 청중이 놀랄 수밖에 없지 않았겠는가? 쾰른과 아비뇽의 이단 재판관들은 이와 같이 잘못 오해될 수도 있는 언표의 관점에서 에크하르트의 반대편에 설 수밖에 없지 않았겠는가? 에크하르트는 다른 설교들에서 자신의 인간 영혼에 대한 모습을 다음과 같이 확장한다. "나는 때때로 영혼 가운데 있는, 창조되지도 않은 그리고 창조될 수도 없는 하나의 빛에 대해 말해 왔다. 이러한 빛을 나는 항상 내 설교 중에 언급하곤 했다. 이러한 동일한 빛은 신을 있는 그대로 직접적으로, 숨겨지지 않은 채로, 발가벗은 채로 받아들인다. 실로 이는 탄생이 수행되는 가운데서의 수용이다. 여기서 나는 다시금 진리에 따라 다음을 말한다. 이 빛이 그것을 갖고 존재 통일성Seinseinheit 속에 있는 어떠한 영혼의 능력과의 통일성을 갖는 것보다 더 많이 신과의 통일성을 갖는다고. …… 이러한 불꽃은 모든 피조물에 반대하여 있는 그대로의 감추어지지 않은 신 이외 어떤 것도 원하지 않는다. …… 나는 영원한 진리 그리고 항상 자신을 입증하는 진리에 있어서 다음을 말한다. 이 빛은 단순하고 고요하게 서 있는 신적 존재에 만족하지 않는다고. 오히려 이 빛은 이 신적 존재가 어디에서 왔는지 알고자 한다. 이 빛은 단순한 근저로, 고요한 황야로, 결코 구별이 없는 곳, 곧 성부도 성자도 성령도 없는 곳으로 파고들려 한다. 어느 누구도 결코 가 본 적이 없는 가장 깊은 내면에서 이 빛은 만족한다. 이 빛은 자기 자신에 있는 것보다 이 가운데서 더욱더 내적이 된다."[156]

이런 말들은 청중과 독자를 한계까지 끌고 갔을 것이다. 루이 꼬녜가 여기서 표현된 영성의 유일성을 다음과 같이 강조한 것은 옳다. "에크하르트 연구를 진행하는 모든 토마스주의자들은 영혼의 근저의 신적 성격에 대한 에크하르트의 대담한 언표들을 약화시켰다. 그리고 무엇보다도 영혼의 근저가 신으로 향한다는 사실을 주로 부각시켰다. …… 이들의 이러한 해석이 흥미롭기는 하지만, 이러한 해석은 인간 영혼이 자신의 정신적 본성 덕분에 신과 하나 된다는 에크하르트의 위대한 직관을 차단한다. 에크하르트는 이러한 사상을 영혼의 영원한 탄생이라는 주제와 분명히 결합시켰다."[157]

그렇다고 에크하르트의 이렇게 대담한 문장들이 인간적인 너무나 인간적인 교만과 자부심을 부추기지는 않는다. 왜냐하면 야고보 서간의 구절에 대한 이 설교에서 내적 전환의 표현으로서의 겸손이 다음과 같이 강하게 제시되기 때문이다. "위로부터 받고자 하는 사람은 반드시 올바른 겸손 가운데서 아래에 있어야만 한다. 당신들은 진리 가운데서 다음을 알아야 한다. 완전히 아래에 있지 않은 사람에게는 아무것도 내려오지 않을 것이다. 그는 아무리 사소한 것이라 할지라도, 그 어떤 것도 받지 못할 것이다. 만약 당신이 어떤 방식으로든 당신 자신에든 또는 어떠한 것에든 또는 어떠한 사람에게든 눈길을 준다면, 당신은 아래에 있는 것이 아니다. 그래서 당신은 아무것도 받지 못할 것이다. 반대로 만약 당신이 완전히 아래에 있다면, 당신은 완전히 그리고 완벽하게 받을 것이다. …… 당신은 올바른 겸손을 갖고 신 아래로 당신 자신을 낮추어야 한다. 그리고 당신의 심정 가운데 그리고 당신의 인식 가운데 신을 드높여야 한다."[158] 어떠한 의도도 없는 겸손이 여기 분명히 첨가되어야 한다. 이러한 의도 없음 없이는 좋은 뜻의 명상적 훈련 또는 가장 엄격하고 가장 지속적인 훈련이라 하더라도 그릇될 수밖에 없다.

당신 자신을 경계하라

"우리가 그 아들을 통해 그리고 그 아들과 함께 살 수 있도록, 신이 자신의 아들을 세상에 보냈다는 데에 신의 사랑이 우리 가운데 드러났도다."(요한1서 4장 9절) 에크하르트가 이 성서 구절에서 이끌어낸 핵심은 그리스도의 하강과 출현을 통해 인간 본성이 질적으로 변화되었다는 것이다. "최고 높으신 분이 이 세상에 내려오시어 인간의 본성을 취함으로써 인간 본성이 측량할 수 없이 고양되었다. …… 왜냐하면 사랑하는 주님이신 예수 그리스도께서 자신의 소유인 모든 것을 나의 것으로 만드셨기 때문이다."[159]

이로써 "더 높으신 분"이 인간 가까이 오셔서 인간에게 직접적으로 현존하셨다. 이 장뿐 아니라 에크하르트의 전 작품의 맥락에서 본다면, 그가 세계를 경멸하거나 또는 신에 대해 피조물을 적대시하지 않았다 점은 확실하다. 그는 오히려 인간 영혼이 신과 결부되어 있음을 드러내려 했다. 그래서 인간 영혼과 피조물과의 결합이 결코 인간 영혼과 창조자와의 일치를 대신할 수 없다고 말하려 했다. 오직 창조자와 비교될 때만, 피조물과 천사는 "순수한 무"인 것이다. 이러한 사실은 설교자가 이미 『영적 강화』에서 강조했듯이 신이 바로 사물 속에, 모든 것 속에 수용되어 있고 받아들여져 있을 수밖에 없다는 통찰을 이 설교에서 부각시켰다. 이것을 볼 때 에크하르트가 피조물을 경멸하거나 적대시하려 들지 않았다는 사실이 더욱더 분명해진다. "인간은 모든 것 가운데서 신을 읽어낼 수 있어야 한다. 그리고 인간의 심정은 마음속에 그리고 온갖 노력 속에 그리고 사랑 속에 신을 항상 현재하도록 하는 데 익숙해져야 한다."[160]

이렇게 생각하더라도 궁극적으로는 신과 인간 사이의 틈이 있기 마련이다. 그런데 이 분리의 원인은 인간 자신이다. 인간이 겸손이 부족해서든가 또는 자기 낮춤을 거부함으로써 장벽을 치기 때문에 그러한 일이 생기는 것이다. "우리가 모든 장애의 원인이다. 당신 자신을 경계하라. 그러면 당신은 잘 지켜낼 것이다."[161] 이 말에 앞서 다음을 충고한다. "항상 겸손한 자기 부정과 자기 낮춤에 머물러라. 신이 원한다면 당신에게 베풀 수도 있는 어떠한 선에도 당신이 항상 부적합하다고 생각해야 한다." 이러한 호소는 인간 영혼의 고귀성과 품위에 대한 저 앞의 철저하게 대담한 문장들과 떼려야 뗄 수 없는 연관을 지니는 것으로 받아들여야 한다. 인간적 이기주의와 소유욕에서 벗어나 오로지 탄생의 신비와 신과의 일치가 확실하게 되는 곳에서만, 에크하르트 신비주의의 위대한 진리들이 받아들여질 수 있을 것이다. 또 다른 곳에서 다음과 같이 말하기도 한다.

"신이 나를 자신의 것으로 삼을 만큼, 실로 비슷한 것으로서가 아니라 똑같은 하나로 삼을 만큼 나는 전적으로 신으로 전환되어야 한다. 참으로 살아 있는 신과 어떠한 구분도 있을 수 없다."[162]

"많은 단순한 사람들은 신이 저기에 서 있고 자신들은 여기에 서 있는 것으로 신을 보아야 한다고 착각한다. 그러나 사실은 그렇지 않다. 신과 나, 우리는 하나이다. 인식을 통해 나는 신을 내 속으로 들어오게 하는 반면 사랑을 통해서 나는 신 안으로 들어선다."[163]

우리는 신 가운데 죽는 것을 찬미한다

자연적으로 새로워짐, 탄생과 재탄생 그리고 내적인 고귀성과 내적인 등급에 대한 확증 등에 대한 언급들은 기꺼이 수용된다. 따라서 새로운 존재 방식을 취할 수 있다는 언급들은 쉽게 받아들여지는 것 같다. 하지만 자신의 삶을 희생하고 봉헌하는 문제는 과연 어떠해야 하는가?

"순교사들이 칼닐 아래 죽었다."(히브리서 11장 37절)라는 제목의 설교에서 에크하르트는 자신들의 삶을 전적으로 희생한 사람들, 그리고 그 때문에 모든 가톨릭 신자들이 날마다 기념하는 그러한 사람들에 대해 이야기한다. 여기서 단지 주목할 것은 에크하르트가 설교대에서조차 철학자이기를 멈추지 않았다는 사실이다. 그 때문에 이 설교는 "지상의 삶을 아득히 넘어서 있는 형이상학적 존재의 숭고성과 신적 존재에서의 생명과 존재의 통일성을 제공할 목적으로 폭넓게 구상된 존재사변으로 흘러들어간다."(요셉 퀸트)

설교자는 자연이 그 어떤 것도 파괴하지 않으면서 소멸하고 만 자리에 더 나은 어떤 것을 채운다는 직관을 고대 자연철학의 전통에서 가져온다. 에크하르트는 다음과 같이 말한다. "만약 자연이 그렇게 한다면, 신은 더욱더 그렇게 한다. 신은 (그 때문에) 더 나은 것을 주시지 않고서는 결코 파괴하지 않으신다. 순교자들은 죽어서 생명을 잃었지만, 그 대신 존재를 부여받았다."[164] 생명의 상실은 결코 해가 되지 않았다. 오히려 시각은 삶과 죽음이라는 소멸하는 것의 이러한 교체를 넘어서 있는 것으로 향한다. 에크하르트는 이미 자신의 라틴어 저작에서 "존재"의 철학적 기초를 세웠다. "존재는 너무나 높고 너무나 순수하여 신과 닮았다. 따라서 자기 자신으로 존재하는 신만을 제외하고 그 누구도 존재를 부여할 수 없다. 신의 가장 고유한 본질이 바로 존재이다. ……" 여기에서 다음과 같은 확신이 만들어진다. 이 문장의 의미를 완전히 이해하고 해석한 사람은 "결코 단지 한순간이라도 존재로부터 다시금" 돌아서지 않을 것이다. "가장 사소한 것이라도, 우리가 이것을 신 가운데 존재하는 것으로 인식한다면, 실로 우리 자신이 한 송이 꽃이라도 그것이 신 가운데 존재를 갖는 것으로 인식할 수 있다면, 이 사소한 것이 전 세계보다도 더 고귀할 것이다." 이로써 피조물 전체인 모든 존재자는 신의 존재에 한몫을 차지하고 있음을 알 수 있다. 이리로부터 알베르트 슈바이쳐의 뜻과 (단순히 환경 세계를 위해서가 아니라) 살아있는 유기체인 지구를 위한 "생명에 대한 경외"에 대한 윤리적 귀결이 어렵지 않게 도출된다.

모든 살아 있는 것에 대한, 곧 창조주의 존재에 있어 실존하고 있는 것에 대한 이러한 근거 지음에서 에크하르트는 다음과 같은 결론을 이끌어 낸다. "신이 생명보다 더 나은 존재로 우리를 데려가실 수 있도록 신 가운데 죽는 것을 우리는 찬미한다. 그 가운데 우리의 생명이 살고, 그 가운데 우리의 생명이 존재가 되는 그러한 존재로 신이 우리를 데려가실 수 있도록. 인간은 자신에게 더 나은 존재가 주어지도록, 죽음에 자신을 기꺼이 내놓아야 한다. 죽어야 한다."[165]

따라서 그것이 생명 가운데 있든지 아니면 죽음 가운데 있든지 간에 피조물은 존재 근거인 신에 완전히 의존한다. "모든 것은 신으로부터 존재하고 신 가운데 머무른다. 왜냐하면 신 바깥에는 아무것도 없기 때문이다. 무無만이 있기 때문이다. 따라서 피조물은 단지 '부여된' 존재만을 가질 따름이다."[166]

신에게서 세계를 이해하기

플라톤과 플라톤적인 교부 아우구스티누스의 전통을 이어받은 에크하르트는 모든 존재자가 신적 존재에 전적으로 의존한다는 표현을 반복한다. 자기 인식과 세계 인식은 단지 신으로부터만 가능하다. 왜냐하면 "아버지 가운데서 모든 피조물의 원상"이 자신의 본질을 갖기 때문이다. 모든 모사상의 근저에 원상(이데아)이 자리 잡고 있다는 플라톤적 사상에서부터 이러한 의존이 주어진다. "에크하르트는 플라톤의 이데아들을 모든 피조물의 근원적 근거인 신적 사유로 옮겨 놓았다는 의미에서 플라톤의 이데아론을 넘겨받았으며, 스콜라철학도 이를 가르쳤다."[167] 하지만 에크하르트는 이러한 신학적 전통을 훌쩍 넘어 자신의 고유한 사상을 비교적 자유롭게 형성한다.

예수의 어머니인 마리아에게 가브리엘 천사가 인사하는 장면을 설교하면서 에크하르트는 원상과 모상의 이러한 근원적인 관계에 대해 말한다. "은총이 가득하신 마리아여, 인사 받으소서. 주님께서 당신과 함께 계십니다." 성서 텍스트는 무엇보다도 역사적 예수의 탄생을 알리는 내용이다. 하지만 신비주의자는 이에 만족할 수 없었다. 왜냐하면 첫째로 에크하르트에 있어 결정적인 것은 신의 아들이 인간의 영혼 가운데 태어난다는 사실이기 때문이다. 둘째로 에크하르트는 신적 원상의 의미를 전면에 놓고 싶었기 때문이다. 그는 다음과 같이 말한다. "만약 마리아가 신을 무엇보다 먼저 정신적으로 낳지 않았다면 신은 결코 그녀에게서 육체적으로도 태어나지 않았을 것이라고. …… 신이 마리아에게서 육체적으로 태어난 것보다, 신이 모든 젊은 처녀에게서, 곧 모든 선한 영혼에게서 정신적으로 태어나는 것이 신에게는 더욱 가치 있는 일이다. 여기서 우리는 아버지가 영원에서 낳은 유일한 아들일 수밖에 없다는 것이 이해된다. 아버지가 모든 피조물들을 낳았을 때,

아버지는 나도 낳았으며, 나는 모든 피조물들과 함께 흘러나왔지만, 그럼에도 나는 아버지 안에 여전히 머물러 있다. 이는 내가 지금 하는 말이 그러한 것과 전적으로 같다. 말은 내 안에서 솟아 나오지만, (그럼에도) 다른 한편 나는 (여전히) 상에 머물러 있다. 셋째로 (이를 종합해 보면) 내가 말을 발설하면, 여러분들은 이 모든 말을 받아들인다. 그럼에도 그 말은 고유한 의미에서 볼 때, 여전히 내 안에 머물러 있다. 이런 연유로 나도 여전히 아버지 가운데 머물러 있다고 말할 수 있다. 그리고 모든 피조물들의 원상들이 아버지 가운데 머물러 있다고 말할 수 있다. (극단적으로 말하면) 내가 설교하고 있는 '강론대'의 이 목재조차도 신 가운데 정신적 원상을 지니고 있다. (이런 의미에서 본다면) 이 목재는 단지 이성적인 것이 아니라, 오히려 (단적으로) 순수한 이성이다."[168]

(강론대의 목재처럼) 세상적인 것조차도 이성적인 것을 넘어서기 때문에, 또한 지상적인 것에 대해 본래적인 "위로부터의" 정신적 탄생은 모든 지상적 탄생을 앞서기 때문에 세계는 오직 신으로부터만 이해되어야 한다. 이는 창조뿐 아니라 구원에도 해당하는 이야기이다.

정신의 가난에 대하여

『버리고 떠나 있음』의 주제와 유사한 가난이 에크하르트 설교의 주제들에 속한다. 또한 이로써 그는 위대한 전통 속에 서 있게 된다. "가난이라는 부인donna povertá"을 열렬히 사랑했던 사람이며 가난 운동의 정점에 서 있는 아씨시의 프란치스코를 통해 우리는 중세의 가난 운동을 떠올릴 수 있을 것이다. 이러한 가난 운동에 외적 가난과 내적 가난이 서로 결합되어 있다. 또한 (갈라티아서 2장 25절과 6장 1절에 따라 신적 영, 생명을 베푸는 성령으로 가득 채워져 있는 정신이라는 의미에서) 정신적인 사람Geistlichen에 대한 에크하르트의 중심 개념도 이와 밀접한 연관을 맺는다. 오늘날 공무를 맡고 있는 신학자들이 성직자를 흔히 "정신적인 사람"과 동의어로 사용한다. 하지만 이는 결코 바람직한 언어 사용이 아니다. 에크하르트는 훨씬 더 구체적으로 이 말을 사용한다. 그는 정신으로 살고 있는 사람의 실존적 입장을 염두에 둔다. 왜냐하면 "신의 존재만이 정신의 존재이기 때문이다."[169]

빈번하게 사용되는 "버리고 떠나 있음"이라는 에크하르트의 용어가 바로 이러한 정신적인 것 그리고 정신적 가난에 상응하는 말마디이다. 에크하르트에게 이 가난은 근본적으로 비어 있는 존재와 같다. 비록 어떤 의도도 없다 할지라도 이 비

프란치스코가 자신의 외투를 가난한 사람에게 주고 있다. 지오토의 프레스코화, 아시시, 바실리카 성당, 1330년경

어 있는 존재는 항상 신적 생명의 충만으로 향해 있다. 따라서 가난은 오직 신이 "위로부터" 주는 것이어서 결코 피조물에게 기대할 수 없는 정신의 충만을 받아들이는 존재의 한 방식이다.[170]

"바로 그리스도인 지복이 지혜의 입을 열어 다음과 같이 말했다. '마음(정신-옮긴이)이 가난한 사람은 복이 있을지어다. 하늘나라가 그들의 것이다.' (마태오복음 5장 3절)라고." 예수의 산상수훈에 나오는 첫 번째 지복 문장을 주제로 한 설교는 이 구절로 시작한다. 심연을 알 수 없는 신의 지혜는 정신에 있어서 가난한 사람을 복되다고 찬양했다. 가난에 대한 이 설교는 특이한 정황을 갖고 있다. 소에스트 주州 도서관에서 발견된 에크하르트의 「변론서」 수고의 한 쪽 하단에서 우리는 에크하르트가 직접 쓴 것으로 추정되는 다음과 같은 라틴어 텍스트를 발견했다. "참되게 가난한 사람이 신 없이 있을 수 있다는 것은 불가능하다. 이는 참된 가난은 갖고 있는 것을 단순히 버릴 뿐 아니라, 단적으로 (어떤 것을) 갖고자 하는 의지를 버린다. 참다운 가난은 오로지 신 자신에 대한 의지만 가질 따름이지, 그 밖의 다른 모든 것에 대한 의지를 갖지 않는다."[171]

이 라틴어 텍스트를 에크하르트가 직접 손으로 썼느냐 아니냐를 우리가 여기서 명확히 하더라도, 이 텍스트는 어디까지나 이 설교의 기획서나 요약과 관계있을 따름이다. 그 때문에 많은 사람들이 가난의 설교를 에크하르트의 최후 설교라고 말한다. 에크하르트는 쾰른에서의 소송 사건 이후에 교황청의 이단 재판에서 자신을 변론하기 위해 1327년 봄, 아비뇽으로 향한다. "에크하르트가 피고인으로서 여전히 설교했던 시점은 1327년 2월 13일로 확증된다. 이 가난의 설교의 연대적인 시점은, 적어도 이 설교가 쾰른 이단 심문의 '자료'에 속하지 않는다는 사실을 통해 간접적으로 입증된다. 에크하르트가 이 설교에서 '비리고 띠니 있음의 영성'에 대한 가장 대단한 귀결들과 정식들을 토해내기 때문에, 이 설교가 검열관의 눈에서 벗어날 리 없었을 것이다. 따라서 이 설교가 심문관 측의 자료 조사에는 제공되지 않았다는 결론이 도출된다."[172]

이제 설교 텍스트를 살펴보자.[173] 우리가 만약 자유로운 결단과 그리스도의 가난이라는 관점에서 외적 가난을 받아들인다면, 종교적인 사람의 외적 가난을 에크하르트는 결코 폄하하지 않았다. 수도자라면 젊은 시절 그리스도를 따르기 위해 자신을 바치겠다며 서약했던 계율을 분명히 떠올릴 것이다. 하지만 에크하르트가 설교하는 것은 내적인 가난이며, 영적인 것에 바탕을 두는 가난이다. "어떤 것도 원하지 않고, 어떤 것도 알지 않고, 어떤 것도 갖지 않는 사람이 바로 가난한 사람이다." 이기적인 의지의 지배와 대단한 지식으로 가득 차서 우쭐대는 교만, 그리고 가짐의 방식에서 풀려나 자유롭게 있는 것, 이것이 바로 그가 한 설교의 세 가지 요점이다. 에크하르트는 자신의 주제를 다음과 같이 첨예하게 이야기한다. "당신들이 신의 뜻을 실현하려는 의지를 갖고 있는 한, 그리고 영원성과 신에 대한 동경을 갖고 있는 한, 당신들은 올바르게 가난하지 않다. 왜냐하면 어떤 것도 원하지 않고, 어떤 것도 알지 않고, 어떤 것도 갖지 않는 사람이 바로 가난한 사람이기 때문이다."[174]

그렇게 절절하고 헌신적으로 신을 향한 인간의 의존성과 겸손을 말하던 바로 그 에크하르트가 여기서는 가장 보잘것없는 피조물이라도 신 가운데 갖게 되는 "높은 존재 서열hohen Seinsrang"을 부각시키기 위해 열성을 다한다. 이는 이미 언급했던 존재에의 참여를 뜻한다. 그 동일한 에크하르트가 "우리가 '신' 없이 있을 수 있도록, 그리고 우리가 최고의 천사와 파리와 영혼이 같아지는 바로 그곳에서 진리를 알아듣고 영원히 즐기게 해 달라."고 신께 기도하라고 한다.[175] 이것이 바로 그 가운데서 인간이 모든 욕망에서 자유로울 수 있는, 모든 의지에서 자유로울 수 있는 지점, 곧 존재 서열이다. 이것이 바로 설교자에게는 대단히 중요한 정신적 가난의 첫 번째 방식이다.

정신적 가난의 두 번째 방식인 아무것도 알지 않음은 다음과 같다. "인간은 자기를 위해서도 진리를 위해서도 그리고 신

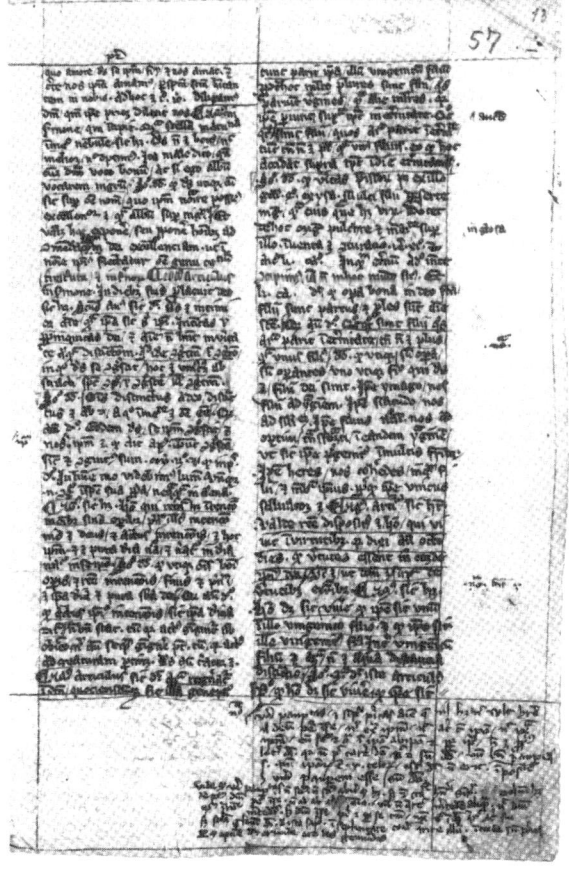

마이스터 에크하르트의 소위 「변론서」의 일부분

을 위해서도 살지 않아야 한다. …… 가난해지려는 사람은 그가 자기 자신을 위해 살지 않는다는 것, 그리고 진리를 위해 살지 않는다는 것, 그리고 신을 위해서도 살지 않는다는 것을 전적으로 모르는 그러한 방식으로 살아야 한다. 더 나아가서 그는 아는 것 모두에서 벗어나 전적으로 자유로워져야만 한다. 그리하여 신이 자기 가운데 살고 있는지조차 알지 못하고, 깨닫지 못하고, 느끼지 못해야 한다. 더 나아가 그는 자신 가운데 살고 있는 모든 앎에서 벗어나야만 한다."[176] 파리 대학의 교수 시절, 한때나마 그가 인식을 얼마나 높게 평가했는가를 우리가 만약 기억한다면, 이 문장은 우리를 놀라게 할 수밖에 없다. 그런 그가 지금은 한때의 확신에서 멀어졌다는 말인가? 물론 그렇지는 않다. 하지만 인식gnosis과 사랑agape 중에서 어느 쪽에 우선권을 주어야 하는가의 문제가 그 당시 철학자와 신학자들 사이의 중요한 논쟁거리였다. 그의 확신에 따르면 이러한 양자택일은 본질적인 것이 아니다. 지복은 다른 근거를 요구하기 때문이다. 그는 이와 관련하여 다음과 같이 말한다. "영혼 가운데 어떤 것이 있다. 이로부터 인식과 사랑이 흘러나온다. …… 그러므로 인간은 신이 자신 가운데 작용한다는 것을 알지도 인식하지도 못하도록 비어 있고 벗어나 있어야만 한다. 그럴 때 인간은 가난을 소유할 수 있게 된다."[177]

설교자는 이어서 자신의 세 번째 주제로 향한다. 이러한 갖고 있지 않음은 사도들의 가난에 대한 외적 모방과 같은 것은 분명히 아니다. 에크하르트는 청빈서약을 한 수도자로서 더 깊이 나아간다. '모든 것 없이 있는 것'은 에크하르트가 결코 낮게 평가하고자 하지 않는, 주목할 만한 덕목이다. 하지만 정신에 있어서 가난은 "신이 영혼 가운데서 활동하고자 하는 한에 있어서, 신이 그 가운데 작용하고자 하는 자리 자체일 수 있도록 …… 인간이 신과 신의 모든 활동에서 벗어나 있어야 한다." 여기서 주목해야 할 것은 몇몇 문장은 신용할 만한 것으로 전승되지 않는다는 사실이다. "어려울 뿐 아니라, 경악할 정도로 대담한 텍스트는 그것을 받아쓰는 사람으로 하여금 오해와 함께 그를 교정하고자 하는 동기를 유발했다는 것이 분명하다. …… 하지만 에크하르트가 말하고자 하는 것은 맥락 전체를 미루어 보면 명백하다. 곧 신이 자신의 활동의 자리를 발견할 수 있게 되도록, 우리가 내적 그리고 외적 활동에서 벗어나 자유롭게 되는 것이 최고의 그리고 최종의 정신적 가난은 아니라는 것이다. 오히려 자기 자신에 있어 활동하시는 신께 모든 활동을 넘겨주는 것이 비로소 최고의 그리고 최종의 정신적 가난이라는 것이다. 실로 신 안에서만 인간의 자아가 자신의 근원적 존재 가운데 있게 된다."[178]

"신 없이 있어야 한다."는 에크하르트의 방식과 요구는 여기저기서 혼란을 야기했음이 틀림없다. 물론 주의 깊게 듣지 않는 청중들에 있어서이겠지만. 그렇다고 신비주의자 에크하르트가 일종의 무신론에 입을 맞춘 것은 물론 아니다. 오히려 그는 신Gott과 신성Gottheit을 분명하게 구분한다. 또한 이러한 구분이 그의 설교에서 분명하게 전제되어 있다. 신과 신성은 계시된 신deus revelatus와 숨어계신 신deus absconditus의 관계와 같이 서로서로 관계를 맺는다. 이러한 양자의 상호 관계에 대하여 에크하르트는 "그들을 겁내지 말라"는 자신의 설교에서 근본적으로 말한다. "모든 피조물이 신을 드러내 말하는 곳에서만" 또한 자신의 어두움에서 벗어나 계시된 신으로서 신이 드러나는 곳에서만, (통상적 의미의) 신에 대해 말할 수 있다는 것이다. 이에 반해 "신성 가운데 있는 모든 것은 하나이다. 거기에 관해 우리는 말할 수 없다. 신은 활동하신다. 그러나 신성은 활동하지 않는다. 신성은 또한 활동할 어떤 것도 갖고 있지 않다. 신성 가운데 어떠한 활동도 없다. 신성은 결코 어떠한 활동으로도 나아가지 않는다. 신과 신성은 활동과 비-활동을 통하여 서로 구분된다."[179]

그렇다면 "신 없이 있다."는 말은 무엇을 뜻하는가? 우리가 갖는 신의 상, 곧 신의 표상을 버리고 순수한 신성으로 돌파할 수 있을 정도로 우리가 "가난"하게 되어야 한다는 말이다. 신성 가운데 모든 존재는 자신의 기원을 가진다. 그리고 그러한 기원에서 모든 존재는 흘러나왔다Ausfluß. 따라서 이러한 복귀

Zurückkommen는 에크하르트에 있어서 결정적인 사건이다. 이에 따라 그는 "만약 내가 '신'으로 되돌아간다 하더라도 만약 내가 신에 머물지 않는다면(내가 신에 머물지 않고 신성으로 돌파한다면-옮긴이), 이러한 나의 돌파가 나의 유출보다 훨씬 더 고귀한 것이다."라고 결론 내린다.[180)]

따라서 목적과 위에서 말한 뜻의 "자신의 의지로부터 자유로운" 목적 추구는 잠정적인 것, 본래적이지 않은 것, 소멸하는 것 등 모두를 비워 버림으로써 가난하게 되는 것과 온전한 버리고 떠나 있음으로 들어서는 것 가운데서만 궁극적으로 성취된다. "길"이라는 메타포는 많은 신비주의자들에게 중요한 의미를 갖는다. 이러한 일이 한가롭게 앞으로 진행되는 길에서 일어날 수 없다는 것이 에크하르트에게서 분명하게 드러난다. 오히려 이러한 일은 대담한 "비상"이며 비어 있는 인간 존재로의 용기 있는 돌파와 관계한다. 이러한 것이 정신에 있어서의 가난을 구성한다. 하지만 이 가난은 가장 충만한 내용을 감추고 있다. "왜냐하면 이러한 복귀적 돌파에 있어서 나와 신이 하나라는 것daß ich und Gott eins이 나에게 부여되기 때문이다. 거기서 나는 나였던 것이다. 그리고 거기서 나는 증가하지도 감소하지도 않는다. 왜냐하면 거기서 나는 모든 사물을 운동시키는 부동不動의 원동자原動者이기 때문이다. 바로 여기서 신은 더 이상 인간 가운데 어떠한 자리도 찾지 않는다. 왜냐하면 인간은 이러한 가난을 갖고서 그가 영원히 존재하였던 것, 그리고 그렇게 항상 머물 것daz er êwiclîche ist gewesen und iemermê blîben wird인 그러한 것에 도달하기 때문이다. 바로 여기서 신은 정신과 하나이다. 그리고 이것이 우리가 찾을 수 있는 최대의 가난이다." 신과 결부되어 있는 근원적이고 미래적인 이러한 원환 운동이 태어나지 않음의 상태로의 신비주의적인 복귀로써 완결된다. 물론 이때 신과 결부되어 있다는 말은 신을 넘어서 있는 신인 신성과 결부되어 있다는 말이다.

신성과의 결합을 목표로 하는 에크하르트의 '가난의 설교'의 결론부 문장들은 동시대인이나 그 다음 세대에게 확실히 강한 인상을 남겼다. 왜냐하면 30개나 되는 텍스트 사본을 지니고 있는 '가난의 설교'는 "가장 널리 전승된 설교"(쿠르트 루)에 속하기 때문이다. 이런 '가난의 설교'는 에크하르트의 다른 설교 텍스트보다 더 자주 인용된다. 네덜란드의 신비주의자 얀 판 뤼스브렉의 『열두 명의 베기네Von den zwölf Beginen』라는 작은 책자에서 특히 두드러진다.[181] 얀 판 뤼스브렉은 에크하르트보다 후대의 사람이다. 신비주의자(얀 판 뤼스브렉-옮긴이)가 과연 신비주의자(에크하르트-옮긴이)를 제대로 이해했는가는 또 다른 문제이다. 왜냐하면 뤼스브렉과 그의 동료인 르벤의 얀은 일부는 익명으로, 일부는 에크하르트의 이름으로 동시대에 공존했던 오류로 이끄는 지도자와 신비

얀 판 뤼스브렉

주의자 그룹에 속하는 "자유정신의 형제들"을 비난하기 때문이다.

이렇게 비난받고 교회로부터 단죄된 사람들은 바로 이 가난의 설교를 근거로 하여 위대한 그냥 내맡겨두고 있음을 지니고서 모든 공격을 감내할 수 있었다. 에크하르트는 그가 어떠한 입장에서 그리고 어떤 목적으로 그런 말을 했는지 가난의 설교로 명확하게 보여 준다. "그 때문에 나는 신께 청한다. 당신이 나로 하여금 당신에게서 벗어나게(자유롭게) 해달라고. 왜냐하면 우리가 만약 신을 피조물의 원인으로 파악하는 한에 있어서 나의 본질적(참된) 존재는 신을 넘어서 있기 때문이다. 모든 존재와 모든 차이성을 넘어서 있는 그러한 신의 존재 안에 나 자신이 있었다. 거기서 나는 나 자신을 원했고, 나 자신을 인식했고 이러한 인간인 나를 창조하고자 했다. 그러므로 나는 시간적인 나의 생성이 아니라, 영원한 나의 존재에 따르면, 나는 나 자신의 원인이다. 그리고 그 때문에 나는 태어나지 아니했고, 그리고 나의 태어나지 않음의 방식에 따라 나는 결코 죽을 수도 없다."

그런 점에서 지상의 삶의 시간 이전으로 돌이킬 수 있는 그리고 더 나아가 모든 피조물의 죽음 이전으로까지 돌이킬 수 있는 인간의 자리는 인간의 원상인 신의 모상과 신이 하나가 되는 바로 그곳이다. 이제 향해야 할 방향은 피조물의 한계를 넘어서이다! 에크하르트는 시간적인 것의 돌파가 시간 이전의 것, 시간을 넘어서 있는 것에서 흘러나옴보다도 더 고귀하다고 말한 위대한 스승을 지지하는 발언을 한다. 이어서 그는 다음과 같이 말한다. "내가 신에게서 유출되었을 때 모든 사물들은 말하였다. 신이 있다고. 그러나 이는 나를 행복하게 할 수 없다. 왜냐하면 여기서 나는 나를 피조물로 인식하기 때문이다. 그러나 내가 나의 고유한 의지 그리고 신의 의지 그리고 신의 모든 활동 그리고 신 자신도 빗이니 서 있는 곳인 복귀적 돌파에 있어서 나는 모든 피조물을 넘어서 있으며, 나는 신도 피조물도 아니다. 더 나아가서 오히려 나는 나이었던 것was ich war이다. 그리고 오히려 나는 내가 항상 현재로 머물게 될 바로 그런 것was ich bleiben werde jetzt und immerfort이다. 또는 거기서 나는 하나의 충격적 감동을 받는다(또는 거기서 나는 날아오르게 된다.).* 그리고 이 충격적 감동은 모든 천사들 너머로 나를 데려갈 것이다. 이러한 감동에서 나는 엄청난 부 Reichtum를 얻을 것이다. 그리하여 신조차도 그가 '신'으로서

---

* "거기서 나는 하나의 충격적 감동(Einprägung)을 받게 된다(또는 거기서 나는 날아오르게(Aufschwung) 된다)." 이 번역의 중세 독일어 원전은 Dâ enpfâhe ich einem îndruc인데, 요셉 퀸트는 이를 Da empfange ich einem Aufschwung라는 현대 독일어로 번역한 반면(*DW* II. 731), 쿠르트 루는 원전에 충실하게 Da empfange ich eine Einprägung라고 번역한다(K. Ruh, 162이하). 두 개의 번역을 함께 실어 보았다.

의 모든 것을 갖고서도 그리고 그의 모든 신적 활동을 갖고서도 나를 만족시킬 수 없게 될 것이다. 왜냐하면 이러한 복귀적 돌파에 있어서 나와 신이 하나라는 것daß ich und Gott eins이 나에게 부여되기 때문이다. 거기서 나는 나이었던 것이다."[182]

  최종적 물음에 이르기까지 밀어붙이는 이러한 모든 문장들 이후에 설교자 에크하르트는 청중들이 어떠한 정신의 가난이 가장 본래적인 가난인가를 이해할 수 있게 이러한 비상과 영원으로의 돌파가 청중들에게도 성공적일 수 있는가를 물을 수밖에 없었다. 에크하르트는 스스로 이 물음을 제기하고 또 그에 답한다. 우리가 온갖 정성을 기울여 이를 이해하려고 노력하는 것이 거의 쓸모없는 짓임을 에크하르트는 잘 알고 있었다. 이성은 이 위대한 주제가 갖는 영적인 성질과 정신적 높이에 적합하지 않기 때문이다. 유한한 것이 무한한 것, 영원한 것을 파악할 수 없기 때문이다. 하지만 "신의 심정으로부터" 도래하는 정신적 직접성Geistunmittelbarkeit이 있다. 이를 확신했던 에크하르트는 어느 설교보다도 의미심장한 이 설교를 다음과 같이 끝맺는다. "인간이 이 진리와 같아지지 않는 한, 그는 이 가르침을 알아듣지 못할 것이다. 왜냐하면 이 진리는 신의 마음에서 매개 없이 도래하는 감추어지지 않고 드러나 있는 진리이기 때문이다. 우리가 이를 경험할 수 있는 방식으로 우리가 살 수 있도록 신이여, 우리를 도우소서. 아멘."[183]

언뜻 보면 이러한 끝맺음은 모순되는 것처럼 느껴질 수 있다. "감추어지지 않고 드러나 있는 진리"는 감추어진 진리와 반대로 통찰 가능한 것이 아닌가. 하지만 이는 겉보기에 지나지 않는 역설이다. 왜냐하면 에크하르트의 사상 테두리에서 보면 자기 자신을 계시하는 "신"은 동시에 피조물적인 것의 장막으로 자신의 진리를 둘러싸고 있다. 하지만 피조물인 인간은 이러한 신의 창조물에서 배어나오는 신호를 이해할 수 있는 능력이 있다. 파라첼수스와 야콥 뵈메가 속하는 중세의 자연철학이 여기에 기초한다.[184] 하지만 이 지평은 여전히 피조물과 관계를 맺고 있는 상대적 진리와 관계있다. 여기서의 진리는 여전히 피조물이 파악하는 진리이다. 하지만 "감추어지지 않고 드러나 있는" 진리는 이와는 전적으로 다르다. 이 진리는 외적 유비의 장막을 결여하고 있다. 또한 피조물에 각인되어 있는 신호나 표지 등도 결여하고 있다. 피조물인 인간은 피조물적 진리를 넘어서 있는 "신성"의 직접성에 대적할 수 없다. 죽을 존재인 인간은 이 진리에 맞서 버틸 수 없다. "전적으로 다른 것"의 무게에 못 이겨 내려앉아 버리는, 신을 경험한 사람들이 이를 항상 거듭 증언한다. 이들은 전율의 신비|Mysterium tremendum 가운데의 성스러움인 이러한 신(숨어 계신 신|deus abconditus)을 체험했다.[185] 하지만 에크하르트는 "직접적으로 신의 심성에서 도래하는" 이러한 진리에 대한 인

식을 결코 포기하지 않았다. 말하자면 인간은 단순히 소멸하고 마는 피조물이 아니라, 존재와 신의 모상에 참여하기도 한다. 그리고 이러한 존재는 신성으로부터 산출되는 "감추어져 있지 않고 드러나 있는 진리"와의 "동일성"을 보증한다. 이러한 진리의 증인으로서 설교자 에크하르트는 우리 앞에 서 있다.

수용사 그리고 영향사

 에크하르트가 어떻게 받아들여졌는가, 그가 어떻게 수용되었는가, 그가 자신의 동시대인과 후세들에게 어떠한 영향을 미쳤는가, 하는 물음은 이미 그 자신의 운명을 통하여 부분적으로는 답변이 되었다. 청중들은 그의 말을 크게 공감하면서 받아들였다. 심지어 청중들이 설교를 받아씀으로써 그의 말은 확고하게 되었다. 오직 이러한 이유 때문에 공식적인 이단 절차를 밟아 설교자를 축출하는 것이 심문관들과 고발자들에게 대단히 중요한 사안이 되었다. 그의 동시대인의 증언은 에크하르트가 불러일으켰던 인상을 "그는 이해하고 말하는 좋은 스승(마이스터)이다."라는 말로 간결하게 종합했다. 그가 자신의 설교의 결정적인 부분에서 과연 이해되었는가, 그렇지 않았는가는 또 다른 문제이다. 무엇보다도 짐작컨대 수녀로 추정되는 청중이 자신의 견해를 다음과 같이 종합한 몇 개의 짤막한 시구가 전해 내려온다.

경험 많은 마이스터 에크하르트는
우리에게 무Nichts에 관해 이야기하고자 하구나.
이를 이해하지 못하는 사람은
신을 원망해야 하리.
그 사람에게는 비쳐지지 않았구나.
신적 광채가!
너희들을 깡그리 버리고 떠나라,
신을 너희들 가운데로 받아 모셔라,
너희들의 이성으로 너희들을 보내라,
그러면 너희들은 행복하게 되리라.[186]

이 시는 두 가지 내용을 담고 있다. 하나는 이해하지 못함에 대한 고백이다. 이해하지 못함은 궁극적으로 신적 조명을 받지 못했기 때문이다. 다른 하나는 버리고 떠나 있음이 얼마나 중요한가 하는 통찰이다. 버리고 떠나 있을 때, 복음의 의미에서 기쁨이 인간 가운데 깃들리라. 다른 시는 다음과 같다.

마이스터 에크하르트는 순수한 존재reinen Sein에 대해 말한다.

그는 그 자체 어떤 형식도 없는 유일한 말을 내뱉는다.

이 말은 어떤 것도 거기에 더해지지도 감해지지도 않은 자신의 고유한 존재이다.

좋은 스승은 이해하고 말하는 스승이다.[187]

에크하르트의 설교들이 시의 대상이 되었다는 사실 자체가 그의 설교를 듣고 적은 것이 의미 있게 간주되었다는 것을 이미 역설적으로 강조한다. 따라서 도미니코회 신부가 청중들에게 내적으로 얼마나 강한 영향을 미쳤는지에 대해서는 의심의 여지가 없다. 몇몇 경우 우리는 여자 청중들의 이름을 알고 있다. 여자 청중 가운데는 남부 독일의 스위스 출신이면서 에크하르트가 슈트라스부르크에서 활동하던 당시에 수녀였던 사람들이 있었다. 그들은 바로 카타리나 수녀원의 람슈박의 안나와 베켄호펜의 엘스베스, 그리고 취리히 외텐바흐 수도원의 오예의 엘스베스 등이다. 이들 수녀들은 에크하르트를 단지 설교자뿐 아니라, 고백신부로 그리고 영적 지도자로 경험했다. 에크하르트는 그녀들이 내적 경험과 어려움에 익숙하지 않을 때, 그녀들을 도와야 했다. "안나는 마이스터에게 세 가지 경험을 보고했다. 그리고 그녀는 그 의미를 그로부터 경험했다. 첫 번째는 그녀가 그리스도의 수난을 묵상할 때, 그녀를 덮쳐 온 그녀의 무력감에 대한 경험이다. 두 번째는 부활하신 주님의 그림에 넋을 잃고 있을 때, 하늘과 땅 위의 권능으로 고양되는 것에 대한 경험이다. 세 번째 경험은 봄날과 관계된다. 그녀는 봄날 꽃을 피우고 있는 나무를 보면서 황홀경에 빠져 모든 것이 신으로부터 어떻게 흘러나오는지, 그리고 신으로부터 어떻게 생명과 능력을 획득하는지를 보았다. 베켄호펜의 엘스베스 수녀는 내적 고통을 받아들였다. 그녀는 그 고통에 대해 어떠한 상세한 정보도 주지 않았다. 에크하르트는 '그녀가 신적인 자유로운 그냥 내맡겨두고 있음 가운데서 모든 것을 신뢰하기를 바란다.'는 지시로써 그녀가 힘든 고통을 견디도록 했다."[188] 이러한 영적, 종교적 문제들은 다음과 같은 영적 지도자의 자질을 전제로 한다. 한편으로 영적 지도자는 관조하는, 곧 직관적인 수녀들의 철저하게 감성적이고 여성적인 마음으로 들어서는 감정 이입 능력에 대한 자질을 가져야 한다. 그러나 다른 한편으로는 냉정하게 거리를 두고 그러한 현상을 넘어설 수 있는 자질도 갖추어야 한다. 에크하르트가 이러한 자질을 갖추었음에도 동시대인에 대한 그의 영향력은 "가장 깊이 있는 이해와 동시에 몰이해의 그릇된 혼합 가운데서" 평가될 수밖에 없었다. "마이스터를 적합하게 이해하는 것은 신으로부터의 성화와 본래적인 조명을 요구한다."[189]

신비주의자 에크하르트와 "신의 친구" 에크하르트의 노력이 이단으로 판정된 동시대의 "자유로운 정신의 형제·자매단"과 혼동되지는 않았다 하더라고, 많은 동시대인과 직접적인 후계자들로 하여금 마이스터에 반하여 뒷걸음질치게 했다. 얀 판 뤼스브렉(1293-1381)은 『열두 명의 베기네』라는 소책자에서 "거짓 예언자들"을 경계했다. 이에 상응하는 이야기들이 그의 유명한 『정신적 혼인의 귀감 Zierde der geistlichen Hochzeit』에서도 거론된다. 에크하르트의 이름을 거명하지는 않지만, 그에 반대하는 논증들이 많이 표현된다. 그뢰넨달의 아우구스티누스 은둔수도원에서 뤼스브렉과 동료 수사로 지낸 얀 판 르웬은 "가장 천박하고 음흉한 이러한 정신"에 대한 반감에서 『좋은 요리사 der gute Koch』라는 책을 지었다. 그에 따르면 이러한 정신은 초자연적 은총에 대한 논의를 결여하고 있다. 어떠한 신비도 갖고 있지 않다. 그는 자신의 『마이스터 에크하르트의 가르침과 그 가르침에 대한 반박을 위한 소책자 Büchlein von Meister Eckharts Lehre und deren Widerlegung』(1355년경)에서 마이스터를 반대하며 비난한다. 그의 공격은 특히 공적으로 많은 주목을 받았던 텍스트인 가난의 설교(정신적으로 가난한 사람은 복되도다.[190])에 집중된다. 종교개혁 이후의 시점에 쵸파우어의 루터교 목사 발렌틴 바이겔은 이 설교를 보고 에크하르트를 거명했다.[191] 이 밖의 사람들은 교회의 이단 판결을 받은 사람을 언급하지 않고 시의 적절하게 넘어간 것 같다.

비록 사람들이 그의 이름을 기피했다 하더라도, 그의 설교와 논고에 대한 소문은 쫙 퍼졌다. 이들 설교와 논고는 익명으로 또는 다른 사람의 이름으로 널리 확산되어 다음 세대로 전해진다. 무엇보다도 많은 사람의 견해에 따르면 독일 신비주의의 경건 운동에 이름을 부여한 사람이 바로 에크하르트이다. 독일어로 쓰인 독일 영성은 주로 그의 인격과 그의 정신적 유산과 결부되어 있다. 알로이스 뎀프는 대중들에게 말하는 마이스터의 언어적 재능을 다음과 같이 말한다. "에크하르트의 독일어 설교들에서 신비주의적·형이상학적 내용을 전적으로 제외한다 하더라도, 그 설교들 덕분에 측량할 수 없이 가치 있는 두 가지 것이 항상 남아 있기 마련이다. 하나는 그 설교들을 통해 독일어가 가장 충만한 능력과 명석함을 지니고서 초감성적인 것을 표현할 수 있는 남성적 성숙성을 비로소 획득했다는 것이다. 다른 하나는 그 설교들 덕분에 철학적 신학적인 독일어 전문 용어가 산출되고 비로소 완성되었다는 것이다. 하지만 오늘날에도 여전히 충분하게 다 사용되지 못하는 실정이다. 나쁜 보존 상태에도 이러한 설교들의 영향력 덕분에 독일어 설교들이 완성되었다."[192]

에크하르트의 저작물들은 500년 이상 수도원의 도서관과 문서 보관창고에 파묻혀 있었다. 사람들은 그의 제자 하인리히 소이제와 요한네스 타울러를 더 많이 읽고 거론한 반면, 에크하르트는 건너뛰었다. 하지만 그에 대하여 침묵하는 시기 동안에도 그를 알아듣고 그를 인정하는 예외적인 인물도 있었다. 그가 바로 '위대한 쿠자누스'이다. 쿠자누스의 니콜라우스(1401-1464)는 젊은 날 네덜란드 수도원에 입회했다. 그는 신비주의적 경건주의를 표방하는 "공동적인 삶의 형제단 Brüder vom gemeinsamen Leben"의 일원으로 알려져 있다. 무엇보다도 그는 쾰른에서 철학과 신학 공부에 심취했다. 그리고 그곳에서 그는 박학한 학사이면서 책 애호가로서 에크하르트 작품의 많은 부분을 필사했다. 그는 에크하르트의 탁월성을 인식했으며, 마이스터 에크하르트magister Eckhardus에게서 영감을 받았다. 오늘날의 연구는 그가 20년(1439-1459) 이상 에크하르트의 영향을 받았다고 밝혀냈다. 니콜라우스가 비록 『박학한 무지의 변명Apologia doctae ignorantiae』과 1456년 브릭센에서 행했던 그리스도 공현 축일 설교 등 단 두 개의 작품에서만 마이스터를 언급했더라도 그러하다. 철학자, 여러 곳을 다양하게 여행한 교황 대사, 주교이면서 추기경인 쿠자누스가 얼마나 열심히 에크하르트를 연구했는가 하는 문제에 대해서는 이론의 여지가 없다. 비록 에크하르트를 열정적으로 모방하지는 않았고, 에크하르트 사상의 대중화에 신경을 쓰지는 않았지만 말이다. 무엇보다도 쿠자누스에게 중요했던 것은 에크하르트의 신 개념과 덕론이었다. 우리는 요셉 코흐와 함

께 두 사람 사이에 자리 잡은 "마음이 서로 꼭 맞는 만남"에 대해 거론할 수 있다.[193]

에크하르트로 정향된 후속 세대의 신비주의적 경건주의의 행보는 지하로 숨겨져 진행된다. 에크하르트의 라틴어와 독일어 저서가 카르투지오 수도회의 수사들에 의해 계속 읽혔다. 카르투지오 수도회는 1084년 쾰른의 브루노에 의해 그레노블 지역의 라샤르트뢰즈(가트투지아Carthusia) 골짜기에 지어진 정적인 명상의 삶을 위주로 하는 은수자隱修者 수도회이다. 이 수도회에 에크하르트의 사상이 꼭 들어맞았던 것이다. 이들은 에크하르트의 저서를 읽고 계속 전파했다. 소위 근대 경건주의 운동Devotio Moderna 가운데 이미 언급한 "공동적인 삶의 형제단"은 해이르트 흐로우트와 『그리스도를 따라서*Nachfolge Christi*』로 널리 알려진 토마스 아 켐피스[194]와 함께 했다. 그리고 이 형제단은 쿠자누스가 그러했던 것처럼 카르투지오 수도회와 긴밀하게 연결되어 있었다.

그림 그리듯이 말하자면 에크하르트-도미니코회의 신비주의의 작은 흐름들이 역사의 땅 속으로 잔잔히 스며들었다. 땅속 깊숙이 잔뜩 고였다가 새로이 표면 위로 세차게 솟아오르기 위해. 그 당시에 에크하르트의 정신이 땅 속 깊이 스며들어 있었다는 것을 종교개혁과 그 후의 영성의 대표자들이 잘 드러내 보여 준다. 아담 페트리가 1521/1522년에 출간한 바젤

시기의 타울러 설교에는 타울러를 알리는 데 도움이 된다고 생각되는 에크하르트의 설교들도 포함되어 있었는데, 이는 주목할 만한 일이다. 편집자는 여기에 실린 에크하르트의 설교들을 이해하기 어렵다고 여겼지만 게재했다.[195] 이보다 몇 년 전에 마르틴 루터(1516년과 1518년)는 익명의 신비주의자 저서인 프랑크푸르트의 『독일 신학*Theologia Deutsch*』[196]을 후세에 남겼다. 이 책에서 에크하르트의 자취는 사라져 버린 것처럼 보인다. "자유 형제단"을 거부하는 독일적 상황을 고려하면 그럴 수밖에 없었던 것 같다. 그럼에도 제 1편집자는 이 책에서 에크하르트의 탁월한 제자인 타울러의 『설교 수도원*vom Predigerorden*』의 소리를 들을 수 있었다. 에크하르트의 사상적 유산은 개신교에 있어—예컨대 발렌틴 바이겔, 야콥 뵈메, 서로 융합되어 있는 루터적 경건주의, 팔라첼수스적인 판소피아에서의paracelsisch-pansophische 자연 직관, 카발라적인 신비주의와 그리스도교 신비주의 등에 걸쳐—신비주의적 경건주의가 다시 살아나는 그곳에, 깊숙이 스며들기 시작한다.[197]

에크하르트는 독일 관념론의 시대이며 낭만주의 시대인 19세기 초반에 부활하고 재발견되었다. 이러한 재발견은 무엇보다도 프란츠 폰 바아더와 피히테, 헤겔, 로젠크란츠, 괴레스 등과 결부되어 있다. 그리고 자주 에크하르트를 들먹였던 쇼펜하우어와 니체가 뒤에 가담한다. 에크하르트는 "독일 사변의 스승"으로 승진한다(J. 바흐, 1864). 후에 오해를 자아내는 데 힘을 보태게 되는 이러한 다소 의심스러운 명성은, 신뢰할 만한 포괄적인 에크하르트 텍스트 간행이 세기 중반 이전에는 여전히 나오지 않았다는 점에서 이해됨 직하다. 라틴어 저작과 에크하르트 소송에 대한 텍스트는 여전히 알려지지 않았었다. 에크하르트는 여전히 매혹적인 이념의 파편들만 마주하게 되는 문학적 채석장으로 이용될 수밖에 없었다. 어떠한 영감이 중세 신비주의자와의 재회를 가능하게 할 수 있었는지를 우리는 바아더의 제자인 프란츠 호프만의 보고에서 이해할 수 있다. 스승의 16권의 저작을 사후에 공동 편집한 이 사람은 바아더가 죽기 직전인 1841년 4월 22일에 나눈 대화를 전한다. "내 친구인 파이퍼 박사[98)]가 에크하르트의 작품들을 모아서 편집할 생각을 하고 있다고 바아더에게 말했더니, 그는 마이스터 에크하르트 이야기를 끄집어냈습니다. …… 바아더는 다음과 같이 말문을 열었습니다. '나는 헤겔과 베를린에서 자주 만났다. 한때(1842) 나는 마이스터 에크하르트의 글을 단지 이름만 알던 헤겔에게 읽어준 적이 있다.' 바아더는 영감에 차서 다음날 에크하르트에 대해 내 앞에서 강의를 베풀고는 끝머리에서 '우리는 우리가 원하는 것을 갖게 되었다.'고 말했습니다. 바아더가 다시 말했습니다. '에크하르트는 당연히 스승(마이스터)이라 불려야 한다. 그는 모든 신비주의자를 능가한다.

「세상의 구원자인 그리스도」, 토마스 아 켐피스의 『그리스도를 따라서』의 표지, 안트베르펜 판본, 1505년

…… 신이 철학적 혼란 중에 내가 그를 알도록 하셔서 신께 감사드린다. 신비주의에 대항하는 불손하고도 무지한 원숭이 소리가 이제 더 이상 나를 혼란스럽게 할 수 없다. 이리하여 나는 또한 야콥 뵈메에게 도달할 수 있었다.'"[199] 바아더는 자신을 "소생한 뵈메"라고 자주 칭했다. 그는 괴르리츠의 마이스터(뵈메)에게 소상한 해석을 증정하기도 했다.

다른 한편 관념론 철학자들이 에크하르트를 자신들의 생각에 따라 변형시키면서 받아들인 신비주의에 대한 비역사적 단일화를 주목할 필요가 있다. 마르부르크의 교회사 전문가이면서 뵈메 전문가인 에른스트 벤츠는 다음과 같이 말한다. "에크하르트, 타울러, 뵈메, 파라첼수스, 외팅거 등의 상이한 신비주의 체계들이 일격에 하나의 공통분모로 압축되고 말았다. 무모할 정도의 변형된 해석과 오해들이 산출되었다. 무엇보다도 에크하르트의 신비주의를 뵈메의 신비주의와 동일시한 점에 대해서는 특히 많은 연구가 요구된다. ……"[200]

에크하르트의 수용사 과정을 더 따라가 보면 호프만이 언급한 프란츠 파이퍼의 에크하르트에 대한 텍스트 수집 활동의 결과를 보게 될 것이다. 프란츠 파이퍼는 1857년 에크하르트의 독일어 작품집을 출간한다. 이때 출간된 독일어 작품집은 논고와 잠언 이외에 110편이나 되는 많은 수의 설교들을 담고 있다. 대단히 상이한 텍스트들에 대한 진정성 문제는 여전히 남아 있을 수밖에 없었다. 1874년에서 1893년 사이에 빌헬름 프레거는 세 권으로 된 『중세 독일 신비주의의 역사Geschichte der deutschen Mystik im Mittelalter』를 출간했다. 쾨니스베르크에서 가르치고 있던 헤겔의 제자 칼 로젠크란츠는 1831년 "독일 신비주의"라는 용어를 이미 확정하면서 다음과 같이 정의했다. "그 개념은 '독일 정신'의 전개 발전의 시발점인 마이스터 에크하르트와 그의 그룹의 신비주의적 사변을 나타낸다. 이러한 독일 정신은 '종합Syntesis'으로서 헤겔의 부편적 학문 가운데서 그 완성에 도달했다고 할 수 있다."[201]

독일을 강조하는 19세기의 정신적 풍토는 "독일 철학의 원조"인 에크하르트를 악명높은 독일 국수주의자로 변질시켰다. 프레거는 누구보다도 역사적인 의식을 갖고 텍스트와 접촉하려 노력했지만 여전히 많은 점에서 위와 유사한 생각에 사로잡혀 있었다. 그는 다음과 같이 썼다. "독일에서의 신비주의 신학은 스콜라적인 정식의 궤도뿐 아니라 라틴어의 궤도를 무너뜨렸다. 실천적 신비주의praktische Mystik가 독일적 토양 위에 성립된 이래 예외적인 현상으로 치부되지 않고 오히려 모든 사람들이 추구해야 할 완전한 생활이 된 것과 같이, 또한 현재 신비주의 신학도 가장 광범위하게 독일 민족에게 길과 인식을 제공하고 있다. …… 독일 신비주의의 주제는 대중화되었다. 독일 신비주의는 독일어로 이야기한다. 그리고 독일적 심정의 감성적 동향과도 맞아떨어진다. 또한 평신도 사이에서도 폭넓게 이해되고 사랑받는다."[202] 단적으로 말해서 에크하르트의 사상을 "독일 신학"과 동일시하려 한다. 이러한 발전은 이미 (한 알의 소금을 갖고cum grano salis) 마르틴 루터에서 시작되었다. 우리는 루터가 1518년 "독일 신학"의 2판에서 앞세웠던 이 유명한 말을 따라 읽을 수 있다.[203]

"독일어" 에크하르트는 "라틴어" 에크하르트에 기인한다. "독일어"의 에크하르트는 "라틴어"의 에크하르트를 많은 점에서 전제로 한다. 이러한 사실을 드러내는 일이 도미니코 수사 하인리히 소이제 데니플에 이르기까지 유보되어 있었다. 그는 1886년에 다음을 서술했다. 갑자기 "독일 신비주의자"로 돌변한 마이스터 에크하르트 역시 강하게 스콜라철학의 모습을 띠고 있다는 것, 그리고 실로 한편에서 결코 교회를 비판하는 종교개혁 이전의 개혁자나 루터의 선구자 등과 결부되어 있었던 것이 아니라 그리스도교 전통과 밀접하게 결부되어 있었으며, 신플라톤주의의 수용자인 오리제네스, 아우구스티누스로 향하고 있었다는 것을 서술했다. 다른 한편 데니플은 에크하르트가 소속된 수도원의 지도자인 토마스 아퀴나스, 프라이베르크의 디이트리히, 그리고 그 밖의 사람으로 향하고 있었다는 것을 서술했다. 비록 데니플의 주장이 다 옳은 것은 아니더라도, 많은 연구가들이 그를 지지한다.

연구의 결과들과 거의 무관하게 상당히 광범위한 영향력을 염두에 두고 에크하르트를 수용하는 쪽으로 진행된다. 1900년 전후의 빌헬름이 지배하고 있던 독일에서는 통상 교회 바깥에서 스스로를 "현대적 신앙을 추구하는 사람moderne Gottsucher"으로 이해하는 사람들의 종교적 욕구를 충족시키는 일이 관건이었다. 이에 상응하여 구스타프 란다우어의 에크하르트 작품집(베를린, 1903)과 헤르만 뷔트너의 에크하르트 작품집(예나, 1903)이 출간되었다. 란다우어의 것은 선집이며 에크하르트의 문헌학을 목표로 하지 않으면서 그 밖의 과제를 충족시키려고 노력한다. 셰익스피어 해석자인 란다우어는 서문에서 자신의 행위에 대해 다음과 같은 변명을 덧붙인다. "자유, 사랑, 존경을 지니고서 나는 마이스터 에크하르트의 신비주의 저서의 이 판에서 우리에게 말한 것이 아닌 모든 것을 삭제했다. 마이스터 에크하르트는 역사적 가치가 충분히 있다. 그는 살아 있는 자로 부활해야 한다."[204] 뷔트너의 20권짜리 작품집은 수많은 판을 거듭함으로써, 표준적인 에크하르트 상像을 전 세대에 형성시켰다. 그 또한 학문적 야망 때문이 아니라, 동시대인의 욕구에 부응하기 위해서 이 일을 했다. 그는 다음과 같이 썼다. "에크하르트가 낯선 언어로 말한 것(14세기의 독일어는 20세기에 와서는 낯선 언어이기 때문이다.)을 이 번역본이 새로운 인류와 그들의 언어 제약 앞에서 새롭게 말해야 했다. 그 의미와 느낌을 직접적으로 알아들을 수 있도록 해야 했다. 에크하르트가 말한 것을 믿을 수 있게 전달해야 했다. 곧 사상가와 저술가를 그의 고유한 언어 수단을 갖고 제대로 읽어내야 했다. 종속적인 노예근성을 통해서가 아니라 오히려 공동으로 책임지겠다는 용기를 통해서만이 번역자와 번역물 사이의 신뢰 관계가 유지될 수 있다."[205]

자유롭고 "창조적인" 번역의 기반 위에서 실현된 이러한 독해의 원칙은 당연히 비판에 봉착한다. 인게보르그 데겐하르트는 뷔트너를 다음과 같이 공격했다. "뷔트너는 주저 없이 짧은 문구를 끼워 넣고 변형하고 빼면서 주어진 텍스트를 변형시켰다. 그는 에크하르트의 시대 제약적인 표현 수단이 적절하지 않다고 느끼거나 개념이 분명하지 않다고 느끼는 곳에서 특히 그렇게 했다. 결과적으로 그는 본래적 의미를 오히려 흐리게 만들었다. …… 뷔트너는 에크하르트의 고유한 용어를 현대적 의미로 바꾸면서 그 의미를 바꾸어 놓았다."[206] 이런 방식으로 에크하르트의 수용을 자처한 사람이 바로 라이프지히의 오이겐 디더리히스이다. 그는 후에 예나에서 자신의 출판물이 마이스터 에크하르트의 깃발을 걸고 "도그마적이지 않은 깊이 있는 종교"를 널리 확산시켰다는 느낌을 줌으로써 세기 초에 유명해진 "신비주의의 출판인"이 된다.[207] 디더리히스는 의심할 바 없이 타울러, 소이제, 세바스티안 프랑크 발렌틴 바이

Der Mythus des 20. Jahrhunderts

Eine Wertung der seelisch-geistigen
Gestaltenkämpfe unserer Zeit

Von

Alfred Rosenberg

5. Auflage

> Diese Rede ist niemand gelegt, denn der sie schon setzt nennt als eigenes Leben, aber sie möglicherweise besitzt als eine Sehnsucht seines Herzens. — Meister Eckehart

1933

Hoheneichen-Verlag München

『20세기의 신화』 표지

겔, 야콥 뵈메 등과 함께 마이스터 에크하르트를 대중화하는 데 공헌했다.

이러한 노력들이 어떠한 방향으로 흘러갔는지는 홀스타인 지방의 목사 발터 레만이 세계대전 중인 1916년에 편집한 모음집 『독일의 경건주의-독일적인 신의 벗의 목소리Deutsche Frömmigkeit-Stimmen deutscher Gottesfreunde』 가운데 『신심을 고양하는 책Erbauungsbuch』이 잘 보여 준다. 에크하르트의 이름 아래 시작된 것이 급기야는 반 유대적인 성향의 뽈 드 라가르드(뵈틀리허의 가명)와 디더리히스의 저자인 아르투르 보누스의 "독일 종교"를 위한 방향으로 흘러간다. 아르투르 보누스는 "그리스도교의 게르만화"라는 우화를 꾸며냈으며 "더 높은 유형의 인간 창조"라는 말에서 "새로운 신화"를 조작해 내기도 했다.[208] 여기서 한 걸음 더 나아가 『20세기의 신화 Mythus des 20. Jahrhunderts』의 저자인 나치 사회주의 이념가인 로젠베르크가 등장한다. 그는 "신화를 고양하고 새로운 유형의 인간을 창조하자."[209]는 요구와 함께 나치 사회주의의 피-그리고-땅-이데올로기Blut-und-Boden-Ideologie에 대한 요구를 기치로 내걸었다. 수많은 판을 거듭하며 확산되었던 이 "나치-성경"은 광범위한 장을 에크하르트에게 할애했다. 로젠베르크는 자신의 "피의 종교"를 "그들을 두려워하지 말라."[210]는 설교에서 한마디로 정당화했다. 이는 모든 책임 있는 해석이 경계해야 할 텍스트 조작이다. 도미니코회 수사 에크하르트는 "새로운 민족 종교의 창시자"로 그릇되게 변형되어 해석되었다. 로젠베르크의 결론은 다음과 같다. "마이스터 에크하르트에 있어서 북방의 영혼이 최초로 전적으로 자기 자신에 대한 의식에 도달했다. 에크하르트의 인격 가운데 우리의 모든 후세의 위대성이 잠들어 있다. 그의 위대한 영혼에서 일단 독일의 신심이 태어날 수 있었고, 또한 태어나게 될 것이다."[211] 위대한 "신앙"이!

구스타브 란다우어가 "뇌와 심장을 대담하게 뒤흔드는 자" 또는 "독일의 학문적 산문"의 창시자로 격찬한 에크하르트는 란다우어를 매개로 젊은 마르틴 부버에게 영향을 미친다. 아무튼 이 두 친구가 주고받은 편지글이 위대한 도미니코회 수사 에크하르트가 두 유대인에게 내면적으로 가깝게 있었다는 것을 보여 준다. 부버에게는 극히 한정된 시기 동안 그러했다면, 란다우어에게는 1910년 젊은 나이의 갑작스런 횡사에 이르기까지 그러했다. 부버는 란다우어의 에크하르트 책을 1920년 다시금 편집했다. 에크하르트는 그들 사이에서 대화거리였다. 부버는 1909년 신비주의적 체험의 증언을 묶어 『탈아적인 고백*Ekstatische Konfessionen*』이라는 제목으로 (오이겐 디더리히스도 그런 일을 했다.) 출판했다. 이로부터 너무도 유명한 로베르트 무실의 단편 소설 『자기나 자기 것이 없는 사람*Der Mann* *ohne Eigenschaft*」이 탄생한다. 여기서 "자기나 자기 것 Eigenschaft"이라는 말은 에크하르트에서는 비-본래적인 것, 천박하고 매개적인 것을 뜻한다. 그렇다면 "자기나 자기 것 없는" 사람은 시공간적인 "자기나 자기 것 없음"에 의해 어떠한 방해도 없이 신과 매개 없이 직접 관계 맺는 것, 곧 신비적 일치를 경험하는 사람일 것이다.[212] 무실에서 상당할 정도로 시적 창작의 자유가 지배적이라는 것은 에크하르트를 소설의 주인공으로 선택한 상이한 작가들에서와 마찬가지로 논외의 문제이다. "무실은 엄청나게 일방적이다. 그는 마이스터 에크하르트의 작품을 거의 참고하지 않았다. 그는 자신의 작품을 위하여 영감에 자신을 맡겨 두었다."고 도미니코회 수사 빌레하트 파울 에케르트는 말한다.[213]

끝으로 판을 거듭했으며 1925년 쾰른 시의 문학상으로 두각을 나타낸 파울 구르크의 에크하르트 소설과 에르빈 구이도 콜벤하이어의 『신의 칭송을 받는 심정 *Das gottgelobte Herz*』(1938)이 언급되어야 한다. 이 소설들은 알프레트 로젠베르크와 병행하는 1920-1930년대에 두드러진 중세 독일 신비주의에 대한 시대 상황적 분위기와 관계있으며, 에크하르트 수용의 한 방식과도 관계있다. 이러한 에크하르트 수용의 방식은 무엇보다도 독일계 유대인인 여류 시인 넬리 자크스에 해당하는 힐데 도민이 말한 것처럼 문학적 영역에서 오늘에 이르기까지 때로는 은폐된 채로 때로는 분명하게 드러난 채로 유지되고 있다. 여기서 두드러지는 것은 도미니코회 신비주의자의 설교들에 깊이 침잠했던 독일계 유대인이 언제나 있었다는 사실이다. 슈테판 게오르게를 중심으로 한 서클 출신이었던 경제학자이며 철학자인 쿠르트 싱거가 오스트레일리아의 이민지에서 1949년 1월 1일 마르틴 부버에게 다음과 같이 썼다. "⋯⋯ 마치 다이아몬드가 가장 거대한 압력 아래서만 오로지 순수하게 눈부시도록 빛나게 깎이는 것처럼, 에크하르트를 순수하게 이해하는 데 일생을 바쳤습니다. 마이스터 에크하르트의 가장 순수하게 있는 그대로의 신론-독일어Gotteslehre-Deutsch가 이제 막 예루살렘을 오가면서 울러 퍼지는 것을 듣는 것이 얼마나 행복한지 모르겠습니다. 이러한 것이 나를 매우 행복하게 만듭니다."[214] 매혹적이지만 때로 비난받았던 부버의 독일어가 과연 에크하르트의 독일어와 함께 평형을 유지할 수 있을까? 나-너-철학으로의 전환을 행하고 난 다음의 성숙한 부버는 신비주의자를 그다지 높게 평가하지 않은 것 같다.

전부를 하나하나 열거할 수는 없겠지만 적어도 현대의 정신적 흐름 두 개만큼은 여기서 거론해야겠다. 하나는 C. G. 융의 심층 심리학이고, 다른 하나는 마르크스주의이다. 초인격적인 것에 열려 있는 무의식의 심리학(물론 프로이트학파의 고전적 심리 분석과 다르다.)은 신비주의의 경험을 적잖게 지니고 있다. 에리히 노이만에 따르면 신비주의의 경험은 창조적 무의식의 문제에 있어서 "신비주의와 신비주의적 인간의 중심 문제"를 꿰뚫어 본다. 이러한 점에서 에크하르트와 같은 사람들은 흥미를 끌게 되고, 그들의 말은 의미심장한 것이 된다. "의식 바깥에서 창조적 과정이 진행되기 때문에, 창조적 과정은 자아가 접근할 수 없는 자아Ich의 한계 경험으로 간주되어야 한다. 그 까닭에 이러한 중심에 있는 근원적 소용돌이로 접근하고자 하는 모든 연구는 하나의 무모한 시도이고 하나의 모험일 수밖에 없다. 그 대상이 의식의 직접적 파악을 통해 파악될 수 없는, 고찰되어야 하는 중심이 종교적 제식이라는 우회로의 방식, 곧 빙 돌아서 문제의 핵심에 도달하는 방식 등의 다양한 측면으로부터 파악을 시도할 수밖에 없다는 것이 이러한 시도의 본질이다."[215] 따라서 심층 심리학자가 해석과 인식을 과제로 삼을 수밖에 없는 한, 그는 무엇보다도 경험 내용으로 향하는 반면, 철학적 또는 신학적 해석을 의식적으로 포기한다. 융은 형이상학적 언명을 포기하는 이러한 "학문적 자기 성찰 Wissenschafliche Selbstbescheidung"을 언제나 부각시킨다. 특히 스즈키 다이세쓰의 『위대한 해방 *Die große Befreiung*』[216]에 대한 자신의 상세한 서문에서 이런 입장을 분명하게 드러낸다. 융은 이 책 서문에서 (헤르만 뷔트너의 텍스트에 나오는) 가

난의 설교를 자기das Selbst을 통해 자아Ich로부터 풀려나는 것에 해당하는 선불교의 깨달음(사토리さとり: 悟り)과 서로 비교한다.[217]

수용사에 대해 논의하는 한, 중세 신비주의에서 차용하는 경험적 방법의 연구인 심층 심리학에는 물론 세세하게 관여할 수는 없다. 하지만 에크하르트의 텍스트는 융에게 기폭제로 사용되었다는 사실은 언급되어야 한다. 오늘날을 살고 있는 사람들의 심리적 현상을 풍부하게 느러내는 역시적 자료로 사용되었다. 따라서 에크하르트의 텍스트는 증거와 직관적 자료, 그리고 해석학적 지반으로 사용된다. 예컨대 선불교에서 사토리의 진행 과정이 "자아에 사로 잡혀 있던 의식이 자아에 묶이지 않는 자기로의 돌파"로 파악된다고 하자. 그럴 때 융은 그리스도교 신비주의의 일정한 표현 가운데서 그것과 비교되고, 또 그것과 상응하는 일정한 심리적 현상들을 통찰한다. 이미 말한 곳(스즈키의 『위대한 해방』의 서문)에서 정신적으로 가난한 사람에 대한 설교인 "정신적으로 가난한 사람은 복되도다."에 나오는 말을 다룬다. 그리고 융은 자신의 포괄적인 작품의 어떤 곳에서 자신의 독특한 시각에 기인해 에크하르트를 "세계를 포섭하는 정신"이라고 높게 평가한다. 에크하르트는 "지식 없이ohne Wissen 인도의 근원 체험과 그노시스적인 근원 체험에 대해 알았을 것이다. 그는 14세기의 시작을 고지하는 자유로운 정신의 나무에서 피어난 가장 아름다운 꽃 자체이다."[218] 또한 융은 개인적으로 의미심장한 이러한 "세계를 포섭하는 정신"과의 관계를 더 많이 맺는다. 이단으로 고발된 도미니코회의 수사 신부가 수백 년 동안 망각된 채 방치되었다는 사실을 융은 생전에 별로 주목받지 못했던 자신과 자신의 창조 활동에 대한 하나의 "위로의 근거"로 삼고자 했다. 그의 노년기의 한 편지에서 우리는 다음과 같은 탄식을 들을 수 있다. "나는 자주 마이스터 에크하르트를 생각할 수밖에 없습니다. 그는 600년 이상 잊힌 채 방치되었습니다. 제가 오늘날까지 무엇을 갖고 사투하는지를 이해하는 사람이 왜 하나도 없는지를 언제나 스스로에게 묻곤 합니다."[219]

에크하르트는 20세기 사상가들에게서 상이한 모습으로 드러난다. 예컨대 칼 야스퍼스는 에크하르트를 명상적 유형에 속하면서 대상적인 것이 "존재의 드러남Offenbarkeit des Seins"을 위해 사라져야 할 것으로 보는 사상가로 특징짓는 반면,[220] 베른하르트 벨테는 "그냥 내맡겨 있음 또는 버리고 떠나 있음에서 (에크하르트와 마르틴 하이데거의) 입지점의 유사성"을 본다.[221] 하이데거에 있어서 그 모습을 드러낸 사람이 바로 철학자 에크하르트이다. 『존재와 시간Sein und Zeit』의 저자(하이데거-옮긴이)는 『들길Feldweg』이란 책에서 자신이 에크하르트와 유사하다고 느낀다. "항상 들길 주변에 있는 모든 것에서 동일한 것이 말을 걸어온다. 단순한 것이 항상 머물러 있는 것과 위대한 것의 수수께끼를 품고 있다. 동일한 것은 인간에게 매개 없이 머물지만 여전히 오랜 성장을 필요로 한다. 항상 동일한 것의 드러나지 않음 가운데 그것은 자신의 축복을 감추고 있다. 들길 주변에 머물러 자라나는 모든 사물의 넓이가 세계를 증여한다. 말해지지 않는 사물들의 언어 가운데, 마치 옛날 학문의 스승이며 삶의 스승이었던 에크하르트가 말한 것처럼, 신이 비로소 신이디."[222]

우리가 에크하르트에 대한 마르크스주의 사상가들의 입장을 살펴보면 다음과 같은 평가에 마주치게 된다. "요한네스 에크하르트"는 "반봉건적이며 기존 체제에 반대한 독일 신비주의의 주요 대표자"[223]이다. 무엇보다도 에른스트 블로흐를 눈여겨보아야 하는데 그는 자신의 주저인 『유토피아의 정신*Geist der Utopie*』(1918)에서부터 『희망의 원리*Prinzip Hoffnung*』를 거쳐 『세계의 실험*Experimentum mundi*』(1972-1974)에 이르기까지 여러 차례 도미니코회 수사인 에크하르트를 분석한다. 이 마르크스주의 사상가는 에크하르트를 롤라드 파, 베기네, "자유로운 정신의 형제들", 그리고 후에 후스주의자와 재-세례주의자로서 제도권의 권력 교회 진영에 대항하면서 불만을 고조시켰던 이단적인 민중 운동가와 평신도 운동가에 가장 가까웠던 사람으로 평가한다. "어떤 경우든 가장 값진 그리스도교 신비주의는 철저하게 심화되는 과정을 거치면서 꺼지지 않는 불꽃으로 새롭게 그리고 유토피아적으로 무장되었다."[224] 블로흐는 머뭇거리지 않고 자신의 세계 내재적인 철학을 위한 뛰어난 보증인을 신비주의자 가운데서 얻어내기 위해, 에크하르트의 사상을 나름대로 취하게 된다. 이는 폭력적이고 일방적인 환원, 초월적인 차원의 제거 없이는 불가능한 일이다.[225] 다른 말로 하자면 "블로흐의 해석은 인간이 희망의 원리를 역사의 가장 보편적인 규정으로 어떻게 확정할 수 있는가에 대한 역사적 증거로서 에크하르트의 신비주의를 수용한다. 근원과의, 신과의 필연적인 통일성에 대한 바람Wunsch과 의식은, 통일성에 있어서 단순히 추정되는 것이 아니라 확정되는, 자기에 대한 확증으로 블로흐를 이끈다. …… 따라서 블로흐의 철학은 마이스터 에크하르트의 신비주의를 자신의 상속 재산으로 확언한다."[226]

가장 최근에 영어와 독일어 문화권에서 가장 활발하게 에크하르트 사상을 수용한 사람은 에리히 프롬이다. 에크하르트와 대단히 상이한 정신적-종교적 영향권(유대교, 심리 분석, 마르크시즘) 출신의 분석가이며 사회철학자인 그는 인본주의적 종교성을 형성하기 위해 노력했다. 예컨대 이러한 노력의 일환으로 그는 『심리 분석과 선불교*Psychoanalyse und Zen-Buddhismus*』(1960)와 유대교 분석을 위한 『신과 인간의 도발

Herausforderung Gottes und des Menschens』(1966; 1970) 등을 출간했다.[227] 에크하르트와 그리스도교 신비주의는 수십 년 동안 줄기차게 프롬의 관심을 끌었다. 그의 후기 작품『소유냐 존재냐*Haben oder Sein*』(1976)에서 프롬은 에크하르트의 "본질적" 인간에 대한 가르침을 아주 높게 평가한다. 본질적 인간은 변혁과 보존을 요하는 이 시대에 곧바로 요청될 수밖에 없다. 두 가지 실존 방식 또는 삶의 방식은 구별되어야 한다. 그 하나는 존재의 방식이고, 다른 하나는 소유의 방식이다. 존재가 주도적인지 또는 소유가 주도적인지에 따라 그 사회의 정신이 드러난다. 프롬은 분명하게 다음과 같이 말한다. "소유를 향한 경향성은 돈에 대한 탐욕·명예·권력 등이 삶의 지배적인 주제가 되었던 서양 산업사회의 인간을 특징짓는다."[228] "에크하르트는 소유와 존재 사이의 구별을 힘차게 그리고 분명하게 기술했다. 그리고 누구에 의해서도 결코 다시 도달될 수 없을 정도로 이들을 분석해 냈다.[229]

또한 프롬은 자신의 서술 근거로 예수의 산상수훈의 첫 번째 행복 선언에 나오는 가난의 설교를 사용하기도 한다. 전문적인 에크하르트 연구로 두각을 드러내고자 하기보다는 사회적 개혁을 위한 실마리를 얻기 위해 노력했던 프롬은 이러한 의도를 실현하기 위해 에크하르트를 해석했다. 그는 에크하르트의 입지점을 다음과 같이 쓴다.

"인간은 자신의 고유한 지식에서 비어 있어야 한다는 그의 말이 우리가 알고 있는 것을 잊어야 한다는 것을 뜻하지는 않는다. 오히려 우리가 알고 있다는 것 자체를 잊어야 한다는 것을 뜻한다. 이는 우리가 지식을 확실성과 동일성의 감정을 부여하는 소유로 간주해서는 안 된다는 것을 의미한다. 우리는 지식으로 채워져서는 안 된다. 우리는 지식에 매달려서는 안 된다. 우리는 지식을 갖고자 껄떡거려서는 안 된다. 지식이 우리를 노예로 만드는 도그마가 되어서는 안 된다. 이 모든 것이 소유 양식에 속하는 것이다. 존재 양식에 있어서 지식은 박진감 있는 사유 과정 그 자체이다. 확실성에 도달하기 위해 결코 멈추려 하지 않는 사유이다."230)

에크하르트에 따르면 자아 구속과 에고 중심의 사슬에서 우리를 해방시킴으로써 "소유 양식"을 벗어나는 것이 인간으로서의 우리의 목표이어야 할 것이다. 예나 지금이나 에크하르트의 주장은 바로 "존재"를 갖고 인간의 실현이라는 의미에서의 생명, 능동성, 생산성 등을 찾고자 하는 것이다. 이는 "소유 구조"가 극복되는 곳에서만, 소유 양식의 악순환의 고리가 끊어지는 곳에서만 가능할 것이다.

비록 프롬의 이러한 에크하르트 해석이 때때로 이해받지 못하는 상황에 처하더라도, 에크하르트의 능동성과 수용 가능성의 증거로 여겨질 수는 있다. 프롬을 참되다고 여기는 몇 안

되는 사람 중 한 명인 디이트마르 미이트는 다음과 같이 말한다. "에크하르트가 오늘날의 문제를 모두 해결한 사람은 분명 아니다. 우선적으로 우리는 그가 자기 시대에 무엇을 말했는가를 물어야 할 것이다. 그런데 이러한 물음을 또한 우리는 우리 시대의 인간으로서 이미 제기하고 있는 것이다. 그래서 이 물음은 불가피하게 우리 시대로 이미 들어와 있는 것이다."[231]

서양과 동양의 대화

 에크하르트 신비주의의 수용사는 20세기에 전적으로 특이한 양상을 띤다. 이런 일은 동양–극동의 영성과의 만남과 대화가 진전되는 만큼 발생한다. 19세기 초에 이미 이런 징조가 보였다. 에크하르트를 다시 발견한 프리드리히 슐레겔을 대표로 하는 낭만주의의 정신적 운동의 대표자들이 인도에 대한 자신들의 영감을 널리 알렸다는 것은 주지의 사실이다. 일시에 사람들은 관념론적으로 해석되는 독일 신비주의와 인도 철학 사이에 내적인 공통성이 있음을 지각할 수 있다고 믿었다. 하지만 학문적으로 신뢰할 만한 대립과 종합Synthese이 아닌 공관Synopse이 검증될 수 있기 이전에, 고유한 입장과 낯선 입장에 대한 많은 해명이 요구되어야 할 것이다.

 가장 다른 가치를 지향하는 가장 다른 것 가운데 동일성이

들어 있다. 예컨대 스웨덴의 대주교인 나탄 죄더블롬의 주목을 끄는 기포드 강의Gifford-Vorlesung(1931)에는 "인도의 탁발승은 위대한 독일 신비주의자가 추구한 것과 동일한 상황을 추구한다."라는 문장이 나온다. 여기서 위대한 독일 신비주의자는 에크하르트를 뜻한다.[232] 인도의 종교학자이며 1961년 독일 서적연합회로부터 평화상을 수상한 사르베팔리 라다크리슈난은 "서구의 신비주의적 요소는 인도의 기여로 간주된다."고 확정하기에 "충분한 근거"가 있다고 보았다.[233]

부분적으로는 서양으로부터 또 부분적으로는 동양으로부터 자극된 서양과 동양의 지속적인 만남은 때로 어려운 상황에 처하기도 한다. 서양에서 특히 독일어 사용권역에서 수십 년 동안 강한 반신비주의적 입장이 확산되었다. 칼 바르트의 초기 변증신학의 입장에서 유래하여 슐라이어마허로 향하는 에밀 브루너의 기획 저서 『신비주의와 말씀*Die Mystik und das Wort*』[234]은 "신비주의냐 말씀이냐"는 두 개의 선택지를 내놓는다. 그리고 그 결정은 애초부터 확정되어 있다. 이러한 배후의 전면에 루돌프 오토의 『서양-동양의 신비주의*West-östliche Mystik*』와 같은 비교 종교학적인 연구들의 무게에 대한 저항이 실려 있다. 오토는 신비주의에서 "인간 영혼의 세찬 근원적 원동력이 실제로 어떻게 일어나는가를 서술한다. 이러한 원동력은 기후, 지역 또는 인종의 차이와는 전적으로 무관하다. 이러한 원동력은 인간 정신의 방식과 체험 방식의 참으로 놀라운 내적인 유사성을 드러낸다." 하지만 이러한 확정은 "신비주의는 항상 그저 신비주의일 뿐이다."라는 여기저기서 제기된 주장을 뜻하지는 않는다. 오히려 신비주의에는 "그것이 종교이든, 윤리이든 또는 예술이든 간에, 상이한 정신적 영역들에서 그러한 것처럼, "모양새가 다양하다." 오토는 그 당시 동시대적으로 진행된 에크하르트의 민족주의적-인종주의적 수용을 명백하게 반대한다. "소위 이러한 다양성은 인종 또는 지역에 의해 다시 제약되지 않는다. 오히려 이러한 다양성은 동일한 인종과 문화의 범위 안에서도 나란히 등장할 수 있는 것이다. 실로 예리한 대립 가운데서 서로 나란히 모습을 드러낼 수 있는 것이다."[235]

"일본에서의 마이스터 에크하르트"라는 관점에서 오토의 기여를 높이 평가한 에른스트 벤츠는 "루돌프 오토는 개인적으로 일본 선불교 사원을 방문해서 그곳 선사들과 종교철학적인 대화를 나누고, 그들의 지도로 선불교와 선-명상으로 빠져들고 자신의 입장에서 에크하르트 신비주의의 어떠한 경험과 선불교 신비주의와의 유사성을 그들에게 알려 준 최초의 독일인 종교학자였다."고 회상한다.[236] 무엇보다도 에크하르트의 편집자이며 독일 신비주의를 알았던 벤츠는 동서양 종교들 간의 대화에 대해 수많은 연구서를 출간했다. 벤츠는 "선불교와 마이스터 에크하르트 사이의 친화력"을 말한다. 그는 에크하르트의 초월 경험과 선불교의 특징적인 초월 경험이 서로 수렴한다고 추정했다. 이는 이론의 여지가 없다. 오직 그러한 수렴이 어느 정도인가만이 문제로 남을 뿐이다. 이러한 일을 하도록 자극한 사람이 바로 오토이다. 그는 1923년 누미노제에 대한 자신의 글에서 이미 선불교와 에크하르트 사이의 유사성을 이야기했다.[237] 수에즈 오하사마와 아우구스트 파우스트가 1925년 최초로 권위 있는 선불교 텍스트를 독일어로 번역하여 출간했을 때, 오토는 이 판에 서문을 실었다.[238]

무엇보다도 일본의 선불교는 에크하르트에게 특별한 관심을 기울였다. 양자 사이의 정신적 교류는 그것이 종교철학적 관점에서든 영성적 관점에서든 간에, 뉘앙스가 풍부한 그런 것이었다. 에크하르트의 영어판 책이 나오면서 그에 대한 관심이 일본에서 일어났다. 적어도 그에 대한 관심이 강화되었다. 예컨대 칼프리드 그라프 뒤르크하임이 문화 외교의 임무를 띠고 1938년부터 1947년까지 일본에 머물렀을 때, 그는 에크하르트에 대한 자신의 강의에 흥미를 갖는 청중들을 만나게 되었다. 초기에는 대학 강사였고, 후기에는 영적 훈련 과정에 해당하는 주체성 회복 테라피Initiatische Theapie의 창시자였던 그는 1920년경 뮌헨의 학생 시절에 이미 노미노제적인 충격을 동반하는 정신적 체험을 겪었다. 그는 한편으로 노자 『도덕경』 11장의 "수레바퀴의 서른 개 살이 한 구멍에 모이니 ……"를 접하고서 그러했고, 다른 한편으로는 에크하르트의 설교를 접하고서 그러했다.[239] 여기서 그에게 문제는 동양의 노자와 서양의 에크하르트라는 두 대가에 대한 지적-학문적 탐구가 아니라 실존적·영성적 관심이기 때문에, "선의 정신"에 따른 테라피스트로서 그리고 명상의 교사로서 그의 삶과 창작 활동에 선은 의미심장한 것이었다. "마이스터 에크하르트에 대한 나의 신뢰는 선으로 쉽게 입문하게 했다."[240]

위의 이야기가 나오는 뒤르크하임의 전기적인 책에 스즈키 다이세쓰가 거명된다. 스즈키는 본래적인 의미에서 선사Zen-Meister는 아니지만, 영어권에는 선사로 알려져 있었다. 뒤르크하임은 일본에 도착할 무렵 이미 그를 알고 있었다. 스즈키의 책들이 아직 독일어로 번역되지 않았을 때였다. 이제 동양에서 서양으로의 역 운동이 일어난다. 이런 분위기에서 선적인 영성이 에크하르트의 신비주의와 결합된다. 여기서 무엇보다도 양자는 "순수 무reines Nichts, 空, sunyata"에 대해 똑같이 언급한다. 뜻은 다르고 소리만 같은 개념Gleichlaut der Begriffe만이 만나는 사람들로 하여금 상대방의 저의가 무엇이지 주목하게 만든다. 그런데 여기서는 순수 무라는 개념은 단순히 동음이의同音異義만은 아니다. 스즈키에 관하여 말하자면 그 또한 자신의 책에서 서양과 동양의 길을 반복해서 주제로 삼았

「4단계의 명상」, 출처는 『황금꽃의 비밀』

다. 1957년 런던에서 출간된 『신비주의: 그리스도인과 불교인 *Mysticism: Christian and Buddhist*』이라는 자신의 저서에서 스즈키는 에크하르트에 대해 상술한 장을 앞세웠다. 이 책에서 스즈키는 13세기의 도미니코회 수사를 선의 스승이라고 부를 만큼 선과 에크하르트의 유사성과 그 "일치"에 매혹되어 있었다. "내가 그러한 일치에 부딪히게 될 때, 그리스도교적인 종교적 경험이 불교적인 종교적 경험과 근본적으로 다르지 않다는 나의 확신이 자라난다. 이들을 나누는 모든 것은 용어 차이일 따름이다. 이러한 종교적 경험을 분리시키는 것은 쓸모없는 힘의 낭비로 우리를 이끌 따름이다." 여기서 그는 제한적으로 다음을 덧붙인다. "하지만 동시에 우리는 서로 다른 어떤 점이 실제로 과연 있는지, 우리가 정신적으로 함께 전진할 수 있는 토대가 과연 있는지, 그리고 그로부터 세계 문화를 강화시킬 수 있는 기초가 과연 있는지 등에 대해 조심스럽게 숙고하고 검토해 나가야 한다."[241]

선과 에크하르트 둘 다 힘겹게 이해될 수밖에 없다는 난점이 있다. 프롬은 "에크하르트와 불교가 실제로는 똑같은 말을 하는 두 개의 대화일 뿐"[242]이라는 성급한 단순화를 전제로 하여, 당대에 주목받았던 책 『소유냐 존재냐』에서 "새로운 사회의 정신적 근거"를 직관하고, 에크하르트와 하이쿠(일본의 17구의 시 형식-옮긴이) 시인 마쓰오 바쇼(1644-1694)를 나란히 놓앉을 때, 프롬은 이러한 난점을 확연히 드러낸다. 수용과 만남 그리고 양자 간의 대화가 이다지도 단순한 것일 수밖에 없는가? 이런 것이 바로 일본 종교철학자들에게는 대단히 조심스런 물음이다. 물론 그리스도교의 부정 신학의 전통을 대승불교에서 거론되는 "공Leere, suyata, emptiness"에 대한 사변과 연결시킬 수 있을 법하다. 니시다 키타로(1870-1945)가 "참다운 신Gott은 신이라는 통상적 관념이 아니라, 오히려 서구의 신비주의자가 말하는 신성Gottheit이다."[243]라고 말했을 때, 이를 행했다. 여기서 그는 에크하르트가 말한 신과 신성 사이의 차이를 염두에 두고 있음은 분명하다. 하지만 에크하르트와 불교는 결코 "똑같은 말을 하는 두 개의 대화"로 처리될 수 있는 문제가 아니기 때문에 "존재" "공" "신성" 등이 그리스도인과 선불교인에 관계하는 각각의 상이한 관계 틀이 제시되어야 하지 않을까? 여기서 그리스도인과 일본 불교인 사이의 에크하르트에 대한 대화에 있어서 생각할 번역의 문제에 대한 리카르트 프리들리의 문화 인간학적인 언급이 제기된다. "그리스도교의 신비주의자들은 '당신' 또는 '그분'을 갖고서 최종적 실재에 대해 언급한다. 하지만 선불교의 분석에서 '당신' 또는 '그분'은 여전히 궁극적 실재가 아니다. 우리는 여기서 다시금 일반적으로는 불교의 인식론적 근본 정황에 그리고 특수하게는 선불교의 인식론적 근본 정황에 부딪히게 된다. 불교나 선불교에서 궁극적 실재는 표현될 수도 말해질 수도 없다고 확신한다."[244]

니시다의 후계자인 교토대학의 니시타니 케이지(1900-1990)는 종교에서의 인격적인 것과 비인격적인 것에 대해 생각했다. 그러한 한에서 그는 분명하게 에크하르트와 관계하고 그리스도교적 신의 표상을 분석했다. 다른 한편으로 그것이 철학적 관점에서든 신학적 관점에서든, 개념적 해명의 수단을 갖고서든(서양) 또는 실존적인 경험에 있어서든(동양) 간에, 서양과 동양의 사상가들이 서로가 서로에게 귀를 기울이게끔 하는 정신적인 주고받음에 대한 많은 증언들이 있다. 텍스트, 곧 개념적 분석에의 가장 세심한 종사만으로 충분할 수 없다는 경험이 일반적으로 여기저기서 확정되었다. 항상 명상적 접근이 요구된다. 영성적 실천이 요구된다. 이러한 주장은 일반적으로는 신비와의 만남에 해당되며, 특수하게는 에크하르트 작품으로의 심화에 해당되는 주장이다. 오늘날의 비평가들에 대해 드물지 않게 다음과 같은 비난이 행해진다. "그들은 자신들의 경험 영역과 직관 영역과는 완전히 다른 어떤 것에 대해 이야기한다. 그리고 그들은 압축되어 있는 총보總譜와 같이 신비주의의 문헌적 증언들을 서로 대립시켜 정렬시킨다. 그들은 이러한 총보에서 단지 개별적인 음색만 힘겹게 해독할 수 있을 뿐이다. 그러나 그 총보의 건축과 오케스트라 연주는 그들의 파악 능력을 아득히 넘어서 있다. 신비주의로 향하는 논의의 단조로움과 궁색함은 신비주의적 경험에 대한 어떠한 감각도 아예 없는 사람들이 여기서 떠들고 있다는 인상을 남긴다. ……"[245]

더 나아가서 마르타-마리아 설교의 에크하르트 성서 주석을 우리가 만약 받아들인다면 명상적 경험은 "신비주의적" 길의 궁극적 도달점이 결코 아니며, 오히려 근원적 모델을 활동적 마르타에게 찾을 수 있는, "비어 있어 자아에 내한 집착이 없는" 정통 실천으로 나아가는 도상에 머물러 있는 하나의 통과점임을 알 수 있다. 그렇게 본다면 그리스도인과 불교인 사이의 대화, 에크하르트 제자들과 달마 제자들 사이에 학문의 스승Lesemeister의 개념과 말들과는 어떠한 대화도 없었다. 본질적으로 보면 오직 실존적 교류Existenzmitteilung만 있었을 따름이다. "자기 자신으로부터 이러한 '떠나 벗어나 있음', 이러한 궁극적이고 지성적이며 윤리적인 '벗어나 있음'에서 '큰 공감대의 형성'이 자라났다. (삶의 스승Lebemeister의 삶이) 신비주의적 경험과 그리스도인과 불교인 사이의 대화가 시작하고 침묵으로 끝나는 자리에 대한 시금석이었을 따름이다."[246]

말마디가 내는 소리가 똑같다는 사실이 사상의 상이한 구조를 숨길 수 없다. 때때로 최전선이 서양과 동양 사이만으로 뻗어 있는 것은 아니다. 예컨대 더 많이 선불교적으로 정향되어 있는 교토학파(니시다, 니시타니, 우에다 등)는 아미타 부처, 곧 사랑과 자비의 신도神道불교로 향하는 불교 사상과 대립한다. 이미 이로부터 신 물음의 고찰 방식에 따라 상이한 결과들이 주어진다는 것도 주지해야 한다. 그리하여 우리는 에크하르트에서 전통적 언어 사용에 따르는 신에 대한 이야기를 한편으로는 들을 수 있는 반면, 다른 한편으로는 그의 숙고가 방식 없는 무로 향하고 있음도 찾아볼 수 있다. 대립과 공관共觀으로 받아들여질 수 있는 것이 "전적으로" 에크하르트의 것인가 또는 우리가 그리스도교의 수사 신부에서 선불교적 유사성을 확립할 수 있기 위해 현실적으로 조심스럽게 선별적으로 진전할 수 있을 것인가 하는 것이 문제이다.

베른하르트 벨테는 『에크하르트 사상에 대한 사색Gedanken zu Eckharts Gedanken』에서 무엇보다도 세 개의 "서로서로 연관을 맺는 선회점旋回點"을 다음과 같이 열거한다. 첫째로 방식 없는 존재weiseloses Sein로의 침잠. 이는 모든 형이상학의 극복과 결부되어 있다. 둘째로 영혼의 근저에 있는 창조되지 않은 빛에 대한 유비Analogie. 마지막으로 가장 일상적인 것들 가운데서 최고의 것, 신비로 가득 찬 것에 대한 직관. 이는 모든 세속적인 것의 "성화聖化"라는 점에서 유대인의 하시디즘[247]과 흥미로운 종교사적인 평행선을 그리고 있는 시각이기도 하다. 그렇게 본다면 인간의 역사와 지구 위의 서로 멀리 떨어져 있는 두 개 또는 세 개의 점으로서 전적으로 서로 멀리 무관하게 떨어져 있으면서도 사유와 경험의 유사한 구조들이 출현한다고 우리는 말할 수 있다. "여기서 어떠한 자의적 사유에서 만들어지는 것이 아니라, 오히려 그 가운데 인간과 인간의 사유가 이미 항상 자리 잡고 있는 근본적 상황에서 형성되는 구조 전체가 이 양자의 경우에 있어 모습을 드러낸다고 우리는 받아들일 수 있다. …… 그럴 때만 멀리 떨어져 있으면서도 유사한 구조가 서로 무관하게 인간 역사에 등장하는 것은 그것에 대한 전제들이 주어지기 때문이라고 해명할 수 있을 것 같다. 그렇다면 에크하르트는 모든 인간에게 근본적으로 공통되는 것에 대한 증언으로 받아들여야 할 것이다. 비록 모든 인간에게 근본적으로 공통되는 것이 역사 속에서 확연하게 드러나는 경우가 거의 없다 하더라도. 그렇다면 문화적 간격을 아득히 넘어서 영향을 주고받는 것은 깊은 근거를 갖는 것이 아니겠는가."[248]

끝으로 우리는 에크하르트 자신이 상이한 정신세계의 만남이라는 주제에 대해 과연 어떠한 태도를 취했을 것인가라는 물음을 던질 수 있다. 이 물음은 완전히 엉뚱한 물음은 아니다. 그리스도교 신앙, 그리스 철학, 무엇보다도 신플라톤주의의 신비주의적인 경험 등 얼마나 상이한 정신적 흐름들이 그 자신의 저작에 뒤섞여 흐르고 있는가. 그는 낯선 것을 자신의 고유한 것과 관계 짓고 제대로 융합시킬 줄 알았다. "모든 인간이 하나의 길로 신에게 부름을 받은 것은 결코 아니다."라는 것을 에크하르트는 명백하게 말한다. 그에게 있어 다양한 길의 타당성과 정당성은 논의의 여지가 없다. 그는 이렇게 말한다. "각자는 자기 나름의 좋은 방식을 유지하면서도 그 밖의 다른 방식과도 관계 맺어야 한다. 그리고 자신의 방식으로 모든 선과 지혜를 파악해야 한다. …… 왜냐하면 신은 인간의 구원을 어떤 특정한 방식과 연관 짓지 않았기 때문이다."[249]

오늘날의 마이스터 에크하르트

에크하르트가 진정성 있는 텍스트를 근거로 오늘날 읽히고 해석될 수 있는 것은 1934년 독일 연구공동체Deutschen Forschungsgemeinschaft 주관으로 시작해 1936년에 하나씩 모습을 드러내기 시작한(도서목록 참조) 위대한 슈투트가르트 전집에 참여한 편집자들 덕분이다. 독일어 작품의 편집자 요셉 퀸트는 바로 이 책에서 사용한 독일어 설교집과 논고집의 번역본(2판, 뮌헨, 1963)을 여기에 덧붙여 출간했다. 이러한 작업은 쇠퇴하기는커녕 항상 진행 중에 있다. 이 진행 과정에서 각 부분의 편집과 번역 작업은 상당한 신뢰를 얻고 있다. 무엇보다도 번역의 오류가 수정되고 있으며, 출판된 설교들의 진정성 또한 강화되고 있다. 역사─비평적 전집의 많은 부분은 제3제국(나치 제국) 시대에 출판되었다. 이 사업이 알로이스 M. 하스의 말대로 이데올로기적-민족주의적 왜곡 없이 자리 잡을 수 있었다는 것은 놀라운 일이다. "그와 함께 이데올로기로 치장되어 혐오스럽기까지 한 에크하르트 문학이 꽃피기도 했다. 그 저자들은 수치스럽게도 모두가 고등학교 교사 출신이었다. 일단 양 대전 사이의 여러모로 괜찮은 상황 속에서 진지한 연구는 계속되었다. 그리고 제2차 대전 이후에도 이런 연구는 지속될 수 있었다.[250]

도처에서 수많은 2차 문헌이 생산되었다. 연구 동기와 방법, 목적에 따라 부분적으로 다를 수밖에 없는 에크하르트 상像이 다양한 서술과 개별 연구들에서 그 모습을 드러냈다. 에크하르트 탄생 700주년인 1960년에 편집된 기념간행물 『설교자 마이스터 에크하르트*Meister Eckhart der Prediger*』 같은 연구 모음집에서조차도 편집자들은 동일한 과제를 제출한 공동 연구자들에 대해 다음과 같이 말한다. "제출된 기고문에 따라 볼 것 같으면 그들의 시각은 부분적이긴 하지만 아주 다른 방향을 향한다. 이를 우리는 받아들여야 한다. 왜냐하면 대단히 어려운 에크하르트 해석에서 다른 견해는 얼마든지 가능하기 때문이다."[251] 탁월한 학자들의 토론과 전문 잡지에 실린 비평들이 보여주듯이 위대한 스콜라철학자이면서 동시에 독일 신비주의의 대가였던 에크하르트를 둘러싼 이러한 순환은 지속될 것이다. 사태에 따라 말하면 전문가들 사이의 다양한 견해를 받아들일 수밖에 없다. 또한 (좁은 의미의) 에크하르트 연구자와 그 수용자인 독자들 사이의 거리에 놀랄 필요도 없다. 에크하르트 연구자들에게 에크하르트의 생각을 있는 대로 밝히는 것이 중요하다면, 독자에게는 에크하르트의 가르침을 오늘날 실현 가능한 영성적 실천으로 전환하는 것이 중요하기 때문이다. 여기서 발생하는 문제는 의심할 바 없이 근본적이다. 따라서 언어학자와 역사학자가 진정성 있는 텍스트와 철학적-정신사적으로 관련 있는 라틴어 작품과 독일어 작품 사이의 연관을 해명하기 위해 노력한다는 사실은 누구나 인정한다. 그러나 무엇보다도 그의 출생과 생애에 대한 자료가 현재 거의 남아 있지 않은 상황에서 전승들과 해석들이 뒤엉켜 에크하르트가 왜곡되는 일이 발생할 수도 있다. 신비주의가 전혀 문제 없는 것은 아니겠지만, 그래도 신비주의는 스승에 의해 올바르게 내적 길로 인도되고 지도 받기를 희망하는 모든 사람들에게는 기쁨이 될 것이다. 그러나 수용의 과정에서 드물지 않게 곡해되고 변형되어 왔던 에크하르트의 수용사가 우리 모두의 눈앞에 펼쳐져 있다. 여기서 역사적 정신적인 거리Distanz를 너무 빨리 뛰어넘으려고 시도해서는 안 된다. 비판자들은 일정한 권리를 갖고 그릇된 신비화 사례와 오해의 경우들을 이야기한다. 그러한 사례를 오늘날의 관찰자들은 다음과 같이 열거한다. 에크하르트는 "이성적으로 탈바꿈한 마약 중개상들의 사도, 익명의 불교인, 힌두교의 요가주의자, '중세 민중의 대리인', 마르크스주의적인 '희망의 원리'의 변호인, 그리고 끝으로 급진적이고 무신론적인 종교성의 대변자라고. 에크하르트와 그의 민족 언어로 쓰인 작품은 무엇보다도 어떠한 분별 가능한 목적을 결코 갖고 있지 있다. 따라서 그러한 것을 강화하려고 시도하는 것 역시 무의미한 일이며, 그렇다고 이데올로기적으로 포장된 에크하르트에 대한 이러한 해석을 무시해 버리는 것도 부당하다. 우리는 옥석을 가려낼 수 있는 재능을 갖고 이들 해석을 받아들여야 할 것이라고 나는 생각한다. 결과적으로 에크하르트의 이러한 모든 이데올로기적 수용들은 마이스터의 독일어 작품에서 오늘에 이르기까지 흘러나오는 풍부하고 민감한 자극에 대한, 얼마 되지는 않지만 여전히 영향력 있는 증언들로 보아야 할 것이다."[252]

하지만 이들 해석이 전부는 아니다. 텍스트를 근거로 한 모든 책임 있는 해석들이 마땅히 권리를 갖는다. 그러나 이러한 모든 해석들은 다시금 해석자 및 비평가의 정신적 입장에 의해 상대화되고 만다. 명상적 경험들과 심층 심리학과 초인격 심리학Transpersonale Psychologie의 통찰, 그리고 그 밖의 다른 인식 방식에 따른 통찰들이, 가끔 그러한 것처럼, 미리부터 신비주의 전문가의 판결에 의해 재단되어서는 안 될 것이다.[253]

교회에 속하는 사람과 스콜라철학자들은 교회와 성직자의

울타리를 넘어 (많은 사람에게) 널리 영향을 미칠 수 있는 정신적 자질을 가져야 한다. 에크하르트의 말이 상이한 세계관과 종교를 지닌 사람들에게 진지하게 받아들여진다는 사실이 바로 이러한 자질을 지녀야함을 확인시켜 준다.

 이제 에크하르트의 작품과 사명에 관련된 그의 서약을 언급하려 한다. 이 서약은 오늘날 그의 말을 접하는 모든 사람에게 향한다. 그 영감이 찬성과 반대, 빛과 어둠 가운데 지속적으로 모든 사람에게 향하는 것이다. "당신들이 이 밀을 이해할 수 있도록, 이제 나는 당신들에게 정신적으로 가난하라고 청한다. 왜냐하면 나는 영원한 진리를 당신들에게 말하고 있기 때문이다. 만약 지금 말하고자 하는 이 진리와 당신들이 같아지지 않는다면, 당신들은 내 말을 이해할 수 없을 것이다."[254]

주석

별도의 언급이 없으면 에크하르트의 인용문은 다음의 줄임말 표시를 따른다.

DW	Deutsche Werke
LW	Lateinische Werke (Band, Seite, Zeile; vgl. Bibliographie)
Pfeiffer	Franz Pfeiffer, *Deutsche Mystiker des 14. Jahrhunderts*, Bd. 2: *Meister Eckhart*, Leipzig, ; Aalen, 1966.
Quint	Meister Eckhart, *Deutsche Predigten und Traktate*, hg. und übersetzt von Josef Quint, München, 1969.
Mieth	Meister Eckhart, hg., eingeleitet und z. T. übersetzt von Dietmar Mieth(*Gotteserfahrung und Weg in die Welt*). Olten-Freiburg i. B., 1979.

1) Daisetz T. Suzuki, *Der westliche und der östliche Weg (Mysticism: Christian und Buddhist*, 1957), Frankfurt a. M., 1960. Ullsteinbücher 299, 13쪽. 이 구절은 아주 많이 인용된다.
2) Johannes Gerson, *De mystica theologia*, Hg. von A. Combes. Lugano, 1958. 또한 Alois M. Haas, "Die Problematik von Sprache und Erfahrung in der deutschen Mystik", in: W. Beierwaltes und H.U. von Balthasar, *Grundfragen der Mystik*, Einsiedeln, 1974, 75쪽 이하.
3) Irene Behn, *Spanische Mystik. Darstellung und Deutung*, Düsseldorf, 1957, 8쪽. Haas, 앞의 책, 78쪽 참조.
4) Alois M. Haas, "Die Sprache der Mystiker", in: *Geistliches Mittelalter* (Dokimion 8). Freiburg/Schweiz, 1984, 185쪽.
5) *Mieth*, 97쪽.
6) *DW* I, 169쪽.
7) Martin Luthers Lied, *Gott der Vater wohn' uns bei*, EKG 109; 이외에도 Friso Melzer, *Das Wort in den Wörten. Die deutsche Sprache im Dienste der Christus-Nachfolge*, Tübingen, 1965, 245쪽 이하 참조.

8) *DW* I, 203쪽.
9) Rudolf Bultmann, "Welchen Sinn hat es, von Gott zu reden?", in: *Glauben und Verstehen* Bd. I, Tübigen, 1925, 1933쪽 이하.
10) *DW* I, 253, 7.
11) *DW* V, 203, 1-3; *Quint* 59, 21-23.
12) 신약성서의 역설적 언표들과 동양의 경험을 비교하는 J.K. Kadowaki 의 『선과 성서*Zen und die Bibel*』(Salzburg, 1980)라는 연구는 주목할 만하다.
13) Gerhard Wehr, *Esoterisches Christentum. Aspekte, Impulse, Konsequenzen*, Stuttgart, 1975.
14) Maurice de Gandillac, "Pseudo-Dionysios", in: G. Ruhbach und J. Sudbrack, *Große Mystiker. Leben und Wirken,* München, 1984, 77쪽 이하 참조.
15) Hans Urs von Balthasar, *Herrlichkeit. Eine theologische Äesthetik*, Bd. II, I. Einsiedeln, 1962, 147쪽.
16) Gerhard Wehr, "Esoterisches Christentum", 앞의 책, 11쪽 이하 참조.
17) Dionysios Areopagita, *Die Hierarchien der Engel und der Kirche, eingeleitet und kommentiert von Walther Tritsch*, Münchenn-Planegg, 1955.
18) H.U. von Balthasar, *Herrlickkeit* II, 1, 150쪽.
19) Heiko A. Oberman, "Luther und die Mystik", in: *Kirche, Mystik, Heiligung und das Natürliche bei Luther.* Hg, von Ivar Asheim, Göttingen, 1967; Gerhard Wehr, *Martin Luther. Mystische Erfahrung und christliche Freiheit*, Schffhausen, 1983.
20) Gerhard Wehr, *Heiligen Hochzeit. Symbol und Erfahrung menschlicher Reifung*, München, 1986.
21) Malcolm Lambert, *Ketzerei im Mittelalter*, München, 1981.
22) Josef Pieper, *Scholastik*, München, 1960.
23) M.D. Chenu, *Thomas von Aquin in Selbstzeugnissen und Bilddokumenten*, Reinbeck, 1960(rm 45).
24) Mechthid von Magdeburg, *Das fließende Licht der Gottheit*, hg. von

P.G. Morell(1869). Darmstadt, 1980.
25) Herbert Grundmann, *Religiöse Bewegungen im Mitteralter*, 2. erg. Aufl. Darmstadt, 1961, 527쪽.
26) Otto Karrer (Hg.), *Die große Glut. Mystik im Mittelalter*, München, 1926; 1978, 153쪽.
27) Richard Egenter, *Gottesfreunschaft*, Augsburg, 1928.
28) Wilhelm Oehl (Hg.), *Deutsche Mystikerbriefe des Mittelalters 1100-1550*(1931), Darmstadt, 1972.
29) 이러한 논의는 오늘날의 연구 분위기와 상응한다. 쿠르트 루를 참조할 것. Kurt Ruh, *Altdeutsche und altniederländische Mystik*, Darmstadt, 1964, 11쪽.
30) Kurt Ruh, zit. bei Hans Eggers, *Deutsche Sprachgeschichte II. Das Mittelhochdeutsche,* Reinbek, 1965, 189쪽(rde 191).
31) Peter Dinzelbacher und Dieter R. Bauer (Hg.), *Frauenmystik im Mittelalter*, Stuttgart, 1985.
32) A.M. Haas, *Sermo mysticus. Studien zu Theologie und Sprache der deutschen Mystik*, Freiburg/Schweiz, 1979, 260쪽.
33) *Quint*, 273쪽.
34) 아래에서는 무엇보다도 요셉 코흐가 작업한 지식들이 활용될 것이다. Josef Koch, *Kritische Studien zum Leben Meister Eckharts*, 1부: Von den Anfängen bis zum Straßburger Aufenthalt, in: *Archivum Fratrum Praedicatorum*, XXIX, Rom, 1959, 5-51쪽; 동일한 책 2부: Die Kölner Jahre, der Prozeßund die Verurteilung, in: *Archivum Fratrum Praedicatorum*, XXX, Rom, 1960, 5-52쪽.
35) Josef Dolch, *Lehrplan des Abendlandes. Zweieinhalb Jahrtausende seiner Geschichte*, Darmstadt, 1982.
36) Martin Grabmann, *Die Geschichte der scholastischen Methode*, Freiburg, 1911, Bd. 2, 97쪽.
37) Kurt Ruh, *Meister Eckhart. Theologe, Prediger, Mystiker*, München, 1985, 33쪽. ( )는 옮긴이.
38) *DW* V, 185-309, 여기서는 *Quint* 57쪽.

39) *Quint*, 59쪽.
40) *Quint*, 207쪽 12행 이하.
41) *Quint*, 140쪽 이하.
42) *Quint*, 101쪽 이하.
43) *Frauenmystik im Mittelalter*, a.a.O; Otto Langer, "Mystische Erfahrung und spirituelle Theologie. Zu Meister Eckharts Auseinandersetzung mit der Frauenfrömmigkeit seiner Zeit"(Habil. Schrift), Bielefeld, 1983.
44) 원전에서도 "Eckehart"라고 표기하지만, 학문적인 문서들에서는 "Eckhart"라고 쓰는 것이 공인되어 있다.
45) Josef Quint, "Meister Eckehart", in: *Die Großen Deutschen*(1935/36), Berlin, 1983, Bd. I, 250쪽.
46) Alois M. Haas, *Geistlches Mittelalter* (Dokimion 8), Freiburg/Schweiz, 1984, 407쪽; M. Poreto, *Der Spiegel*…, Zürich, 1987.
47) Herbert Grundmann, "Ketzergeschichte des Mittelaters", in: *Die Kirche in ihrer Geschichte*, hg. von K. D. Schmidt und E. Wolf, Bd. 2, G(1 Teil), Göttingen, 1963, 47쪽 이하 참조.
48) Ruh, *Meister Eckhart*, 앞의 책, 179쪽.
49) *Quint*, 139쪽 5행 이하.
50) Ruh, *Meister Eckhart*, 앞의 책, 172쪽 이하.
51) A. Daniels (Hg.), *Eine lateinische Rechtfertigungsschrift des Meisters Eckhart*, in: *Beiträge zur Geschichte der Philosophie des Mittelalters*, Bd. 23, Heft 5, Münster, 1923.
52) Ruh, *Meister Eckhart*, 앞의 책, 179쪽.
53) *Quint*, 139쪽.
54) *DW* I, 39쪽 이하; *Quint*, 159쪽 이하 참조.
55) 라틴어 텍스트가 K. Ruh, *Meister Eckhart*, 182쪽에 번역되어 인용되었다.
56) *Quint*, 449쪽.
57) *Quint*, 455쪽.
58) 비판적 에크하르트의 전집은 하나의 편집 시리즈에 따른 라틴어 작품(*LW*)과 독일어 작품(*DW*)으로 구성되어 있다.
59) Anselm von Canterbury, *Cur deus homo*, zit. bei Heribert Fischer,

Meister Eckhart, Freiburg i. B., 1974, 28쪽.
60) *LW* I, 150쪽 이하; Fischer, 앞의 책, 38쪽.
61) Fischer, 앞의 책, 44쪽.
62) Josef Koch, "Altdeutsche und altniederländische Mystik", in; Ruh (Hg.), 앞의 책, 277쪽.
63) *Quint*, 171쪽 9행 이하 참조.
64) *LW* I, 238쪽 1-7행.
65) Dietmar Mieth, "Meister Eckhart. Authentische Erfahrung als Einheit von Denken, Sein und Leben", in: Haas/Stirnimann (Hg.), *Das einig' Ein,* Freiburg/Schweiz, 1980, 19-27쪽.
66) *LW* III, 234쪽 16행; Fischer, 앞의 책, 64-67쪽 참조.
67) *DW* V, 307쪽 2행 이하; *Quint*, 100쪽 1행 이하 참조.
68) Bernward Dietsche, "Der Seelengrund nach den deutschen und lateinischen Predigten", in: *Meister Eckhart, der Prediger,* Freiburg i. B., 1960, 202쪽 이하.
69) *DW* I, 43쪽 5행 이하; *Quint*, 164쪽 15행 이하.
70) *Quint*, 273쪽 29행.
71) *Pfeiffer*, 18쪽 38행 이하.
72) 퀸트가 에크하르트를 "파우스적인 독일인"이라고 규정한 것이 과연 에크하르트에게 적합한 것인가. 이러한 언어 사용은 신비주의를 독일 민족주의적인 것으로 잘못 해석할 수 있다는 점에서 문제가 생길 수 있다.
73) Josef Quint, "Mystik und Sprache", in: Ruh (Hg.), *Altdeutsche und altniederländische Mystik,* 앞의 책, 134쪽 이하.
74) *Quint*, 185쪽 14-25행.
75) *Quint*, 163쪽 31행.
76) *Quint*, 172쪽 33행.
77) Heribert Fischer, "Grundgedanken der deutschen Predigten", in: *Meister Eckhart der Prediger,* 앞의 책, 60쪽.
78) *Quint*, 459 쪽.
79) *Quint*, 53쪽 6행 이하.

80) *Quint*, 55쪽, 2-12행.
81) Augustinus, *De vera religione*, c39, zit. LW 4, 191쪽.
82) A.M. Haas, "Nim dân selbes wâr. Studien zur Lehre von Selbsterkenntnis bei Meister Eckhart", Johannes Tauler und Heinrich Seuse (Dokimion 3). Freiburg/Schweiz, 1971, 20쪽 이하.
83) *Quint*, 58쪽 21행 이하.
84) *Quint*, 58쪽 28행 이하.
85) *Quint*, 60쪽 20행 이하.
86) *Quint*, 61쪽 18행 이하.
87) *Quint*, 61쪽 36행 이하.
88) *Quint*, 62쪽 27행 이하.
89) *Quint*, 94쪽 20행 이하.
90) *Quint*, 82쪽 14행 이하.
91) *Quint*, 99쪽 29행 이하; 100쪽 1행 이하.
92) Ruh, *Meister Eckhart*, 앞의 책, 46쪽.
93) *DW* V, 1-105쪽; *Quint*, 101-139쪽.
94) A.M. Haas, "Transzendenzerfahrung nach dem <Buch der göttlichen Tröstung>", in: Haas, *Sermo mysticus*, 앞의 책, 208쪽.
95) Alois Dempf, *Meister Eckhart*, Freiburg, 1960, 31쪽.
96) *Quint*, 104쪽.
97) *Quint*, 110쪽 2행 이하.
98) *Quint*, 133쪽 18행 이하.
99) *Quint*, 136쪽 13행 이하.
100) *Quint*, 116쪽 16행 이하.
101) 신의 추구와 신의 인식에 대한 언어 문제는 Hans Eggers, *Deutsche Sprachgeschichte II. Das Mittelhochdeutsche*, Reinbeck, 1965, 175쪽 참조.
102) *Quint*, 123쪽 16행 이하.
103) *Quint*, 124쪽 31행 이하.
104) Wehr, *Esoterisches Christentum*, 앞의 책.
105) *Quint*, 125쪽 32행.

106) *Quint*, 127쪽 28행.
107) *Quint*, 139쪽 18행 이하.
108) Haas, *Sermo mysticus*, 앞의 책, 208쪽 참조.
109) *Quint*, 126쪽 19행 이하.
110) Herma Piesch, "Der Aufstieg des Menschen zu Gott nach der Predigt <Vom edlen Menschen>", in: *Meister Eckhart, der Prediger*, 앞의 책, 167쪽 이하.
111) *Quint*, 143쪽 20행.
112) Henri de Lubac, *Geist aus der Geschichte. Das Schriftverständlichkeit des Origenes*, Einsiedeln, 1968, 408쪽.
113) *Quint*, 141쪽 30행.
114) Augustinus, *De vera religione—Über die wahre Religion*, XXVI, 49, Stuttgart, 1983, 81쪽 이하(Recalm UB 7971).
115) A.M. Haas, *Meister Eckhart als normative Gestalt geistlichen Lebens*, Einsiedeln, 1979, 17쪽 이하; Ders, *Sermo mysticus*, 앞의 책, 170쪽 이하.
116) *Quint*, 142쪽 19행; 143쪽 14행
117) *Quint*, 145쪽 16행.
118) *Quint*, 146쪽 33행 이하.
119) *Quint*, 146쪽 20행 이하.
120) *Quint*, 147쪽 29행 이하.
121) Gerhard Wehr, *Stichwort Damascuserlebnis. Der Weg zu Christus nach C.G. Jung*, Stuttgart, 1982; jetzt durch den Autor, D 8501 Schwarzenbruck.
122) *Quint*, 148쪽 3행.
123) *Quint*, 148쪽 29행 이하.
124) Piesch (vgl. Anm. 110), 195쪽 참조.
125) 여기에 대해서는 A.M. Haas, *Geistliches Mittelalter*, Freiburg/Schweiz, 1984, 317쪽 이하를 참조할 것.
126) *DW* II, 528쪽 5행 이하; Haas, *Geistliches Mittelalter*, 앞의 책, 320쪽 참조.

127) 같은 책, 277쪽.
128) E. Schaefer, *Meister Eckharts Traktat <Von Abgeschiedenheit>*, Bonn, 1956 참조.
129) Ruh, *Meister Eckhart*, 앞의 책, 165쪽.
130) *Mieth*, 81쪽 이하에 해설되어 있다.
131) *Mieth*, 83쪽.
132) *Mieth*, 87쪽.
133) *Mieth*, 89쪽.
134) *Mieth*, 89쪽 이하.
135) *Mieth*, 96쪽.
136) *Mieth*, 97쪽.
137) *DW* I에 나오는 설교 12-15와 설교 22가 이와 관계있다.
138) Johannes Tauler, "15. Predigt", in: *Predigten*, übertragen und hg. von Georg Hofmann, Einsiedeln, 1979, Bd I., 103쪽.
139) *DW* I, 21쪽 이하; *Quint* 159쪽 이하.
140) *Quint*, 472쪽.
141) Ruh, *Meister Eckhart*, 앞의 책, 145쪽.
142) 같은 책, 143쪽.
143) *DW* I, 24쪽 7행 이하; *Quint*, 159쪽 이하. ( )는 옮긴이.
144) Quint, 169쪽 26행 이하. ( )는 옮긴이.
145) Rudolf Steiner, *Das Christentum als mystische Tatsache*, Berlin, 1902.
146) 에크하르트의 설교 "Von der Abgeschiedenheit", in: *Mieth*, 97쪽.
147) *Quint*, 309쪽.
148) *Quint*, 167쪽.
149) *Quint*, 280쪽 이하.
150) *Quint*, 227쪽.
151) Shizuteru Ueda, *Die Gottesgeburt in der Seele und der Durchbruch zur Gottheit*, Gütersloh, 1965, 147쪽.
152) *Quint*, 284쪽 6행 이하.
153) *Quint*, 285쪽 13행 이하.
154) 이 설교의 인용은 *Quint*, 168쪽 이하.

155) Friso Melzer는 *Innerung*(Kassel, 1968)에서 '명상Meditation'을 독일 어로 표현하기 위해, 내면Innerung이라는 말마디를 사용한다. 이 용어는 토마스 뮌쩌에서 이미 발견된다.; "Ausgedrükte Entblößung des falschen Glaubens", Mülhausen/Th., 1524, in: Müntzer, *Schriften und Briefe*, Gütersloh, 1968, 267쪽 5행.
156) *Quint*, 315쪽 19행 이하.
157) Louis Cognet, *Gottes Geburt in der Seele*, Freiburg i. B., 1980, 68쪽.
158) *Quint*, 172쪽 32행 이하.
159) 여기에 나오는 설교는 *Quint*, 174쪽 이하에서 인용했다.
160) *Quint*, 59쪽 21행 이하.
161) *Quint*, 177쪽 19행 이하.
162) *Quint*, 186쪽 5행 이하.
163) *Quint*, 186쪽 30행 이하.
164) 여기서 인용되는 설교는 *Quint*, 190쪽 이하에서 인용했다.
165) *Quint*, 193쪽 7행 이하.
166) J. Sudbrack, *Wege zur Gottesmystik*, Einsiedelm, 1980, 108쪽.
167) Ruh, *Meister Eckhart*, 앞의 책, 150쪽.
168) *Quint*, 256쪽 14행 이하. ( )는 옮긴이.
169) *DW* III, 322쪽. 6행. 여기서 Haas, *Geistliches Mittelalter*, 앞의 책, 232쪽 이하 참조.
170) Haas, *Sermo mysticus*, 앞의 책, 200쪽 이하 참조.
171) Ruh, *Meister Eckhart*, 앞의 책, 157쪽에서 재인용.
172) 같은 책, 158쪽 참조.
173) 이 설교는 *Quint*, 303쪽 이하에서 인용했다.
174) *Quint*, 304쪽 22행 이하.
175) *Quint*, 305쪽 17행 이하.
176) *Quint*, 305쪽 26행 이하.
177) *Quint*, 306쪽 11행 이하.
178) Ruh, *Meister Eckhart*, 앞의 책, 162쪽.
179) *Quint*, 273쪽 17행 이하. A.M. Haas, in: *Beierwaltes u. a., Grundfragen der Mystik*, 앞의 책, 86쪽 이하 참조; Haas, *Sermo mysticus*, 앞의

책, 172쪽 이하 참조.
180) *Quint*, 273쪽 21행 이하. ( )는 옮긴이.
181) Jan van Ruisbroeck, *Die Zierde der geistlichen Hochzeit und die kleineren Schriften*(Hg. von Fr. Markus Huebner, Leibzig, 1924)에 실려 있다.
182) *Quint*, 308쪽 6-35행.
183) *Quint*, 309쪽 9행 이하.
184) Jakob Böhme, *signatura rerum oder Von der Geburt und Bezeihung aller Wesen*(1622) 참조할 것.
185) Rudolf Otto, *Das Heiligen*(1917) 참조할 것.
186) Haas, *Geistliches Mittelalter*, 앞의 책, 318쪽에서 재인용.
187) 같은 책, 319쪽.
188) 같은 책, 468쪽.
189) Haas, *Meister Eckhart als normative Gestalt geistlichen Lebens*, 앞의 책, 10쪽.
190) *DW* II, 486쪽 이하; *Quint*, 303쪽 이하.
191) Valentin Weigel, *Kurzer Bericht und Anleitung zur Deutschen Theolgie*, 1571, in: Weigel, *Sämtlliche Schriften*, Hg. von Winfried Zeller, 3. Lieferung, Stuttgart, 1966, 126쪽.
192) Dempf, 앞의 책, 35쪽.
193) Rudolf Haubst, "Nikolaus von Kues als Interpret und Verteidiger Meister Eckharts", in: Kern (Hg.), *Freiheit und Gelassenheit*, 앞의 책, 75쪽 이하 참조.
194) Geert Groote, *Thomas von Kempen und die Devotio moderna*, hg. von H.N. Janowski, Olten-Freiburg i. B., 1978.
195) Winfried Zeller, *Theologie und Frömmigkeit*, hg. von B. Jaspert, Marburg, 1971, 32쪽 이하.
196) Theologia Deutsch, *Eine Grundschrift deutscher Mystik* (vollständiger normalisierter Text), hg. von Gerhard Wehr, Freiburg i. B., 1980.
197) Gehart Wehr, *Jakob Böhme in Selbstzeugnissen und Bilddokumenten*, Reinbek, 1971 (rm 179).

198) 여기서 말하는 파이퍼는 1857년에 에크하르트를 편집한 프란츠 파이퍼Franz Pfeiffer를 지칭한다.
199) Franz Hoffmann zit. bei Ernst Benz, *Schelling. Werden und Wirken seines Denkens*, Zürich, 1955, 10쪽(Albae Vigiliae NF XV).
200) Benz, 앞의 책, 21쪽.
201) Karl Rosenkranz zit. bei F.W. Wentzlaff-Eggebert, Berlin, 1969, 1쪽.
202) Wihelm Preger zit. bei Haas, *Geistliches Mittelater*, 앞의 책, 219쪽 이하.
203) Martin Luther, *Ausgewählte Werke*, hg. von H.H. Borcherdt und Gg. Merz, Bd I., *Aus der Früzeit der Reformation*, München, 1963, 140쪽 이하 참조.
204) Gustav Landauer zit. bei Willehad Eckert, in Kern (Hg.), *Freiheit und Gelassenheit*, 앞의 책, 185쪽.
205) Herman Büttner zit. bei Eckhart, 앞의 책, 184쪽 이하.
206) Ingeborg Degenhardt zit. bei Eckhart, 앞의 책.
207) Willy Haas, "Ein Verleger der Mystik. Zum 100. Geburtstag von Eugen Diederichs", in: *Die Welt*, Hamburg, 22. 6. 1967.
208) Arthur Bonus in: *Deutsche Frömmigkeit. Stimmen deutscher Gottesfreunde*, hg. von Walter Lehmann, Jenna, 1916, 317쪽.
209) Alfred Rosenberg, *Der Mythos des 20. Jahrhunderts*, (95.-98. Aufl.) München, 1936, 481쪽.
210) *Quint*, 271쪽 6행 이하.
211) Rosenberg, 앞의 책, 258쪽 이하.
212) Dietmar Golsschnigg, *Mystische Tradition in Roman Robert Musils*, Heidelberg, 1974.
213) Willehad Eckert, *Eckhart-Rezeption und Umdeutung in der neuen deutschen Literatur* (vgl. Anm, 203), 194쪽.
214) Martin Buber, *Briefwechsel aus sieben Jahrzehenten*, Heidelberg, 1975, Bd. III, 187쪽.
215) Erich Neumann, *Kulturentwicklung und Religion*, Zürich, 1953, 142쪽.
216) D.T. Suzuki, *Die große Befreiung*, Zürich-Stuttgart, 1969.
217) C.G. Jung, *Gesammelte Werke*, Zürich-Stuttgart, 1963, XI, 587쪽.

218) C.G. Jung, *Aion*, in: *Gesammelte Werke*, Olten, 1976, IX, Teil 2, 207쪽.
219) C.G. Jung, *Briefe* III. Olten-Freiburg i. B., 1973, 337쪽; Gehart Wehr, *C.G. Jung. Leben, Werk, Wirkung*, München, 1947, 432쪽.
220) Karl Jaspers, *Von der Wahrheit*, München, 1947, 897쪽.
221) Bernhard Welte, *Meister Eckhart*, Freiburg i. B., 1979, 39쪽.
222) Martin Heiddeger, *Der Felweg*, Frankfurt a.M., 1962, 4쪽.
223) R.O. Gropp und Frank Fiedler (Hg.), *Von Cusanus bis Marx. Deutsche Philosophen aus fünf Jahrhunderten*, Leipzig, 1965, 179쪽 참조.
224) Ernst Bloch, *Atheismus im Christentum*, Frankfurt a. M., 1968, 286쪽.
225) A M Haas, "Meister Eckhart im Spiegel der marxistischen Ideologie", in: *Wirkendes Wort* 22, 1972, 132쪽.
226) Wolfram M. Fues, "Meister Eckhart bei Ernst Bloch", in: Haas/Stirnimman (Hg.), 앞의 책, 153쪽; K.P. Steinacker-Berghäuser, *Das Verhältnis der Philosophie Ernst Blochs zur Mystik*, (Diss.) Marburg 1973.
227) Ausführlich bei Rainer Funk, *Mut zum Menschen. Erich Fromms Denken und Werk, humanistische Religion und Ethik*, Stuttgart, 1978.
228) Erich Fromm, *Haben oder Sein*, Stuttgart, 1976, 29쪽.
229) 같은 책, 65쪽.
230) 같은 책, 67쪽.
231) *Mieth*, in: Haas/Stirmann, 앞의 책, 12쪽.
232) Nathan Söderblom, *Der leblenige Gott*, München-Basel, 1966, 53쪽.
233) Sarvepalli Radhakrishnan, *Gemeinschaft des Geistes*, Darmstadt, 19 52, 306쪽.
234) Emil Brunner, *Die Mystik und das Wort*, Tübingen, 1924.
235) Rudolf Otto, *West-östliche Mystik*(1926), Gütersloh, 1979, 2쪽.
236) Ernst Benz, *Meister Eckhart in Japan*, Einführung zu Sh. Ueda, *Die Gottesgeburt in der Seele und der Durchbruch zur Gottheit*, Gütersloh, 1965, 16쪽 이하.
237) Rudolf Otto, "Über Za-Zen als Extreme des numinosen Irra-

tionalen", in: Otto, *Aufsätze das Numinose betreffend*, Gotha, 1923.
238) Sh. Ohasama-A. Faust, *Zen, der lebendige Buddhismus in Japan*, Gotha-Stuttgart, 1925.
239) Karlfried Graf Dürckheim, *Erlebnis und Wandlung*, Bern, 1978, 36쪽. 그리고 뒤르크하임의 일본 경험에 대해서는 Gerhard Wehr, *Karlfried Graf Dürchheim - Biographie*(München, 1988)를 참조.
240) Dürckheim, 앞의 책, 42쪽.
241) D.T. Suzuki, *Der westliche und der östliche Weg*, Berlin, 1960, 17쪽.
242) Fromm, 앞의 책, 29쪽.
243) Kitaro Nishida zit. bei Hans Waldenfels, *Absolutes Nichts. Zur Grundlegung des Dialogs zwischen Buddhismus und Christentum*, Freiburg, i. B., 1976, 177쪽.
244) Richard Friedli, *Der Große Tod und das Große Mitleid*, in: Haas/ Stirnamm, 앞의 책, 103쪽.
245) Benz in: Ueda (vgl. Anm. 235), 11쪽 참조.
246) Friedli (Anm. 243), 107쪽 참조.
247) Martin Buber, *Chassidische Botschaft*(1952), in: *Werke III. Schriften zum Chassidismus*, München-Heidelberg, 1963, 739쪽 이하; Gerhard Wehr, *Der Chassidismus. Mysterium und spirituelle Lebenspraxis*, Freiburg i. B., 1978.
248) Welte, *Meister Eckhart*, 앞의 책, 195쪽; Ueda, *das abschlißende Kapital über Meister Eckhart im Vergleich mit dem Zen-Buddhismus*, 앞의 책, 145쪽 이하 참조.
249) Quint, 78쪽 이하; Josef Zapf, "Meister Eckhart und mystischen Traditionen des Osten", in: *Meister Eckhart heute*, Karlsruhe, 1980, 57쪽 이하 참조.
250) Hass, *Geistliches Mittelalter*, 앞의 책, 221쪽.
251) Meister Eckhart, *der Prediger*, 앞의 책, 서문.
252) Haas, *Geistliches Mittelalter*, 앞의 책, 216쪽 이하.
253) Josef Sudbrack in: *Wege zur Gottesmystik*, Einsiedeln, 1980, 103쪽 이하.
254) *DW* II, 487쪽 4행 이하; *Quint*, 303쪽 17-20행.

연보

1260년경	고타 근처의 호흐하임에서 출생
1277년	파리 대학에서 철학 기본 과정인 '자유학과' 수학
1280년	쾰른 수도원 학교에서 신학 공부 시작
1293/94년	두 번째 파리 체류, 학사 학위 취득, '명제집 강사'
1294년	에어푸르트의 고향 수도원으로 복귀
1298년 이전	『영적 강화』; 에어푸르트 수도원 원장 및 튀링겐 관구의 관구장 대리
1302/3년	세 번째 파리 체류, 신학 교수 자격 취득 (첫 번째 파리 대학 교수), 1년간 현역 교수로 성서 주석 강의
1307년	총대리로 지명(도미니코 수도회 총장 피아첸짜의 아이메리쿠스Aymericus von Piacenza의 대리); 뵈멘 관구의 개혁 수행
1311-1313년	네 번째 파리 체류(두 번째 파리 대학 교수), 라틴어 주요 저작 『삼부작』(부분만 완성); 성서 주석
1314-1322년	총대리로서 슈트라스부르크에서 남부 독일의 도미니코회 여자 수도원 책임; 『신적 위로의 책』, 『고귀한 사람』 그 외 수많은 독일어 설교들, 슈트라스부르크에서 타울러와 조이세 만남

1323/1324년	쾰른 도미니코 수도회 수도원 학교 수장
1326년	1304년에서 1340년까지 쾰른의 대주교를 지낸 비르네부르크의 하인리히 2세가 에크하르트에 대한 이단 심문 진행
1327년	1월 24일 에크하르트가 공식적으로 교황 요한네스 22세에게 항소, 아비뇽에서 교황앞의 답변 준비, 2월 13일 쾰른 설교 교회에서 에크하르트 해명
1328년	4월 30일자 쾰른 대주교에게 보낸 교황의 문서에 따르면 4월 말 이전에 아비뇽이나 쾰른 또는 이동 중에 사망
1329년	3월 27일 요한네스 23세는 칙서 「주님의 땅에In agro dominico」에서 에크하르트의 28개 명제 중 17개 명제 단죄

증언들

헤르만 뷔트너

독일인 가운데 가장 위대한 종교적 연설가이며 종교적 저자였지만 자신의 민족에게는 전적으로 잊혀졌다. 마이스터 에크하르트는 오늘날 대부분의 독일인들에게 단지 위대한 이름일 따름이다. 우리는 그가 독일 신비주의자였다는 사실은 알지만, 식자들이 소위 신비라고 이해되는 어떤 것을 더 많이 해명하기 전까지 그의 이름은 사람들에게 외면당했다. 그는 여태까지 한쪽으로 밀쳐져 있었다. 왜냐하면 그는 어떠한 낯설고 기이한 것과 관계있는 사람이라는 선입견이 컸기 때문이다. 우리 모두를 위해 에크하르트를 제대로 아는 것보다 더 요긴한 일은 없다.

『마이스터 에크하르트-저서들』(1903)

루돌프 슈타이너

마이스터 에크하르트의 모습은 인간의 정신 가운데 보다 높은 것이 다시 태어난다는 느낌으로 온전히 빛난다. …… 에크하르트는 그리스도교의 내용에서 어떠한 것도 떼어내려 하지 않았고, 그렇다고 그 내용에 어떠한 것을 덧붙이고자 하지도 않았다. 그러면서도 그는 이러한 내용을 자신의 방식으로 새롭게 산출하고자 했다.

『근대 정신적 삶의 서막에 있어서 신비주의』(1901)

요셉 베른하르트
에크하르트의 저서를 한 문장 한 문장 손으로 짚어 가며 학문적 유래를 알아 가는 것은, 에크하르트와 같이 인격적 힘과 종교적 충동을 지닌 사람에게는 별 의미가 없다. 에크하르트가 지닌 최상의 것은 그가 쓴 사상이 아니라, 그를 몰고 간 힘이다. 소위 말하자면 내적인 것의 필연성이 그의 운명이 되었다.

『중세의 철학적 신비주의』(1922)

루돌프 오토
에크하르트의 신비주의는 성장하는 그리스도교의 지반에서 단순하게 풀려난 것이 아니다. 오히려 그의 신비주의는 끝까지 그리스도교에 대해 특이한 색조와 취향을 지닌다. 그의 신비주의는 철저하게 그리스도교적 신비주의이다.

『서양-동양의 신비주의』(1926)

마르틴 부버
나는 1900년 이래로 무엇보다도 마이스터 에크하르트에서 안겔리우스 실레지우스로 이어지는 독일 신비주의의 영향 아래 있었다. 독일 신비주의에 따르면 존재의 근원적 근거, 곧 이름도 없고 인격성도 없는 신성die namenlose, personalose Gottheit이 인간 영혼 가운데 비로소 "탄생"한다. …… 인간은 그 현존재를 통해 진리 가운데 칭송받는 절대자가 현실성의 성격을 획득할 수 있게 하는 존재인 것 같다.

『인간의 문제』(1943)

C.G. 융

세계를 포섭하는 정신인 에크하르트는 지식 없이ohne Wissen 노 인도의 근원 체험과 그노시스적인 근원 체험에 대해 안다. 그는 자유로운 정신의 나무에서 피어난 가장 아름다운 꽃 자체이다.

『아이온』(1951)

프리드리히 헤에르

가장 위대한 독일의 사상가이며 중세의 종교적인 천재—천재는 성인과 다르다!—는 현재에 이르기까지 독일 사상과 독일의 신심을 풍부하게 만든다. 에크하르트 이전이나 이후의 어떠한 천재도 빛나는 어둠 속에서 떠다닌 적이 없다. 신을 믿는 가톨릭 신자와 개신교 신자, 유신론자와 무신론자, 관념론자와 범신론자 등이 그에게 의존하며, 그를 지도자로 떠받든다.

『마이스터 에크하르트』(1956)

에리히 프롬

에크하르트는 소유와 존재의 구별을 힘차고 분명하게 기술했다. 그리고 누구에 의해서도 결코 다시 도달될 수 없을 정도로 이들을 분석해 내었다. …… 에크하르트에 따르면 인간의 목표는 완전한 존재에 도달하기 위해 자아 구속과 에고 중심의 사슬인 "소유 양식"에서 우리 자신을 해방시키는 것이다.

『소유냐 존재냐』(1976)

쿠르트 루

마이스터 에크하르트는 인간 역사에서 하나의 열쇠이다. 우리 실존의 의미 또는 무의미와 관계하는 결단은 그와 함께 하느냐 또는 그를 반대하느냐에 매달려 있다. 아마 어떠한 세대보다도 우리 세대가 이를 더 잘 알아들을 수 있을 것이다. 마이스터 에크하르트의 말은 수백 년을 거쳐 우리 삶의 경험으로부터 그리고 이러한 경험을 향하여 처음에는 두드러지게 낯선 것으로, 그러다가 갑자기 가깝고 친근한 것으로 자신을 드러낸다. 그의 말은 수백 년을 거쳐 결코 도달될 수는 없지만 흔들림 없는 진리로 자신을 열어낸다.

『마이스터 에크하르트』(1985)

역자 후기
에크하르트의 신비주의 이해하기

우리는 에크하르트의 설교에서 그의 신비주의를 이해하기 위한 몇 가지 단서를 발견할 수 있다. 에크하르트는 독일어 설교의 주요한 주제들을 설교 53에서 다음과 같이 정식화했다. "① 내가 설교할 때, 버리고 떠나 있음에 대해 자주 말하려 했다. 그리고 인간은 자신과 모든 것들에서 자유로워져야 한다고 자주 말하려 했다. ② 둘째로 사람은 신, 곧 단순한 선으로 되돌아가 그와 하나의 형상이 되어야ingebildet 한다고 자주 말하고자 했다. ③ 셋째로 신이 영혼에 불어넣은 위대한 고귀성grôzen edelkeit을 생각해야 한다고 자주 말하고자 했다. 그를 통해 사람이 놀라운 방식으로 신에 도달할 수 있음을 자주 말하고자 했다. ④ 넷째로 신적 본성의 순수성göttlîcher natûre lûterkeit에 대해 자주 말하고자 했다. 그리고 신적 본성에 자리잡은 그러한 광채는 말로 표현할 수 없다는 사실을 자주 말하고자 했다."[1]

하지만 역자는 에크하르트의 독일어 설교의 주요 주제들을 체계적으로 이해하기 위해 다음과 같이 재설정하고 싶다. ① "영원한 감추어짐의 감추어진 어두움으로부터ûz dem verborgenen vinsternisse der êwigen verborgenheit 영원히 낳았던 아들"과 아버지 가운데 머물러 있었던 사물들의 원상들에 대한 그의 근본 경험Grunderfahrung.[2) 이는 그가 말하는 네 번째 항목인 신론에 해당한다. ② 신을 떠나서는 무無일 수밖에 없는 피조물에 대한 논의, 곧 신을 떠나서는 어떤 자립적 존재도 갖지 못하는 피조물에 대한 그의 근본 경험. 이런 논의가 인간이 피조물적인 것과 자신으로부터 '버리고 떠나 있어야 한다.' 또는 '그냥 내맡겨 두고 있어야 한다.'는 그의 주장의 근거가 된다. 이는 그가 말하는 첫 번째 항목에 해당한다. ③ 인간과 신의 역동적 관계에 대한 근본 경험. 영혼의 근저에 끊임없이 생기하는 아들의 탄생에 대한 그의 근본 경험. 이것도 저것도 훨씬 뛰어넘어 있는 영혼의 근저에 대한 논의가 그가 말하는 세 번째 항목에 해당한다면, 영혼의 근저 가운데 신의 탄생을 통해 신성으로의 복귀에 대한 논의가 바로 두 번째 항목에 해당한다.

따라서 에크하르트 설교의 주요 거점은 ①창조 이전의 아버지와 아들 및 사물의 원상들의 관계(내재적 삼위일체론)를 바탕으로 하는 신론과 ②피조물의 본성을 바탕으로 하는 인간론, 그리고 ③신과 인간의 역동적 관계이다. 이러한 틀은 후에 헤겔 철학의 기본적인 틀이 된다. 헤겔의 철학은 창조 이전의 신의 영원한 자기 운동을 서술하는 『논리학』, 신의 피조물인 자연에 대한 고찰인 『자연철학』, 그리고 신과 인간의 역동적 관계를 서술하는 『정신현상학』을 비롯한 정신철학 등으로 전개된다.

①창조 이전의 아버지와 아들의 관계 및 아버지 속에 머물러 있는 사물의 원형들에 대한 논의인 에크하르트의 신론은 그리스도교적으로 재해석된 플로티노스의 일자一者에 대한 근본 경험과 맥을 같이 한다. 에크하르트에서의 끊임없는 신적 산출 또는 신적 탄생 등으로 대변되는 창조 이전의 삼위일체론을 제외한다면, 일자 안에서의 모든 것이 차이 없이 있다는 플로티노스의 주장은 그대로 에크하르트의 신론에 적용된다. 여기서 철저하게 지배적인 논의는 모든 것이 '똑같다.' '하나이다.' 라는 점이다. 신적 산출에 있어서 산출자와 산출된 것은 한편은 낳고 다른 편은 낳아졌다는 점에서 다르지만, 동시에 철저히 하나라는 점이다. 곧 일의성一義性이 지배적이다. ②피조물은 원래 신 가운데서는 신과 차이가 없었다. 그런데 신에게서 흘러나온 이후, 신을 떠나서는 무無일 수밖에 없다. 그러나 인간은 신과 하나가 될 수 있는 가능성을 여전히 가지고 있다. 버리고 떠나서 그냥 내맡겨두고 있게 된 인간의 영혼의 근저에는 신이 탄생하기 때문이다. 그는 신과 하나 되는 경험을 한다. 그래서 그는 모든 것을 넘어서 있게 된다. 그는 영원 가운데 있게 된다. 시간도 공간도, 유형적인 것도, 또 그와 같은

냄새를 풍기는 어떤 것도 넘어서 있게 된다. 그래서 인간은 영원한 신성과의 관계 속에서만 자신의 본래적 자아를 되찾게 된다. 신은 영원 가운데만 있기 때문에 과거도 미래도 없다. 있다면 현재만이 있다. 따라서 신의 탄생을 경험한 사람에게는 현재만 있기 마련이다. 플로티노스에게 일자의 산출물들이 갖는 일자와의 관계 정도에 따른 위계가 주요 주제라면, 에크하르트에게 중요한 것은 인간이다. 역사 속에 사는 개개인이 영원 가운데서 항상 생기하는 신적 발출을 경험함으로써 신성과 일의적으로 하나 되는 것이 그에게는 주요 관심사이다. ③ 에크하르트의 인간론은 신과의 관계 속에서만 이해될 수 있다. 그것도 신과의 고정적 관계가 아니라, 역동적 관계 속에서 그러하다. 인간이 피조물로 채워지는 만큼 신으로부터 비워지는 반면, 신으로 채워지는 만큼 피조물로부터 비워진다. 그래서 더 본래적인 자신이 되기도 하고, 더 비-본래적인 자신이 되기도 한다. 또 사람마다 신과의 관계가 다르다. 그래서 동일한 인간에게도 전적으로 동일한 순간이 없으며, 모든 인간 사이에도 전적으로 동일한 경우가 없다. 이를 에크하르트는 영혼의 근저에 신의 끊임없는 탄생, 끊임없는 창조, 육화肉化로 풀이한다. 이는 일자 가운데서만 인간의 자기 인식이 완성된다는 플로티노스의 근본 경험이 그리스도교 특유의 육화와 창조 사상으로 다시 해석된 것이다.

아무튼 에크하르트의 설교들은 대담하고 날카로우면서 비상하는 듯한 언어들로 구성되어 있다. 그에게 신학은 곧 철학이었다. 그 역도 마찬가지였다. 그는 삼위일체, 육화, 창조 등 그리스도교 계시 전체를 통해 철학적 진리를 찾았다. 하지만 이런 그의 신학적 철학 또는 철학적 신학은 모든 언어를 넘어서는 그의 근본 경험Grunderfahrung에 바탕을 둔다. 그래서 그는 설교 52에서 "이 강론을 이해하지 못하는 사람은 그 때문에 신경을 쓰지 마라. 왜냐하면 인간이 이러한 진리와 같아지지 않는 한, 그는 이 말들을 알아듣지 못할 것이기 때문이다. 이 진리는 신의 마음으로부터 매개 없이âne mittel 도래하는 감추어지지 않고 드러나 있는 진리이다."라고 말한다.[3] 그는 신의 마음으로부터 매개 없이 도래하는 감추어지지 않고 드러나 있는 진리와 같아졌다. 신성을 아무런 매개 없이 경험했다. 그렇다면 그의 철학적 신학 또는 신학적 철학의 언어들은 언어를 넘어선 그의 경험을 우리에게 전달하기 위한 하나의 개 짖는 소리에 지나지 않을 것이다. 존재자들과 확연히 다르게 존재하는 사유 이전의 것das Unvordenkliches, 곧 '확고부동한 버리고 떠나 있음 자체' 또는 하이데거가 말하는 존재를 우리에게 전달하려는 몸부림이었을 것이다. 그는 용수의 『중론』의 논의처럼 근원적 현실과 언어와의 괴리를 너무도 잘 알고 있었다.[4] 에크하르트에게 근원적 현실은 끊임없는 현재적 생성이었다. 이런 의미에서 그의 사상은 철저하게 이성을 부여하여 현실을 설명하려던 전통 형이상학과의 단절이라고 말할 수 있다. 이성보다는 근본 경험이 우선이 아니겠는가. 하이데거에 따르면, 뿌리보다 뿌리가 뿌리박고 있는 땅Grund이 우선이지 않겠는가.[5]

철학 이전의 근본 경험을 지칭하는 땅에 뿌리박고 있는 그의 신비주의 철학은 이론적 틀에 있어서가 아니라, 실존적 삶의 문제에 있어 불교, 특히 선불교와 닮아 있다. 그래서 나는 그의 철학 이론을 통해 성경도, 용수도, 『금강경』도 다시 이해하게 되었다. 플로티노스도, 플라톤도, 니체도, 하이데거도 또다시 관심을 갖고 읽게 되었다. 이들 철학 흐름은 이성을 넘어서 있는 진리를 직접 우리가 경험할 수 있다는 지평에서 전개된다. 철학은 낭만주의자들의 주장처럼 진리로 나가는 길목에 unterwegs만 자리하는 것은 아니다. 철학자는 뱃사공이다. 이 뱃사공은 단지 강 중간에만 있는 자가 아니라, 강 이편과 저편, 곧 신의 편과 인간의 편을 오가면서 신의 것을 인간에게, 인간의 것을 신에게 전달하고 해석하는 사람이다. 우리는 이런 맥락에서 에크하르트를 읽어야 한다.

어려운 여건에서도 이 책의 번역과 출판을 허락하신 안티쿠스 박경주 사장님과 사명감을 갖고 원고를 꼼꼼히 읽어 준 안티쿠스 편집부에 감사드린다. 또한 공부할 수 있도록 늘 배려

해 주는 아내에게도 고마움을 표한다. 오늘따라 하늘이 왜 이다지도 맑을까.

역자 이 부 현

---

1) *DW* II, 528쪽 5행-529쪽 2행. ①②③…의 숫자는 옮긴이.
2) *DW* I, 382쪽 3-4행.
3) *DW* II, 506쪽 1-3행.
4) 梶山雄一, 『空の思想, 佛敎における言語と沈默』(東京: 人文書院, 1993), 17-46쪽 참조.
5) M. Heidegger, *Was ist Metaphsik*(Siebte Auflage, Frankfurt am Main: Vittorio Klostermann, 1955), 1-12쪽 참조.

참고문헌

I. 원전

1. 선집

FRANZ PFEIFFER, *Deutsche Mystiker des 14. Jahrhunderts*, Band 2: *Meister Eckhart*, Leipzig 1857; Neudruck Aalen, 1966.

2. 비평적 전집

Meister Eckhart, *Die deutschen und lateinischen Werke*, hg. im Auftrag der Deutschen Forschungsgemeinschaft, Stuttgart, 1936 ff.

a) 라틴어 작품(LW), hg. von J. KOCH u. a.:

Band 1 (1964): *Prologi, Expositio libri Genesis, Liber parabolarum Genesis.*

Band 2 (1954 ff): *Epositio libri Exodi, Sermones et lectionis super Ecclesiasticis c. 24, 23-31, Expositio libri Sapientiae.*

Band 3 (1936ff): *Expositio S. Evangelii secundum Joannem.*

Band 4 (1956): *Sermones.*

Band 5 (1936): *Collatio, Quaestiones, Parisienses, Sermo Augustini Parisius habitus, Tractatus super oratione Dominica.*

b) 독일어 작품(DW), hg. von J. QUINT

Band 1 (1958): *Predigten* Nr. 1-24

Band 2 (1971): *Predigten* Nr. 25-59

Band 3 (1976): *Predigten* Nr. 60-86

Band 4 i. Vorb.: *Restliche Predigten*

Band 5 (1963): *Traktate*:

    Buch der göttlichen Trostung

    Vom edlen Menschen

    Reden der Unterweisung

    Von Abgeschiedenheit.

Meister Eckhart, *Werke*, Hg. von Niklaus Largier. Kommentierte zweisprachige Ausgabe. Bibliothek des Mittelalters, Bd. 20 und 21. Frankfurt a. M., 1993.
Werke I: Predigten
Werke II: Predigten, Traktate, Lateinische Werke

3. 에크하르트 소송 사건 관련 문헌

DANIELS, A. (Hg.), *Eine lateinische Rechtfertigungsschrift des Meister Eckhart*, Münster, 1923 (Beiträge zur Geschichte der Philosophie des Mittelalters, Bd. 23, Heft 5).

THERY, G., *Édition critique des pieces relatives au proces d'Eckhart*, Paris, 1926 (Archives d'histoire doctrinale et litteraire du moyon âge, Bd. 1, S. 219-268).

KARRER, O., PIESCH, H. (Hg.), *Meister Eckharts Rechtfertigungsschrift vom Jahre 1326* (Einleitung und Übersetzung), Erfurt, 1927.

4. 단행본과 번역본

Meister Eckharts Buch der gottlichen Trostung und Von dem edlen Menschen (Liber Benedictus), hg. von J. QUINT (Kleine Texte 55). Berlin, 1952.

BÜTTNER, H., *Meister Eckharts Schriften und Predigten*, 2 Bde. Jena, 1903; 1934; weitere Auflagen.

LEHMANN, W., *Meister Eckhart*, Göttingen, 1919.

SCHULZE-MAIZIER, F., *Meister Eckhartsdeutsche Predigten und Traktate*, Leipzig, ³1938.

QUINT, J., *Meister Eckhart. Deutsche Predigten und Traktate*. München, 1955; weitere Auflagen, u. a. Diogenes Taschenbuch 20642.

Eckhart, Tauler, Seuse — Ein Textbuch aus der altdeutschen Mystik, hg. von H. KUNISCH. Hamburg, 1958 (Rowohlts Klassiker 31).

Meister Eckhart, hg. von DIETMAR MIETH, Olten-Freiburg i. B., 1979 (Gotteserfrhrung und Weg in die Welt).

ALBRECHT, E., *Meister Eckharts sieben Grade des schauenden Lebens*, Aachen, 1987

Meister Eckhart, *Die Gottesgeburt im Seelengrund*, Hg. von GERHARD WEHR,

Freiburg i. B., 1990 (Herderbucherei 1610).

II. 2차 문헌

ACHELIS, WERNER, *Über das Verhaltnis Meister Eckharts zum Areopagiten Dionysius*, (Diss.) Marburg, 1922.

ALBERT, KARL, *Meister Eckharts These vom Sein. Untersuchungen zur Metaphysik des Opus Tripartitum*, Saarbrücken, 1976.

ALBRECHT, ERIKA, *Der Trostgehalt in Meister Eckharts <Buch der göttlichen Tröstung> und seine mutmaßliche Wirkkraft*, (Diss.) Berlin, 1953.

BACH, JOSEPH, *Meister Eckhart, der Vater der deutschen Spekulation*, Wien, 1864; Frankfurt a. M., 1964.

BANGE, W., *Meister Eckharts Lehre vom gottlichen und gesehopflichen Sein*, Limburg, 1937.

BAYER, H., "Mystische Ethik und empraktische Denkform. Zur Begriffswelt Meister Eckharts", In: *Deutsche Vierteljahrsschrift* 50 (1976), S. 377-413.

BECKMANN, T., *Studien zur Bestimmung des Lebens in Meister Eckharts deutschen Predigten*, Frankfurt a. M., 1982.

___, *Daten und Anmerkungen zur Biographie Meister Eckharts und zum Verlauf des gegen ihn angestrengten Prozesses*, Frankfurt a. M., 1978.

BENZ, ERNST, "Mystik als Seinserfullung bei Meister Eckhart", In: *Sinn und Sein, ein philosophisches Symposion*, Hg. von R. WISSER, Tübingen, 1960, S. 399-415.

___, "Der Seelengrund bei Meister Eckhart", In: *Meditation. Blätter für weltoffene Christen 2* (1976), S. 6-9.

BERNHART, JOSEPH, *Bernhardische und Eckhartische Mystik in ihren Beziehungen und Gegensatzen. Eine dogmengeschichtliche Untersuchung*, Kempten Munchen, 1912.

BINDSCHEDLER, MARIA, *Meister Eckhart. Vom mystischen Leben*, Basel o. J.[1951] "Die Trostgründe Meister Eckharts für Agnes von Ungarn", In: Festschrift für F. v. d. Leyen, München, 1963.

___, "Die unzeitgebundene Fruchtbarkeit in der Mystik Meister Eckharts", In: Festschrift für J. Quint, Bonn, 1965.

BÖHME, WOLFGANG (Hg.), *Meister Eckhart heute*, Karlsruhe, 1980 (Herrenalber Texte 20).

BORMANN, KARL, "Das Verhältnis Meister Eckharts zur aristotelischen Philosophie", In: U. KERN (Hg.), *Freiheit und Gelassenheit,* München-Mainz, 1980, S. 53-59.

BORNKAMM, HEINRICH, *Eckhart und Luther. Das Eckhart-Bild der Gegenwart*, Stuttgart, 1936.

BRACKEN, E. VON, *Meister Eckhart und Fichte*, Würzburg, 1943.

___, *Meister Eckhart, Legende und Wirklichkeit*, Meisenheim, 1972.

BRETHAUER, KARL, *Die Sprache Meister Eckharts im <Buch der göttlichen Tröstung>*, (Diss.) Göttingen, 1931.

BRUNNER, FERNAND, *Maître Eckhart*, Paris, 1969.

___, *Le Mysticisme de Maitre Eckhart*. In: *Das einig' Ein. Studien zur Theorie und Sprache der deutschen Mystik.* Hg. von A.M. HAAS und H. STIRNIMANN (Dokimion 6). Freiburg/Schweiz, 1980, S. 63-86.

DEGENHARDT, J., *Studien zum Wandel des Eckhart-Bildes*, Leiden, 1967.

___, "Meister Eckhart unpolemisch?", In: Kant-Studien 66 (1975), S. 466-482.

DEHNHARDT, E., *Die Metaphorik des Mystikers Meister Eckhart und Tauler in den Schriften des Rulman Merswin*, (Diss.) Marburg, 1940.

DEMPF, ALOIS, "Meister Eckhart als Mystiker und Metaphysiker", In: *Der beständige Aufbruch.* Festschrift für E. Pryzwara. Hg. von S. BELM. Nürnberg, 1960, S. 171-178.

DENIFLE, HEINRICH S., "Meister Eckharts lateinische Schriften und die Grundan schauung seiner Lehre", In: *Archiv für Literatur und Kirchengeschichte des Mittelalters* 2 (1886), S. 417-615.

___, *Die deutschen Mystiker des 14. Jahrhunderts. Beitrag zur Deutung ihrer Lehre*, Hg. von O. SPIESS, Freiburg/Schweiz, 1951.

DIEDERICHS, ERNST, *Meister Eckharts Reden der Unterscheidung*, (Diss.) Halle, 1912.

DIETSCHE, BERNWARD, "Der Seelengrund nach den deutschen und lateinischen Predigten", In: NIX/OECHSLIN (Hg.), *Meister Eckhart, der Prediger*, Freiburg i. B., 1960, S. 200-258.

DUMPELMANN, L., *Kreation als ontisch-ontologisches Verhältnis* (Symposion 30), Freiburg i. B.-München, 1969.

EBELING, HEINRICH, *Meister Eckharts Mystik. Studien zu den Geisteskämpfen um die Wende des 13. Jahrhunderts*, (Diss. Rostock) Stuttgart, 1941; Aalen, 1960.

EBERLE, J., *Die Sch öpfung in ihren Ursachen. Untersuchung zum Begriff der Idee in den lateinischen Werken Meister Eckharts*, (Diss.) Köln, 1972.

ECKERT, WILLEHAD, "Weg und Gotteserfahrung Meister Eckharts", In: W. MASSA (Hg.), *Der Ruf nach dem Meister. Große Gestalten der Mystik*, Tholey, 1979.

__, "Eckhart-Rezeption und Umdeutung in der neueren deutschen Literatur", In: U. KERN (Hg.), *Freiheit und Gelassenheit*, München-Mainz, 1980, S. 183-197.

EGERDING, MICHAEL, *Gott bekennen. Strukturen der Gotteserkenntnis bei Meister Eckhart. Interpretationen ausgewählter Predigten* (Europäische Hochschulschriften I, Bd. 810), Frankfurt a. M.-Bern, 1984.

FEUERSTEIN, GEORG, "Meister Eckhart und östliche Mystik", In: U. KERN (Hg.), *Freiheit und Gelassenheit*, Munchen-Mainz, 1980, S. 198-219.

FISCHER, G., *Geschichte der Entdeckung der deutschen Mystiker Eckhart, Tauler und Seuse im 19. Jahrhundert*, Freiburg i. B., 1931.

FISCHER, HERIBERT, "Grundgedanken der deutschen Predigten", In: NIX/OECHSLIN (Hg.), *Meister Eckhart, der Prediger*, Freiburg i. B., 1960, S. 25-72.

__, *Meister Eckhart. Einführung in sein philosophisches Denken*, Freiburg i. B., 1974.

FLASCH, K., "Die Intention Meister Eckharts", In: Festschrift fur B. Liebrucks, Meisenheim, 1972, S. 292-318.

__(Hg.), *Von Meister Dietrich zu Meister Eckhart* (Corpus Philosophorum Teutonicorum Medii Aevi, Beiheft 2), Hamburg, 1984.

FREI, W., "Was ist das Seelenfünklein bei Meister Eckhart?", In: *Theologische Zeitschrift* 13 (1958), S. 89-100.

FRIEDLI, RICHARD, "Der Große Tod und das Große Mitleid. Kulturanthropologische Bemerkungen zur Übersetzungsproblematik im Gespräch über Eckhart zwischen Christen und japanischen Buddhisten", In: Das einig' Ein. Hg. von A.M. HAAS und H. STIRNIMANN, Freiburg/Schweiz, 1980, S. 87-108.

FRUHWALD, WOLFGANG, "Formzwang und Gestaltungsfreiheit in Meister Eckharts Predigt <Von dem edlen Menschen>", In: *Unterscheidung und Bewahrung*. Festschrift fur Hermann Kunisch, Berlin, 1961, S. 132-146.

FUES, WOLFRAM M., "Zur kritischen Edition von Eckharts Predigten", In: *Freiburger Zeitschrift für Philosophie und Theologie* 25 (1978), S. 224-229.

___, "Unio inquantum spes. Meister Eckhart bei Ernst Bloch", In: *Das einig' Ein*. Hg. von A.M. HAAS und H. STIRNIMANN, Freiburg/Schweiz, 1980, S. 109-166.

___, *Mystik als Erkenntnis. Kritische Studien zur Meister-Eckhart-Forschung*, Bonn, 1981 *(Studien zur Germanistik, Anglistik und Komparatistik,* Bd. 102)

GERHARDT, F.A., *Untersuchung über das Wesen des mystischen Grunderlebnisses. Ein Beitrag zur Mystik Meister Eckharts, Luthers und Bohmes*, (Diss.) Greifswald, 1923.

HAAS, ALOIS MARIA, *Nim din selbes wär. Studien zur Lehre von der Selbsterkenntnis bei Meister Eckhart, Johannes Tauler und Heinrich Seuse* (Dokimion 3), Freiburg/Schweiz, 1971.

___, "Meister Eckhart im Spiegel der marxistischen Ideologie", In: *Wirkendes Wort* 22 (1972), S. 123-133.

___, *Meister Eckhart als normative Gestalt geistlichen Lebens*, Einsiedeln, 1979.

___, *Sermo mysticus. Studien zur Theologie und Sprache der deutschen Mystik* (Dokimion 4), Freiburg/Schweiz, 1979.

___, "Meister Eckhart und die deutsche Sprache", In: U. KERN (Hg.), *Freiheit und Gelassenheit*, München-Mainz, 1980, S. 146-168.

___, *Geistliches Mittelalter* (Dokimion 8), Freiburg/Schweiz, 1984.

___, *Gott leiden, Gott lieben. Zur volkssprachlichen Mystik im Mittelalter*, Frankfurt a. M. 1989.

HANSEN, M., *Der Aufbau der mittelalterlichen Predigt unter besonderer*

Berucksichtigung der Mystiker Eckhart und Tauler, (Diss.) Hamburg, 1972.

HAUBST, RUDOLF, "Nikolaus von Kues als Interpret und Verteidiger Meister Eckharts", In: U. KERN (Hg.), *Freiheit und Gelassenheit*, München-Mainz, 1980, S.75-96.

HERNANDEZ, JULIO A., *Studien zum religiös-ethischen Wortschatz der deutschen Mystik. Die Bezeichnung und der Begriff des Eigentums bei Meister Eckhart und Johannes Tauler*, Berlin, 1984 *(Philologische Studien und Quellen* 105).

HEUSSI, KARL, *Meister Eckharts Stellung innerhalb der theologischen Entwicklung des Spatmittelalters*, Berlin, 1953.

HODL, LUDWIG, "Metaphysik und Mystik im Denken Meister Eckharts", In: *Zeitschrift fur katholische Theologie* 82 (1960), S. 257 -274.

___, "Meister Eckharts theologische Kritik des reinen Glaubensbewußtseins", In: U. KERN (Hg.), *Freiheit und Gelassenheit*, München-Mainz, 1980, S. 34-52.

HOF, HANS, *Scintilla animae. Eine Studie zu einem Grundbegriff in Meister Eckharts Philosophie*, Lund-Bonn, 1952.

HONOLD, HELGA, "Das Buch der gottlichen Tröstung", In: *Kindlers Literaturlexikon*, Zürich, 1965, 1, Sp. 1926f.

HOPPE-SCHWEERS, G., *Die Wort- und Begriffsgruppe <wandel> in den deutschen Schriften Meister Eckharts, mit besonderer Berücksichtigung der lateinischen Schriften*, (Diss.) Münster, 1971.

IMBACH, R., *Deus est intellegere. Das Verhaltnis von Sein und Denken bei Thomas von Aquin und in den Pariser Quaestiones Meister Eckharts*, Freiburg/Schweiz, 1976.

KARRER, OTTO, *Meister Eckhart. Das System seiner religiösen Lehre und Lebensweisheit*, München, 1926.

___, *Das Göttliche in der Seele bei Meister Eckhart*, Würzburg, 1928 (Abhandlungen zur Philosophie und Psychologie der Religion. Heft 19).

KATANN, O., "Meister Eckharts Gleichnis vom Spiegelbild und die Lehre von der Partizipation", In: *Jahrbuch für mystische Theologie* VII (1961), S. 89-109.

KERN, UDO (Hg.), *Freiheit und Gelassenheit. Meister Eckhart heute*, München-Mainz, 1980.

KLEIN, W., *Meister Eckhart. Ein Gang durch die Predigten des deutschen Meisters*, Stuttgart, 1940.

KOCH, JOSEF, "Sinn und Struktur der Schriftauslegungen", In: NIX/OECHSLIN (Hg.), *Meister Eckhart, der Prediger*, Freiburg i. B., 1960, S. 73-103.

__, "Zur Analogielehre Meister Eckharts", In: K. RUH (Hg.), *Altdeutsche und altniederländische Mystik*, Darmstadt, 1964, S. 275-308.

__, "Die theologische Arbeitsweise Meister Eckharts in den lateinischen Werken", In: *Miscellanea mediaevalia* 7 (1970).

__, "Kritische Studien zum Leben Meister Eckharts", In: J. KOCH, *Kleine Schriften* I, Rom, 1973, S. 247-347.

KOPPER, J., *Die Metaphysik Meister Eckharts*, Saarbrücken, 1955.

KREMER, K., "Meister Eckharts Stellungnahme zum Schöpfungsgedanken", In: *Trierer Theologische Zeitschrift* 74 (1965), S. 65-82.

KUNISCH, HERMANN, "Offenbarung und Gehorsam. Versuch über Eckharts religiöse Persönlichkeit", In: NIX/OECHSLIN (Hg.), *Meister Eckhart, der Prediger*, Freiburg i. B. 1960, S. 104-148.

KURDZIALEK, MARIAN, "Eckhart der Scholastiker", In: U. KERN (Hg.), *Freiheit und Gelassenheit*, München-Mainz, 1980, S. 60-74.

LANGER, O., "Enteignete Existenz und mystische Erfahrung. Zu Meister Eckharts Auseinandersetzung mit der Frauenmystik seiner Zeit", In: K.O. SEIDEL (Hg.), *So predigent eteliche. Beiträge zu deutschen und niederländischen Predigt im Mittelalter*, Göppingen, 1982, S. 49-96.

__, *Mystische Erfahrung und spirituelle Theologie. Zu Meister Eckharts Auseinandersetzung mit der Frauenfrömmigkeit seiner Zeit*, (Habil. Arbeit) Bielefeld, 1983.

LASSON, ADOLF, *Meister Eckhart der Mystiker. Zur Geschichte der religiösen Spekulation in Deutschland*, Berlin, 1868; Aalen, 1968.

LIEBESCHUTZ, H., "Meister Eckhart und Moses Maimonides", In: *Archiv für Kulturgeschichte* 54 (1974), S. 64-96.

___, "Mittelalterlicher Platonismus bei Johannes Eriugena und Meister Eckhart", In: *Archiv für Kulturgeschichte* 56 (1974), S. 241-279.

LINNEWEDEL, JÜRGEN, *Meister Eckharts Mystik. Zugang und Praxis für heute*, Stuttgart, 1983.

LÜCKER, MARIA ALBERTA, *Meister Eckhart und die Devotio moderna*, Leiden, 1950 *(Studien und Texte zur Geistesgeschichte des Mittelalters. 1).*

MARGETTS, J., *Die Satzstruktur bei Meister Eckhart*, Stuttgart, 1969 *(Studien zur Poetik und Geschichte der Literatur. 8).*

MEERPOHL, F.M., *Meister Eckharts Lehre vom Seelenfünklein*, Würzburg, 1926.

MENSCHING, GUSTAV, *Vollkommene Menschwerdung bei Meister Eckhart*, Amsterdam-Leipzig, 1942.

MIETH, DIBTMAR, *Die Einheit von vita activa und vita contemplativa in den deutschen Predigten und Traktaten Meister Eckharts und bei Johannes Tauler*, Regensburg, 1969 *(Studien zur Geschichte der katholischen Moraltheologie. Bd.15).*

___, *Christus, das Soziale im Menschen. Texterschließungen zu Meister Eckhart*, Düsseldorf, 1972.

___, "Meister Eckhart. Authentische Erfahrung als Einheit von Denken, Sein und Leben", In: HAAS/STIRNIMANN (Hg.), *Das einig' Ein*, Freiburg/Schweiz, 1980, S. 11-61.

___, "Meister Eckharts Ethik und Sozialtheologie", In: W. BÖHME (Hg.), *Meister Eckhart heute*, Karlsruhe, 1980, S. 42-56.

___, "Meister Eckhart", In: *Gestalten der Kirchengeschichte*. Hg. von MARTIN GRESCHAT, Bd. 4, *Mittelalter* II, Stuttgart, 1983, S. 124-154.

MOJSISCH, BURKHART, *Meister Eckhart. Analogie, Univozität und Einheit*, Hamburg, 1983.

MORARD, M.ST., "<ist>, <istic>, <istikeit> bei Meister Eckhart", In: *Freiburger Zeitschrift für Philosophie und Theologie* 3 (1956), S. 169-186.

MOSER, D.R., "Paralipomena zu Hans Bayers Studie <Mystische Ethik und empraktische Denkform. Zur Begriffswelt Meister Eckharts>", In: *Deutsche Vierteljahrsschrift für Literaturwissenschaft und Geistesgeschichte* 50/1974, S.

406f.

MÜLLER, M., *Das Seelenfunklein in Meister Eckharts Lehrsystem*, Mönchengladbach, 1935.

NIX, UDO, *Der mystische Wortschatz Meister Eckharts im Lichte der energetischen Sprachbetrachtung*, Düsseldorf, 1963.

NIX, U./OECHSLIN, R. (Hg.), *Meister Eckhart, der Prediger*, Festschrift zum Eckhart-Gedenkjahr, Freiburg i. B., 1960.

NOLZ, H., *Die Erkenntnislehre Meister Eckharts und ihre psychologischen und metaphysischen Grundlagen*, (Diss.) Wien, 1949.

OECHSLIN, RAPHAEL L., "Maître Eckhart", In: *Dictionaire de spiritualite ascétique et mystique* Bd. 4 (1958), S. 93-116.

__, "Meister Eckhart der Mystiker", In: U. KERN (Hg.), *Freiheit und Gelassenheit*, München-Mainz, 1980, S. 121-126.

OLTMANNS, KÄTHE, *Meister Eckhart*, Frankfurt a. M., 1935; ²1957.

OTTO, RUDOLF, "Meister Eckharts Mystik im Unterschied zur östlichen Mystik", In: *Zeitschrift für Theologie und Kirche* 6 (1925), S. 325f.; S. 418f.

PAHNCKE, MAX, *Untersuchungen zu den deutschen Predigten Meister Eckharts*, (Diss.) Halle, 1905.

__, "Meister Eckharts Lehre von der Geburt Gottes im Gerechten", In: *Archiv fur Religionswissenschaft* 23 (1925), S. 15f.; S. 252f.

PELAYO, L., *Die spekulativ-mystische Einheitsstruktur in Meister Eckharts Seelenlehre*, (Diss.) Wien, 1960.

PELSTER, FRANZ, "Ein Gutachten aus dem Eckhart-Prozeß in Avignon", In: *Aus der Geisteswelt des Mittelalters*, Festschrift fur Martin Grabmann, 1935. S. 1099-1124.

PETERS, B., *Der Gottesbegriff Meister Eckharts*, Hamburg, 1936.

PIESCH, HERMA, *Meister Eckharts Ethik*, Luzern, 1935.

__, *Meister Eckhart. Eine Einfuhrung*, Wien, 1946.

__, "Der Aufstieg des Menschen zu Gott, nach der Predigt <Vom edlen Menschen>", In: NIX/OECHSLIN (Hg.), *Meister Eckhart, der Prediger*, Freiburg i. B., 1960, S. 167-199.

PLOTZKE, URBAN, "Meister Eckhart der Prediger", In: NIX/OECHSLIN (Hg.), *Meister Eckhart, der Prediger*, Freiburg i. B., 1960, S. 259-283.

QUINT, JOSEF, *Die Überlieferung der deutschen Predigten Meister Eckharts*, Bonn, 1932.

___, "Meister Eckhart", In: *Die Großen Deutschen*. Hg. von H. HEIMPEL/TH. HEUSS (1935/36). Frankfurt a. M.-Berlin, 1983, Bd. I, S. 246f.

___, "Mystik und Sprache. Ihr Verhältnis zueinander, insbesondere in der spekulativen Mystik Meister Eckharts" In: K. RUH (Hg.), *Altdeutsche und altniederländische Mystik,*. Darmstadt, 1964, S. 113-151.

___, *Neue Handschriftenfunde zur Überlieferung der deutschen Werke Meister Eckharts und seiner Schule*, Stuttgart, 1969 (Untersuchungen hg. im Auftrag der deutschen Forschungsgemeinschaft. Bd. 2).

RAHNER, HUGO, "Die Gottesgeburt. Die Lehre von der Geburt Christi in den Herzen der Gläubigen", In: *Zeitschrift für katholische Theologie* 59 (1935), S. 333-418.

REFFKE, E., "Studien zum Problem Meister Eckharts", In: *Zeitschrift für Kirchengeshichte* 57 (1938), S. 19-95.

ROOS, H., "Zur Abfassungszeit von Meister Eckharts Trostbuch", In: *Orbis litterarum* 9 (1954), S. 45-59.

ROSENBERG, ALFRED, *Die Religion des Meisters Eckehart*. Sonderdruck aus ROSENBERG, *Der Mythos des 20. Jahrhunderts. Eine Wertung der seelisch-geistigen Gestaltenkämpfe unserer Zeit*, Munchen, 1934.

RUH, KURT (Hg.), *Altdeutsche und altniederländische Mystik*, Darmstadt, 1964 (Wege der Forschung XXIII).

___, "Meister Eckhart", In: *Die deutsche Literatur des Mittelalters-Verfasserlexikon*, Bd. 2. Berlin, 1978, S. 327-348.

___, "Meister Eckhart und die Spiritualität der Beginen", In: *Perspektiven der Philosophie. Neues Jahrbuch* 8 (1983), S. 323-334.

___, *Meister Eckhart. Theologe, Prediger, Mystiker*, München, 1985.

SCHALLER, TONI, "Die Meister Eckhart-Forschung von der Jahrhundertwende bis zur Gegenwart", In: *Freiburger Zeitschrift für Philosophie und Theologie* 15

(1968), S. 262-316; S. 403-426; 16 (1969), S. 22-37.

SCHMOLDT, B., *Die deutsche Begriffssprache Meister Eckharts*, Heidelberg, 1954.

SCHNEIDER, J., *Stil der deutschen Predigten bei Berthold von Regensburg und Meister Eckhart*, (Diss.) München, 1942.

SCHNEIDER, THEOPHORA, *Der intellektuelle Wortschatz Meister* Eckharts, Berlin, 1935.

SEEBERG, E., *Meister Eckhart*, Tübingen, 1934.

SEPPÄNEN, LAURI, *Studien zur Terminologie des <Paradisus anime intelligentiss>. Beiträge zur Erforschung der Sprache der mittelalterlichen Mystik und Scholastik*, Helsinki, 1964.

SEYPPEL, JOACHIM, "Das Willensproblem bei Meister Eckhart", In: *Zeitschrift für deutsche Philologie* 83 (1964), S. 307-320.

SIEGROTH, S. VON, *Versuch einer exakten Stilistik für Meister Eckhart, Johannes Tauler und Heinrich Seuse*, (Diss.) Wurzburg, 1978.

SOUDEK, E., *Meister Eckhart*, Stuttgart, 1973 (Sammlung Metzler. Bd. 120).

SPANN, OTMAR, *Meister Eckharts mystische Philosophie*, Graz, 1974.

STEPHENSON, G., *Gottheit und Gott in der spekulativen Mystik Meister Eckharts*, (Diss.) Bonn, 1954.

STIEHL, L., *Meister Eckharts <Buch der göttlichen Tröstung>. Studien zur Leidens philosophie und spekulativen deutschen Mystik*, (Diss.) Wien, 1955.

STÖLZEL, G., "Zum Nominalstil Meister Eckharts. Die syntaktischen Funktionen grammatikalischer Verbalabstrakte", In: *Wirkendes Wort* 16 (1966), S. 289-309.

STRAUCH, PHILIPP, *Meister Eckhart - Probleme*, Halle, 1912.

SUDBRACK, JOSEF, "Die Wahrheit der Geschichte. Zur Interpretation Meister Eckharts", In: *Geist und Leben* 51(1978), S. 387-393.

___, "Meister Eckhart im Gespräch der Theologie", In: SUDBRACK, *Wege zur Gottesmystik*, Einsiedeln, 1980, S. 87-134 (Sammlung Horizonte NF 17).

TRUSEN, WINFRIED, *Der Prozeß gegen Meister Eckhart. Vorgeschichte, Verlauf und Folgen*, Paderborn, 1988.

UDERT, I., *Die Paradoxie bei Meister Eckhart und in der Eckhart-Literatur*,

(Diss.) Freiburg i. B., 1962.

UEDA, SHIZUTERU, *Die Gottesgeburt in der Seele und der Durchbruch zur Gottheit. Die mystische Anthropologie Meister Eckharts und ihre Konfrontation mit der Mystik des Zen-Buddhismus*, Gutersloh, 1965.

__, "Der Zen-Buddhismus als Nicht-Mystik, unter besonderer Berucksichtigung des Vergleichs zur Mystik Meister Eckharts", In: *Transparente Welt. Festschrift für Jean Gebser*. Bern, 1965, S. 291-313.

__, "Das Nichts bei Meister Eckhart und im Zen-Buddhismus, unter besonderer Berücksichtigung des Grenzbereichs von Theologie und Philo-sophie", In: PAPENFUSS/SORING (Hg.), *Transzendenz und Immanenz*, Stuttgart, 1977.

__, "Eckhart und Zen am Problem <Freiheit und Sprache>", In: *Beihefte der Zeitschrift für Religions- und Geistesgeschichte* XXXI, Koln, 1989, S. 21-92.

VOLKER, L., *Die Terminologie der mystischen Bereitschaft in Meister Eckharts deutschen Predigten und Traktaten*, (Diss.) Tübingen, 1965.

__, "<Gelassenheit>. Zur Entstehung des Wortes in der Sprache Meister Eckharts und seiner Überlieferung in der nacheckhartschen Mystik bis Jakob Böhme", In: Festschrift für W. Mohr, Tübingen, 1972, S. 281-312.

WACKERZAPP, H., *Der Einfluß Meister Eckharts auf die ersten philosophischen Schriften des Nikolaus von Kues*, Munster, 1962.

WALDSCHÜTZ, ERWIN, *Meister Eckhart. Eine philosophische Interpretation der Traktate*, Bonn, 1978 *(Studien zur Germanistik, Anglistik und Komparatistik.* 71).

__, "Denken und Erfahrung des Nichts bei Meister Eckhart", In: *Wahrheit und Wirklichkeit*, Festschrift für L. Gabriel, Berlin, 1983, S. 169-192.

__, *Denken und Erfahren des Grundes. Zur philosophischen Deutung Meister Eckharts*, Wien, 1989.

WEINHANDL, FERDINAND, *Meister Eckhart im Duellpunkt seiner Lehre*, Erfurt, 1926 (Weisheit und Tat. 7).

WEISS, BERNHARD, *Die Heilsgeschichte bei Meister Eckhart*, Mainz, 1965.

WEISS, KONRAD, "Die Seelenmetaphysik des Meisters Eckhart", In: *Zeitschrift für Kirchengeschichte* 52 (1934), S. 467-524.

___, "Meister Eckharts Stellung innerhalb der theologischen Entwicklung des Spätmittelalters", In: *Eckhart-Studien* 1 (Berlin, 1953), S. 29-47.

___, "Meister Eckhart der Mystiker", In: U. KERN (Hg.), Freiheit und Gelassenheit, München-Mainz, 1980, S. 103-120.

WELTE, BERNHARD, "Meister Eckhart als Aristoteliker", In: *Philosophisches Jahrbuch der Görres-Gesellschaft* 69 (1961/62), S. 64f.

___, *Meister Eckhart. Gedanken zu seinen Gedanken*, Freiburg i. B., 1979.

___, "Der mystische Weg des Meisters Eckhart und sein spekulativer Hintergrund", In: U. KERN (Hg.), *Freiheit und Gelassenheit*, München-Mainz, 1980, S. 97-102.

WINCKLER, EBERHARD, *Exegetische Funktionen bei Meister Eckhart*, Tübingen, 1965 (Beiträge zur Geschichte der biblischen Hermeneutik. Bd. 6).

___, "Wort Gottes und Hermeneutik bei Meister Eckhart", In: U. KERN (Hg.), *Freiheit und Gelassenheit*, München-Mainz, 1980, S. 169-182.

ZAPF, JOSEF, *Die Funktion des Paradox im Denken und sprachlichen Ausdruck bei Meister Eckhart*, (Diss.) Köln, 1966.

___, "Meister Eckhart und die mystischen Traditionen des Ostens", In: *Meister Eckhart heute*, Hg. von W. BÖHME, Karlsruhe, 1980, S. 57-70 (Herrenalber Texte 20).

ZELLER, WINFRIED, "Eckhartiana V. Meister Eckhart bei Valentin Weigel. Eine Untersuchung zur Frage der Bedeutung Meister Eckharts fur die mystische Renaissance des 16. Jahrhunderts", In: *Zeitschrift für Kirchengeschichte* 57 (1938), S. 309-355.

ZUCHOLD, HANS, *Des Nikolaus von Landau Sermones als Quelle für die Predigt Meister Eckharts und seines Kreises*, Halle, 1905; Wiesbaden, 1972.

찾아보기(인명)

⟨ㄱ⟩

게르손, 요한네스Gerson, Johannes 12, 23
게오르게, 슈테판George, Stefan 205
괴레스, 요셉 폰Görres, Joshep von 193
괴테, 요한 볼프강 폰Goethe, Johann Wolfgang von 100
구르크, 파울Gurk, Paul 204
구즈만의 도미니쿠스Dominicus de Guzamán 26
그라프만, 마르틴Grabman, Martin 47
그룬드만, 헤르베르트Grundman, Herbert 32
그륀네바르트, 마티아스Grüneward, Matthias 54
꼬녜, 루이Cognet, Louis 159
끌레르보의 베른하르트Bernhard von Clairvaux 24, 45

⟨ㄴ⟩

나친안스의 고레고리우스Gregor von Nazians 23
나탈리스, 헤르베우스Nathalis, Herveus 52
노이만, 에리히Neumann, Erich 206
노자老子Laotse 217, 218
니데켄의 빌헬름Wilhelm von Nidecken 61
니시다 키타로西田幾多郞Nishida, Kitaro 221, 224
니시타니 케이지西谷啓治Nishitani, Keiji 222, 224
니싸의 고레고리우스Grogor von Nyssa 23
니체, 프리드리히Nietzsche, Friedrich 193, 256

⟨ㄷ⟩

데겐하르트, 인게보르그Degenhardt, Ingeborg 200
데니플, 하인리히 소이세Denifle, Heinrich Seuse 198

뎀프, 알로이스Dempf, Alois 104, 190
도민, 힐데Domin, Hilde 204
둔스 스코투스, 요한네스Duns Scotus, Johannes 27
뒤르크하임, 칼프리드 그라프Dürkheim, Karlfried Graf 217, 218
디더리히스, 오이겐Diederichs, Eugen 200, 202, 204
디오니시우스 아레오파지타Dionysius Areopagita 7, 22, 116
디이취, 베른바르트Dietsche, Bernward 83
떼이야르 드 샤르댕, 삐에르Theihard de Chardin, Pierre 24

〈ㄹ〉
라가르드, 뽈 드Lagarde, Paul de 202
라너, 칼Rahner, Karl 25
라다크리슈난, 사르베팔리Radhakrishnan, Sarvepalli 215
란다우어, 구스타프Landauer, Gustav 199, 203
란도라스의 베렌갈Berengal von Landoras 52
람슈박의 안나Anna von Ramschwag 187
레만, 발터Lehmann, Walter 202
로젠베르크, 알프레트Rosenberg, Alfred 202-203
로젠크란츠, 칼Rosenkranz, Karl 193, 197
루, 쿠르트Ruh, Kurt 36, 61, 101, 125, 135, 178, 205
루터, 마르틴Luther, Martin 24, 79, 98, 100,101,136,193, 198
뤼박, 앙리 드Lubac, Henrie de 113
뤼스브렉, 얀 판Ruussbroec, Jan van 36, 178, 189
르웬, 얀 판Leeuwen, Jan van 189

〈ㅁ〉
마쓰오 바쇼松尾芭蕉Basho 220
마이모니데스, 모세스Maimonides, Moses 83
막데부르크의 메흐틸다Mechthild von Magdeburg 28, 30, 107
만프레드(시칠리아의 왕)Manfred 42
무실, 로베르트Mushil, Robert 203, 204

뮌찌겐의 안나Anna von Münzigen 54
미이트, 디이트마르Mieth, Dietmar 213

⟨ㅂ⟩

바르트, 칼Barth, Karl 215
바아더, 프란츠 사베르 폰Baader, Franz Xaver von 193, 194, 196
바오로Paulus 22-24, 34, 44, 63, 86, 120, 127, 138
바이겔, 발렌틴Weigel, Valetin 189, 193, 200
바흐, 요셉Bach, Joseph 194
발다살, 한스 우르스 폰Balthasar, Hans Urs von 23, 125
베르길리우스Vergilius 44
베일, 시몬Weil, Simone 25
베켄호펜의 엘스베스Elsbeth von Beckenhofen 187, 188
벤, 이레네Behn, Irene 13
벤츠, 에른스트Benz Ernst 196, 216
벨테, 베른하르트Welte, Bernhard 208, 224
보나벤투라(요한네스 피단짜)Bonaventura(Johannes Fidanza) 23, 27, 45
보누스, 아르투르Bonus, Arthur 202
보에시우스, 아니치우스 만리우스 세베리누스Boethius, Anicius Manlius Severinus 72, 104
복음사가 요한Johannes der Evangelist 20, 22, 24, 34, 108
본회퍼, 디이트리히Bonhoeffer, Dietrich 101
뵈메, 야콥Böhme, Jakob 184, 193, 196, 202
부버, 마르틴Buber, Martin 203, 205
뷔트너, 헤르만Büttner, Hermann 199, 200, 206
브루너, 에밀Brunner, Emil 215
블로흐, 에른스트Bloch, Ernst 209, 210
빙엔의 힐데가르트Hildegard von Bingen 30

⟨ㅅ⟩

생 빅톨의 리카르트Richard von Saint-Victor 23

생 빅톨의 후고Hugo von Saint-Victor 23
세네카, 루치우스 아네우스Seneca, Lucius Annaeus 64
셰익스피어, 윌리엄Shakespeare, William 199
소르본, 로베르트Sorbon, Robert de 45
소이제, 하인리히Seuse, Heinrich 33, 53, 54, 190, 198, 200
쇼펜하우어, 아르투르Schopenhauer, Arthur 193
수모의 헤르만Herman de Summo 61
슈바이쳐, 알베르트Schweitzer, Albert 164
슈타겔, 엘스베스Stagel, Elsbeth 54
슈타이너, 루돌프Steiner, Rudolf 141
슈테른가센의 요한네스Johannes von Sterngassen 30
슈테른가센의 게하르트Gehard von Sterngassen 32
슈트라스부르크의 니콜라우스Nikolaus von Straßburg 56, 60
슈트라스부르크의 울리히Ulrich von Straßburg 32
슐라이어마허, 프리드리히 에른스트 다니엘Schleiermacher, Friedrich Ernst Daniel 215
슐레겔, 프리드리히Schlegel, Friedrich 214
스즈키 다이세쓰鈴木大拙Suzuki Daisetz(본명은 스즈키 데이터로鈴木貞太郎) 10, 206, 207, 218, 220
십자가의 요한Johannes vom Kreuz 23
싱거, 쿠르트Singer, Kurt 205

⟨ㅇ⟩
아리스토텔레스Aristoteles 7, 24, 72
아벨라르두스, 페트루스Abaelard, Petrus 45
아빌라의 데레사Terese von Ávila 144
아씨시의 프란치스코Franz von Assisi 26, 168
아우구스티누스, 아우렐리우스Augustinus, Aurelius 7, 19, 22, 24, 72, 80, 94, 104, 106, 116, 118, 165, 189, 198
아체베스의 디에고(오스마의 주교)Diego de Acebes 26
토마스 아퀴나스Thomas von Aquin 8, 19, 23, 27, 45, 52, 76, 198

알렉산드리아의 클레멘스Klemens von Alexandrien 22
알베르투스, 마뉴스Albertus, Magnus 8, 23, 27, 45, 46
알프레히트 1세(독일의 왕)Albrecht I. 102
야스퍼스, 칼Jaspers, Karl 208
에르트센, 피이터Aertsen, Pieter 152
에리우제나, 요한네스 스코투스Eriugena, Johannes Scotus 23
에케르트, 빌레하트 파울Eckert, Willehad Paul 204
예수Jesus 64, 76, 102, 106, 112, 130, 134, 136-140, 144, 147, 152, 160, 166, 170, 211
오리제네스Origenes 7, 22, 23, 113, 198
오예의 엘스베스Elsbeth von Oye 187
오토, 루돌프Otto, Rudolf 215-217
오하사마, 수에즈Ohasama, Schuej 217
외스터라이히의 아네스(헝가리의 왕비)Agnes von Österreich 102, 131
외팅거, 프리드리히 크리스토프Oetinger, Friedrich Christoph 196
욀, 빌헬름Oehl, Wilhelm 34
요한 1세(슈트라스부르크의 주교)Johann I. 57
요한네스 22세(교황)Johannes XXII. 26, 65, 69
우에다 시즈테루上田閑照Ueda Shizuteru 152, 224
융, 칼 구스타프Jung, Carl Gustav 205-208

〈ㅈ〉
자크스, 넬리Sachs, Nelly 204
죠더블롬, 나탄Söderblom, Nathan 215
지그프리트 3세(마인츠의 주교)Siegfried III. 44

〈ㅋ〉
카러, 오토Karrer, Otto 33
칼 4세(황제)Karl IV. 102
캔터베리의 안셀무스Anselm von Canterbury 72
코흐, 요셉Koch, Josef 59, 66, 78, 191

콘라딘(스위스의 영주)Konradin 42
콜벤하이어, 에르빈 구이도Kohlbenheyer, Erwin Guido 204
쾰른의 브루노Bruno von Köln 192
쿠자누스의 니콜라우스Nikolaus von Kues 23
퀸트, 요셉Quint, Josef 55, 86, 91, 112, 120, 135, 163, 227
클레멘스 4세(교황)Clemens IV. 33
키에르케고르, 쇠렌Kierkegaard, Sören 128

⟨ㅌ⟩

타울러, 요한네스Tauler, Johannes 23, 32, 33, 53, 133, 190, 193, 196, 200
토마스 아 켐피스Thomas a Kempis 192

⟨ㅍ⟩

파라첼수스, 필립푸스 아우에올루스 테오프라스투스Paracelsus, Philippus Aureolus Theophrastus 183, 196
파우스트, 아우구스트Faust, August 217
파이퍼, 프란츠Pfeiffer, Franz 194, 196
페네롱Fénelon 23
페트루스 롬바르두스Petrus Lombardus 46
페트리, 아담Petri, Adam 192
포단스의 게하르트Gehard von Podans 61
포레트, 마르게리트Porete, Marguerite 34, 56
프랑크, 세바스티안Franck, Sebastian 200
프레거, 빌헬름Preger, Wihelm 197
프로이트, 지그문트Freud, Sigmund 205
프로클로스Proklos 23
프롬, 에리히Fromm, Erich 210-212, 220, 221
프리들리, 리카르트Friedli, Richard 221
플라톤Platon 7, 23, 165, 166, 256
피셔, 헤리베르트Fischer, Heribert 76, 91, 131
피아첸짜의 아이메리히Aymerich von Piacenza 51

피이쉬, 헤르마Piesch, Herma 112, 120, 123
피히테, 요한 고트리프Fichte, Johann Gottlieb 193

⟨ㅎ⟩
하드베이흐Hadewijch 36
하마르스크욀트, 닥Hammarskjöld, Dag 25
하스, 알로이스 마리아Haas, Alois Maria 13, 37, 103, 111, 125, 227
하이데거, 마르틴Heidegger, Martin 208
하인리히 2세(쾰른의 대주교)Heinrich II. 59
하켄보른의 메흐틸다Mechthild von Hackenborn 30
할레의 알렉산더Alexander von Hales 27
할레의 하인리히Heinrich von Halle 30
할버슈타트의 콘라트Konrad von Halberstadt 65
헤겔, 게오르그 빌헬름 프리드리히Hegel, Georg Wilhelm Friedrich 193, 194, 197
헬프타의 대大 게르투르트Gertrud die Große von Helfta 30
호프만, 프란츠Hoffmann, Franz 194, 196
흐로우트, 해이르트Groote, Geert 192

지은이
게르하르트 베어 Gerhard Wehr

1931년에 태어난 게르하르트 베어는 명예 신학박사이며 자유 기고가다. 현재 뉘른베르크 근처 슈바르젠브룩에 살고 있다.

로볼트 출판사에서 『마르틴 부버*Martin Buber*』, 『칼 융*C.G. Jung*』, 『야콥 뵈메*Jakob Böhme*』, 『토마스 뮌쩌*Thomas Münzer*』, 『마이스터 에크하르트*Meister Eckhart*』를 출판하였고, 저서인 『칼 융과 루돌프 슈타이너 *C.G. Jung und Rudolf Steiner*』(슈트트가르트 1998), 『비교적 그리스도교 *Esoterisches Christentum*』(슈트트가르트 2판 1995), 『서양의 영성의 대가 *Spirituelle Meister des Westens*』(뮌헨 1995), 『쟝 겝세. 새로운 의식의 지평 앞에서의 개별적인 변모*Jean Gebse. Individuelle Transformation vor dem Horizont eines neuen Bewuβtsein*』(페테스베르크 1996), 『마이스터 에크하르트-신비주의적 논고*Meister Eckhart-Mystische Traktate*』(뮌헨 1999), 『루돌프 슈타이너 입문*Rudolf Steiner-Zur Einführung*』(함부르크 1994), 『프리드리히 리텔마이어. 종교적 쇄신의 가교*Friedrich Rittelmeyer. Religiöse Erneuerung als Brückenschlag*』(슈투트가르트 1998), 『개신교에서의 신비주의*Mystik im Protestantismus*』(뮌헨 2000), 『카발라. 유대인의 신비주의와 비의*Kabbala. Jüdische Mystik und Esoterik*』(뮌헨 2000), 『일곱 개의 세계 종교*Sie sieben Weltreligionen*』(뮌헨 2002), 『마르틴 루터*Martin Luther*』

(뮌헨 2004) 등 많은 책이 유럽과 아시아에서 번역되었다.

현재 사전과 공동 연구에 수많은 기고를 하면서 야콥 뵈메 전집(전5권, 프랑크푸르트 1992년 이하)을 작업 중이다.

옮긴이
이부현

광주가톨릭대학에서 신학을 전공하고 부산대학교에서「헤겔의 종교철학」으로 박사학위를 취득했다. 현재 부산가톨릭대학교 교수로 재직 중이며 부설인문학연구소장을 맡고 있다.

저서로는 『이성과 종교』, 『상생의 철학』(공저), 『7일간의 철학교실』 등이 있으며, 『소크라테스에서 사르트르까지』(공역), 『사회적 실천, 자연 그리고 변증법』(공역) 등을 우리말로 옮겼다.

에크하르트에 관하여 「M. 에크하르트-신과 인간의 역동적 관계」, 「M. 에크하르트의 『삼부작』에 대한 이해와 해석」, 「마이스터 에크하르트와 수도자 영성」, 「M. 에크하르트의 논고 '버리고 떠나 있음'의 구조와 해석」, 「M. 엑크하르트의 독일어 설교들의 주요 주제」 등의 논문을 썼으며, 플로티노스에 대해서는 「일자에 대한 경험과 인간의 자기 인식」, 「영혼과 정신」, 「정신과 일자」 등의 논문을 발표했다. 이외에도 「왜 금강경인가?」, 「플라톤 향연의 놀이마당」, 「『영언여작』상권의 논리적 구조에 따른 재해석」, 「칸트와 셸링의 자연철학」 등 다수의 논문이 있다.

독일 신비주의 최고의 정신
마이스터 에크하르트

초판 1쇄 2009년 2월 20일
초판 2쇄 2012년 1월 10일

지은이 | 게르하르트 베어
옮긴이 | 이부현

펴낸이 | 고진숙
펴낸곳 | 안티쿠스
인쇄·제본 | 상진사피앤비

출판등록 | 제300-2010-58호(2010년 4월 21일)
주소 | 110-816 서울시 종로구 자하문로 266, 612호
       구) 서울시 종로구 부암동 129-8 울트라타임오피스텔 612호
전화 | 02-723-1835   팩스 | 02-379-8874
홈페이지 | www.antiquus.co.kr
이메일 | mbook2004@naver.com

ⓒ 게르하르트 베어

값은 뒤표지에 있습니다.
이 책의 무단 전재 및 복제를 금합니다.

ISBN 978-89-92801-09-6 03160